读者文摘大全集
（2019版）

冯有才　主编

北京工业大学出版社

图书在版编目（CIP）数据

读者文摘大全集：2019版 / 冯有才主编. —北京：
北京工业大学出版社，2019.12
ISBN 978-7-5639-6594-6

Ⅰ.①读…　Ⅱ.①冯…　Ⅲ.①故事 – 作品集 – 世界
Ⅳ.①I14

中国版本图书馆CIP数据核字（2019）第263103号

读者文摘大全集（2019 版）
DUZHE WENZHAI DAQUANJI（2019 BAN）

主　　编：冯有才
责任编辑：钱子亮
封面设计：同人内 文化传媒
出版发行：北京工业大学出版社
　　　　　（北京市朝阳区平乐园100号　邮编：100124）
　　　　　010-67391722（传真）bgdcbs@sina.com
经销单位：全国各地新华书店
承印单位：保定市嘉图印刷有限公司
开　　本：787毫米×1092毫米　1/16
印　　张：24
字　　数：396千字
版　　次：2019年12月第1版
印　　次：2021年1月第3次印刷
标准书号：ISBN 978-7-5639-6594-6
定　　价：49.80元

前　言

　　人生就如我们脚下的大地，尽管看上去无比平坦，却绝不是平整的，注定会有坎坷。

　　这些坎坷是什么呢？是不断的失败？是难以忍受的伤痛？是糟糕的运气？还是心灵的重担和疲惫？

　　无聊、颓废、冷漠，是现代人难以逾越的沟壑。它们是心灵不堪重负的产物，是心灵疲惫的产物；它们会让人失去对生活和未来的向往，失去必不可少的理想、梦想，失去人和人之间的沟通和交流。

　　生命，需要激励和鼓舞。

　　心灵，需要滋润和慰藉。

　　亲情，需要呵护和关怀。

　　……

　　每个人都渴望幸福的人生，但幸福并非来自索取和物质的充盈，而是来自奉献和精神上的愉悦与满足。失败是成功之母，我们总有成功的一天；时间是最好的疗伤药，伤痛总有痊愈的一天；上帝关闭一扇门，就会打开一扇窗，糟糕的运气也会有彻底翻转的一天。

　　《读者文摘》杂志创始人华莱士曾说："只有人性的东西才能征服人心，就算社会物欲横流，人们也总是会敬畏那些看起来十分简单、十分朴素的真善美。它们平衡了人们的内心，也拯救了人们的内心。"

　　文字是最美的画笔，它能将作者内心最深处的意念，用指尖的纤巧，临摹出一幅幅多姿多彩的画卷。亲情、友情、爱情，都是画卷里面不可缺少的色彩。然而，仅仅有色彩还远远不够，还要用心去培育，用爱去感受，用情去温暖，用时间去积累。唯有如此，画卷才能与我们的心灵共鸣，让我们的人生有了力量之源。

　　每一篇文字的背后，都是一份份沉甸甸的期许，那是我们对生命的褒扬，是对生活的感恩，是对人生的总结以及对未来的满满期待。无论我们现在所处的环境和地位如何，只要心中有着信念和追求，未来的日子一定会光彩夺目，因为你今天的努力和付出，是对未来的积淀。

　　希望亲爱的读者，每一天都是美好的，都是积极向上的。我们创作的背后，都包含着积极感恩之心。希望这些积极的东西能通过文字传递给您，让您提升，使您进步。也希望通过文字，让我们成为终生益友。

冯有才
2019年12月于安徽芜湖

目　　录

第一辑　点亮生命的航灯

第二辑　逆境是成长的沃土

第三辑　要做人生的主角

第四辑　和善念相伴一生

第五辑　爱情的加减法

第六辑　父爱如山，母爱如水

第七辑　有梦想就有希望

第八辑　成功需要打破思维定式

第九辑　感悟人生的真谛

第十辑　青春是一首灿烂绚丽的舞曲

第一辑

点亮生命的航灯

希望在人间

当马莎·伊丽莎白走进医院的时候，她显得相当平静。这里的一切，对她来说并不陌生。

马莎·伊丽莎白是个30多岁的中年妇女。她有一个很温暖的家，有一个爱她的丈夫，有一对爱她的儿女，这一切，似乎是幸福生活的最佳展现方式，至少，马莎也是这么想的。

但自从两周前走进这家医院以后，马莎似乎从来都没有快乐过，准确地说，是她比以前更加不高兴了。因为她在上个月被查出患了乳腺癌，医生说，如果她仅仅做乳房切除手术就能抑制病情，那将会是她的大幸，是上帝在冥冥中对她的眷恋了。

在医院空旷的候诊室里，马莎正焦急地等待劳伦医生每周一次的诊疗。此时，一个黑人小男孩吸引了她的注意力。这是一个8岁左右的男孩，他正在候诊室门口玩耍，在一个月前，也是在这个地方，她也遇到了这个小男孩，只是马莎当时没有注意他。

"19号，马莎·伊丽莎白！"随着护士的叫喊声，马莎从小男孩身上回过神来了。她知道，劳伦医生该给她看病了，也是她的最终检查结果出来了。马莎的脸十分苍白。

"抱歉，夫人，你的情况不是太好。"马莎刚坐下来，劳伦医生就开口说话了，"它是恶性的，或者说，我只能把你的双乳切除了，只是，这会影响到你的美丽。很抱歉，夫人，我能做的只有这些了。"

听到这些，马莎难过极了。这样的结果，对于十分爱美的她来说，是一个惊天打击，割掉双乳？丈夫会不会不再爱她了？孩子们会不会因她的残缺而不再喜欢她了，不愿意喊她妈妈了？同事们又会怎么看呢？她不敢想了。

"容我考虑，容我考虑！"马莎喃喃着走出了诊疗室，慢慢地走回了候诊室。想着自己的美丽乳房会被切除掉，她感到身体一阵疼痛。于是她顺势坐在候诊室的座椅上。而那个黑人小男孩，仍在地上开心地玩耍着。不知道过了多久，那个小男孩走到了马莎的椅子边。

"夫人，你的脸色很难看，你很不舒服吗？告诉我，可以吗？"小男孩望着马莎，开口说道。

"嗯！是的，很不舒服。你在干什么呀，孩子？"马莎很惊奇这个小男孩的举动。

"我吗？我在等待看病啊！时间还很多，所以我就自己一个人玩啦。"

"你也看病？你的父母呢？"

"是的。夫人，我也是来看病的。我爸爸开出租车去了，我妈妈……我没妈妈了。她死了好久了。可以不问我这个吗？因为我不想说。"小男孩看着马莎，眨着大眼睛说道，"我经常一个人来看病，很熟悉的，所以不用爸爸陪。"

"是这样的啊。那么，亲爱的孩子，你为什么要经常来看病啊？你得的是什么病啊？"

"骨癌而已，夫人。"小男孩回答得很轻松。

"哦！天哪！"马莎吓了一大跳。

看到马莎惊异的表情，小男孩反倒安慰起她来了。

"夫人，我知道的。这病可能会死。不过这没什么啊！假如我将来真的死了，那我就可以去天堂见我妈妈啦！然后，我会很开心地告诉妈妈：爸爸在人间非常想你，依旧非常爱你。不过这以后的事谁也说不准。但是我现在还是活着的啊，还是和爸爸住在这个充满着希望的人间啊！"

小男孩说出这番话时很轻松，可是马莎听了，心里却沉重无比。

是啊！希望在人间，只要有生命，只要还活着，就是充满希望的。因为，生命是让希望存活于人间的唯一方式。而这个小男孩，竟然能想得这么透彻，想到这里，马莎开心地笑了，这是她在他们全家上个月去夏威夷群岛度假时，轮船沉没，他们一家人失散后唯一的一次微笑。只要希望在人间，生命也会继续在人间，上个月公布的遇难者名单中并没有丈夫和孩子们的名字，这至少表明他们目前仍有可能活着啊！想到这里，她知道自己该做什么决定了。此时，她仿佛看到了沙滩边的丈夫和儿女，他们正微笑着向自己走过来。

"嗨！夫人，我可以邀请你一起玩吗？"小男孩再次眨着大眼睛，看着马莎说道。

"非常乐意。我想我们玩得一定会很开心。"马莎开怀笑道。

宽敞的候诊室里，一对母子模样的人正在地上开心地玩着小球，顷刻间，候诊室变成了天堂。

天使的心永远善良

贝尔出生于美国加利福尼亚州的一个知识分子家庭。他的父亲毕业于英国剑桥大学神学院，而他的母亲，则是大学里的一名哲学讲师。按道理说，贝尔应该是一个非常有出息的孩子，至少与违法犯罪扯不上关系。可事实上，他却让他的父母伤透了心。

从14岁开始，贝尔就一直不停地闯祸。由于受身边不良朋友的影响，他从最初的小偷小摸，发展到了吸毒诈骗，最后抢劫入狱。对于堕落的贝尔，他的父母伤透了心，但从未死心。这一切，只源于贝尔小时候的一篇作文。

贝尔入狱后，他的父亲经常去探视他，对此贝尔毫无反应，更不必说什么改过自新了。直到有一天，他的父亲激动地带着整整一箱子的照片来到贝尔面前。父亲希望狱方能够把这些照片贴在贝尔的房间里。因为以前从未遇见过这样的特殊要求，对此狱方一直拒绝。僵持一个多月后，贝尔的父亲将这件事闹到了加利福尼亚州州议会，并与美国极富影响力的媒体《华盛顿邮报》和美国有线电视新闻网取得了联系。这件事情在当时的美国引起了一片哗然，因为贝尔父亲的行为不只是在挽救贝尔，更是一次人性的测验。

那满满一箱子装的是贝尔从刚出生到11岁时的照片，每一张都很阳光。照片的底下，配有一小行文字说明——

1960年7月20日，可爱的小贝尔出生了，这是他来到这个世界的第一次微笑，尽管是在他睡着时。

1963年2月，调皮的小贝尔从沙发上摔了下来，我们花费了14美元，买了一个新芭比娃娃，他抬着捆着绷带的手，痛苦而又高兴地笑了。

1963年5月，贝尔第一次坐汽车，他躺在后排的座位上，歪着头傻笑。

……

与这些照片在一起的，还有一篇作文，那是贝尔读一年级时写的，在作文中他写道：

由于突然降温，邻居家的黑人小男孩约翰在放学时鼻子都冻青了，我把我的外套脱给了他，他很开心。

我并不觉得黑人低我们一等，我觉得约翰也很可爱，我给约翰带来了温暖，看见他微笑，我很开心，我感觉自己像个警察，像个天使，像个救世主。

随后，《华盛顿邮报》全文刊发了贝尔的作文和照片，并呼吁加州有关当局能给予贝尔父亲一次机会，让贝尔找到自己人性最善良的一面。迫于媒体和州议会压力，狱方最终同意了这个看似荒唐的要求。

这些照片和信被挂在了贝尔独处的牢房之内，与贝尔相伴了整整一个多月。在这一个多月里，贝尔显得很安静，没有看报纸，没有看电视，甚至都没有出去活动过，他把自己关在了房间里，每天看着照片，写着日记。

随后，这本日记本成了全美国的一个新闻焦点。日记本里记录的，是贝尔这些日子的想法，日记本的最后一页，贝尔写下了一句话——天使的心永远善良。

3年后，贝尔出狱了，并且参加了警察考试。要知道，在美国，法律规定有犯罪前科的人是不能参加警察考试的。贝尔的父亲这次写信给当时的美国总统老布什，以及美国参议院和众议院，希望能够给贝尔一个机会。在媒体的关注下，在众人的关心下，最终加利福尼亚州州议会讨论并通过了这项关于贝尔参加州警察局警员资格考试的决议。这也是迄今为止美国唯一一次允许有犯罪前科的人员参加警察考试。

贝尔很争气，当年，他成功地考入了加利福尼亚州的警察局。随后，他又获得了"加州卫士"和"泛美和平警察奖"等多个荣誉称号和奖项。

如今快60岁的贝尔，仍然供职于美国加利福尼亚州的警察局，同时他还兼职美国多所监狱的心理咨询师，经常与犯人们沟通。

贝尔说，从警以来他一直活得很快乐很充实。他要感激父亲，感激自己的天使微笑，感激那件温暖外套和那篇天真的作文，这些都成了他前进的动力。

法律基于人性。就像贝尔一样，在这个世界，每个人都能成为天使，只要他的心永远善良。

牧师的监狱

约翰是一名狱警，警校毕业后来监狱上班才一年。说实在的，他很不喜欢这份工作，每天除了在狱房里单调地巡视检查外，就没有其他可以活动的空间了。

不久后的一天，监狱转来了一个新犯人，准确地说，是一名曾经因为冲动而错杀两人的犯人，叫克里·博尔。逃亡的4年里，他一直都在乡村教堂里充当村民们的临时牧师，最终，他还是选择了自首。

博尔的身体很不好，全身都有毛病，而且他已经60多岁了。同狱的犯人没事的时候总喜欢拿他寻开心，在他们看来，一个60多岁的老人，居然在犯事后逃亡，然后又自首，简直是头蠢驴。

博尔每晚睡觉前的半小时，都在床上诵读《圣经》，声音恰到好处，不大不小，既不影响想睡觉的人睡觉，又使那些不想睡觉的人可以听见。单凭这一点，他就足够引起约翰的注意。

那天趁着博尔领药，约翰在百般无聊中和他攀谈起来。博尔不像别的犯人那样，对狱警有着恐惧感，相反，他很和蔼可亲，并且十分自然，完全让人想不到他曾连杀两人。约翰很想知道博尔的故事，所以很小心地问着有关他的事。在约翰看来，比起犯人，他更愿意把博尔当老人看。

博尔一直都是微笑地看着约翰，并告诉他：不要问我案发时的情况，如果愿意，我倒可以把我逃亡后的故事讲给你听。于是约翰不再发言了，而是安静地坐了下来，听博尔讲故事。

博尔说，杀人后，他很后悔，也很害怕，甚至连血衣都没有换就跑了出来。那是深夜，他在逃往乡村的路上拦下了一辆汽车。车上坐着的是一名牧师，他看见博尔后并没有吃惊，而是平静地让博尔上车。那一刻，博尔很是惊讶。牧师告诉博尔，他刚才去给一个70多岁的老人做临终祈祷了，所以回来得如此之晚。之后，牧师边开车边告诉博尔，那老人和你一样，也是犯过事的，他临终的时候一直在忏悔，一直都不能原谅自己，因为他的心灵没有进过"监狱"。

接下来，牧师把博尔带进了自己的教堂，那教堂在一个偏僻乡村的小角落。他没有报警，也没有让博尔去警察局自首，他所做的，就是带着博尔每天祈祷诵读，每周救助穷苦人。就这样，博尔度过了4年，可他一直过得很忐忑。

4年后，牧师病终了。临终前，全村人都过来看望牧师。牧师在临终前的那一刻，问了博尔一句："你的心灵进'监狱'了吗？如果进了，就去该去的地方，去做个真正的牧师，救助那些可怜人吧。"

说到这里，约翰怔住了，不觉间攥紧了拳头，心跳也随之加速。那一刻，他觉得博尔是个可爱的小老头，并且让他在心灵深处有些感动。

在以后的一段时间里，监狱里逐渐安静了下来。某次统计犯人姓名的时候，约翰不经意间发现，监狱里的一些犯人似乎都被提前释放了。再一次，约翰想起了那个可爱的小老头——博尔。忽然间，约翰想去看望一下他。

牢房里灯火通明，约翰看见一大群新犯人围在一起，中间是那个可爱的小老头博尔，他正津津有味地给这些新犯人诵读《圣经》呢。那一刻，约翰忽然爱上了他的这份工作。

听见幸福在歌唱

8月的得克萨斯州经常刮大风，并伴随着大雨。

已经是深夜12点多钟了，约翰家的电话骤然响起。睡梦中的约翰依稀听到电话里的急促声音，估计又是一个急诊电话。爸爸立刻起了床，然后习惯性地吻了吻他，接着急急忙忙地穿起了衣服。约翰已经习惯爸爸半夜出诊了，可是，这么深的夜，这么大的风，让约翰一个人在家，爸爸实在是不放心——约翰的妈妈早在几年前就已经因为不习惯这样的日子，而离开他们父子了。

本已经出了门的爸爸，看见被大风吹得东倒西歪的大树，忽然不放心起来，紧接着他又推开门进了屋，抱起睡眼蒙眬的约翰，把他放在汽车的后排座上，然后汽车箭一般地冲了出去。

到医院急诊室时，里面已经灯火通明了，爸爸把约翰放在急诊室门外的长椅上，脱下了衣服盖在他的身上，然后奔了进去。

此刻，躺在长椅上的约翰睡意全无。他发现，自己脚边坐着一个黑人小男孩，他正用别扭的英语唱着赞美歌。约翰可以感觉到，那个小男孩唱得很吃力。

约翰很惊讶，在医院急诊室门外唱赞美歌，他还是第一次看见，出于好奇，他问了一句："你为什么在这里唱赞美歌？"

"赞美歌？不是幸福歌吗？妈妈就是这么说的呀！"黑人小男孩回答道。

"幸福歌？"约翰很惊讶。

"嗯！妈妈说的。"那个黑人小男孩显得很平静，"来美国之前妈妈教我唱的。妈妈是3年前来的。"

"那你妈妈怎么了？"爸爸深夜出诊，约翰想大概和他妈妈有关。

"妈妈有心脏病，在我们老家时，医生就断言，妈妈活不到半年，可是来到美国后，妈妈都已经活了3年了。"

"是这样呀。听到这个消息我很难过。"约翰同情道。

"为什么要难过？"黑人小男孩显得很不解，"我和妈妈生活得很好呀。"

约翰没有说话，顿了一会儿说道："可是，你刚才唱的的确是赞美歌，不是什么幸福歌啊。"

"没关系，妈妈能活到现在，而且还这么开心地和我生活在一起，我觉得已经很幸福了。比起赞美歌，我更觉得它是幸福歌。"说到这里，黑人小男孩看了急诊室的大门一眼，深情地说了句，"我和妈妈都很幸福。"

窗外的风刮得更大了。一个小时后，手术结束了，爸爸出来了，那个黑人妇女也出来了，她又扛过了一关。

回家的时候，雨点夹杂在大风里，直砸车窗玻璃，似乎是要把车玻璃都砸碎。约翰看着疲劳的爸爸仍高度小心地驾驶着车子，他觉得自己很开心、很幸福。

到了家门口，爸爸吃了一惊，家里的房子已经被大风刮倒了。看着身边的约翰，爸爸忽然间笑了起来，笑得很开心。

此刻，约翰正躺在爸爸的怀里，很开心地唱了起来，那是一首赞美歌，更是一首幸福歌。

天使不会被遗忘

刚出监狱大门的那一刻，比尔的心里一阵阵轻松，又一阵阵沉重。从他回到故乡小镇的那一刻起，他的心里又一阵阵忧愁。他不清楚镇上的人会用什么眼光看他，但他可以猜想得到。

在他回到小镇后不久，镇子里的教堂就遭窃了。那是镇里唯一的一座教堂，也是一座极具象征意义的教堂。被盗走的是教堂里的一个金铸十字架，一个有着100多年历史的十字架，一个被大家视为极度神圣的十字架。

第二天很早，教堂的周围就围满了镇里的老老少少，大家气愤不已，纷纷咒骂道：

"这一定又是那个该死的比尔干的好事。"

"是啊！这个该死的比尔！一定又是他不思悔改，他竟还敢盗窃东西，还敢玷污我们的上帝！真是该死！"

"是啊！他真是我们小镇的耻辱啊！我们非要把他赶出去！让他从小镇消失！"

"对对！"人群里不时有人响应着。

这时，牧师走了出来，他双手合十，虔诚地说道："上帝啊！救救比尔吧！救救这个可怜的孩子吧！"然后不住地祈祷着。看着仁慈的牧师，大家不住地叹息着。有人感叹道："要是比尔像牧师这样仁慈，那么，我们的小镇早已经是上帝掌心的一片天堂了！"接着，大家跟在牧师后面不住地祈祷着，最后，人群逐渐散去。留下的，只是不住叹息着的牧师。

不久后的一个深夜，小镇警长例行巡逻。忽然，他发现教堂旁边有一个人影，正缓缓地移动着，他迅速跑上前去，揪出了那个人，令他惊奇的是，这个人竟是瘸了一条腿的比尔。

随着警哨声响起，镇上的人纷纷围了上来。看到被警长抓住的比尔，大家一阵阵叹息。

看着越围越多的人们，比尔一脸愧意地低下了头。这时，牧师走了过来，他一把抱住比尔，很慈祥地问道：

"我的孩子，告诉我，这是怎么回事？"

比尔仍低头不语，四周的人们越来越气愤，有人吼道：

"赶走比尔！赶走这个盗窃犯！"

比尔的头更低了。

"打死比尔！打死这个玷污上帝的魔鬼！别再让他狡辩了！"

听到这些，牧师一脸的忧郁。他问道：

"是上帝让你把它送回来的吗？"

比尔缓缓抬起了头，使劲"嗯"了一声。接着，牧师吻了吻他的额头。说道：

"上帝的孩子！告诉我们，这到底是怎么回事？"

比尔说道："我以前是个盗窃犯，是一个被上帝遗弃的孤儿。因为我知道自己的罪恶，所以，我从教堂拿走了十字架，并把它挂在了我的起居室里，每日对着它忏悔，希望能以此减轻我的罪恶感，希望我能得到上帝的谅解和宽容。"

"那你的这条腿又是怎么回事？"人群里有人嚷嚷道。

"昨天，我在起居室祈祷的时候，听到了一个小孩的哭喊声，我伸出头去，看到一匹脱缰的马正朝小孩冲来，于是我立刻跳出窗，抱走了小孩，很不幸，在我跳出窗子的时候，不小心摔伤了腿。不过，幸好我及时救了小孩，那小孩依旧平安！"说到这里，比尔满脸的欣慰。

"那你现在又是来干什么的？"人群中又有人嚷道。

"我是来送回十字架，送回给上帝的。我知道，上帝是属于大家的，而不仅仅是属于我的。只是，我真的很不愿意就这么被上帝遗弃！"说到这里，比尔的双眼噙满了泪水。

这时，牧师安慰道："孩子，其实，从你在教堂拿下十字架的那一刻起，上帝早已记起了你，记起了早些日子忘记了的你！知道吗？你现在，也是上帝那么多善良孩子中的一个。"

听到这里，人群里一片唏嘘，比尔的双眼也一片模糊。

此刻，小镇平静了下来；只是，在这平静里，还夹杂着天使的嬉闹声。

你让世界如此美丽

她和我住在同一个村子，按照辈分，我该喊她姐姐。

她长得很清秀，模样十分讨人喜欢。只是遗憾的是，她的身体从小就不好，胆子也十分小，见到蚂蟥、蜘蛛，腿就会发抖，更别说蜈蚣和蛇之类的了。最要命的是，她有血晕症，她的母亲没有，她的外婆倒是有。

我读初二的时候她就结婚了，男的是邻近镇上的一个木匠。结婚后，小两口日子倒也甜蜜，只是一直没有生育。刚开始几年，她的公婆还有意无意地说几句，后来就过分了，整天破口大骂。由于实在受不了这样的日子，两人便离婚了。离婚后的她，在路边碰到公婆，仍然客客气气地打招呼。

在我参加高考后的一个星期，她在村子口的荒地上捡到了一个被丢弃的女婴，而且还是兔唇。这样的情况在农村并不新鲜，不少人家生了残疾小孩儿，便扔掉不管。这个女婴，估计也是邻近乡镇的。捡到小孩儿的时候，她身边只有两个奶瓶，两套婴儿的衣服，在家人万般反对的情况下，她仍然选择收养这个孩子。一切都要重新添置——婴儿床、奶瓶、衣服、摇篮，她把自己的私房钱拿了出来。

小女孩的体质很弱，去县医院看医生的时候，医生说这孩子要大补，最好能经常吃到乌骨鸡。为此，她专门养了一大群鸡，家人不肯帮她杀，无奈之下，她横下了心，自己两腿夹住鸡身，一手拎着鸡头，另一只手横空一刀，鸡血溅了一身，她身体摇晃着。如此多次，她竟然不再晕血了。

小孩儿在她的身边长得很快、很健康。为了维持生计，她在村口开了一家小店，大家都照顾她的生意，虽然不富裕，但母女俩的日子过得倒也有滋有味。

再后来，那个男人又回来找她了，据说和她离婚后不久，这个男人又和别的女人结婚了，也一直没有生育，问题是出在男人的身上。而蒙受不白之冤的她，不把公婆家人的"劣迹"放在心里，仍然选择接纳了这个男人。但前提是，男人不能嫌弃这个兔唇女孩，并且男人还要出钱给这个孩子做兔唇手术。

男人不吭声，低头同意了。他知道，自己找了一个温柔善良的女人。

大一暑假放学回家，我在村口看见了她，男人正把小孩儿抱在怀里逗着玩，而她却在店里盘算着账务，看见我的时候，她还特意和我打了招呼，并且拿了一支冰棒给我降暑。我看了看小孩儿，兔唇手术已经做过了，孩子十分可爱，懂得见人就笑。

这是我亲身经历的最亲切、最感人的一个故事。

你让这个世界变得如此美丽，人生变得如此美妙，而你，也成了这个世界最美丽的母亲、最贤惠的妻子、最孝顺的媳妇。

托比的微笑

托比是一个黑人小男孩，他有一位十分疼爱他的爸爸。尽管爸爸只是一名出租车司机，尽管爸爸坐过牢，可这丝毫不影响他对爸爸的爱。

托比今年9岁了，他还不能站立。爸爸告诉他：因为小时候的一次意外事故，他的双脚暂时失去了站立的能力，医生说，只要他肯坚持锻炼，配合治疗，10岁前，他一定还会站起来的。

一段时间里，托比惊奇地发现爸爸回家不再像往日那么准时了，除了身体的疲惫之外，脸上也写满了困意和忧伤，托比很想知道为什么，可爸爸就是不告诉他。

这样大概过了一个多月，有天晚上，爸爸突然抱着托比一阵流泪，然后告诉托比，明天他要去干一件大事，这件事关系到托比的康复，倘若爸爸做错了，托比一定不要责怪他，并且还要经常想他。

听到这些话，托比的心一惊。不久，他就看见爸爸进了房间，似乎在摆弄着什么。过了好久，爸爸才出去洗澡，趁着这个机会，托比溜进了爸爸的房间，他惊讶地发现，爸爸的抽屉里，竟然放着一把上满了子弹的手枪，与自己喜欢的玩具手枪一模一样，爸爸今晚对他这么说，难道……托比不敢想象。

这一夜，爸爸失眠了，托比也失眠了。

第二天8点多，爸爸就出了门，出门前，他含着眼泪使劲地亲了托比好久。爸爸走后的一刻钟，家里的门铃忽然响了起来，透过门缝，他看见了一个陌生人。他打开了门，那人进来后就直接问托比：

"嗨！你好呀。你是托比先生吗？"

"是的。你有什么事，先生？你找谁呀？"

"我来看看你呀。"那人一边微笑着回答，一边在屋子里搜寻着。之后他蹲了下来，看着托比说："托比先生，你想站起来吗？"

"当然，我早就想了。"托比回答道。

"那你告诉我，你站起来后第一件事想干什么？"那人继续问道。

"嘿嘿，还没有想过。"托比抓了抓自己的脑袋。

"得了，我告诉你吧。你好了以后，得和你爸爸去基督教堂做一个月的义工。"来人忽然大笑起来，"好啦，就这么定了。"

托比有些意外，眨着眼睛看着他。

"哦，对啦，我是基督教爱心者协会的。你爸爸早在一个月前就去了我们那里，想让你的手术经费有所着落。"那人顿了一下，继续说道，"你得知道，这是一个不小的数字，我们讨论了一个多月。今天我是特意过来看你的。我希望我们救助的是一个家庭贫穷并且阳光向上的小男孩。"

"爸爸？一个月前就去了？我不知道呀。"托比再次惊讶。

"是啊。你爸爸真是一个勇敢的人。你出生11个月的时候，发生了意外，当时你爸爸把你送到了医院，结果因为一个白人出租车司机种族歧视，拒载了你们，你去医院迟到了，才落下你今天的毛病。"那人微笑着摸了摸托比的头，继续说道，"为此，你爸爸十分愤怒。你出院后他做了三件事，第一是把那个白人出租车司机狠狠地打了一顿。第二是跑到警察局自首，并且判了半年监禁。第三是出来后开起了出租车。哈哈。他可真是一个有意思的人。"

说到这里，那人吻了吻托比的额头，并且让他转告他的爸爸自己来过，然后微笑着离开了托比的家。

听到这些，托比不禁笑了。他知道，爸爸马上就会知道这个好消息啦。

果然，15分钟后，托比的爸爸回家了，手里拿的是那把手枪，一进门，爸爸就对托比说道："该死的小托比，你又把你的玩具枪放到了我的抽屉里。"

"是的，爸爸。"托比笑了起来，"因为我了解到上午基督教爱心者协会的人要到我家来，并且给我带来了好消息。"

听到这些，爸爸的心一惊。忽然间，爸爸大笑起来，然后抱起托比跳起舞来了，那把玩具手枪被他扔到了角落里。

白鸽从窗口飞过

好久没有看到城市上空联翩飞过的鸽群了。

那雪一样白的小东西，在橘色的夕阳里，它们变换着身姿滑翔而过。它们嘴里念着咕咕的哲语从城市上空飞过的时候，整个城市都是安然静谧的，楼宇、道路、河流纷纷竖起耳朵，像是聆听着《圣经》的圣徒。

看过一个意大利教父的晚年感慨。

他说，自己年轻的时候，身边随从数百，为他卖命的人上千，当然，趁着年轻时候的一股子冲劲，也做下了不少错事，结下了不少梁子。到了他老年的时候，身边一个个"弟兄"纷纷背叛了他成长壮大，再也不听他的召唤了。他的仇家在他最寂寞的时候开车撞断了他的双腿，他侥幸留了条命。

喧嚣一生，人前，他曾光鲜无限，最终却落得个严重残疾的下场。

有记者采访他：面对现在这种状况，你后悔吗？心有不甘吗？

他布满皱纹的脸上绽放着橡木花纹一样的微笑，他说，我不后悔，也不失落，我历险了大半生，现在终于有机会坐在轮椅上，透过窗口，看天空中飞过的白鸽了。它们是那样安逸从容，从它们扑棱飞过的翅膀里，我想起了自己年幼的时候，妈妈领着我，去郊外的土墙根下采一朵蒲公英，当时，土墙上也停歇着这样一群白鸽，我把蒲公英的花苞放在嘴里咀嚼的时候，它们在我的头顶上咕咕地叫着……

老教父说这些话的时候，眼睛深邃而明亮，意境开阔而邈远。

老教父一生都在过着头脑滚烫的生活，暮年的一场变故，却让他的心境一下子凉了下来。多难得的凉啊！

难怪一位诗人说：所有的怀旧都是低温的，心境在这样的低温里，安然地结着智慧的晶体。

白鸽是一种生活的隐喻，太多的人愿意在它的翅膀下"躲雨"。那些世俗的裹挟着尘沙的雨啊，迷蒙了多少岁月的光鲜，让我们一直在蹉跎岁月，误读青春。

一位牧师曾经说过，有白鸽飞过的土地，是天使经常出没的地方，在这样的土地上，常常有美善佐使下的奇迹发生。

他是一个生活潦倒的赌徒，欠了一屁股债，整天都有债主砸门索债。迫于无奈，他只得铤而走险，做了一名杀手。他是退役的特种兵，枪法很准，他接的第一单"生意"是暗杀一个男人。雇他的人是个富翁，只要暗杀成功，他的债务就可以全部偿清了。

他在暗杀对象家的附近选取了一个制高点，那是一座教堂的屋顶。他迅速地支好枪，很快就发现了目标，然后瞄准，就在他要扣动扳机的时候，一只落在树枝上的白鸽挡住了他的视线，枪的准星正好对准的是白鸽的眼睛。那是一只黝黑发亮的眼睛，在白色羽毛的映衬下，闪着明亮的光。

教堂里的钟突然响了，白鸽飞了起来，一直飞向蓝天白云的方向。那一刻，他被眼前美好的一幕感化了，原来，生活中还有这么美好的瞬间。他动摇了，稍后，他收起了枪，转身走下了屋顶……

连他自己都不知道的是，他的所有举动，都被楼顶旁边的监控摄像头全部拍下来！

这是一个多么不可思议的场景，从罪恶出发，却最终以美善而完结。一只白鸽的眼睛挽救了两个宝贵的生命，他们当中，一个躲过了凶恶的枪口，一个躲过了灵魂的变异。

白鸽从窗口飞过，从心灵的窗口飞过……

她的旗帜叫大爱

　　沃尔什是美国加州的一名普通妇女，之前，她有一个美满的家庭，丈夫和善能干，6岁的儿子亚当聪明可爱，幸福之灯一直照耀着沃尔什这个三口之家，然而，这盏灯却在1981年7月27日的下午熄灭了。

　　当时，沃尔什正带着亚当在一个商场里购物，活泼好动的亚当趁母亲不注意，跑到一边想独自去玩耍，可亚当刚一离开母亲，就被早已在一旁窥视的绑匪给拐走了。

　　儿子亚当被绑匪抱上车的一瞬间，沃尔什看得一清二楚，但遗憾的是，在她和绑匪之间还隔了一条宽阔的马路，当她拼命地跑过去时，绑匪的车子已绝尘而去了。

　　焦急万分的沃尔什立即报了警，她本以为警察局会有一套快速的营救措施，能将绑匪截住。然而，令沃尔什失望不已的是，警察局根本不愿花太多气力去管这件事，他们只是简单地记录下了沃尔什的话语和联系方式，然后对她说：等我们一有消息就联系你。

　　事实上，除了沃尔什和她的丈夫外，没有人愿意站出来为此事负责！

　　绝望的沃尔什只好自己印了上千份的寻人启事，在街上到处发，到电台寻求帮助，同时，每天去警察局询问案件有无进展。可是，这一切都是枉然，在儿子亚当出事后的第二个月，有人在一条水沟里发现他的遗骨，而这就是全部的结局，凶手依然无影无踪，逍遥法外，警察局也没有给她任何的交代。

　　亚当的噩耗，让沃尔什一下子崩溃掉了，她觉得生活失去了所有的意义。然而，这一切在当时的美国并不是什么大事情，因为在20世纪80年代，美国儿童案件发案率很高，少女失踪和儿童绑架案屡屡发生。据统计，每年在美国有超过5.8万名儿童被怀有各种邪恶念头的绑匪绑架，其中40%最后惨遭杀害，儿童常常成为社会犯罪的第一大牺牲品。

　　这是怎么样的一种无奈呀，沃尔什已经失去了自己的孩子，而更多的美国家庭则正处在随时有可能失去孩子的担心和惊恐之中。

痛定思痛后的沃尔什决定化悲伤为力量，她决定改变美国政府的司法制度，她要制止绑匪猖獗的犯罪行为，给他们以严惩！

为此，沃尔什来到了华盛顿，跟美国司法部和联邦调查局打起了多次交道。她不辞辛苦，不分昼夜地走访失踪孩童的家庭，鼓励他们重新站起来，踏上寻找孩子的旅程，同时还撰写了大量的调查报告和预防拯救方案。

用了不到两年的时间，在沃尔什的努力下，《失踪儿童法案》1982年在全美通过，两年后同样是在沃尔什的坚持和努力下，美国又通过《失踪儿童援助法案》，并且设立失踪儿童国家援救中心。在援救中心里，有全职的联邦调查员，有免费的报警电话，还有最先进的技术，用于寻找失踪儿童。电脑软件使工作人员能够根据孩子的年龄增长，绘制出孩子逐渐改变的面貌，并参考家人提供的孩子过去的照片，来确认失踪的儿童现在的模样。

援救中心以缉拿绑匪逃犯和寻找失踪者为宗旨，自成立以来，沃尔什和她的同事印发过几百万本的防止儿童被绑架的宣传册，接听过数百万个求助电话，这个援助中心已帮助找回了近61000名失踪儿童，让他们得以重新回到父母的身边。

"我的孩子今晚能平安躺在自家的床上，这多亏了你。"看到自己已经安然无恙的孩子，每个失而复得的父母都对沃尔什说这样的一句话，而每当此时，沃尔什便会觉得自己所有的努力和付出都是那么值得和有意义！

不沉湎于个人得失，走出个人悲剧的阴影，拯救更多个悲剧绝望的家庭，沃尔什以自己的努力为美国树立起一面叫作社会责任的大爱旗帜！

前面有鲜花，不全是荆棘

他的确是个命途多舛的人，出生在一个贫苦的农家也就算了，但是，两岁那年，他又失去了父亲，全靠母亲一手把他拉扯大。到了上学的年龄，他上了小学，这时候，家里的生活就更加困难。他经常饿着肚子上学，沿途的酒馆里飘来浓浓的饭菜的香味，馋得他一个劲儿地咽口水。实在饿极了，他只得在趁人不注意的时候，从茶馆门前的残茶筛里偷偷抓几把泡过的茶叶充饥。

13岁那年，为了缓解家庭压力，他终止了学业，参军到了部队，做了一名通讯员，每天跟随司令员，负责给司令打扫卫生、牵马。中华人民共和国成立以后，这位司令员被安排到了济南四里烈士纪念塔筹建处工作，因工作需要，这个筹建处集合了一大批美术人才，在这些美术人才的耳濡目染下，他一下子迷上了油画。为了练习绘画，他到处找纸张，他的第一张油画是在自己的床单上完成的。

他画的是一张斯大林肖像，完成油画的那一晚，他欣喜若狂到辗转难眠，从自己的这幅画里，他仿佛看到自己生命的图景，那图景是那样光明。

19岁那年，通过他的不懈努力，他如愿以偿地考上了中央美术学院，他的艺术生命从此开始，风生水起。然而，他的事业之树刚刚萌芽，就被一场严霜给抹杀了。因为时局的变动，他被踩碎了脚骨，挑断了右手手筋，而且还被押着到处游行。在这场劫难当中，他受尽了非人的待遇，后来，他还被关进了监狱，一关就是5年！

在这5年当中，他没有抱怨命运待他的不公，而是把监狱当成了自己人生的又一座"高等学府"，为此，他没有一刻停止过自己的艺术创作。没有毛笔，他就用筷子练习作画，由于他的手筋被挑断了，一开始，他连筷子也抓不住，但是，他并没有就此向命运屈服，每天坚持练习，他付出了比常人多出百倍的努力，才渐渐恢复了自己的绘画能力。

回忆起这段岁月，他眉飞色舞地说，这里是十八层地狱，但是，也是锻炼汉子的最高学府，我就是从那里来的！

是的，正是这位从十八层地狱当中走出来的汉子，成了中华人民共和国成立以后非常出色的知名画家！没错，他就是多才多艺的艺术大师韩美林先生。

成名之后的韩美林，又开始了另外一场战争，那就是与病魔的周旋。他曾患有糖尿病，还因劳累型心肌梗死做了一次心脏搭桥手术……但是，每一次，他都是胜者！

提及他的艰难处境，许多人都对他竖起大拇指。人们都说，换作其他人，早就被拖垮了，甚至因崩溃而轻生了。对于这些，韩美林这样说："世界美好也在于有丑的东西，人家折磨你，你再想不开，这不是和别人一起折磨你自己吗？我看不如奋发向前的好，前面有鲜花，不全是荆棘。"

是啊，前面有鲜花，不全是荆棘。这鲜花，并不是开在普通的土壤上，而是开在韩美林的心灵深处，这鲜花所散发出的倔强芬芳，足以让他忽略一切泥泞和荆棘，始终站在坚强人生的领奖台上！

冯骥才曾经这样评价早年的韩美林："当韩美林张开双臂热烈拥抱这个世界的时候，无数贪婪的手把他两兜掏了个精光。"我想，那时候的韩美林一定想：感谢上帝，轻装简从以后，我可以跑得更快！

你还听得见蝴蝶的歌唱吗

法国的一家网站做了如下一则调查，调查的题目很诗意：当你走出了静谧的乡村竹舍，当你在暖融融的夕阳下展开一张晚报，在阅读中垂垂老去；当你为了艺术馆里的那架钢琴而发疯似的挣钱；当你为了对面写字楼里那个高挑的女人而殚精竭虑；当你为了一个可以蛰居的"巢穴"而绞尽脑汁……这时候，你还能听得见春天的园子里那只蝴蝶的歌唱吗？

蝴蝶会歌唱？你不是在开玩笑吧？

也许当我写下这段文字的时候，许多人会投来像煞有介事的质疑。似乎没有哪一个生物界的权威人士说过蝴蝶会唱歌，然而，你听过，我也听过。

一位名叫爱黎·西嘉贺的女士在网站上这样跟帖：童年的油菜花丛里，我曾在那里捉住过一只蝴蝶，它正躲在挂着晨露的叶片下，沉静得没有一丝声响，我小心翼翼地用双手蜷成一座"房子"，透过手的缝隙，我打算像我所预料的那样，倾听它急促的呼吸，抑或是它惊恐的求救声，但是，我失望了，清晨的蝴蝶是那样安静，我伸开手掌，把它托在掌心，太阳升起来了，它扑棱一下，从我的掌心起飞，蝶翅与金色的阳光交锋的那一瞬，我的耳边发出了金属似的响声……我很庆幸那时候我的鼓膜是那样的敏感，那声音，应该是我一生中听到的最曼妙的声音了。

迈克尔·弗尼耶是一位年近80岁的老人，他不会使用电脑，但是听说有这样一个有意思的调查，他拜托他的孙女写下了这样一段话：至今我仍忘不了在我12岁那年我所犯过的一个错误，我一直以为蝴蝶身上的粉状物质是它身上的灰尘，有一天，我用网兜擒住了十几只漂亮的蝴蝶，然后飞速跑到树林旁边的小溪里，一一给它们洗了澡。那天的日记里，我写了这样一段话——那几只蝴蝶真高兴，它们畅快的"叫声"被流水声挟裹着，竟然像绸缎一般，最后，洗过澡后的蝴蝶都"酣睡"在溪边的草丛里，我想，它们一定是醉了……

一位名叫阿尔萨斯的小伙子这样写道：3年前，我爱上了艺术系的一个女孩，她的名字叫玛莲，她是个非常喜欢蝴蝶的女孩。她说，每一只蝴蝶都是她的朋友，生时，她会用花蜜喂养它们，死了，她会把它们制成最漂亮的标本，买最完美的相夹收藏它们。她还说，每当她在有风的夜晚，打开那些标本，都能听到一只只蝴蝶的歌唱……她曾赠送我一本藏着蝴蝶的相册，我至今保存着，因为，那里安放的不光有无数蝴蝶的声音，还躺着玛莲的灵魂，一个午后，她因白血病离我而去……

一段话，如一条巷子，藏着一段幽深的故事，但是，当我们走出巷口的时候，便只有回忆了。童年是一座王国，每一只蝴蝶的翅膀上都停栖着一个浮云一样的灵魂，那些灵魂会唱歌，那段旋律的主题就是天真。

这个调查还有个总结，总结很简单：长大后，你再也听不到蝴蝶的歌唱了……

是啊，很多人的成长过程是躯体的膨胀，而心灵的感官却不断失明或失聪。著名的导演吕克·贝松曾经说过："每个人心中都有一个迷你的王国，只是成年人的王国可能会更小些。大人们每天考虑的事情太多，他们真正关心的只有自己的生活，他们失去了想象力。如果我说，昨晚我去月亮上睡觉了，成年人听了只会嘲笑你，但小孩子就会说：'哇！你真走运！'"

你还听得见蝴蝶的歌唱吗？当喧嚣的市井声磨钝了我们的感官，当我们的鼓膜在迪吧的刺耳舞曲声中日渐麻木，当城市的灯红酒绿灌醉了我们的感官，每一个人都应该这样向自己的心门叩问。

光阴荏苒，漫游在岁月的羁旅里，我们每个人的心灵都是一枚栉风沐雨的种子，千万别膨胀了体力，缩水了想象力；更不要在岁月的沙尘里，风干了清纯的心之嫩芽！

摔倒了，也要舌尖朝上

　　她是个要强的女人。丈夫离开她后，她一个人承包了一座电话亭，靠卖书报和香烟的收入把儿子拉扯大。

　　儿子也很争气，从小学到高中，成绩一路名列全校前茅，这个秋季，儿子又收到了大学的录取通知书。儿子上高中时，读的是私立中学，高昂的学费已经逐渐掏空了原本窘困的家庭，有人劝她到电视台向社会求援，她坚决不肯，说，这都曝光了，以后儿子见到同学会多没自信呀。

　　她决定在这个暑假挺一挺，她扩充了电话亭的生意范围，一边卖书报和香烟，一边在电话亭外支了个炭火炉子，专门卖韭菜鸡蛋饼，两元一张，附近多是写字楼，上班族们的早饭多是草草对付，她的韭菜鸡蛋饼卖得很快。

　　看生意有起色，她又决定晚上也卖韭菜鸡蛋饼。这一试，还真不错，生意比早上的还好。

　　这个城市里的夏天异常闷热，市区多的是大排档，她的电话亭紧挨着大排档，有吃酒的人三杯下肚，来两张韭菜鸡蛋饼，异常可口。

　　有一天晚上，为了多为儿子积攒些学费，她22点还没有收摊，一阵风吹过，看天要下雨，她慌忙收拾东西，然而，就在她即将熄灭炭火炉的时候，一个醉了酒的司机开着车直奔向她，她的身体被抛在半空，画了一道弧线，落在了离电话亭10米开外的地方，一口鲜血喷了出来……

　　第二天清晨，她在医院的病床上疲惫地睁开了眼睛，盆骨粉碎性骨折，肋骨断了5根，腹腔瘀血严重，好在那个肇事司机没有昧着良心逃掉，要不，她命都没了！

　　本来就已经十分窘迫的家庭遭了这一劫难，势必雪上加霜。记者们赶了过来，听说她的遭遇，非要帮助寻找社会上的爱心人士捐助，她声嘶力竭地哀求记者说，千万别，我们自己可以，千万别……

　　幸好国家有助学贷款的政策，她的儿子才没有与大学失之交臂，但是，儿子的生活费咋办？

儿子看到母亲的样子，讲出了不去上大学的想法，他说大学没了，以后可以自学，妈妈没了，天就塌了。

那天，她挣扎着第一次扇了儿子一记耳光，说，你若不去上大学，我现在就绝食。

儿子去了，从亲戚家里借的生活费，她由亲戚代为照顾。

儿子上学的那天，她笑得很开心。她对儿子说，你一定要记住，摔倒了，也要舌尖朝上，不能装孬种。

伤口近乎噬骨的疼痛一直延续了近一个月，亲戚只看到她额头冒汗，她却一声没有吭，唯恐儿子知道她的痛楚影响学业。

在床上躺了半年，她出院了，儿子特意请假来接她，她递给了儿子一张字条，字条上写着一首诗，诗人的名字叫保罗·策兰。她用蹩脚的普通话朗诵给儿子听——

这个只能结结巴巴跟随的世界／我将成为这世上／曾经的一个过客、一个名字／从墙上渗下来／墙上，一道伤口舔向高处

她说，这诗，是隔壁病房的一位患白血病的小伙子告诉她的。小伙子常在草坪上念叨，她觉得很有意思，就从小伙子手里的诗集上誊抄了过来。

儿子问，这位拿诗集的哥哥呢？

她眼泪打转儿说，3天前，听说他走了，含着笑走的……

天使捎来一颗糖

我曾见过一个瞬间把我感动得一塌糊涂的乞丐。

她50多岁，断了一条腿，一条裤管掖在大腿根部，穿得很干净，腰也笔挺笔挺的。她并不像其他乞丐那样叫苦连天地呻吟，也不可怜巴巴地哀求，更不

会"飞扬跋扈"地搂住行人的腿强制乞讨。她只是安静地守在天桥的拐角内侧，脸上始终挂着笑。她的身旁放着一个纸箱做的牌子，牌子上用歪歪扭扭的笔迹勾勒出这样一句话：如果你生活得很甜，请给我一颗糖。如果你很苦，希望我的笑容能让你甜一些。

多么诗意的乞讨，宛如一双秀美的手伸进了人的心里，几下就挠在了人心灵的绵软处。

我走上前去，弯腰给她面前的托盘里放了一串刚买的葡萄，说："我没有带太多的钱，这些葡萄送给你吃吧。"

她边说谢谢，边扭下一颗放在嘴里，可能是太酸了，她蹙了一下眉头，我赶忙试验了一颗，坏了，的确酸得倒牙！命运对于她，已经够辛酸的了，我怎么又拿一串葡萄再勾起她的辛酸往事呢？

我赶忙道歉，并商量着收回那串葡萄，说下次送她一串甜的。她说："不必了，对于我来说，这就是最好的甜点了，我的女儿最喜欢吃酸葡萄，我留给她吃。女儿曾经说过，每一颗酸葡萄都是一颗还没有长大的糖，带着孩子一样的酸，酸，但酸得明白，酸得彻底，品着这样的酸，想着如若再多给它们一些时日，想着它们紫红的脸蛋，心里比放了糖还甜！"

我继续好奇地问道："你身旁这个纸箱做的牌子是谁要你这样写的？"

她一脸幸福地回答："我女儿呀，女儿告诉我，虽然我们苦了点，但是没有必要让所有人都一副苦相。因为，大部分人的生活是甜的，大部分人也都喜欢甜。所以，他们在享受自己甜的同时，能给我们一颗糖果，我们就知足了。如果他们也很苦，我们只能用自己的笑容告诉他们，其实生活原本是很甜的。"

简直是被生活的蜜糖拌出来的话语，还夹杂着智慧的甜香。我做梦都没有想过，这些话竟然出自一个乞丐的女儿之口，我很想知道她的女儿身在何处，于是，便问了她。

她从怀里掏出一本厚厚的、词典一样的书，由于书太破了，翻开的时候，我才发现那是一本《圣经》，在圣经的中间，夹着一张照片，照片上是一个笑容可掬的孩子，十五六岁光景，比墙画上的天使还要可爱。

她说："20年前，在一场车祸中，她永远地离开了我。她离开我的前一个小时，躺在病床上的我们手拉着手，她交给了我这本《圣经》，然后说，她要去天堂了……纸板上的这句话，是有一天晚上她在梦里告诉我的，她说，她在那里生活得很好，每天都有糖吃，并告诉我，每一个在我面前托盘里丢下一颗糖的路人，都是她派来看我的天使……"

她说这话的时候，目光深邃而透着甜意，这是一种发自心灵深处的甜，这种甜，让我突然间明白，面对生活里的种种不如意，一个心里装着甜意的人，总能把岁月的泥泞与坎坷做成一道甜点，这甜点，让我们品出了生命最深远的意义。

我强忍住泪水，我不想让我的泪水去打扰面前这个老妇人的宁静，在我起身的那一刹那，她一边向我道谢，一边嗅了嗅那串我送给她的葡萄，一脸幸福的向往……

约瑟的灯塔

如果要说这个世界真有尽头的话，那么这个尽头就是在地球最南端的合恩角岛屿上。位于美洲大陆最南部，与麦哲伦海峡遥遥相望的合恩角是人类目前已知的最南端的一个小岛屿，被称之为"天尽头"。

合恩角之所以不被外界广泛知晓，是因为这个岛屿很少有人见到过，更别说登陆过，合恩角附近的水域是已知海洋上最凶险的区域之一，一年中的80%的时间都是险象环生，气候和风浪凶险得让人捉摸不定，在这里时速100公里的风暴常常被称为"微风"，同时又由于这里没有任何灯塔的指引，过往船只在恶劣天气中很容易迷失方向，这段水域也因此成了著名的"船的坟墓"。自从有船只行经这里以来，已经有800多艘船只在此遭遇致命的厄运，船上的无数生命也因此永远地被吞噬在海底，其中就包括近百名智利海员和一些来此作业的捕鱼者。

但即便如此，每月还是有数艘船只，特别是一些打鱼的渔船冒险经过此地。然而，令他们兴奋不已的是，不知从何时起，合恩角上居然耸立起一座高高的灯塔，每到夜幕降临之时，灯塔就会发出亮光，塔上还有一个人为他们打方向灯，发布风暴信息，这使得在此航行的船只迷路的概率大大减少，海上事故也少了很多。

后来，人们才知道，负责照料灯塔的这个人叫约瑟，一个雅玛纳印第安人的后裔。据悉，之前，约瑟随同父亲生活在由智利政府和一个海军基地共同出资修建的乌奇卡聚居点，聚居点里生活着许多海军家属和来往的渔民。但由于是印第安人，约瑟和父亲常常遭到乌奇卡其他种族，特别是一部分白人的歧视和白眼。

退役后，父亲便带着约瑟离开了乌奇卡，来到了荒凉孤寂的合恩角，过起了自给自足的生活。约瑟的父亲本来是想借机逃避种族歧视，然而到了合恩角岛上后，却发现如果能在上面建立一个灯塔，那么就一定能减少来往船只的事故率。然而，这是一项自愿的活动，因为政府根本不愿意花钱建灯塔，约瑟和父亲只能自筹资金，花了好几年的时间才最终将高高的灯塔建成。随着灯塔的建成，约瑟和父亲也变成了两个彻头彻尾的穷光蛋，平日里过往的渔船会给他们抛来一些海鱼之类的食物，生活相当艰苦。

虽然这是一项吃力不讨好的苦差事，但是，却没有阻挡住约瑟，父亲死后，约瑟成了岛上唯一的男人。他继续承担父亲的工作，约瑟不仅是合恩角岛上的灯塔员，同时还是天气观察员、预告员和导航员，无论刮风下雨，每天晚上，约瑟都会准时爬上高高的灯塔，为来往的船只指引航向，一直至今。

现在，每年都有近百名游客能够幸运地碰到合恩角的风和日丽的天气，然后乘机登上这个小岛，他们每个人在合恩角上逗留最长时间不能超过一小时，除了欣赏到绝对的"天之尽头"的奇妙梦幻般的景象外，他们还会拜访已经在岛上独自待了很多年的灯塔管理员约瑟，听听他的岛上故事。

不久前，曾有一名登陆到合恩角的游客困惑地问约瑟为什么不离开合恩角，结束孤苦寂寞的岛上生活。约瑟是这样回答的："如果我离开了，来往的船只将重新任由海洋摆布，假如船上的人因此而丢了性命，那将使我余生无法入眠！"

其实，过往船只上的许多人都是曾经歧视和嘲笑过约瑟的乌奇卡聚居点的人。不但不计较，不记恨曾给自己带来过伤害的人，反而义无反顾地为他们照亮黑夜中航行的方向，这个叫约瑟的印第安男人，让孤寂冷漠的合恩角变得温情脉脉！

总有一位天使在等你

芬兰赫尔辛基。一列高铁上，突然上来一个衣衫不整、浑身散发着臭味的男人，让人一眼看上去，就能断定他是流浪汉。

他坐的是二等舱，且坐在靠窗的位置，他刚坐下来，旁边的旅客纷纷捂着鼻子，甚至有几个穿着时尚的女士开始呵斥他，挖苦他，说，是不是天底下所有的水都流尽了，致使你成了这副样子？

有几个人实在受不了他身上的气味，开始避得远远的，在过道里溜达，或者到别的车厢里去"避难"，因为，实在受不了他身上的恶臭。

男人的眼睛如同一潭死水，别人的嫌弃，仿佛加重了他的怨愤，他的一只手插在衣兜里，一动不动，似有什么东西攥在他的手里。

仅仅半个小时，附近5名乘客就躲了3人，还有两人是一对母女，母亲是一位盲人，在给女儿梳小辫儿，女儿忽闪着眼睛，一动不动地盯着对面这个奇怪的叔叔，看到他冰冷的表情，女孩冲他做了个鬼脸。男人的表情依然没有解冻。

女孩对眼前这个男人充满了好奇，她仿佛和眼前这位叔叔较上劲了，决心一定要把他逗笑。

女孩先是用一次性餐具插在嘴里，扮作两个门牙很大的小兔子，然后按着自己的鼻子扮作小猪，再然后，索性学起了斗鸡眼，但都于事无补，男人的意志力仿佛十分坚定。

女孩的小辫儿梳好了，她趴在妈妈的耳边小声说了几句话，妈妈笑了。女孩继续投入了逗笑这个酷叔叔的"战斗"中。

她开始坐在了对面，紧挨着男人坐，还把最好吃的巧克力拿给男人吃，男人接也不接，只顾摇头，男人的一只手插在衣兜里，一动不动。

女孩开始吃她的巧克力，吃得一嘴都是，由于急于要把眼前这个叔叔逗笑，女孩吃得很急，一块巧克力黏在了门牙上，一张嘴，煞是逗人，男人看了一眼这个可笑的小女孩，脸上的冰突然解冻了，扑哧一声，笑了出来，男人插在兜里的那只手从兜里掏了出来，为女孩鼓起了掌。

女孩看到男人笑了，也鼓起了掌说，叔叔，你终于笑了，其实，你还是笑起来比较帅气。

男人听到女孩这么说，开始爽朗地笑了起来，笑声很大，声如洪钟。

就在这时候，一位列车员走了过来，一个手指挡在唇前，做出了一个"嘘"的手势，然后指了指后排一位熟睡的老大妈。

男人和女孩转瞬间明白了列车员的心意。

那天，男人仿佛特别开心，20分钟后，又是一站，男人起身，准备下车，临下车前，那个可爱的小女孩吻了他一下，在他密密的胡茬上。

那天，下车的男人把原本冰冷的脸笑成了一池春水。男人下车后，往旷野里走，走到一处无人的地方，戴上了3层口罩，然后伸手掏出了兜里的一个玻璃瓶子，小心翼翼地拔掉了塞子，扔掉了。

其实，谁也不知道，男人是准备把这个瓶子开口置于火车通风口处，瓶子里存的是剧毒气体——沙林。他原本是一所大学的化学系教授，他研究的一个突破性课题被校领导剽窃，打官司时，又遭遇了惨败。他恨透了这个社会。

后来，男人在一篇日记里写下了这样一句话：当所有人都对你翻白眼时，别气馁，在命运的列车上，总有一位可爱的天使在不挑剔、不嫌弃地等着你，且千方百计逗你笑。

还有布谷鸟在歌唱

学校里组织了一次查湾农家游，这对从未走出过城市的同学来说，无疑是件天大的好事。查湾在我们当地，向来以乡村的秀美而驰名，是个休闲度假的好去处。去查湾，可以呼吸一下乡野里新鲜的空气，尤其是5月里乡间的风景，足够吸引人的眼球。

汽车缓缓绕过盘山公路，一个小时后，我们要去的查湾已经完完整整地展现在我们眼前。然而，看到查湾的情景以后，所有人都唉声叹气起来。因为这里刚刚遭遇了一场百年不遇的洪灾，查湾的农田已经毁坏过半，仅有的几块高处的农田，也不见了绿油油的庄稼，取而代之的是破败的蒿草。洪水刚去，烈日就统治了查湾的大半个天下，走在田垄上，腐败的植物气息和田鼠的尸体味道充斥着人们的鼻孔，查湾落难了！

许多同学开始埋怨起来，怎么不事先打听一下，到了这么个破地方，有什么可玩的，臭烘烘的，活像一洼粪池，这是旅游还是遭罪啊?！

同学们纷纷给家里人打起电话来，大都是汇报一些关于查湾的糟糕消息。有许多家长们开始担心起自己的孩子来，有的说大灾之后必有大疫，自己的孩子去这样的地方可别染上了什么传染病！

于是，老师的电话开始忙碌不停……

在喧嚣的人声里，一个声音格外引人注意，那是一位柔弱如林妹妹的女生，她轻声细语地告诉自己的妈妈，尽管查湾遭遇了百年罕见的洪灾，但是，春天的查湾依然焕发出了勃勃生机。水牛照例在田间开始了耕作，发酵的植物秸秆充当了最好的肥料，最可喜的是山坡上的树林里，许多布谷鸟在不停地蹦跳着、唱着："阿公阿婆，割麦插禾……"多好玩啊！

鼎沸的人声瞬间安静下来，山坡上，布谷鸟踏着树枝在花间歌唱的声音传到了每一个人的耳朵里，宁静中带着融融的欢悦。带队的张老师把大家聚在一起，感慨良深地对大家说，你们见过乡下农人扬谷时的场景吗？农人总会在风起的时候扬起一木锨稻谷，秕谷全部被风吹走，留下的全部是粒粒饱满的稻谷。这是清风的朴素辩证法，总能给人传达积极的信息，而把消极的扔出去老远。这多像我们待人接物时的方式啊——先说好事，用好事打底，再解决坏事，这样的话，与我们交往的人，心里总会暖暖的，惬意而舒适。

让希望迂回

他是世界顶尖级的钢琴演奏大师，曾在世界九大钢琴赛事中夺得7个奖项，成为国际乐坛获奖最多的钢琴家之一。值得一提的是，即便他如此出名，他也没有放弃自己的业余爱好，那就是做木工活。

一天，他借助一架折叠梯子，上房去修葺业已破损的房顶。经过一番敲敲打打，破损的房顶不多时就被修补得严丝合缝。大功告成，他欣喜万分，心情愉快的他一边哼着小曲，一边扶着梯子往下走。然而，就在这时候，悲剧发生了——折叠梯的上半部分突然脱落，不偏不倚，正砸在他的双手上！

送到医院抢救后，双手虽然保住，但是，手部肌肉却落下了"肌张力不全"的病根。医生告诉他，他的双手再也无法弹奏钢琴了。他不信，挣扎着走到钢琴前，但是，他那双原本灵巧的手却再也不听使唤，一落在琴键上就发出"哄哄"的噪音。一位钢琴演奏家失去了双手，这无异于一位母亲失去她心爱的孩子，残酷的现实像一块巨大的岩石压在他的胸口，让他痛不欲生。

但是，他从没有放弃过对双手的练习，一年多来，他不停地给双手做按摩，没有事时就尽量活动自己的手指，然而，努力的结果却总是不尽如人意，甚至可以说是徒劳！他的痛苦又加深了一层。后来，他开始怕见钢琴，每听到一个和钢琴有关的字眼，他都感到是对自己的莫大羞辱。再后来，他索性彻底放弃了，算了吧，不弹钢琴又如何？

又是一年过去了，在这一年当中，他丝毫没有沾钢琴的边，甚至都没看一眼。闲暇时间，他就读读书，看看电视。但是，突然有一天，他拿遥控器的手能够活动了——他已经可以准确地摁着遥控器上的按钮来选自己爱看的节目。喜出望外的他一下子来了精神，他仿佛感觉到一道灵光在面前闪现！接下来的日子里，他不停地按遥控器上的按钮。最后，奇迹竟然发生了，他手部的肌肉逐渐开始恢复知觉，神经组织也逐渐开始复活！不久，他重新回到了他心爱的钢琴前。而且，劫后重生般的他，在1998年的美国独奏音乐会上技压群雄，一口气弹完了32首贝多芬的奏鸣曲，最终他被公认为贝多芬作品的权威演绎者之一！

他就是现任上海音乐学院钢琴系主任的钢琴大师陈宏宽！

让希望迂回，把挫折所带给我们的苦与痛都丢弃，让大难不死的心劫后重生，给受挫的灵魂一个巧妙的休整和洗礼，最终锈蚀的生命也会变得锃亮生辉！

狐蝠借血有道

在南美洲的丛林中，有一种蝙蝠叫狐蝠，通常人们又称它们为吸血蝠，因为它们主要靠吮吸家禽和动物身上的血来维持生命。每只狐蝠每天至少要吸足两汤勺的血才能存活下去，否则就会性命难保。

虽然号称是吸血蝠，但实际上，对于狐蝠来说，每天要吮吸到足量的血并非易事。同类间竞争激烈，家禽和动物们都有自己有效的防护措施，狐蝠们吸血越来越难。很多狐蝠往往是忙碌一天都一无所获，死亡的阴影开始笼罩在它们头顶。如果第二天它们还是不能吮吸到足够的血，就只能饥渴而死。

但，在死亡之前，狐蝠还有最后一个求救的办法，那就是朝同类的其他狐蝠"借血"，吮吸它们体内的血，但由于一只狐蝠又不可能把体内所有的血都借出去，因此，没有吸到血的狐蝠就要一个一个地借，直到借足两汤勺的分量。但同时还有一个不可回避的问题，那就是并不是所有的狐蝠都愿意借血出去，只有那些平时曾经借出过血的狐蝠，当它们需要血时，其他狐蝠才愿意搭救它，而那些因为饥渴死掉的狐蝠，平时大都处事古怪，不愿意帮助其他同类。

无独有偶，在中美洲的丛林也生活着一群蚂蚁，它们通常在高大的树木丛下觅食。在这个过程中，常常会有树脂突然从天而降，将运气差的蚂蚁牢牢粘住。被粘住的蚂蚁如果不能在短时间内摆脱，那么就只能等着当标本了。这时蚂蚁群的首领会立即召开紧急会议，商讨救不救它，决定的因素包括被粘蚂蚁平时的劳动积极性、与同类的相处情况等，但最重要的一条是，它有没有积极参与过营救同类的行动，如果有就救，没有则不救。一旦决定救，蚂蚁们就会齐心协力地叼来一些沙子和细土朝被粘蚂蚁身上放，甚至用自己的唾液来稀释被粘蚂蚁身上的树脂，直到把它完全救出来。

狐蝠借血有道，蚂蚁营救有理，它们的这种互助规则，长久以来未曾发生变化，一直持续到如今。想一想，我们人类何尝不是如此呢？当危机来临，一个人能不能得到别人的帮助也同样取决于他平时对待别人的态度和做法，永远不要忘记的是，你今天对待别人的样子，便是明天别人对待你的样子。

地狱屋顶上的马蹄声

巴黎的街头，一个落魄的青年被暴风雪冻得实在不成样子了，由于囊中羞涩，旅馆老板已经把他赶出来3天了。在街头乞讨的时候，他又被一帮叫花子莫名地打了一顿。

他越想越恼，于是，决定爆发一次，给这个社会一点颜色看看。

于是，他撬开了一户居民家的门。

正在烧菜的妇人愣住了，看到他凶狠的样子，妇人手里的菜掉了一地。他抽出了随身携带的一把刀，一下子抵在妇人的脖子上，刀尖所及处，一股鲜血流了出来。

快！把你家里值钱的东西都拿出来！否则我不客气。

他正式开始向这个"不公"的社会叫板了。

妇人举起了双手，带着他进了卧室。妇人取出藏在床头柜里的所有现金，总共是3000法郎。

他显然是不满意的，大声吼道，不行，赶紧再找！首饰我也要！

妇人泪眼汪汪地祈求他说，对不起，先生，我家里真的没有首饰。

其实，妇人并不是没有首饰，首饰放在女儿的房间里，她怕拿首饰的时候，吓到自己的女儿。

怎么可能？少啰唆，不然我就不客气了！他声色俱厉，寸步不让。

妇人明显地面露难色。她开始和他商量，先生，实不相瞒，我的首饰全部藏在女儿的房间里，此刻，她正在房间里练琴，我不想吓到她。这样吧，你能装作是我的朋友，并让她弹完这首曲子吗？

他犹豫了一下，勉强地点了点头。

女儿的房门开了，一股琴声瞬间灌满了他的耳鼓。妇人的女儿八九岁的样子，弹奏的正是贝多芬的《月光曲》。

妇人的女儿目光清澈，看到妈妈的手挽在一个陌生男人的臂弯里，表情这么暧昧，她会心地笑了笑，那笑容，分明是赞美"妈妈真棒"！

他看到了妇人女儿的房间，放着一张中年男人的遗像，再猜想一下妇人女儿看到母亲和一个陌生男人的表情，他瞬间明白了一切。

一个多么充满爱意的家庭，他随着琴声陷入了深思，并被小女孩优美的琴声给迷倒了。这样一种琴声是那样懂事和善解人意，那样的充满希冀，那样渴望幸福，像是一粒种子，心中装着长成参天树木的梦。

一曲终了，他扑通一声跪在地板上，带着哭腔把3000法郎还给了妇人，然后跑出了妇人的家。

一个小时后，妇人接到了警察局打来的电话。电话称，他自首了。

在警察为他录的口供里，有这样一句话：我本已经进入地狱的门了，但是，我很幸运，就在我将要步入地狱深处的时候，我听到了地狱屋顶上清脆的马蹄声，这声音，是月光浸润下，一朵娇嫩的莲花盛开的声音。感谢妇人的女儿，尽管我还不知道她的名字，但她用自己天籁般的琴声拯救了我的灵魂……

草是风的一面旗帜

她是一个自卑的孩子，从不爱和别人交往，许多小伙伴也对她敬而远之。只是这些也就算了，更可悲的是，她的学习成绩也差得一塌糊涂。许多老师在课堂上毫不留情地批评她，因为，同一道题，她经常能错3遍。

她有自闭症，这已经成为有目共睹的事实。许多同学排挤她，大家认为，她是一个闷葫芦，和她在一起，自己原本快乐的心情也会瞬间变得低落起来。她也察觉到了伙伴们对她的疏远，于是，一个人搬着课桌，挪到了教室的角落里。从那天开始，她觉得自己仿佛搬到了一个崭新的世界，课堂和朗朗的读书声对于她来说是事不关己的，她关心的只有窗外的世界。静静的泡桐花开了，穿过窗子透出丝丝香甜，鸟儿们在树间做了窠，每天啁啾地唱着，嬉戏着……

她多想让自己变成一只鸟儿呀！一只无忧无虑的鸟儿，和群鸟在葱茏的树木间追逐，在广袤的天空中振翅，这样的她是烦恼的绝缘体。

春天走后，夏天把秋天引了过来，窗外那棵泡桐开始落叶，就连树上的鸟儿也暗哑了嗓音，许多候鸟已经南迁。积攒了这么久，她第一次在一个课间痛哭流涕，她哭着说，都走吧。就连鸟儿也会抛弃她，曾经的一树新绿也变成了满眼枯黄，上帝为何非要给她一个黯淡的世界？

不知道什么时候，班里新来了一名语文老师，老师姓徐，长得特像徐静蕾，同学们都非常喜欢她，暗地里叫她"静蕾老师"。"静蕾老师"给班里上第一堂课时，带领大家玩成语接龙的游戏。老师用板擦作为接力棒，传到谁那里，如果接不上来，就要罚唱一支歌，或者是写一篇作文。

随着一声清脆的击掌开始音，接力棒依次传递，很快就传给了她。当时，她还在望着窗外发呆，不知不觉中，一个板擦落在她的桌子上，她先是一愣，继而听到了同学们的欢呼声，那欢呼是一种刺耳的嘲弄。

她不会唱歌，按照游戏规则，她选择写一篇作文，第二天交上来。"静蕾老师"是个非常和蔼的人，对她说，没问题，即使第二天交不上来也没事，只要用心了，写多少是多少。

这一次，她没有令大家失望，她把自己的心情写了出来。她是一个命苦的孩子，3岁那年，母亲就离家嫁到了外乡，父亲给她娶了一位后妈。尽管后妈对她很好，但是，她总觉得那是一种虚伪。6岁那年，他的父亲得了一种怪病，从此丧失了说话能力，她失去了最后一位可以沟通的对象。于是，她在生活里选择了沉默。她在自己作文的最后一段里说，我是一棵孤单的小草，我的生命里仿佛只有秋天……

第二天，"静蕾老师"在课堂上郑重其事地表扬了她，说她是个守信的好同学，按时交上了作文，而且写得很好，至于作文的内容，"静蕾老师"却只字未提。那天，"静蕾老师"把她的座位由最后一排调到了讲桌下的第一排，并当着全班同学的面给了她一个甜甜的香吻！

从那天起，她像蝉蜕了皮一样仿佛换了一个人，上课注意力非常集中，成绩上去了，同学们也争先恐后地与她交往。学期结束，她还做了班长呢。

10年后，她考上了省内一所名牌师范大学，毕业以后，她义无反顾地回自己的母校做了一名教师。她给自己的学生讲的第一堂课叫作《草是风的一面旗帜》，她在课上说，即使是一棵卑微的小草，也不会孤单，因为它有自己的使命，那就是：等待春天，为风铺开一面绿色的旗帜！

也许谁也不知道，"草是风的一面旗帜"，那是"静蕾老师"在她的作文里给她的批语。

心一热，天就蓝了

吉姆一直有个毛病，那就是怕冷。只要是吉姆感觉到冷的时候，眼前就发黑，视力也就下降，这的确是个可怕的怪病。

提及吉姆的怪病，不得不说说吉姆的身世。

吉姆5岁时就死了母亲，6岁的时候，有一次，他连续发了3天的高烧，狠心的继父不光不给他买一粒药丸，还把他扔在了鱼市拐角的垃圾堆里。

清晨，一个赶早的渔民在臭气熏天的垃圾堆里发现了奄奄一息的吉姆。渔民一边骂着"哪个丧尽天良的家长"，一边迅速地抱起吉姆向医院奔去。

在渔民的帮助下，吉姆捡回了一条命，但是，也落下了病根，只要是一吹冷风，吉姆就会感觉到天旋地转，两眼发黑，如果得不到温暖，他还会一头栽倒在地上。渔民把吉姆收在膝下，并把吉姆照顾得无微不至，出海打鱼这样的活儿自然是舍不得让吉姆去的，吉姆一个人待在家里，好不快活。

吉姆10岁的时候，由于整天和街面上一些小混混搅在一起，成绩差得一塌糊涂，没过多久，他就辍学了。

渔民一直把吉姆当成掌中宝，一个巴掌也舍不得打他。后来，在吉姆18岁的时候，他加入了当地的黑手党，经常干一些让人胆战心惊的事情，附近的邻居见了他，也都躲得远远的。但吉姆是个孝子。吉姆知道，在自己面前的这对夫妇是救过自己命的人，对于这样的人，哪怕是他们把自己杀了，自己也没有丝毫怨言。

20岁那年，吉姆从镇上来到了城市。他想按照养父母的吩咐，在那里找一份工作。

但脱离了渔民的管束，吉姆像出了笼的苍鹰，更加肆无忌惮。由于有镇上的黑手党生涯做铺垫，吉姆很快加入了城市里的黑社会，并迅速成为一名出色的杀手。不管多么困难的任务，只要交给他，没有完不成的。

一个雪夜，吉姆接到了老大的任务，让他去刺杀一位夜总会的老板。吉姆带上行头，潜入了夜总会，接头人员很快给他指认了目标。那是一个50岁左右的男人，留着络腮胡，叼着一个烟斗，他正在频频向客人敬酒，时而嘴角露出一丝诡异的笑容。

吉姆一看到这个人就咬牙切齿，拳头攥得嘎吱作响。午夜，他跟踪夜总会的老板到家，并从天窗的位置爬进了他的家里。

一把明晃晃的匕首，在月光的照耀下发出一阵寒光。吉姆一把把那个夜总会老板从被窝里揪了出来，口中念念有词：老东西，我来送你上路。

说着，吉姆就扬起了手中的匕首，这时候，他突然想起了什么，连忙让夜总会老板开灯。

灯开了，两个男人四目相向。吉姆的眼睛里充满了仇恨和无尽的杀机，夜总会老板两腿一软，扑通一声跪倒在地板上：饶命，你要多少钱都可以，只要不伤害我。

你看仔细了，我到底是谁！

这位夜总会老板一下子愣住了，嘴唇颤抖：啊！吉姆，我的儿子，原来你还活着！

原来，吉姆要杀的这个人正是当初丢弃自己的那个继父，这几年，继父逐渐扩大了自己的产业，进城做起了娱乐业。

少在那里假慈悲！我今天就是来结果你的！吉姆再次扬起了匕首。

继父一低头来了个金蝉脱壳，跑到了另一个房间。吉姆飞脚一踹，门开了，继父瑟缩在一张条桌下面，浑身发抖，条桌上面，一张母亲的遗像旋即映入吉姆的眼帘，吉姆一下子愣住了，他的匕首啪嗒一下掉在了地板上。

妈妈，吉姆号啕大哭，像是一个年少时走丢的孩子，如今终于回到母亲的怀抱。

吉姆抱着母亲的遗像。照片上的母亲慈眉善目，双眸中仿佛汪着两眼温泉，在母亲的注视下，吉姆的心中瞬间掠过一阵温暖。望着母亲的瞬间，吉姆想到了好多事情，想起了自己20年来的过往，想到善良的渔民夫妇……

那一晚，窗外雪白如昼，吉姆抱着母亲的遗像回到了海边的渔村，那一晚，吉姆做了一个梦，梦见母亲烧了一个火堆给自己取暖，一觉醒来，天光大亮，吉姆出了一身汗。

从此以后，不管海风多冷，吉姆也不怕了。在吉姆的眼里，天永远如碧潭一样清澈；从此以后，离渔村不远的城市里出了一位慈善家，他为资助贫困地区的儿童，散尽家财，成立了专项扶贫基金，这项基金的名字就叫"吉姆爱心基金"。

说来也巧，这项基金还有一个很美的标语，该标语几乎可以说是吉姆人生的写照，标语是："心一热，天就蓝了！"

邮寄自己的男孩

也许你以为这是一个笑谈，但是，这件事就真实地发生在了美国加州。

6月里的一天黄昏，已经到了下班时间。在加州邮局工作的玛丽整理好最后几封信件，关上了电脑和柜台的小铁门，她也准备回家享受天伦之乐了。然而，就在她走出办公区域到达大厅的时候，墙角一个蹲着的男孩引起了她的注意，因为，男孩正在隐隐地抽泣。

怀着强烈的好奇心，玛丽走近了男孩。看到有人走近，男孩打量了她一眼，仍然没有停止哭泣。玛丽仔细看了一眼这个孩子，四五岁的光景，衣服上布满了油渍，满是尘土的面庞上，泪水恣肆，再被自己黝黑的小手一抹，很快就成了一张小花脸。

"孩子，你遇到了什么问题？我可以帮你吗？"玛丽和蔼地问道。

"你真的愿意帮我吗？我已经找了好几个阿姨和叔叔了，他们都骂我无理取闹。"孩子说着，委屈得脸上又多了两条"泪龙"。

"那些阿姨和叔叔可能是太忙了，你把你的问题告诉我好吗？"玛丽继续问道。

"可是你已经下班了，你现在也帮不了我！"男孩止住了哭泣，疑问中夹杂着淡淡的伤感。

"没事的，阿姨可以为你破例一次，赶快说给阿姨听听吧。"玛丽对这个男孩投入了很大的耐心。

男孩发话了："阿姨，小伙伴们都说，如果你想和你最思念的人说话，只需要把你想说的写在纸上，然后邮寄给那个人就好了，可是，我不会写字，我又想妈妈，所以，今天我买了好多张邮票，我打算贴在自己身上，把我寄出去，这可以吗？"

这无疑是玛丽工作以来遇到的最荒唐的业务，但是，这句话出自一个孩子之口，玛丽又觉得特别天真。玛丽十分不解，为什么男孩非要把自己寄出去才能见到妈妈呢？于是，玛丽小心地问男孩："能告诉阿姨，妈妈去了什么地方吗？"

"爸爸说，妈妈去了天堂，她到那里去给我买世界上最好吃的糖果和冰激凌去了，可是，我已经好几个月见不到她了，冰箱里早已经空了，阿姨，我肚子饿了。"男孩说着，眼睛里又溢满了泪水。

玛丽通过孩子语无伦次的话语，转瞬之间明白了男孩家庭的大概状况，但是，令她感到不解的是，男孩的爸爸哪里去了呢？

男孩说："爸爸经常到很晚才回来，而且每次都喝好多酒……"

玛丽的眼眶也开始湿润了。她强忍住泪水告诉男孩："孩子，今天阿姨先给你买点吃了，吃饱了睡上一觉，明天阿姨再把你寄出去，好吗？"

男孩犹豫了一下，跟着玛丽走出了邮局。天色已晚，玛丽带孩子吃了饭，然后，按照孩子的描述，摸索了近两个小时才把孩子送到家。她真的无法想象，为了找到这家邮局，男孩竟然走了约3千米的路程。

男孩的家住在荒僻的郊区。矮矮的一片筒子楼，楼梯口处站着一个叼着香烟的男人，看到了男孩，他一下子扑了过来，大声喊着："我的宝贝，谢天谢地，你总算回来了。"

一股刺鼻的酒精味扑面而来，不用说，男孩的爸爸一定又去喝酒了。玛丽给男孩的爸爸讲述了遇见孩子的整个经过，也把孩子的天真想法一五一十地都说给了他。男孩的爸爸号啕着哭成了一个泪人。

第二天，加州郊区的酒吧里少了一个酒鬼，两天后，玛丽所在的邮局多了一位投递员，有人说，这"两个人"都是男孩的父亲。

逆境是成长的沃土

一只梨子的骄傲

没有人会想到，改变我的竟然是一只梨子。

小学二年级的时候，爸妈进城务工，我也跟着一块儿进城了。老家的爷爷奶奶外公外婆去世很早，进城读书是我唯一的选择。

尽管坐在明亮的教室里读着书，可我知道自己永远也摆脱不了一个乡下孩子的身份，不只是我，我的好多同学也都在有意无意地笑话我。于是，在这个较为喧闹的城市，在这有着许多白净面孔的校园里，我越发自卑起来，仅仅因为我是一个乡下的孩子。

我的班主任快40岁了，因为学历和家庭背景的原因，他一直都没有转正。开学后第一次考试，我的成绩名列中等，但是在乡下老家，我的学习成绩却始终是班级第一名。在得知我的情况后，班主任让我去了他家，我知道，又是给我上政治课，找我谈心。

中午的时候，我去了班主任的房间。一推开门，我就闻到了一股水果的香味，班主任正坐在简陋的椅子上看书，他看见我后，便让我坐了下来。他说："冯君，你以前的成绩非常好，为什么现在突然这样了呢？"

我低头不语。

他接着说："你觉得你比别人差吗？"

我仍不说话，头却比刚才更低了。

忽然，他也不说话了，似乎在思考着什么，房间内一片沉寂。我悄悄地抬起了头，发现他正严肃地盯着我，看着他的样子，我非常害怕，脸也涨红了，身体也有些微微发抖。

他忽然笑了，起身拿起桌子上最大的一只梨子递给了我，笑着道："拿回去，不要吃，放在桌子上。"

我愕然了，不明白到底是什么意思。但是我知道，这只梨子非常贵，因为那个时候，买水果都是需要水果票的，这只梨子，足足抵得上我父母干好几天的活。

他说："冯君，你要记住，你是我们班唯一一个农村来的孩子，你是一个典型，你或许能成为农村孩子的骄傲。就像这只梨子，尽管离开了梨树，尽管有着全新的、不同的环境，可它们照样个个都能发出诱人的色泽和香味。知道吗？你就是这只梨子，在这新的环境下，让大家都能感受到你的香味，让所有农村孩子都以你为骄傲。"

那一刻，我感觉浑身上下热血沸腾。

那只梨子尽管没有保存多长时间，但始终成为我的骄傲，因为我相信，我本来就是一只能发出诱人色泽和香味的梨子。

上个月的同学聚会，我是班上唯一一名开豪华私家车去参加的。此时的我，已经拥有了一家资产2000万元的公司。同学聚会上，我看见了班主任，尽管他头发都白了，但是仍然精神抖擞。他看见了我后，非常开心，我知道，他还是记得我的。

我赶紧走了上去，他也很小心地从口袋里摸出了一只梨子，看见那只梨子，我仿佛又回到了我的学生时代。

他笑着对我说："冯君，不错。你果然是我的骄傲，现在，我希望你推陈出新，发挥你最大的能量。"

突然间，我发现他摸出的，竟然是一只苹果梨。

那一刻，我的双眼模糊了。

我贫苦，但我并不贫困

在手机、电脑十分普遍的大学校园里，我算是最贫苦的一族了。没有电脑，没有手机，没有每月固定的生活费。甚至，在我刚进这所学校的时候，我连室友们常挂在嘴边的"美特斯邦威""以纯""贵人鸟"都不知道是什么东西。可是我知道，我贫苦，但我并不贫困。

学校经常给贫困生补助，但我从不争取，尽管很多时候我不得不为自己下个月的生活费而担忧。甚至有时候，看着那些腰上别着手机，脚上穿着"贵人鸟"的学生，争着抢着去要那几个有限的"贫困生"名额，我从心底同情他们——比起我来，他们真的是"贫困生"。

我从不向家里多要一分钱，甚至很多时候我都在想自己一个四肢健全、身体健康的大男人，凭什么还要从年迈的父母那里要家里仅有的那一点血汗钱呢？

很庆幸，我有健壮的体魄，使我在这贫苦的日子里有了坚强的后盾，家教，拉广告，写稿子，这些都是我赚生活费的方式。我知道，只有这样，我才不会贫困，不仅仅是物质上的，更是精神上的。

记得一位伟人曾经说过：最能催人奋发向前的路，也便是充满荆棘泥泞的路。很多时候，我都坐在空荡荡的教室里，看着自己刚写好的稿子，低头感叹着：这满纸的字，不就是我充实生活的很好力证吗？这满手的墨渍，不就是我精神富有的象征吗？

很庆幸，我的字在很多情况下都能变成铅字，变成我的生活费，变成我的自信心与动力。最多的一次，在《演讲与口才》下半月版上一期发了3篇大稿子，杂志编辑打电话祝贺道："冯君，这次你又富裕了！"我笑着回答："其实，从我有动笔写作挣生活费念头的那一刻起，我就已经变得非常富有了。"

我从不向别人炫耀自己什么，甚至，报纸杂志上出现的"文/冯君"就是我，我的好多朋友都不知道。不是我不想说，而是生活中有的炫耀和满足，不但不能使我富有，相反，还会很容易使我成为一个时常翘首回望的可怜虫。只有自己下定决心，埋头耕耘，才能让自己有着永远的斗志，竭尽全力地走向前方，走向自信，走向富有。

这个世界，只要没有永远的精神贫困，就绝对不会有永远的物质匮乏。

你就是第一

父亲是一个退休老师，在那个人才奇缺的时代，只有初中文凭的他便很顺理成章地成了村小学的一名数学老师。从17岁教书开始算起，他一教就是整整44年。

2001年的夏天，在全国高校普遍扩招的形势下，只有大专文凭且毫无工作经验的我，在办完离校手续后，脸上便写满了对自己未来生活的迷茫和失意，甚至在那段时间里，我宁愿一个人躲在家里吃饭、看电视、睡觉，也不愿意在外面抛头露面，更不必说在外面拼命找工作了。看到我这样，父亲在私下里总是一阵阵地摇头。

后来的一次偶然机会，父亲在报纸上看到了一则招聘启事，是中国联通驻公司要招聘一名文字秘书，待遇很丰厚，甚至可以毫不夸张地说，在那里面工作一个月的工资几乎能抵得上父亲教大半年书。于是，在一个夕阳刚落山的周末，在父亲的怒气下，我不得不整理好自己的就业材料，打算第二天到那家公司去试试。

等我去了那家公司后，才发现来应聘的人实在是太多了。那家公司只招聘一名文字秘书，可来应聘的至少有200人，这其中不乏本科甚至名牌高校的毕业生，在那些优秀的人才面前，我感觉自己十分渺小。

回到家后，父亲什么话都没有说，只轻描淡写地说了一句："我就不信，我的娃子就比别人差劲！你去尽力试试，别丢了我这张老脸！"听了父亲的这番话，我无语了。作为人子，父亲能在我这么失意和对我这么绝望的时刻说出这样的话来，实在让我感动。

很顺利，在第一轮的材料筛选中，我意外入围了，然后便成了那50名有资格进入笔试的人员之一。在第二轮笔试中，我竟然又意外入围了，成了那10名进入面试的人员之一，我们将接受市公司副总经理的面试。在这一轮面试中，连我自己都不相信，自己竟然能取得第2名的好成绩，于是我很幸运地进入最后一轮，接受省公司人力资源部经理的面试。

在进行最后一轮面试的前一天晚上，父亲仍然没有说什么，只用他那充满浊泪的眼睛看着我，然后对我说了6个字："儿子，好好努力！"看着父亲那张辛酸的脸，我暗下决心，一定要好好努力。

可是，第二天的面试，我却让自己失望了。因为从跨出面试办公室的那一刻起，我就已经知道了，这次的面试我失败了。果然，几天后的录用公布名单中，没有我的名字。那一刻，我伤心到了极点。

晚上的时候，父亲很意外地打了3块钱的散酒，和我喝了起来。喝到兴起的时候，父亲用很激扬的语调对我说："儿子，我来给你算笔账。这次参加应聘的有200多人，你很幸运地成了1/200。在之后的材料筛选中，你又成了1/50。在接着的笔试中，你又成了其中的1/10。在最后的面试中，你又成了1/3。你知道自己的竞争实力数吗？那就是$1/200 \times 1/50 \times 1/10 \times 1/3 = 1/300000$。你再看看那名面试成绩第一名的本科生，他不也是$1/200 \times 1/50 \times 1/10 \times 1/3 = 1/300000$吗？也就是说，你和第一名的本科生是一样的，在这300000次机会中，都是有着300000份人次的竞争实力的！所以，你也具有他们的优势和自信心。"

听到父亲这番计算的那一刻，我的双眼一片模糊。我不知道父亲的这一算法是不是科学的，可是我知道，父亲对我的教育方法，却是极科学、极先进的！我一直感动着。

4年后的我，在一家拥有3亿资产的公司里做人力资源部经理。每次招聘会结束后，我都会用父亲那晚的激情对落选的应聘者说：用这种方法，你计算看看吧！其实，你和第一名是一样的，都拥有着非常高人次的竞争优势！

一个人的节日

格林·斯特朗特出生于美国华盛顿州，在他5个月的时候，他的父母把他带到了法国小镇尚博莱。尚博莱镇位于法国东北部洛林地区附近，距离英国仅几百公里。

格林·斯特朗特的父母均是普普通通的教师，他的人生经历，并未因家庭背景而变得传奇。从格林·斯特朗特开始记事起，他就从来没有离开过药物。先天遗传的疾病，让他的身体变得十分糟糕，但这并不影响他的心情，他给人的印象，始终都是一个开心微笑的男孩。

从8岁生日的那天开始，格林·斯特朗特就爱上了派发礼物。他送给朋友们的是他自己亲手制作的玩具、贺卡等。有一个名叫阿尼芬的犹太小男孩特别喜欢收藏格林·斯特朗特制作的贺卡，他觉得格林·斯特朗特制作的贺卡就像一件件艺术品。对此，格林·斯特朗特十分高兴。

感恩节的前一天，格林·斯特朗特在镇上特意购买了一批彩色的升空气球，然后约小伙伴们在感恩节这天来到自己的家中。第二天，阿尼芬带着一帮孩子来到格林·斯特朗特家的院落里。那是一个温暖的冬日，猫儿懒洋洋地躺在院子角落里睡觉，孩子们却显得十分精神。格林·斯特朗特提议，每人制作一张贺卡，外加一份小礼品，通过升空气球，送给英国的孩子们。格林·斯特朗特在他的贺卡上写道："冬日虽冷，阳光依旧普照大地。我虽不能站立，但我一样可以翱翔。"对于孩子们来说，这可能只是一次游戏，对格林·斯特朗特来说，却成了一次翘首的期待。

一个月后，也就是在圣诞节前夕，孩子们收到了一个发自英国的包裹，那是一份圣诞礼物，每人一个可爱的泰迪熊。同样也有祝福语，唯一不同的是，礼物不是通过气球带来的，而是邮局邮递来的。收到礼物后，孩子们显得非常高兴，这个新奇的获取友谊的联络方式已远远超过了礼物本身的价值。那一个月，孩子们都在欢呼雀跃地谈论着这件事情。

1940年的5月，小镇的气氛开始变得沉重起来，不久，纳粹德军占领了小镇。格林·斯特朗特失去的第一个伙伴，就是阿尼芬。他清楚地记得那天早晨，阿尼芬和他的父母被强行拖上德军军用卡车，阿尼芬上车前看着格林·斯特朗特的目光，让格林·斯特朗特一辈子也忘记不了。由于德军的残暴，小镇上的居民陆续搬走了。孩子们的离开，让格林·斯特朗特变得孤独起来。因为他的父母是美国人，所以德军并没有为难格林·斯特朗特一家子。

再后来，出现在镇子上的，是一群德军军官的孩子。躺在院子里，格林·斯特朗特看着这群嬉闹的德国人，心中有着说不出的感觉。他怀念以前的伙伴们，怀念和阿尼芬在一起的日子。可是，这样阴霾的天气，让他喘不上气，他总是开心不起来。

不久，小镇的上空飘浮了大批的气球，那是格林·斯特朗特释放的，开始的时候，德军显得十分谨慎和不安，他们担心有人从事间谍行为。当他们了解到是一个残疾的美国小男孩放的气球后，便没有再说什么。每一个气球之上，都是格林·斯特朗特用法语书写的一句话："冬日虽冷，阳光依旧普照大地。我虽不能站立，但我一样可以翱翔。"这样的情况持续很久，以至于后来，人们经常会看到小镇的上空出现大批飘浮的气球，很是漂亮。

英国和法国的许多民众收到气球，都认为这是一个名叫格林·斯特朗特的反德盟友释放的气球。大家也开始熟悉并记住这个名字了。由于病情的不断恶化，格林·斯特朗特的身体逐渐变得虚弱，1941年感恩节前的一个礼拜，格林·斯特朗特离开了这个世界。

伙伴们回来的时候，小镇依旧是小镇，只是少了可爱的格林·斯特朗特。长大后的伙伴们很怀念他。他们记起了几年前格林·斯特朗特转送给他们每人一个的泰迪熊。远在几百公里外的英国，怎么会一个不少地收到他们的气球卡片呢？怎么会一个不少地给他们赠送礼物呢？孩子们开始怀念格林·斯特朗特了。镇上的居民们也开始怀念天空布满气球的风景了。

格林·斯特朗特不是一个名人，但他成了这个小镇的明星。他的那句"冬日虽冷，阳光依旧普照大地。我虽不能站立，但我一样可以翱翔"成了人们在最苦难时期相互鼓励的语言。

而格林·斯特朗特也成了小镇的一个传奇、法国的一个传奇、美国的一个传奇，甚至英国的一个传奇。甚至有人传说，英国的伊丽莎白女王也曾收到过这样的气球，战后她甚至想给这个释放气球的人颁发一个荣誉勋章，只是听说格林·斯特朗特已死去，这才作罢。

今天的尚博莱小镇，在重大节日里，人们的家门口仍然会悬挂几个气球。并且每隔两年，小镇都会举办一场世界性的气球节。来自世界各地的气球飘浮在小镇的上空，让这个小镇变得美丽温暖。

今天，当人们进入小镇参观时，首先会在镇子的入口看见一个雕塑——一个空旷寂寞的轮椅，轮椅的下面写着一行字：冬日虽冷，阳光依旧普照大地。我虽不能站立，但我一样可以翱翔。

直 面 阳 光

小和尚是个孤儿，一次偶然的机会被外出化缘的方丈遇到了，并带回了寺院里。

小和尚很是羡慕方丈，因为方丈不但受人尊敬，更重要的是，方丈有着很深的禅意，而这些，都是其他僧人所无法比拟的。

小和尚希望能够跟着方丈学习禅理，可是，令他失望的是，方丈却只让他每天守着厨房，给寺庙里的其他僧人烧水煮饭。就这样，小和尚在寺院里整整待了5年。

5年后他已经不再是小和尚了，而是一个少年僧人了。可是，除了煮饭的功夫有长进外，小和尚实在没有发现自己有什么其他的长进了。就这样，在寺院其他的僧人面前，小和尚一直感觉自己抬不起头来，这不仅因为他的佛理禅意，还因为他在寺庙中的地位，更因为他是一个从小被人遗弃的孤儿。就这样，小和尚越发自卑。

终于，在一个阳光明媚的冬天上午，小和尚决定去找方丈，因为他想去外面的世界看看，去感受一番外面的天地。老方丈听了小和尚的话后很爽快地答应了。老方丈的这一平静反应着实让小和尚大吃一惊，甚至让小和尚感觉到了自己的多余，小和尚很是伤心。

在他转身离开寺院的那一刻，老方丈叫住了他，并且让他站在阳光底下，背朝太阳，然后问他看到了什么，感觉到了什么。小和尚回答得很干脆："我什么都没有感觉到，只看到自己的影子。"老方丈又让小和尚转过身子，直面太阳，接着又问小和尚："这次你又看到了什么？有什么感觉？"小和尚说道："我看到了明亮的光线，我感觉到了阳光的温暖。"

听到小和尚的话，老方丈随之会心一笑。瞬间，小和尚恍然大悟。

当你背朝阳光的时候，你只会看到自己的影子，因为你用自己的身体，遮住了阳光的明亮与温暖。请记住：如果你想让自己的人生明亮与温暖，请直面阳光。

执　　着

溪水因为不畏蜿蜒，不惧远涉，执着向前，所以终归大海；尘埃因为不怯细小，不惧轻薄，执着砌垒，所以终聚高山；绿苗因为不怕险阻，不畏风雨，执着向上，所以终成大树。这一切，都源于执着。

执着是一种风度。生活中每个人都会失败，只有在失败中站起来才会获得成功。在这个过程中，我们所需要的，不仅仅是一个终极目标，更是一次次坚守中的永恒，一回回执着中的风度。因为执着，所以我们懂得成长；因为执着，所以我们懂得舍弃；更因为执着，所以我们才能在成功的面前尽显风采。

执着是一种气度。记得一位伟人曾说过，人站在山峰顶端笑的时候，也是笑得最为灿烂开怀的时候。想象一下，当你站在理想的峰顶开怀大笑的时候，这番追求的过程，难道不是一次向自己，更向别人展示自我气度的时机吗？

执着是一种态度。学习，我们需要端正态度；工作，我们需要端正态度；甚至爱情，我们也需要端正态度。只有端正了态度，我们才有力量去搏击、去努力。只有懂得了执着，我们才能更好地去摆正自己的位置，树立信念，朝阳光最耀眼处迈进，让自己的理想在执着的态度中展翼飞翔。要知道，态度可以决定命运，执着可以改变人生。

执着是一种力量。如果说坚持不懈是一番毅力测试的话，那么，我们可以毫不夸张地说，执着的力量便是这测试的兴奋剂。执着的力量是自己向理想进军的一大跨步，一次飞跃。执着的力量，更是坚持理想的闪光树，勇敢前进的推进剂。

只有懂得执着，方能傲视成功；只有懂得执着，你的人生才能处处闪耀光彩，处处闪耀美丽。

不能锋利，就做钝器

在外人看来，他是一个苦命的孩子。由于早产，在妈妈肚里待了7个月，他就来到了人间。出生时，他的头盖骨都还没有长严实，一截手臂只有常人的拇指大小，体重仅仅只有3斤多，当时，医生已经把他断定为注定要夭亡的孩子，是妈妈坚持把他养了下来。

由于身体虚弱，发高烧是常事，所以，小时候的他最常去的不是游乐场，而是医院。

5岁的时候，他才学会走路，到了8岁，他才能勉强说一些简单的话，这时候，父母似乎发现了儿子的不对劲，到医院一查，才发现，他先天性缺了一块脑髓，智商仅为58。看到孩子这个样子，父母很着急，千方百计找了多家医院，给他做了3次手术，他才学会说话。

由于智力有缺陷，他不能和正常孩子一起上学，10岁那年，父母把他送到特殊学校就读。那是一段不堪的岁月，邻居都叫他傻子和小哑巴，父母听在耳边，痛在心里。命运对他的眷顾打了折扣，父母的深爱却丝毫没有打折。

特殊教育学校里，老师们发现了他的运动天赋，就对他格外重视。15岁那年，他进入了省特奥羽毛球队，他训练得很认真，也很执着，整天除了训练，几乎没有别的事情。由于他的成绩出色，经过3年训练，他在2007年，参加了第十二届夏季特奥会。谁也没有想到的是，此次代表国家队参赛，他竟然获得了羽毛球单打银牌、双打银牌以及混双金牌的好成绩。后来，在雅典举行的特奥会上，他又拿到了篮球项目的第一名。

许多人也许会认为，拿到国际性大赛的金牌一定吃喝不愁了，实际上不是这样，特奥会的精神是重在参与，一块金牌的奖金也就是5000元，运动只不过是一块起跳点，最终，他还是要回归到生活的"沙坑"里。

他是个勤快的孩子，闲下来的时光，就帮父母打理一下小店的生意，更多的时间，他都在忙于自己的工作——不是特奥会的训练，而是在一家宾馆的花房做一名插花的小伙计。花房里的他，每天和鲜花做伴，他心情很舒畅，自然也很快乐。看到他的实在和勤快，同事们都愿意和他交往。

他是一名特奥会的羽毛球和篮球冠军，他有一个很普通的名字——陈晓山。如今，陈晓山依然过着普通人的生活，花房如一个国度，在这样一个可以很自我的区域里，他是一个单纯而快乐的插花王子。

对于智障的孩子，也许，我们不应单纯用这样的词汇来形容他们，但是，至少我们可以说，上帝并没有遗忘他们，而是提前给他们修剪了生命的枝枝杈杈，让他们不再旁逸斜出，而是朝着一个方向生长。

岁月的炉火暖烘烘地燃烧着，在命运的铺子里，他也许注定成不了一柄锐利的宝剑，但是，命运给了他另一种可能，那就是将他铸造成一件凶猛的钝器，更是能重创厄运的钝器。

生活的饭团

日子是在突然间变黑的，父亲在挑茶的途中遭遇不幸，失足跌入山涧，所幸发现及时，捡回了条性命，但从此瘫痪，家里的擎天柱刹那间轰然而倒。

可生活并没有因此向他和母亲做出怜悯的礼让，而是变本加厉地步步紧逼——为了供他读书，还不满13周岁的妹妹，独自外出打工，可一去后便音讯全无，是走失还是被拐卖，全都不得而知。

矮矮瘦瘦的母亲愁煞至极，而后突然决定背着瘫痪的父亲，去妹妹曾经去过的那个城市，边打工边找寻妹妹。

母亲走后的那些日子，先前一个充满着欢声笑语的家，此时已陷入一片悲伤的死寂中，想想自己还要在高中待两年，还需要交很多学费，他的心情异常糟糕，开始整天胡思乱想，人虽在教室里，心却每天都恍惚不定。为此，成绩也一天接着一天不可遏止地下滑。

终于熬到了寒假，他决定去找母亲，此时的他已经是班级倒数第一了，这样的成绩高考也是毫无争议的白搭，他要和母亲摊牌，不想再读书了。

火车是在凌晨时分到达母亲所在的那个城市的，因为实在是迫不及待，所以他退了原先买好的慢车票，改乘了快车。可到了，才发现来得太早了，根本没有公交车，他只好在候车室一直等到清晨的第一班公交。

如母亲所说，下公交后朝前走一站，他就看见了一座人行天桥，他和母亲约好过，那里就是他们接头的地方，母亲会过来接他的。

等他到达天桥时才5点，北方初冬的早晨，寒风直割人的脸，吹出的是刺骨的痛，路上的行人很少。

唯独在天桥对面下方的一个拐角处，站着一个女人，斜朝着他，面前放着一个用棉袄包起来的大木筒。几经观察，他才知道那女人原来是在卖早点，有人过来要，她就麻利地拿出一块布来，再从木桶里舀出几勺饭来，然后朝饭里加些土豆丝、包菜、油条、甜酱什么的，最后用手中的那块布将它们使劲挤压到一起，捏成一个饭团，买的人就可以拿着这个饭团边走边吃了。事实上，这叫包饭，很快捷、很方便的一种吃法，而在这之前，他却从没有见过还有这么一种吃饭法，不需要用碗和筷子的。

也许是由于太早的缘故，起先来买饭团的人很少，那女人只能不停地搓手、跺脚，在寒风中干等。好在，之后买的人多了起来，女人忙活起来了。

由于他到得比先前所约定的时间早了好几个小时，因此母亲始终没有来和他接头，而桥下的风景也极其单调，除了车就是人，他除了不时看看时间外，剩下的只有看那个卖包饭的女人了。

快到上午9点了，他感觉自己实在是饿得不行，于是打算走下天桥，到女人那也买份包饭。

他走向那个女人，离她越来越近，而他的怀疑和惊讶也在这个过程中越来越强烈——她像自己的母亲，很像，极像，当咫尺对视后，他大吃一惊——居然真的就是母亲！

他一时语塞，他没有想到母亲所说的打工原来就是卖包饭——每天半夜就得起床煮饭，炒菜，然后在5点钟准时到达这个卖饭点。

母亲告诉他，一个包饭能赚6角钱，一个早上，自己能卖出近百个包饭，有60多块钱的收入。而每卖出一个包饭，母亲都要不顾寒冷，用手将那包散乱的米粒，使劲反复地揉捏、挤压，直到饭团变得厚实，浑圆，这样吃的人才觉得有劲道，才会满意，才会明天继续买，而等卖完包饭后，母亲则利用一天剩下来的时间，满城地寻找妹妹。

他仿佛一下子醒悟了过来——原来，不幸的生活，就如同一桶七零八乱，散乎乎、黏巴巴的散饭粒，当你的面前没有摆放整齐的碗和筷时，你唯一能做的就是用自己的手，不停地去挤压它们，揉捏它们，直到将它们揉压成一个个丰满厚实的饭团来。

那个寒假，他帮了母亲不少忙，之后，他义无反顾地踏上了回家的路，他知道，他该做什么，而这一切都是因为他提前到达了那座城市，无意间见证了母亲的包饭团生活。

矢车菊的智慧

恐怕没有人会相信，一朵花竟然能拯救一个国家！

这是德国历史上一次影响深远的内战。在这次内战中，由于德王室危在旦夕，王后路易斯不得不带着两个王子逃离柏林。屋漏偏逢连夜雨，谁也没有料到，在逃离途中，他们的车子竟然毁在半途。迫不得已，王后连忙吩咐随从把车子隐藏起来加紧修理，她则带着两个王子下车藏在了一片人迹罕至的花丛背后。

那是一片蓝色的花海，一朵朵矢车菊恣意地绽放在花丛中。两个王子高兴极了，纷纷挣脱母亲的怀抱在花间嬉戏。王后路易斯也是一个爱花之人，她也加入到了孩子们的队伍中，5分钟后，她用自己灵巧的双手编织了一个矢车菊花环，然后亲自给9岁的威廉王子戴在颈间。威廉王子非常喜欢矢车菊，就拉着妈妈到花丛中去观赏。

此时，正值矢车菊花盛坐果的季节，许多花都结了果实。不想这时候却遭遇了连绵的阴雨，向来爱惜花草的威廉王子心疼坏了，心想，这下子肯定要有许多矢车菊惨遭灭顶之灾！然而，几天后，笼罩在威廉王子脸上的阴云不见了，他竟然破涕为笑起来。原来，经过几天的观察，他们发现这种果实很特别，顶部长满了毛茸茸的伞状物。天气干燥时，这些毛就会在阳光的照耀下张得很开，这种茸毛的力量足够大，以至于能把整个果实都撑起来；但是，若是遇见阴雨天，被打湿的茸毛就软了，果实呢，则趴在了地面上。再到天晴的时候，茸毛中的水分被蒸发殆尽，伞状的茸毛就再次张开，然后，令人惊奇的事情出现了，这些茸毛能够撑起并抬着果实向前移一点……如此反复，这些茸毛就如同轿夫一样把果实一点点抬远，到远处去寻找可供自己生长的地方。

路易斯王后经过仔细观察后，被矢车菊这种顽强的繁殖和延续生命的方式给惊呆了，原来，矢车菊不光没有被恶劣的天气打倒，与之恰恰相反的是，它们反倒借助恶劣的天气来成就自己的繁衍"大业"！她把矢车菊的秘密讲给了自己的儿子们听，哪知道，这时候威廉王子早已经对矢车菊的"成功秘诀"心领神会，竟然破天荒地说："我也要做一朵矢车菊！"

若干年后，威廉王子突破了重重艰险，终于成了统一德国的第一个皇帝！由此，那些在关键时刻激励他不屈不挠的"幸运之花"矢车菊被推为德国国花。如今，只要你徜徉在德国的乡间小路上，随处都可以看见一丛丛矢车菊绽放在微风中，并散发出迷人的芬芳……

每一次跌倒都是一次进步，每一次羁绊都是一次成熟。化被动地忍受磨难为主动地享受磨难，矢车菊是何等有智慧啊！难怪坚强的日耳曼民族这么崇拜矢车菊，原来，他们是在借矢车菊时时警醒自己啊！

那个又穷又盲的民间艺人

道教出身的阿炳，似乎从投胎的那天起，就注定了一生都离不开凄凉。阿炳的父亲是无锡城外雷尊殿的当家首领，因为和阿炳的母亲，一位打扫卫生的清苦女子产生了私情，而生下了他。但根据当时的清规戒律，他们却不能以父子相称，只能以师徒相待。

阿炳3岁时，母亲便患病而去，直到母亲去世的那天，阿炳也没能亲口叫一声娘。精通音律的父亲望子成龙心切，把毕生的演奏才华和音乐素养都教与了他。在冬天，为了锻炼弹琵琶的指功，他让阿炳用冰块摩擦双手；夏夜练二胡，为了防止蚊虫的侵扰，他让阿炳站进齐胸的水中，一站就是大半夜……

父亲去世后，阿炳和自己的一位堂弟共同接管雷尊殿，但是单纯质朴的他只知道整日迷恋音乐。结果，雷尊殿里的香火钱全被堂弟动了手脚侵占了。恰在此时，阿炳的双眼又不幸盲了，堂弟觉得他是一个累赘，便将他一脚踢出雷尊殿。

无依无靠的阿炳从此只能靠街头卖艺为生，他穿着一件破烂不堪的衣服，戴着一副墨镜，手持一根拐杖，背着一把琵琶和胡琴，在无锡街头的石板路上来来回回地拉，直到遇见同样身世可怜的，后来成为自己妻子的阿娣。每次出门卖艺时，阿娣都无比怜惜地呵护着阿炳，做他的眼睛，扶着阿炳走。与其他眼睛看不见的二胡民间艺人不一样，阿炳是边走边拉，气息却丝毫不显乱，而琴声亦犹如从某个固定的地方传出。

阿炳也同样心疼阿娣，每到一曲终了，阿炳总会调换个位置，让阿娣扶着他，好歇息片刻。

也许是无锡特有的水土和气候的缘故吧，虽然阿炳遭遇凄凉，但他始终不温不火，不喜不怒，他走在无锡的街头，不是乞讨，也不是显耀。人们点他过来拉胡琴，给的钱多了，他也不道谢，不给，他也不生气。

也许正是因为这种不卑不亢的气质感染了无锡人，以至于许多无锡人一天要是没听着阿炳的胡琴，晚上就会睡不着。

1950年9月2日晚7:30，这对阿炳的一生和中国音乐都具有无比非凡的重要意义——从中央音乐学院来的几位教授带来了一台罕见的钢丝录音机，他们要帮阿炳录音，挽救这份非物质文化遗产。

阿炳摸着桌子上摆放的那个方方正正的盒子，问："这个真的能把我的二胡声录下来吗？"一个教授告诉他："你就只管拉吧，跟平时一样。"阿炳就拉了一首他最爱的曲子。当那个盒子播放出阿炳刚才演奏的曲子时，阿炳惊呆了，他大声地对身边的妻子说："阿娣，阿娣，它真能录下声音！"

阿炳将"盒子"热切地抱在怀中，许久不肯放下，之后，又有一个教授问他："这首曲子叫什么名字？"阿炳说："没有名字呀。"教授说："那不行，你给取一个吧。"于是，阿炳又想了很久，说："就叫《二泉印月》吧。"教授说："不行，这是抄袭，因为广东有一首名曲叫《寒潭印月》，不如这样吧，改一个字，就叫《二泉映月》！"

阿炳连连称好。

之后，阿炳又连续录了数十首曲子，但是由于录音机的录音钢丝不够，最终只有《听松》《春寒风曲》《大浪淘沙》《龙船》《昭君出塞》，还有刚开始的《二泉映月》被保留了下来。

之后，教授们匆匆离开，相约明年再来给阿炳录音。可是，谁也没有想到，仅仅在他们离开3个月后，阿炳便吐血而死。阿炳一生会拉200多首曲子，这些曲子或是他从父亲那里手耳相传来的，或是他自己创作出来的，可惜的是，由于条件的限制，它们都随阿炳的离开而永远地消失了。只有无锡的老人们在某个春风微拂的夜晚，依稀还能断断续续地忆起。

在阿炳离世后的第23天，他的妻子也无疾而终，也许，她知道，在另一个世界里，阿炳正在焦急地等她，等她去搀扶着他，两个人一起再次走街串巷，拉一首让人肝肠寸断的《二泉映月》。

在20多年的街头卖艺生涯中，阿炳从没有坐下来拉过二胡，也没有真正登上过舞台。唯一一次坐下来登台演出是在他死前的第67天，当天无锡牙医协会举行成立大会，其中有文艺演出，阿炳应邀参加，当天礼堂内外全都坐满了人，大家鸦雀无声地倾听着阿炳那如痴如诉的胡琴声……这便是这个又穷又盲的民间艺人一生中所享受到的最高礼遇吧。

1961年，阿炳的专辑出版，随即轰动全球，成为世界交响乐的经典演出曲目，日本著名指挥家小泽征尔在听完《二泉映月》后，感动得当场双膝跪下，《朝日新闻》为此在第二天的头版头条上刊发文章《小泽征尔感动的泪——这是一首要跪着听的曲子》。

逆风时，就飘扬成一面旗帜

那时候的他还年轻，却十分热衷于戏剧表演，可以说已经热衷到痴迷的程度。他一门心思扑在表演上，付出了不少心血。但是，剧团领导却一直让他担任配角。

他并没有因此而丧失信心，仍旧全心投入工作中，仔细琢磨剧本，研究角色的心理和细节，哪怕他所扮演的角色只有几句台词，他也争取把那仅有的几句"只有"诠释得尽善尽美。皇天不负有心人，终于，在一场戏里，主角突然中途退出，成全了他，让他有机会担任主角。

在这出戏里，他饰演的是一位爱尔兰水手，邂逅到机会的他将这个角色诠释得出神入化，博得了领导和观众的一致好评。也正是这出名叫《安娜·克利斯蒂》的戏，让他一夜之间成为娱乐界的新闻人物，也让他首度尝试到走红的滋味。

后来，他告别自己所在的休斯敦剧团到纽约的百老汇发展，百老汇是世界演艺界的梦工厂，是个不可多得的大舞台，然而，面对这样一个群星璀璨的"大舞台"，他却找不到自己的位置在哪里。于是，落寞的他只有每天游走于导演和制作人的办公室之间，忍受了许多辛苦、挫折与屈辱……后来，更为可悲的是，就连父亲都认为他不会有什么"大出息"，要他不如干脆放弃做明星的虚幻梦，回家开一家服饰店。

但是，他没有这么做。因为，胸怀梦想的他心中仿佛燃烧着激烈的火种，他坚信自己会有大放光芒的一天。于是，尽管尝尽了失败的苦楚，听尽了飞短流长，但是，他并没有失去心中的斗志！

他仍然努力地奔走，把自己以往的作品带给众多知名的导演和制作人看，但是，这样努力的结果也只是让他获得了几次出演小角色的机会——他几乎仍是无人问津！但是，他始终坚信总有得到幸运之神垂青的一天，每当他想到这里，心中的火种又重新炙热了起来。

这样黑暗的日子他整整坚持了两年，在这两年当中，他身边的许多人都大红大紫，唯有他没有任何起色。但是，机遇总会青睐有准备的人，两年后，他终于在一出名叫《最后一里》的剧中，将"杀手米尔斯"这个角色扮演得入木三分。他把角色的野蛮、强悍、卑鄙却又迷人的特质淋漓尽致地表现出来，从此他一炮走红，一发而不可收。也正是"杀手米尔斯"这个角色奠定了他不朽的巨星地位，让整个演艺圈都接受了他。后来，他转入好莱坞，在电影圈发展，并以《一夜风流》荣获奥斯卡"影帝"，最终成就了他个人事业的辉煌巅峰。没错，他就是著名演员克拉克·盖博！至今，他所扮演的《乱世佳人》等剧中的诸多角色，仍像一杯咖啡一样沁人心脾，让人久久不能忘怀！

顺风成舟，逆风成旗！克拉克·盖博的成功正是以铁一般的事实印证了这样一个道理。它启迪我们，在成功时激流勇进，在失败时不忘燃起心中那股信念的火种，让所有的挫折都化作一阵雄风，翻卷开心中那面梦想的旗帜！

巴伦流浪记

非洲博茨瓦纳的原野上有许多条野狗，每条野狗都分属于一个种群。在那个危机四伏的环境里，野狗们靠着种群团结协作的力量，互帮互助，从而得以生存下去。相反，如果有一条野狗落单了，那么死亡将如影随形！

在父母的呵护下，小野狗巴伦正快乐健康地成长着，而且越来越勇敢。每次跟随父母的种群一起外出捕猎时，年幼的巴伦总是冲在队伍的前头，表现得极为出色——它具备了成为种群下一个首领的强悍特质。

然而，就在巴伦长到6个月大时，一场突如其来的传染病迅速在它的家园里蔓延开，种群里的野狗一条接着一条地死去，巴伦也开始出现轻微感染的迹象，父母亲拼命地撕咬巴伦，驱赶它。最终，巴伦不得不含泪离开种群和家园，踏上了独自流浪的征途。

经过半年的煎熬和挣扎，巴伦居然幸运地活了下来，但是此时的它，因为传染病的缘故，已经丑陋不堪了。但让人高兴的是，巴伦有了自己的爱人，也正是因此，巴伦才暂时逃出了死亡的魔咒。

两周后，巴伦的孩子们出生了，没有了种群群体的照顾和保护，巴伦异常艰难地和爱人养育着它们。不幸很快发生了，爱人在跨越一个隔离带，进入牧区为儿女们寻找食物时，不幸被射杀而死。随后，由于没有了母亲的哺育，巴伦的孩子们很快便脱水，一个个地死去。痛苦不堪的巴伦再次陷入孤单中，它成了一条流浪狗！

几个星期后，凭着记忆，巴伦重新回到了儿时的家园。但一切都已改变，它的种群成员，包括父母，都已尸骨难辨。一个以贝尔为首领的新野狗种群占领了这里。

自回来后，巴伦就一直围绕着贝尔种群转——巴伦想接近并加入它们。然而，野狗建立种群关系一般都很早，要想让一个结构已经非常稳定的种群去接受一个素不相识的新成员，巴伦知道那有多难！幼年时，巴伦就曾亲眼看见自己的种群是如何毫不留情地驱赶那些前来投奔的流浪狗的，更何况，自己还是一条被传染病折磨得皮毛已经大面积脱落、丑陋至极的落单流浪狗。

贝尔的种群里，有几条刚生下的小幼仔，这激发了巴伦的父爱之情，它觉得它们像极了自己的孩子，于是极力地想靠近它们。当然，作为这个种群首领的贝尔是绝不允许巴伦接近幼仔的。因此，只有在贝尔带着其他野狗出去捕猎时，巴伦才能得以短暂地接近那些幼仔们，舔它们的毛发，把自己辛苦捕猎来的美味回吐出来喂食给它们。而当贝尔一回来时，巴伦就会很知趣地离开。

贝尔慢慢觉得巴伦并无恶意，于是，渐渐地放松了对它的警惕，幼仔们开始亲密地扑向巴伦，和它一起快乐地玩耍……巴伦终于被贝尔的种群初步接纳了——也许，贝尔真的需要一个强劲的助手，好帮助它一起繁荣壮大自己的种群。

事实的确如此，没有哪一条野狗能比巴伦更熟悉这块领地。在自己出生并长大的地方，巴伦清楚地知道，哪里有水源，哪里有黑斑羚，哪里有狮子。每次出去捕猎时，巴伦都是勇敢而无畏地冲在最前头，机警熟练地探路，奋不顾身地扑杀黑斑羚。这条丑陋的小狗，曾无数次为贝尔种群立下赫赫战功，为那些嗷嗷待哺的幼仔提供了丰富充足的美食。

然而，3周后的一个黄昏，巴伦却看到了最不愿意看到的一幕——一头硕大的狮子出现在贝尔种群周围。这个从天而降的强悍敌人，吓坏了野狗们，包括贝尔，它们开始毫无章法和策略地四下逃窜。

唯有巴伦，竖起头顶上仅有的一撮毛发，独自面对狮子。可它根本不是狮子的对手，之后，巴伦开始边战边逃——采用这种危险至极的战术，巴伦的目的只有一个——引开狮子，好保全那些幼仔！

直到第二天阳光重新照耀大地时，那些落荒而逃的野狗们才重新聚集到一起。此时它们才发现早已回到幼仔身边的巴伦，已经遍体鳞伤——腿、胸、后背、耳朵……到处都是被狮子撕咬过的伤痕。

野狗们围着巴伦，帮它舔伤口，但唯独不见贝尔。在接下来的几天里，贝尔始终没再出现过，或许它羞于再回来。

一切似乎显得都不重要了，因为，当太阳再次从博茨瓦纳原野升起时，一条叫巴伦的野狗，正带领着一个种群，在热烈地奔跑着——这个昔日历经种种苦难和考验的流浪小丑狗，已经成长为种群的新首领！博茨瓦纳原野还将继续上演关于它的不寻常的故事！

那个坐在角落里的鼓手

我一直认为，酒吧是一个吃了兴奋剂的小社会，太喧闹，所以，很少涉足，除非是因为业务应酬难以推脱。

我去的这个酒吧蜷缩在一个巷子里。巷子外，是安然的民居。附近的居民清晨去街市上买菜，中午坐在墙根晒太阳，晚上，他们搬条凳子，在院门口拉家常，一派安宁与祥和。所以，我一直觉得，把酒吧开在这里，如同一个乡下干粗活的女子文了眉涂了唇，极不相称。

我来过这里几次，除了喧嚣之外，别的我很少记得什么，唯有那个摇滚乐队里的一个鼓手让我印象深刻。

他留着很长的头发，穿着也很时尚前卫，他没有乐队主唱的嚣张，总是很醉心地在灯光昏暗的角落里敲着自己的爵士鼓。他表情木然，仿佛眼前的灯火与他丝毫不相干。

我开始喜欢这样一个鼓手。因为，他的眼神里透露出一种不食人间烟火的味道，一种出淤泥而不染的清高。这样一种清高，在这个纸醉金迷的世界里，真的是太难能可贵了。

但是，有一天，我突然改变了对他的看法。

那是一个醉了酒的男人，50岁上下，腿有些瘸，口口声声喊他"儿子"。男人从酒吧小小的舞台上一把把鼓手拉下来，骂他不孝顺，说他已经两个月没有给自己生活费了。

我对鼓手的看法有了180°大转弯。

鼓手在高消费的酒吧工作，一个月能挣不少钱，但是，对于这样一个丧失了劳动能力的父亲，他为什么这么吝啬呢？我对鼓手投去鄙夷的目光。因为，在我看来，一个人只要不孝顺，再有风度再有才也都是禽兽。

后来有一天，我去医院看病人，恰巧遇见鼓手。他正手捧一束鲜花，慌慌张张地朝一个漂亮的护士手里塞，那个护士不住地躲闪。鼓手在我心目中的印象再次打了一个大大的折扣。我仔细看过鼓手手里的那束花，少说也要100块，为什么追女孩子舍得，对自己丧失劳动能力的父亲却这么吝啬？

有一段时间，我休假在家，装修自己的房子，很长一段时间没去那个酒吧。一天早上，我家的门铃突然响了起来。我开门一看，是那个鼓手，手里推着一辆轮椅，轮椅上坐着一个年逾古稀的老人。原来，他们看到了我的租房广告，打算租我一楼的房子。

我犹豫再三，天这么冷，他推着老人一定很冷，天气预报说马上还要有雨雪天气，我勉强答应了他的请求。

由于鼓手每天早出晚归，我很少见他，闲暇的时候倒是见过几次那个坐在轮椅上的老人。一次，老人与我拉家常，我这才知道老人是鼓手的爷爷。从老人口中得知，鼓手叫小海，小海的父亲嗜赌成性，在小海10岁那年，母亲就跟父亲离婚了，爷爷一气之下得了中风，从此半身不遂。没有了家人的管束，小海的父亲赌得就更厉害了，在小海16岁那年，他输光了所有的家财，小海就在酒吧里找了一个做鼓手的差事，用演出挣来的钱给爷爷看病。有一段时间，小海听说给爷爷多做些护理，病情会好转得快一些，小海就把爷爷送到了医院。但是，人家一看小海的爷爷年龄这么大，都不愿接诊，小海就到医院里到处央求医生和护士。

讲完了小海的故事，老人长叹了一口气说："最终，一个护士答应了给我做护理，我不知道小海是怎样说服她的……最近，小海又报名上了自考本科，更忙了……多亏了小海这孩子啊！"

我猛然间想起酒吧、医院里关于小海的两个场景，原来，我一直在误解这么善良的一个孩子。

那天晚上，尽管没有应酬，我还是特意跑到酒吧去看了小海。他就坐在灯光昏暗的角落里，眼睛里闪烁着无比明媚的光。

母爱浇灌出来的天才

她是一位单身母亲，生活虽然艰难，却没有影响她将儿子培养成才的决心。

儿子4岁半时，她便将其送进音乐学校学习钢琴，由于开销大，自己工资又低，她不得不缩衣节食。有一段时间，她甚至晚上要带着儿子睡在教室的课桌上。她想让儿子明白，家里的确非常穷困，但是困难可以克服。

等儿子稍大时，看到学校其他同学都穿名牌，他心里便也开始痒痒。一次，儿子把她带进商场里，指着一件价格不菲的衣服说："妈妈，帮我买下它吧，我看中它很久了。"

她心头一震，暗想，懂事的儿子难得朝她开口要东西，要是直接拒绝肯定会伤了他的心，但是家里的经济状况又的确不允许。冷静之后，她认真地问儿子："是不是穿了这件衣服就表示你很有本事，长能力了？如果是，妈妈就给你买。"儿子被她的话问住了，然后说："妈妈我懂了。"

在她的悉心照顾下，儿子的钢琴成绩进步很快，10岁时便获得省级艺术人才比赛第一名，13岁又以第一名的好成绩考入一所知名的音乐学校。

1997年香港回归，儿子代表省里被邀请去香港参加迎回归全国钢琴演奏大赛，她知道，这对儿子来说是一个千载难逢的好机遇，无论如何都要参加。由于去香港的费用很贵，她把家里当时仅有的5000块钱全部都给儿子带上了。她知道，以儿子的水平，拿一个大奖肯定没有问题。

可比赛结束当天，她却迟迟没有接到儿子的电话，直到第二天，她才知道儿子彻底失败了，一个奖都没有拿到！这是一个让人无法接受的事实，她开始有些生气，但很快就清醒了过来——这场失败对儿子的打击肯定更大，他一定会因此背上沉重的心理负担，不敢面对自己。

也就在那一刻，她决定在儿子回来的那一天，亲自去机场，她要把失败的儿子当英雄一样接回来！

可是，等她从家出发时才发现，口袋里仅有95块钱，打的去机场是不可能的。她先花了一块钱坐公交车，然后下车后做出了一个惊人的决定——走上机场高速公路，步行去接儿子！机场高速有15公里的路程。因为年轻时，她右脚被汽车压伤过，别说是走那么远的路，就连站久了也会痛得受不了！但她似乎已经忘记了这一切，依然艰难地沿着高速走到了机场。

可等到了机场，才知道儿子所乘坐的飞机因为起雾而推迟起飞。接机的人要等，等多久谁也不知道。当时她已经两顿没吃饭了，可她不敢买吃的，机场里的食品对她来说太贵了。

7个小时后，儿子乘坐的飞机终于落地了。儿子见到她的那一刻愣住了——他怎么也没想到妈妈会来迎接惨败而归的自己！而且还饿着肚子等了7个小时！而她，则非常坚定地告诉儿子——妈妈不怪你，妈妈帮你找找失利的原因，我们重新振作起来！

1998年，16岁的儿子收到世界著名音乐家卡琳娜波波教授的邀请，前往乌克兰国立敖德萨音乐研究所深造。

虽然身处异地，她却时刻保持着与儿子互通信息。每周她都要花6块8毛钱给儿子去一封信，把自己在报刊上看到的一些励志文章邮寄给儿子看，鼓励儿子不屈向上！而她自己每天的生活费则只有4块钱！

3年后，她因为没有什么文凭下岗了。无奈之下，她求助于在国外的儿子。儿子在电话里对她提出了两个要求，一是不要隐瞒现实情况，儿子永远是忠实的听众。二是不要绝望，你身后还有一座19岁的山，他能给妈妈一份支持！在儿子的鼓励下，她重新找回了信心。

此后几年里，儿子一口气拿下了16项国际钢琴大奖，成为乌克兰乃至俄罗斯家喻户晓的人物。

2003年，儿子又应邀担任里赫特国际钢琴比赛评委，成为当时最年轻的国际比赛评委，次年又以总分第一的成绩考入德国汉诺威音乐与戏剧学院，顺利进入克莱涅夫大师班学习，成为一名博士生。如今，儿子已归国报效祖国和自己的母亲。

她就是吴章鸿，而被她用辛劳和智慧培养起的儿子，则是被国外音乐权威部门誉为"中国钢琴天才"的吴纯。

爱可以激发母亲身上的智慧，而这种智慧又能反过来将子女教育得更加卓越和优秀！

午后的甜梨

屋外没有一丝风，大路被太阳晒得直晃人的眼，走在上面一会儿，热量便会透过鞋底，直烫脚掌。

母亲挑着一担百斤重的甜梨，她要到几里外的一条河边的两旁村子里去卖，作为她的小小帮手，我拿着钱袋和秤，跟在后面。

那天真是太热了，一路上，我看见母亲不停地放下担子，不停地擦汗。我只盼着能快一点到达目的地，能早些把甜梨卖完，让母亲歇歇。可是，那滚烫的路真长呀，很禁走，走了个把小时，我们才总算到达了第一个村庄。

放下担子，母亲开始吆喝了起来，很快，第一笔生意便做成了。可就在这时，意想不到的情况发生了，河里突然漂来了两条船，上面堆满了梨，小山似的。而且那些梨个个都比我们的大，表皮也比我们的光滑、好看，"遇到梨贩了！"我和母亲同时说道。更糟糕的是，梨贩子的梨还可以用稻子去兑换，两斤半稻子换一斤梨。

刚过霜降，稻子都晒在稻场上，还没有来得及卖出去，此时的农民口袋里现钱自然是不多的，可稻子恰恰有的是。带上篓子，稻场上随便那么一拔，就能换回好几斤梨呀，谁不愿意换？！

果不其然，围在我们身边的人群立即散去了，都纷纷转而回去拔稻，换梨贩的梨了。我和母亲站在毒辣的阳光下，心情沮丧到了极点，一百斤梨才刚开秤啊！

我把目光转移到母亲身上，希望她能想出办法，以挽救对我们不利的局面。

母亲擦了擦额头的汗，叹了一口气，然后说："还是到下一个村子看看吧，兴许没梨贩子。"

可令人失望的是，当我们又走了好远一段路，好不容易到达下一个村子时，却发现那里正在嬉戏打闹的小孩们每个人手中都拿着一个梨。再下一个村子，情况同样如此，梨贩子几乎垄断了河边所有的村庄！

看着几乎一点都没有动的两筐甜梨，母亲最后决定也跟着改变战术，用稻换，而且比梨贩子更优惠——两斤稻，一斤梨。

这一招真有效，终于断断续续地从梨贩子手中争抢到了一些买主。

可是，回来时，我们却又遭遇到比来时更大的困难。一百斤的梨，结结实实换回了两百斤的稻子，根本挑不动。瘦弱多病的母亲，第一次显得那么力不从心，我们只好把换来的稻子平均成四袋，分两趟挑，移一段，走一段；走一段，再移一段。等挨到家时，已是晚上十点多。

这是二十年前一个秋天发生的真实一幕，我深深记着。母亲在炙热的午后挑卖的那一担甜梨让我懂得了许多关于坚忍的道理。

努力不够是因为痛得不够

1995年到1998年这段时间里，她一直在火车上当列车长，1999年她决定辞职，投身到市场的洪流中去。因为当时民企只收28岁以下的人，她觉得要是还不出去，今后就很难有机会了。

当她放弃公职决定推销墓地时，家里几乎所有的人都反对，因为卖墓地是一份不吉利的工作，很晦气，会被人看不起。而且，当时的她所在的城市昆明，远比不得今天的北京、上海等大城市，是没有任何人走出墓园去推销墓地的，都是等着顾客找上门的"坐商"，她决定做一个走出去的人。

虽然家人极力反对，但是，她不管。她觉得，人既然那么看重活着时的暂时住所，那么就更应该重视百年后的永恒之家，为什么要看低帮他们推荐永恒之家的卖墓人？

她满怀激情地上路，可谁想，一切都出乎她的意料，因为之前没有人做过墓地销售，因此，她没有机会向人请教，完全靠自己摸索，她曾无数次跟了好多个"目标客户"好几条街，游说他们为自己或者家人买一块墓地，可是得到的却是对方的怒斥："你给我滚远点，要不然，我就叫人踹死你！"

后来，她又跑到干休所里去推销，希望里面的老人能从自身的实际出发，选择好一块人生的"后花园"。可是，还没等她把话说完，她就被几个老头老太联手用扫帚狠狠地打了出来。

就这样，大半年下来，她遇见的全是一双双冷漠的面孔，别说卖出墓地，就连一个有意向买的电话也没接到过。

她决定改变方法，开始每天骑着一辆自行车，早上四五点钟就从家里出发，然后骑遍昆明的各个公园和健身广场，因为那里有许多晨练的老人，她好向他们推销。晚上则守在人家的门口，一直等他们回家吃过晚饭出来散步时再跟他们推销，因为她不能进入人家的门，因为她代表的是一种不吉祥。就这样，不到一年的时间，她整整骑坏了4辆自行车，也摔烂了4辆自行车。

这期间，有一天晚上10点多，她在回去的途中，连人带车被一辆违规的公交车撞倒在地，当司机下来时，发现她已经浑身是血。面对冷漠的司机，极度虚弱的她有气无力地说道："你可以不送我去医院，但是你一定要向我道歉。"此时，好多人围了上来，人群中突然有一个老大妈大声叫起来了："我认识她，她是推销死人墓地的。"话音刚落，围观的人便"呼"的一下像躲瘟神一般散去。

那天，司机没有向她道歉，她一个人推着自行车，一瘸一拐地朝回走。一公里半的路，她整整走了2小时45分钟。也就是从那时起，她便在心里发誓："以后在销售墓地的路上，自己一定要活出个人样来，在来年的生日，自己一定要有一辆4个轮子带着铁皮的家伙。"

之后，除了简单的面对面推销外，她还选择了"智销"——一次，她又带着两个同事，穿戴着"青年志愿者"的衣服和帽子去干休所帮老人们打扫卫生，清洗抽油烟机，可从早上一直干到下午两点多，才有一个老奶奶给他们送来了3个苹果和一杯水。但是她从中看到了希望，知道了老人们开始愿意接受她了，之后她坚持给干休所清洗了整整一个礼拜的抽油烟机，结果，果真洗来了84万元的订单。

这个超出她意料的收获，让她突然明白了销售就要像这样做，所以之后每到九九重阳和节假日，她都自费掏腰包，带着老人们出去玩，爬山、唱歌、跳舞、打球，悉心照顾他们，这过程中不谈生意，只谈感情，她慢慢赢得了老人们的好感和信任，墓地也就跟着卖了出去。

苍天不负有心人，果然如她当初的誓言，第二年，她便有了属于自己的房子，虽然面积只有60平方米；第三年，她有了一辆属于自己的车，虽然并不是什么名车；第四年，她成了老板，有了自己的第一套墓地销售铺面；第五年，她有了属于自己的第二套铺面；第六年，她换了车和房；第七年，她推出了自己的第一套营销实战光碟，也写了自己的第一本书……在做墓地推销的起初5年内，她一共送走了998条生命，最大的96岁，最小的只有3岁，为他们在另一个世界营造了一个美丽的"家"，这也让死者的亲人们欣慰不已。

如今，她已经是身价千万的老总，被业内誉为"墓地皇后"。她说，当所有的人都倒下了，哪怕你是跪着的，也是胜利者。

她的名字叫唐朝，她说，如果你努力不够，那说明你痛得不够，还没有到要跪下来的地步。

温柔的伤害

小雄狮嘉姆是猎人莫西多从另一只凶猛的雄狮口中救下来的。当时，嘉姆的母亲刚产下它，浓重的血腥味勾起了一只饿急了的雄性成年狮子的野性。由于身体极度虚弱，母亲很快就被雄狮咬死，就在那头雄狮打算接着撕咬嘉姆的一刹那，莫西多的枪声响了。

子弹只打掉了雄狮尾巴上的一大撮毛，它逃跑了。作为草原上出了名的神枪手，莫西多并不是真的想要那头雄狮的命，在过去几十年的狩猎生涯里，莫西多手中的枪要过太多动物的命，这其中不乏多头健壮的雄狮。很多情况下，莫西多只要轻轻一扣扳机，子弹就会不偏不倚地命中动物的要害。

但自从步入50岁后，莫西多开始反省和愧疚，自己曾杀死过那么多的生灵，如果再继续下去，草原上的很多猫科动物将濒临灭绝。他决定放下手中的枪，转而保护它们。

嘉姆被莫西多小心地带回了自己临时搭建起来的营地。小家伙刚出世，眼睛还没有完全睁开，但多年的经验告诉莫西多，嘉姆是母亲的优质后代，具有草原王者的天然基因和气质。因此，莫西多决定把嘉姆抚养到可以独立生存为止。

草原上，四季分明。为了照顾好小家伙，春天，莫西多带着嘉姆在草地上温柔地嬉戏；夏天，让嘉姆带着游泳圈学着游泳；冬天，则让它在营地的帐篷里短暂休息……

转眼间，两年多过去了，嘉姆已经长大了许多，莫西多开始有意识地训练嘉姆的野外生存能力，期望它能早些回到大自然中去。

然而，嘉姆只会跟一些个头和体型比自己小的动物玩耍，譬如那些花间飞舞的蝴蝶，还有地上跑的土拨鼠……面对和自己差不多大的动物，即使是有莫西多在身边，它也毫无战胜它们的信心和勇气，短暂的对峙后，便仓皇逃跑。

草原上到处都隐藏着致命的危险，嘉姆懦弱的性格好几次险些要了它的性命，如果没有莫西多及时响起的枪声的话。

寒去暑来，转眼间，又到了成年雄狮交配的季节了。每到这个时候，雄狮们都会用自己的尿液圈定一个领地，以此来等待和召唤中意的异性前来交配。如果有任何同性闯入该领地，都会招致它们毫不留情的攻击。

一次，还不懂这个法则的嘉姆误闯进了一头发情雄狮的领地，愤怒的对方立即对它展开进攻，嘉姆很快被扑倒在地，此时的它被吓坏了，完全忘记了自己还是有能力可以反抗的。

好在莫西多再次及时出现，和往常一样开了一枪，就在那头雄狮子逃离的一刹那，莫西多清楚地看到它的尾巴上少了一大撮毛。很显然，它就是几年前杀死嘉姆母亲的那头狮子！它是嘉姆不共戴天的"仇人"！

此时的嘉姆已完全具备了抵抗和"复仇"的能力，但它蜷在一旁，可怜兮兮地舔着自己的伤口，莫西多的心头不禁涌起一股悲凉。

他决定离开嘉姆——即使让嘉姆轰轰烈烈地死在自然法则中，也比懦弱地死在自己身边强。

但事实上，离开嘉姆的每一天，莫西多都通过嘉姆脖子上的那根无线电项圈发出的信号，及时察看嘉姆的行踪和状况。令莫西多高兴的是，嘉姆的表现很好，能吃饱，睡得好。

麻烦出现在嘉姆独自生活的第27天。那天，无线电一直显示嘉姆在同一个地方，半步都没有离开过。莫西多开始焦虑了起来，难道嘉姆病倒了？或者是睡着了？思来想去，莫西多决定还得去看看。

花了很长的时间，莫西多在一个沙滩上找到了那根套在嘉姆脖子上的无线电项圈，它在一大一小的两个狮子脚印的旁边，半边已被严重损坏。莫西多知道嘉姆遭遇不测了。

离沙滩不到一米处就是上次嘉姆曾误闯的雄狮子领地。"嘉姆是去复仇的吗？"莫西多一遍遍地问自己。

"应该不会，它那么胆小。"莫西多捡起地上的无线电项圈，喃喃自语。

夕阳西下，此时，草原上的万物都归于宁静。除了莫西多，谁也不知道这里曾经发生过的一切！谁也不知道莫西多内心的伤痛——也许从一开始，自己对嘉姆的救护就太过温柔了！

沿着树，藤高攀

据爹生前交代，当初，他和娘决定放弃原本只生一个娃的想法，转而又要了一个弟弟，是因为担心有一天他们离开人世后，我遭人欺负。父亲说这些话时，我的心隐隐作痛，我亦很清楚，这种痛将要伴随我一生。

很小的时候，我得了一场奇怪的重病，之后留下了明显的后遗症——不光腿脚不灵活，走不稳路，而且智力也受到了一定程度的影响。因此，整个童年，我都混淆在外人对我的肆无忌惮的取笑和爹娘对我坚持不懈的鼓励和呵护中，矛盾而又自卑、忧伤地生长着。

更糟糕的是，爹娘的鼓励和呵护很快就没了，在我上初二的那年，他们在贩卖水果的路途中，被肆虐了多日的洪水冲走了，连一点踪迹都没有留下。

当时，比我小3岁的弟，也读初二。

没有了爹和娘，按照长兄为父的惯例，从此担起家庭重担的人应该是我，我应该照顾弟的，但事实上正好相反。很多年后，我都一直在想，也许这一切都是上天注定好的，爹娘在决定要弟弟的那天，可能就已经预料到了些什么，结果，果不其然。

爹娘与我们的永别只是一眨眼的工夫，受不了打击的我，每天起来，只知道使劲地哭。而十几岁的弟，连眼泪都来不及流，就一下子变成了一个大人，他成了我的"兄长"，像父亲一般照料着我，日日年年，开始用一捆捆鲜嫩的青草和一把把火红的映山红，装扮我那与年龄不相称的心胸和思维。

我们的不幸遭遇，引起了一位好心人的同情，他愿意资助我或者弟，直到高中毕业。没有做丝毫的考虑，弟就坚决地让我接受资助，他说："哥，我念一天算一天，辍学了也没有关系，但是你情况特殊。"我亦是坚持让他读书，否则自己也不读，弟拗不过我，最后说："好吧，爹以前不是教过我们挣钱的本事吗，我现在就开始干！"

弟说的挣钱的本事，指的是贩卖水果和蔬菜，从中赚取差价。为此，弟休学了两年多，集中精力挣钱，同时照顾我的饮食起居。

休学期间，弟每天清晨4点就起床去进货，然后在脏水横流、潮气很大的菜市场里大声吆喝，与同行展开激烈的竞争。由于天天都要穿着湿的胶鞋，年纪轻轻的弟，腿竟得了严重的关节炎，常常夜里痛得无法入眠，但他第二天照样早起……

弟读过很多名著，文笔很好。上高中后，他在班主任的推荐和帮助下，利用课余时间和寒暑假去了镇上的电视台打工，帮他们准备一些和文字有关的材料，以获取一些稿费，补贴家用。

尽管弟付出十二分的努力，我们的日子依然艰难而苦涩。人间有许多美味的食品，我从不敢奢望，最大的心愿就是能吃上一口蛋糕，但我心想，这辈子恐怕都没有钱买蛋糕了。

有一年，临近春节前的一天晚上，直到23:00了，弟却还没有回来，这让我焦急不已。

左盼右盼，弟终于回来了，令我欣喜不已的是，他还带回来了一块很大的蛋糕，要知道，以我们的条件，哪能买得起蛋糕呀。弟看出了我的顾虑，说："哥，你别见怪，今天晚上电视台里录播春节文艺晚会，蛋糕是晚会上摆放的道具，没有人吃，我就一直在等呀等，好不容易等到晚会结束，抢在打扫卫生前，把蛋糕要了下来，让你尝尝鲜……"

就在我狼吞虎咽的同时，弟又充满激情地对我说："哥，有一位名人说过，面包会有的，将来我们一定能买得起蛋糕，天天把它当饭吃！"

也许，苍天是真的看见弟的努力了，将恩泽和好运降临到了他的头上。断断续续读完了高中的弟，高考时，竟惊人地考了582分，被一所全国重点大学录取！而已是第二次参加高考的我，再次名落孙山。

弟要上大学，同时坚持让我再复读。钱，再次成了横亘在我们面前的一座高山，我想，这次我和弟都无力攀越过去了。事实上，那时的我，已对考大学不抱任何希望了。因为，我深深知道，自己很难考上大学，即便是考上了，也上不起。弟为我付出那么多，这次我要为他做些，我要打工供他上学！

可是，就在我打算出门打工的前一天，弟给我汇来了4000元，说是学校奖励给他的，让我继续复读，一心一意迎接来年的高考。

如果不是弟的一个同学告诉我真相，我可能永远都不知道这4000元的真实来源。弟的同学对我说，你弟，他根本就没去大学报到，你快去看看吧。

几经周折，我终于在那所大学旁边的一个补习学校里找到了弟，我气愤地责问他，为什么不去上大学。弟说，我想再补习一年，来年和你一起考，考北大、考名牌……

在我的一再逼问下，弟也说出了那4000元钱的真正来源。原来，为了吸引高分考生来学校补习，该学校规定，凡是当年高考分数在580分以上的，到学校补习，不仅一分钱不收，而且学校还给4000块钱奖金。"来年如能考上重点大学，还有更多奖金呢！"弟兴奋地说，而我早已被呛得热泪盈眶。

看我哭，弟慌了，又焦急地说："哥，别哭呀，我明年指定能考上的，只不过是耽误一年罢了，你要是耽误了，可就是一生呀！"我的眼泪出来得更凶了！

书上说，兄弟就是两棵并列生长的树，一起等待迎风花开的那天。可是，在这个世上，有一对兄弟，哥哥一开始就是一根残缺的藤，为了让藤有一天也能长成树，作为弟的那棵树，一而再地让步牺牲，只为让那根藤能攀附着它，一步一步地绚烂向上！

要做人生的主角

宁 静 的 心

詹姆斯·盖特尔是俄亥俄州一名邮差，他每天的任务，就是从镇上的邮政所取出当天的报纸和信函，然后仔细分拣好，并送到每家每户。虽然镇上人口并不多，但小镇地处俄亥俄州的西北部，地域很广，因此，每天盖特尔都会忙到很晚才能回家。

盖特尔是两年前才来到小镇，并应聘上邮差这一职位的。对于他的个人资料，镇上的人并不了解，但这并不影响大家对他的好感，在众人眼里，盖特尔是一名称职、热心、能吃苦耐劳的邮差。只是从某个方面来说，大家也替盖特尔有些打抱不平，因为他的工作量十分巨大，而每个月所得的薪水，也只能解决他的温饱。每当大家提及此事，盖特尔也只是憨厚一笑，然后继续上路。

某天早晨，盖特尔在送信的路上，遇到了一辆抛锚的越野车，从此，他的生活便不再平静。越野车上乘坐的是《华盛顿邮报》的记者，他们是几名热爱户外探险的青年人。在略懂修理知识的盖特尔帮助他们修理汽车的时候，一名记者尖叫起来："啊？詹姆斯，你怎么会做邮差？你能适应吗？太不可思议了。"听到这话，盖特尔丢下了一句"你认错人了"便匆匆离去。

几天后，小镇上来了大批的记者，他们都是冲着盖特尔来的，因为在此之前，《华盛顿邮报》的一名年轻记者曾发表了一篇轰动世界的报道：《从奥运会冠军到残奥会冠军，从隐姓埋名到出色邮差——詹姆斯·盖特尔：我的脚步从未停止过》。文章将詹姆斯所有的人生传奇经历都公布出来了，小镇居民十分吃惊，他们没有想到，詹姆斯·盖特尔身体健全的时候曾是世界冠军，遭遇车祸后双腿残疾的他，竟然成了残奥会冠军。这时候，盖特尔不再只是一名普通的邮差了，他成了全镇人心目中的英雄。

请他做报告、做名誉教授、做代言人，凡是能让人出名的好事都让他摊上了，许多人都纷纷找到他，并许以高薪，但都被盖特尔一一婉言谢绝了。他只是想拥有一种平静的生活，一份自食其力的工作，除此之外，他别无所想，可是，他的生活已经被打乱了，他甚至都快要丢了邮差这份工作了。

2001年4月，万般无奈的詹姆斯·盖特尔专门写了一封信给当时的国际奥委会主席萨马兰奇先生，他把自己的苦恼告诉了萨马兰奇先生，并希望能够得到他的帮助。一周后，萨马兰奇先生亲自回复了一封信给他，并在《华盛顿邮报》上刊发了自己的一篇文章：

奥运的精神是更高、更快、更强。其中的"强"，其实就是坚强，就是热爱和敬畏生命。詹姆斯·盖特尔曾经是一名奥运会冠军，但他并没有因为自己的双腿遭遇车祸而沮丧。他依旧坚强，依旧热爱生命，在艰苦锻炼后，依靠自己的毅力，依靠假肢，他成了残奥会的冠军，并且像正常人一样，成为一名出色的邮差，他的亲身经历，其实就是对奥运精神的最好诠释，他希望平静地生活，我也希望我们的大众能给予他平静安宁。

萨马兰奇先生的这封信确实给盖特尔减少了不少麻烦，记者们纷纷离去，围绕在他左右的商业人士也逐渐对他失去了兴趣。一年后，盖特尔又恢复了他往日平静的生活。小镇依旧美丽安宁。

每天早晨，盖特尔依旧从邮政所出发，骑上他的自行车，带着小镇居民的报纸和信函，沿着路标一路前行。

奔跑的亚伯拉罕

1919年的英格兰，冬天格外阴沉灰暗，也是在这一年，德国学生亚伯拉罕成功考入了英国剑桥大学。

进入剑桥大学后的亚伯拉罕，生活得并不开心，因为他是一名犹太人，在那个地位和种族观念极为强烈的年代，他常常遭受同学们的耻笑，甚至连他的授课老师也经常在课堂上羞辱他。可是为了接受新知识，他选择继续留在学校求学，要知道，不只是在今天，在那个时候，剑桥大学也是一所享誉世界的高等学府，进入该校求学是相当难的。

当时英国年轻人的体质在战场上远远落后于德国甚至奥匈帝国的青年，于是学校专门面向全校学生开设了体育课，跑步是其中的一项重要内容。这时候，亚伯拉罕惊奇地发现，他对跑步有着一种十分亲切的感觉，每次遇到不开心的事，他都会选择跑步。他的跑步成绩在全校也是名列前茅的。

尽管亚伯拉罕十分努力地奔跑，但他仍没有逃脱同学们鄙夷的目光，这时他开始迷茫起来，因为他不知道自己选择通过跑步来让自己犹太人的身份获得承认和尊重的方法是否正确，在1920年2月的最后一个周末，他决定跑完最后一次步后，便不再奔跑了。然而在这一天，他遇见了一个比他小好几岁的青年利德尔，从这一天开始，两人紧紧地联系在了一起，并且试图改变这个世界。

在亚伯拉罕眼里，利德尔是一名准英国人，他和自己一样，也喜欢跑步。亚伯拉罕把自己放弃跑步的想法告诉利德尔后，利德尔只告诉了他一句话："当你的特长不被别人认可时，那是因为你做得不够出色。换句话说，你比别人出众一点点，别人就会用嫉妒的目光鄙夷你，而你超过了别人一大截，那么别人只会羡慕你。"听到这话，亚伯拉罕坚定了自己的信心，因为当时整个剑桥的德国学生并不多，来自德国的犹太籍学子就更少了，他代表的不仅仅是一个国家，更是犹太民族。

从这一天开始，亚伯拉罕就怀着对胜利的强烈渴望开始了自己的运动生涯，他将自己的民族精神寄托于运动之上，试图通过跑步来超越自我。这时候利德尔也和他在一起，奔跑在学院的操场上，无论是晴天还是雨天。慢慢地，他们被大家所熟识。

就这样，他们跑到了1924年，这一年也正好是巴黎奥运会举办之年，由于他们在本土的出色成绩，他们被选为这一届的英国奥运代表。亚伯拉罕选报的是400米，而利德尔选择的是100米短跑，可是，在到达比赛城市巴黎时，利德尔才发现，他的100米短跑项目是在周日举行。

利德尔是一名虔诚的基督教徒，在基督教中，周日是上帝安息日，出于对宗教信仰的坚持和对安息日的尊重，他放弃了100米短跑项目，这时离比赛开始只有一天的时间了，在得知这一情况后，亚伯拉罕主动提出与他交换比赛项目，他跑100米，而利德尔则跑400米，他们临时向组委会提出了申请，并获得了许可。

比赛的结果很令人欣慰，亚伯拉罕获得了100米短跑冠军，而利德尔则获得了400米冠军。对于这两名传奇选手，比赛结束时，有记者采访他们，亚伯拉罕告诉记者一句有着相当深度和力度的经典名言——如果你不尊重我的人，那么请你尊重我的脚步。

是的，奥运的真正意义，并不在运动本身，而在于追求一种精神状态，一种荣誉观念，这种精神和荣誉，是你前进路上最强劲的推动力。

所以，今天的你如果在英国剑桥大学漫步时，看见了这几个字样，请不要惊讶，因为那是亚伯拉罕的脚步，从20世纪，跑到了21世纪。

创造理由，摘到苹果

大专毕业前的半年，学校组织我们在一所法院实习。

法院的旁边是家报社，因为热爱文字，所以我刻意制造机会接近报社，比如投稿、提供新闻线索等。我的目标也很明确：希望自己毕业后能在这家报社上班。我也知道，这很不现实，因为据我所知，这家报社只接收本科生，并且大部分都是重点大学的毕业生。竞争相当激烈，我想只要我在报社旁边的法院实习一天，我就努力多给自己一天的机会。

3个月后，报社记者部和编辑部的很多人都熟悉我了，知道有一个经常投稿、经常提供新闻线索的年轻人了。而我也在这极短的时间里，基本上熟悉了报社工作的大致流程。我和报社的记者、编辑的关系都很不错，他们私下里告诉我，报社过几个月可能要进人，听到这，我的心中一阵窃喜。下一步，我该想如何去接近报社的高层了。

不久我发现报社的许总编很喜欢钓鱼。一到周末，他就会独自骑个自行车，来到护城河边安静地钓鱼。得知这一消息后，我的心中一阵窃喜，以后的每一个周末，护城河边，总有一个50多岁的老人和一个20多岁的年轻人在钓鱼。

慢慢地，许总编也开始注意到我了，一次两次，最后我们聊上了，有一次他很突然地问我："小伙子，你也喜欢钓鱼？"

"不太喜欢。"我如实回答道。

"那你为什么还要每周坚持来钓鱼？"

"我在给自己机会。"

"什么机会？"他很感兴趣。

"接近你的机会。"

"为什么？"我的话似乎引起了他的兴趣。

"我想让你从认识我，到了解我，再到熟识我。因为我知道，你们报社过段时间可能要招聘新人，我想让你给我这个大专生一次公平参加考试的机会，我只需要这次考试的机会，仅此而已！"说到这，我激动起来。

许总编低下了头，沉默了许久，才开口道："一个月后，你再来报社找我。"

果然，一个月后，我在报纸上看到了招聘启事，是他们报纸招聘两名副刊编辑的启事。依照他当初的话，我到报社找到了他，他开给了我一张便笺。然后凭着这张便笺，我顺利地报了名。

先是笔试，96人参加的考试，我考了第4名。然后是面试，面试是许总编亲自主持的，他也是主考官。对于他，我并不陌生，甚至我心里还暗自高兴。

他问我："如果你是副刊编辑，我给你篇稿子你发不发？"

"发！因为我相信许总编您挑中的稿子一定有质量保证。"

"如果文章非常差，错漏百出呢？"

"发！因为我会用我的文笔，给文章细心修改润色。"

"如果我要你尊重作者，不准修改呢？"许总编穷追不舍。

"发！不过我会在文章的醒目位置，再加上一个小栏目——短文改错。"

那一刻，许总编笑着说："你很狡猾！"

我笑着回答他："不是我狡猾，是我十分想得到这份工作。在这个过程中，我一直都在给自己制造理由、创造机会。投稿、提供新闻线索给报社，那是我在熟悉报社的工作环境，同时也是在给自己线索，让自己即时了解报社的用人信息。制造钓鱼的机会接近你，我是让自己熟悉你，知道你是一个爱才的领导，同时我也让你了解我，我的确是有用之才，的确能胜任报社的工作。"

那一刻，我看到许总编点了点头，我知道自己赢得了机会，赢得了面试。事实证明，我是报社5年来唯一招聘进来的大专生。

哲人说：我们可能摘不到高高在上的苹果，但我们可以找个理由去接近它、观察它，我们每走近一步，便会闻到苹果的一次芳香。走近走近再走近，对你来说都是一次成功，很多时候，在你努力前进的同时，你会有突然的惊喜——苹果熟透了，然后突然跌落在你的掌心。

学会给自己制造理由，这是一种积极的心态，更是一次毅力的考验。

成功就是放大自己

1995年，已经在深圳有一定的销售人脉资源的他，毅然决然地离开了深圳，来到北京。因为在他看来，只有在中国的心脏地带有所成功，那才叫真正的成功。

但是，当真正来到人生地不熟的北京时，一切都要从头开始，他先是加盟了一家濒临破产的商贸公司，老板对他承诺，只要他第一年能完成100万的销售任务，就分给他股份。果然，他第一年就完成了这个目标，第二年更是将销售量翻了5倍，但此时老板翻脸不认人，所谓的分股份成了一张空口支票，这年他23岁。

之后，他便从这家商贸公司出来，另起炉灶，开始雇用了80个大学生兼职帮自己卖领带，从中赚了一些钱。但是他并没有因此而满足，而是强烈地觉得自己得提升，朝更高层次发展。如果只是一直做销售，为什么不留在基础很好的深圳，而跑到北京来呢？

他首先想到的是充电和学习，于是决定不再卖领带。他走进了北京的国家图书馆，兴奋地发现阅览室里有许多关于营销、励志、心理以及成功学等方面的书，已经有一定销售经验的他一下子被深深吸引了。此时，他才深刻感受到理论指导的重要性，于是，从这时起，他只要一有空闲便跑到国家图书馆。用了4年多的时间，他几乎把国家图书馆所有这类书籍和杂志看了个遍。

这期间，他在人才招聘市场上发现有一家实力很强的咨询培训公司正在招一个帮讲师擦题板的打杂人员，也就是当讲师在进行培训时，需要不停地在题板上写字，这就需要有人帮着不停地擦题板。这个职务很少有人愿意去干，因为大家都觉得没有什么前途，而且还需要整天与粉笔灰和油墨打交道，会对身体造成潜在的污染和伤害。

但是，他愿意，并应聘成功。事实上，他看到了这个职务一般人所看不到的潜在好处。他觉得自己可以不花一分钱就能免费听到当时国内最顶尖和知名的讲师的营销培训课程。他开始学会快速复制，快速学会感受讲师们的气场，更重要的是，他不像其他擦题板的，一副心不在焉的样子，而是注意力高度集中，努力记得讲师们所讲的每条理论和实战经验，下课后，立即迅速地用随身携带的笔记本将其全部记下，回去再复习和消化。

后来，他惊讶地发现自己的领悟力和吸收能力竟是那些坐在台下花钱来听课的听众们的5倍！这也为他将来走向职业讲师和培训师打下了良好的基础。此外，为了能让自己今后做一个成功的演说家，他每天下班回家后都要对着镜子大声朗读和演说，坚持不懈地进行自我口才训练达18个月之久。

1998年，他从媒体上获悉，政府正在着手启动建立学习型社会的长久战略，他敏锐地感觉到，机会来了，未来几年中国企业家们也必将迎来一个与时俱进的学习高潮。于是，在1999年的元旦，他创办了第一届学习型中国成功论坛，将中国的知名培训师、销售精英、成功家邀请到北京，聚集在一起，大家通过论坛演讲的形式，分享彼此的学习经历和收获，以及各自营销的成功案例。结果这一全新的论坛模式大受欢迎，好评如潮，媒体也纷纷跟踪报道。

迄今为止，已有近400名政府领导、著名企业家、职业演说家、社会名流出席过此论坛。

不错，他就是学习型中国促进会执行主席、北京人间远景文化交流公司董事长、超级口才教练刘景澜。

"成功的最大秘诀就是学习，而最快捷地将学习转化为现实的成果便是训练，通过训练，把自己天使的一面不断放大，将魔鬼的一面不断缩小！"刘景澜这般总结自己的成功。

会打太极的傻子

我有一个给人印象很傻的邻居，人称"傻子"。

傻子经常遭到别人的欺负和嘲笑，偶尔，还有不拿自己当外人的邻居招呼傻子帮自己下地干活儿——扛粮食，傻子双手搂住一口袋粮食，一提劲儿就扛到了肩膀上，如抱起一个小小婴孩。让傻子扛西瓜的也有，傻子有股子傻劲儿，难免有力量用蛮的时候，所以，常常西瓜会烂，这时候，邻居家婆子就要伸手啪啪地打在傻子的脊梁上，傻子一边捂，一边傻笑，那些烂掉的西瓜就是傻子的战利品，活干完了，傻子蹲在地头幸福地吃，把西瓜水喝得呼噜响。

傻子的父亲是个旧社会落魄的私塾先生，傻子是他快60岁的时候生的，可能是老来得子，傻子在智力上有缺陷。好在父亲并不嫌弃这个老生儿，经常给傻子讲故事，傻子也喜欢听，每次都听得入神，缠着父亲让他再讲。

在父亲为他讲的众多故事中，傻子最爱听的是驴画师的故事。

父亲告诉傻子，在宋朝，有一位大画家名叫朱子明，一开始，朱子明喜欢画名山秀水，画作雅致喜人，技艺脱俗，因此，也遭到同行们的嫌弃，处处诋毁朱子明，说朱子明算得了什么画师，他会画什么？充其量也只能画头驴罢了！换作别人，早就恼了，但是朱子明并没有恼怒，反倒心安理得地接下了这个绰号，闲暇的时候，朱子明也画驴，画得老迈沧桑。

一日，皇上需找一人画头驴，遍找不得，这时候，从民间传来朱子明能画驴的消息，皇上大喜，遂招朱子明前去宫廷，并封其为宫廷专用的画驴画师。弄得当初那些讥笑他的众画师无地自容。后来，朱子明专门备上酒席，宴请那些曾经讥笑自己的画师，说："若不是你们，我也不会成为天下第一画驴大师呀！"

傻子托着下巴听父亲讲到这里，口水流得满掌心都是，喊叫着说："我也要学朱子明。"

父亲说："错了，其实，你就是朱子明转世。因此，你不必在乎别人的讥讽和嘲笑，快快乐乐地做个自由人就好了。"

傻子谨记父亲的话，傻傻地坚持着自己的原则。7年前，傻子的父亲去世，当时，很多人都说傻子估计也活不长了，没人照顾，一个傻子哪能长寿？

但是，傻子快快乐乐地活了下来，还靠帮人干活，积蓄了部分零用钱，足够养活自己。

前些年，傻子进城帮人做泥瓦匠，一天能挣100多块，有人帮他介绍了个二婚的女人，日子过得风生水起。有闲的时候，傻子喜欢蹲在广场上看人打太极拳，傻子听父亲说过这种拳法，说是借力发力，不必硬碰硬，却能制胜无敌。

傻子一边看打太极的老人们，一边想起父亲的话，多半都是坐在广场上和衣睡着了，蒙眬中，他的妻子会叫醒他，喊他回家吃傻子认为最香甜的饭菜……

人人都说傻子有傻福，其实，是傻子的父亲临去世前传授了傻子一套心灵的太极，你说是不是？

一个人的"乌奇·威图"计划

西布努那是一个16岁的南非黑人青少年。4年前，他的父母双双死于艾滋病感染，从此，便由他照顾和养活两个妹妹，但由于没有任何的工作技能，西布努那和妹妹们的生活显得异常艰难。

在南非，这样的情形绝不是个案，像西布努那一样，由尚未成年的青少年担任一家之主的家庭在整个南非就有8.8万户，这是一个让人感到无比心痛的数字。虽然南非政府也在努力推行各种爱心救助措施，但效果依然不是很明显，每年，这样的家庭都在以3%的速度增长。

在环保主义者安德鲁·缪尔看来，爱心救助解决不了这群因为艾滋病失去父母而成为弱势群体的青少年的根本问题。在他看来，帮助他们实施成功自助才是有效之道，为这些青少年创造一个好的工作机会才是当务之急。

为此，从2006年起，安德鲁就放下了手中的环保工作，转而踏上了帮助南非弱势青少年实施自助的道路，他觉得在非洲做任何事情，首先一定要顾及社会问题，因为这些国家从整体上说还相当落后，需要有识之士无私的帮助。

安德鲁首先拿出自己的全部积蓄，在南非伊丽莎白自由港附近建立起了一所学校，免费招收弱势青少年学员，推行一种他自己称之为"乌奇·威图"的公益自助计划。

"乌奇·威图"的意思是我的家园，学校的主旨不是简单地对学员进行职业技能培训，同时还要让他们树立家庭、社会责任和团队合作意识。

在安德鲁的学校里，除了专业的技能老师外，每个青少年还都有一名家庭指导员，他们扮演榜样和父亲的双重角色，学员们得以在这里体验到他们之前从未体验过的爱和关怀。

学校除了免费提供食物、衣服、医疗救助、职业与生活技能训练外，还有一项更重要的任务，那就是帮学员们成功获得职业介绍，找到一份满意的工作。

为此，安德鲁又开了一家餐厅，由学生们自己经营，在这里实习后就能顺利地转入职场。真正的餐厅，真正的顾客，让学员们感到一切都是那么真实，信心倍增。

南非是世界上自然生态区最多样化，也是原始生态保护得最好的国家之一，为此吸引了世界各地的众多游客。安德鲁的乌奇·威图计划的另一个重要组成部分就是引导另一些学员们到野地里进行个人成长之旅，加入生态旅游业，成为专业的狩猎监督员或导游。这是一个整体的训练计划，要求学员们深入地了解南非的生态状态以及野生动物的习性等知识。

通过短短几年的整体训练，学校里那些原本感觉前途渺茫的弱势青少年开始陆续成为拥有一技之长的专业人士。除了饭店和宾馆外，南非有众多动物保护区，每个动物保护区通常都需要建立起专门的维护部门，这样的专业人士正是他们大量需要的，因此学员的工作机会很多。

通过参加乌奇·威图计划，许许多多的学员开始谋到了一份像样的工作，拥有了受人尊重的公民社会地位。他们或是如同西布努那一样，在南非的五星级宾馆里泰然自若地为世界各地的顾客提供服务，或是在野外的动物保护区骄傲地讲解南非的生态优势，非常满足和有成就感。截止到2010年年底，安德鲁已经帮助近千名学员找到了满意的工作。

"每当我走进一家餐厅或动物保护区，看到我们的结业学员在那里游刃有余地工作，不再愁容满面时，我都会感到无比欣慰！"安德鲁这样说道。

受益的很多学员还立志将来有更大的作为，他们开始在南非到处传播乌奇·威图的理念，希望更多的人也能从中受益。当被问及自己曾经历过什么时，西布努那是这样回答的："我和我的亲人们差点儿就变得更加可怜，如果没有这个计划，我真不知道未来的生活会怎样。"

鉴于安德鲁·缪尔的非凡贡献，他获得了"2010年劳力士雄才伟略大奖"，这个奖项是专门颁发给全球那些无私帮助弱势群体的人的，千金难买！

坚强属于自我救赎的人

看过一则关于一个囚犯的报道。

男人在成为囚犯之前，曾经是个很体贴的丈夫，很和蔼的父亲。只因一年前，他的妻子另寻新欢，他难以压制内心的怒火，发誓一定要报复那个第三者。

终于有一天来了机会，男人发现第三者正趿拉着拖鞋在街上散步，两眼鼓胀着满是痛恨的血丝，男人加足油门，朝那个横刀夺爱的第三者撞去。

第三者被撞成高度瘫痪，男人也因此把后半辈子都交给了监狱。

入狱后的男人，仍然看什么都不顺眼，在狱中经常和同室的犯人打架，表现极差，很少有人愿意和他交往。

一个秋夜，男人正在熟睡，突然间地动山摇，所有人都大呼小叫，男人的第一直觉是"地震了"！整个牢房顿时乱作一锅粥。

大地在不停地摇晃，突然，一个维持秩序的狱警被压在倒塌的铁架下面，瞬间，一股鲜血冒了出来。

牢房裂开了一个一米见方的大口子，其他的狱警都在忙着拯救困在牢房里的犯人，男人清楚，如果这时候逃跑，轻而易举。

这个罪恶的想法在男人的脑海中瞬间闪过，病菌一样地四散开来。然而，男人并没有这样做，他用自己的理智给自己的邪恶念头来了个急刹车。

男人狠狠扇了自己一个耳光，然后发了疯地加入了救人的队伍中去，男人先是救下了那个被铁架压伤的狱警，然后又加入了废墟挖掘队伍中去，两个小时后，震魔暂停，狱警清点了一下犯人，无一人逃跑。男人在这次地震中表现突出，被减刑3年。

后来，男人又因为出色的表现，两次获得减刑。10年后，男人被提前释放。

这时候的男人55岁，在自己的家乡开办了一家电子管制造厂。又过了5年，男人的生意越做越大，为国内多家著名品牌提供零部件制造。在这5年间，男人的工厂吸纳了有前科的刑满释放人员近3000人，资助了多家孤儿院。

男人因此成了方圆百里家喻户晓的名人，还曾多次受过政府的表彰。

媒体铺天盖地地宣扬男人的善举，男人只说了这样一句话："我曾经是个有伤的人，是我通过心灵的努力抑制了伤口的感染，如今我痊愈了，我要把我克制伤口感染的方法推荐给和我一样有病的每一个人。"

媒体评价男人说，他是通过自我疗伤走出了一条灵魂涅槃的路，面对现实的滩涂，他还曾挽着难兄难弟的手臂，与他们一同飞越，这样的男人，才是真男儿！

这是一个发生在日本的故事，故事的主角叫藤野。

藤野的故事让我想到了这样一句话：改变自己是自救，影响别人是救人！

改变自己是在心里给自己修一条路，一条由崎岖变得平坦的路。影响别人是在路两旁栽种了无数形色各异的花草，让别人行在路上，美妙在心间泛起波澜。

站着的大米

6岁的他，是个干什么事情都要慢半拍的孩子。

他经常赶不上公交车，哪怕赶上了，且是他最先上去，最终的结果也可能是站着，因为，他仿佛始终没有别的孩子动作迅捷。因此，他常常是在公交车上站到5千米开外的小学。

他的成绩并不好，老师喊他起来回答问题的时候，他总是磨磨蹭蹭，近半分钟才能站起来，每个问题他总是回答得语无伦次，甚至跑题。为此，老师总是怀疑他上课走神，经常让他罚站。

和同学们一起踢球，他是被球和队友撞伤最多的孩子，有时候，明明看着球朝自己飞过来，他想去接，但总是慢了点。他的鼻子经常被球撞得鲜血直流，腿部也经常被绊得青一块红一块。

他曾数次哭着向妈妈说："为什么我那么笨，别的小朋友都那么聪明？"

母亲微笑着告诉他："孩子，其实你并不笨，你在公交车上站着是因为你把座位让给了别的同学；你上课时并不是走神，而是精力太集中了，入课很深；你总是被别的同学绊倒是因为你遵守规则……一切都只能说明一个问题，你是个善良的孩子！"

"做一个善良的孩子每次都要坐公交车的时候站着、上课罚站、踢球的时候受伤吗？"他一脸疑惑。

母亲笑了，并没有直接回答他。母亲把他领到了一只电饭煲旁，掀开锅盖，是一锅香喷喷的米饭。母亲说："孩子，你仔细看看这一锅米饭，那些处在最上层的大米总是精神劲儿十足，笔挺地站在电饭煲里，而处在电饭煲底部的大米总是平躺着，这两种大米哪一种更好看呢？"

"站着的大米！"他声音洪亮地回答。

"这就对了，你光知道站着的大米漂亮，你可知道漂亮是需要付出努力的？首先，站着的大米不像卧倒的大米跑得那么快，锅开的时候，卧倒的大米总是迅速地跑到电饭煲底部，这是害怕蒸煮的表现；而站着的大米呢，水蒸气扑过来一次次把它们打倒，它们又站了起来，它们经受的煎熬最多，也没有人保护它们。但是，正因为经受了这些考验，它们才成了最有型、最漂亮的大米！孩子，你就是处在电饭煲最上层的大米！"妈妈说这话的时候，目光如一股温泉，满含希冀。

听了妈妈的话，他若有所思，仿佛明白了什么。从此以后，每每遇到磨难、磕绊，他总是告诫自己，要做一粒站着的大米，清醒地站着，漂亮地站着。

时光匆匆，一晃15年过去了，孩子成了一名举重运动员，代表自己的国家参加比赛，拿了许多金牌。有媒体问他："你坚持成功的秘密是什么呢？"

他微笑着答道："并没有什么秘密，我在举重的时候，只想着一件事情，那就是举起杠铃，然后站着，像电饭煲上层的大米一样站着！"

记者席里响起了一片雷鸣般的掌声。

其实，关于他，一直有一个秘密，母亲一直没有告诉他：由于他出生时难产，导致脑子缺氧太久，他成了一个轻度智障的孩子……

等待香槟酒

对于她来说，童年的家应该是一个动荡的车厢，而不是温暖的庇护所。她的母亲先后经历了4次婚姻，多数都遇人不淑。在她15岁之前，她还不知道谁是自己的生父。由于母亲的婚姻，她先后搬了10多次家，她厌倦了这种生活，曾经不止一次地从梦里哭醒过。她还有一个爱美的女孩子致命的先天性缺陷，她是"斗鸡眼"！

为了治好这种病，她进行了两次手术，才终于可以和正常的女孩子一样。16岁那年，迫于生活压力，她去欧洲做了一名模特，3年后，她邂逅了自己的爱情，男人是一个摇滚歌手。然而，这段婚姻仅仅维持了4年就不欢而散。值得欣喜的是，她从这段婚姻里汲取了宝贵的营养，她学会了演戏，并步入了演艺圈。

不得不承认，她是一个勤奋且幸运的女人，她先是演电视剧，登上银幕不久就担任了女主角。在她的第一部电影中，她扮演了一个摇滚歌手，由于自己的前夫曾经从事过这一职业，她也耳濡目染，所以，这一角色扮演得很成功。电影杀青以后，她赢得了许多片约。

然而，命运并没有从此放过她，就在这时候，她开始了吸毒。剧组发现后，导演勒令她立即戒毒，否则就要将她逐出片场。她坚信自己是个倔强的女人，残酷的毒魔在她面前也会低头，事实证明，她做到了。恰好这时候，命运旋即塞给了她一枚"糖果"，她接到了新的片约，导演让她在剧中饰演一个吸毒女。由于有过切身感受，她的演出取得了很大的成功，并且凭借着出色的演技，她从稚嫩走向了成熟。

两年后，她的事业步入鼎盛时期，她的名字也已是家喻户晓。她选择在这个时机再嫁，丈夫是圈中声名显赫的好莱坞巨星，有人说，她掉进了蜜罐里。

但是，在她结婚不到5年时，她的演艺事业开始走下坡路，先后饰演的几个角色都不成功，尽管她也想方设法挽救过，甚至不惜牺牲自己的形象，扮演过许多脱衣舞娘等沉沦的角色，然而，每一次都以失败而告终。就在这个时候，她的婚姻也亮起了红灯。

沉浸在痛苦之中的她开始了深刻反思，她深知，随着年龄的不断增加，自己再从事一线演艺事业，可能不再合适，经过深思熟虑之后，她果断地走向了后期，做起了制片人。经过艰苦的努力，她再一次赢得了命运的发牌权。1997年，由她担任制片人的喜剧片《王牌大贱谍》取得了巨大成功，而其续集《王牌大贱谍2》更是青出于蓝。在生命的旅程上，她再次驶入了一片令人艳羡的风景区。

没错，她就是曾经主演过《人鬼情未了》等多部大片的影坛巨星、封面女郎——戴米·摩尔。戴米·摩尔用自己的亲身经历向世人证明，生命就是这样一道难解的方程，我们必须一步步解开它的谜底。一个一看见未知领域就喊"暂停"甚至退缩放弃的人，是没有资格得到"幸福答案"的！这正如戴米·摩尔所言："当命运给了你一杯胆汁，请别皱眉，因为，下一杯就是邀请你进入生命圣殿的香槟酒了！"

那么，我的朋友们，为了圣殿，让我们笑着等待香槟酒！

等一朵云飘来

他出生在日本的一个武士家庭，按理说，他应该学习剑道，但是，他却对绘画产生了浓厚的兴趣，曾经一度梦想做一名出色的绘画大师。就在这时候，日本从一个半封建国家转变为工业大国，他的理想也跟着大环境的变化而变化，他应聘成为一名电影导演助理。经过多年的努力，他终于有机会做导演拍摄自己的作品了，并且在国内小有名气，于是，他开始花大力气进军国际市场。哪知道，他的作品在国内试映时就惨遭冷遇，为此，许多人都说他不自量力。面对流言蜚语，他淡然而笑，不久，墙里开花墙外香，这部影片参加威尼斯电影节，并获得了令人羡慕的金狮奖。

他是一个不疾不徐的人，做人做事都显得十分闲适。他曾被誉为"电影界莎士比亚"，他的名字叫黑泽明。

黑泽明一生拍过30多部作品，其中《罗生门》《七武士》等作品深得业内专家和广大影迷的好评。1990年，80岁高龄的日本导演黑泽明在奥斯卡颁奖礼上获得终身成就奖。1999年，黑泽明被美国时代周刊评选为"20世纪亚洲最有影响力的人物"之一。

黑泽明先生的作品总能在看似波澜不惊的剧情中裹挟着汹涌的情感暗流，总能在看似不起眼的物件细节中饱含着惊心动魄的转折和悬念。黑泽明先生是一个日本人，但是，无论是他的作品还是他的性格，总给人一种中国修道者的感觉。

举一个简单的例子。

一次，黑泽明在拍摄一部电影的时候，为了增强画面的美感和意境，按照剧本的要求，需要拍摄一个这样的场景：草地上，主人公在活动，天边，悠悠地飘来一朵云。然而，那天偏是个万里无云的天气。黑泽明专门询问了天气预报员，天气预报员告诉他，晚些时候，天空将有些许云朵飘过。得知这样一个令人欢欣鼓舞的消息之后，黑泽明导演赶忙让所有的演职人员全部暂停工作，大家席地而卧在草地上，一边嚼着草根，一边静静地等待天边的一朵云飘过来。不料，这一等就是4个小时，看到天边出现了棉絮般的云朵，黑泽明从草地上跳起来，手舞足蹈，像个孩子。

这是多么怡然自得的一种场景啊！为了一朵云，黑泽明不惜耗费巨额的花费来等待，这又是多么闲适的一种心境。在当下这个商业片泛滥的年代，黑泽明的这种做法令许多自诩为导演的人汗颜！

《菜根谭》有云："宠辱不惊，闲看庭前花开花落；去留无意，漫随天边云卷云舒。"闲适，是一种曼妙无为的心境，它所达到的效果有时候远远要比激进有为好得多！

闲适真美！

用耳光止泪

黄昏时分，整个城市突然拉响了防空警报，凄厉的长鸣如恶鬼在城市上空叫嚣盘旋。当时的她还在睡梦中，由于睡得很酣，以至于父亲不得不把她喊醒。父亲带着她和全家人躲进了防空洞。也许是美军的飞机轰炸声把她给吓怕了，她禁不住号啕大哭，并试图依偎在父亲的怀里来获得安慰，哪知道父亲不仅一把推开了她，还旋即给了她一记耳光："哭什么？坚强点，女孩子不该哭泣！"也许是父亲的耳光给她注入了坚强的暖流，她霎时停止了哭泣。那年，她10岁。

她自幼有着极好的语言天赋，十几岁就学习和掌握了几门外语，并对外国历史和文学颇为热衷，当别人在她面前提到世界上著名的历史学家和文学家时，她总能如数家珍。后来，她逐渐开始运用自己驾轻就熟的语言来写新闻，通过新闻这种方式来发表自己对世界的看法。渐渐地，她所写的新闻陆续在报纸上发表，女孩一下子来了兴致，她有了一个大胆的决定：用文字来表达自己的心声——做一个优秀的记者！那年，女孩16岁。

经过几年的不懈努力，她的努力果然没有白费，先是被一家名叫《晚邮报》的报纸聘为驻外记者，等到她的创作日趋成熟以后，她便以战地记者的身份加入了《欧洲人周刊》。也正是这家报纸，使她在世界新闻界崭露头角，并迅速大放异彩。但是，既然是战地记者就免不了要有流血牺牲，她在奔波于越战战场时，数次被飞来的弹片击中，幸好得到及时抢救才得以脱离危险。当时，面对她血淋淋的伤口，许多男士兵都流下了心疼的泪水，而她却似乎无所谓，脸上依然带着灿烂的微笑。那年，她32岁。

也许是她太热衷于自己职业的缘故，却疏忽了自己的感情，直到她遇见他。他叫帕那古里斯，很激进也很有才情，是个著名的诗人，同时也是一位反政府武装的领导人，曾经被判过死刑，后得以改判，囚禁了5年之久。她是在采访时认识他的，从此便交付了一生的爱给他。哪知道这段感情仅仅维持了3年左右就中途夭折，因为他被杀害了。而她当时已经怀孕，面对爱人的突然惨死，她努力不让眼泪流下来。因为，她想起了父亲的话："女孩子不该哭泣！"是的，不哭！因为她还有她的梦想！那年，她45岁。

命运终究没有亏待她，不久，她的采访笔记《风云人物采访记》整理出版。这本书中记录了她采访过的众多要人：邓小平、基辛格、英迪拉·甘地、布托、侯赛因、阿拉法特……也正是这本书的出版，使她获得了"国际政治采访之母"的称号。

没错，她就是20世纪享有国际声誉的意大利女记者奥里亚娜·法拉奇！在她所从事的30多年的记者生涯里，她取得了别人150年都无法取得的成绩。意大利记者联合会曾经赞叹她为"最为伟大、勇敢的记者"。得到这样的称赞时，她76岁。2006年9月15日，她走完了光辉的生命旅程。斯人虽去，但她带给人们的鼓舞却冲出意大利的版图，像北极星一样闪耀在世界人们的心间！

俗话说，男儿有泪不轻弹。法拉奇虽不是男儿，但是，她却比多数男人做得更优秀。因为，她有被勇敢支撑着的永不倒下的梦想；因为，她有被挫折屡次折磨后却越发刚毅的心灵；因为，父亲在她幼年时就播下了一粒宝贵的种子，这粒种子就叫作"坚强"！

硫黄岛上的平民摄影记者

这是一则关于一个美国平民战地摄影记者的真实故事，他拍下的画面曾深刻地影响过美国人民。

1945年2月16日，作为"二战"的重要战场，美国开始攻克太平洋上的一个被日军占领的不知名小岛——硫黄岛，因为硫黄岛上有两条飞机跑道，谁控制了它，谁就能赢得整个太平洋战争的主动权。

美国人认为很快就能拿下硫黄岛，但事实上，这场战斗却打了36天，数千名日本军躲藏在距离硫黄岛不远处的一座高100多米的山上，疯狂地朝美军开火。

38岁的比尔·吉拿斯特，原本是纽约某工厂里的一名摄影师。一直希望能报效国家的他，渴望有一天能上战场。终于有一天，比尔获悉美国海军陆战队在全美公开招聘临时战地摄影记者，他毫不犹豫地去应聘，并成功被录用。经过简单的培训后，比尔便告别了家人，随美军来到太平洋战场的前线，他的主要任务是拍摄战争纪录片。

当时每周都有6000万到1亿的美国人排队买票进入电影院，他们不是去看好莱坞大片，而是看比尔和他的同事们拍摄回来的战争纪录片。

要占领硫黄岛，首先必须要攻下塞班岛。塞班岛战役中美军伤亡惨重，在拍完了十几卷胶片后，比尔不得不暂时放下摄像机，自愿扛起了机枪，成为一名"编外"步兵，与其他军人并肩作战。所幸的是，比尔立下了赫赫战功，他没有死，只是大腿上中了一枪，然后被送回夏威夷疗伤。他被提名为"海军十字勋章"荣誉的获得者，但是美国国防部没发给比尔这个奖，理由是比尔不是一名士兵。

之后，比尔便可以回家了，因为他不是真正的士兵，没有人会责怪他的，如果他想走。但是，恢复健康后的比尔，又自愿返回了战场，他要继续拍摄硫黄岛。

硫黄岛的战役进行得相当艰难，岛上没有一处是安全的，几千名日军躲在折钵山上朝下射击，无处藏身的美军，只能趴在沙滩上。死伤无数，悲观、无望和恐惧都写在脸上，比尔也是冒着随时会丢命的危险，拍下了一组组真实的画面。这些画面让坐在电影院里的美国人民非常消极和难过。

为了振奋全美信心，1945年2月23日，几名美国士兵冒着枪林弹雨，躲过日军的视线，偷偷地把一面美国国旗插在了折钵山的一个石头缝里。随行的比尔和美联社的一名记者罗森塔尔，分别用摄像机和相机记录下了这一历史性的镜头。这张名为《硫黄岛上升起星条旗》的照片也让罗森塔尔名声大振，并在日后获得普利策奖。这只是一个行动，并无战略意义，只表明一种信心和决心，但是国内的美国人民却误认为，美国人赢得胜利了，战争结束了，他们的大兵们可以回家团聚了。

但战争并没有如他们想象中的那般结束。美国人民开始愤怒了，电台也跟着煽风点火说罗森塔尔的照片是摆拍的，他欺骗了美国人民。唯一能证明照片不是摆拍的，只有比尔的纪录片。

但比尔的4分钟、16毫米的视频纪录片的胶卷和底片，先被送到关岛和珍珠岛，几周后，美国人民才能在影院里看到。

遗憾的是，比尔没能等到这天。9天后，他和另一名士兵在硫黄岛326号高地上巡逻，寻找拍摄的素材。当天的雾很大，比尔发现一个山洞，于是便拿起手电筒想进入一探究竟。可刚走入山洞的三分之一处，藏在洞内的日军便突然朝他开火，比尔当场殉职。守在洞口的那名美军立即用火封死了洞口，这是美军坑道战的惯用手法，防止洞内的敌人突围出来。

可等这名士兵带来援军后，却再也不能准确地找到比尔牺牲的那个山洞。

比尔牺牲后的第三天，美国人民在影院里看到了比尔拍摄的美军插国旗的短片，他们觉得错怪了罗森塔尔，他们开始重新振奋！

25天后，美军终于取得了胜利，比尔却被永远地留在了硫黄岛上。今天，硫黄岛是一个由日军控制的封闭军事基地，比尔的家人永远也不能登岛祭奠他。比尔也因为自己尴尬的身份，没能载入美军的纪念册。人们记住了有正式记者身份的罗森塔尔和他的那张获奖照片，却很少有人知道留下更详细动态视频资料的比尔。

但是，比尔用自己的摄像机在硫黄岛上所拍摄的多达23卷的胶片，却真实地记录下了那场战争的残酷，它成为美国历史上最著名的战争短片。血腥的场面、士兵悲伤无望的面容，都深刻地刻在美国人民的心里。这是一名无名无分的临时平民战地摄影记者留给人们的最后记忆。

公交乘客逼停车载电视广告

赫尔曼是德国不来梅州的一名公司经理。虽然家里有车，但由于他是一名环保主义者，所以很少开车去上班，而是坚持每天乘坐公交车。他觉得这样很好，一方面人很轻松，另一方面还能收看到公交车载电视播放的早间新闻。

但是，从2011年9月的某一天起，赫尔曼突然发现公交车里的车载电视不再和往常一样播放早间新闻了，而是改成播放商品广告，一个接着一个，反反复复，这让赫尔曼非常不习惯。

这些车载电视广告中，一条银行推销信用卡的宣传广告让赫尔曼非常不满。这条广告上，一名四五岁的小女孩跟着爸爸一起外出散步，当他们路过一家快餐店时，小女孩就再也走不动了，她想进去吃汉堡。但是，爸爸却面露难色，因为他出门时忘带现金了，女孩子马上奶声奶气地说："那我们就办张免费的××信用卡吧，刷得越多，积分就多，年底还能兑换芭比娃娃呢！我们班许多小朋友的爸爸都办了！"

爸爸听完后，愉快地答应了，父女俩去附近一家银行办了一张××信用卡，然后高高兴兴地走进了快餐店……

赫尔曼觉得这条宣传广告是在误导消费者，特别是孩子们，让他们误以为"寅吃卯粮"是明智的举措，聪明人都应该这样干；而对使用信用卡的负面效应却只字不提！

赫尔曼迅速找到公交公司，要求他们撤掉这条广告，不能欺瞒消费者，公交公司却觉得赫尔曼的要求非常可笑。他们称，这仅仅是一个创意策划广告，在其他国家早就有了，如果你觉得不好，那么干脆戴上耳机，闭目养神，没人逼着你非去看这条广告，更没人逼着你去办信用卡！更何况，公交公司已经跟银行签订了一年的播放合同，要是违约不播，将要付一大笔违约金！

虽然被公交公司不客气地拒绝了，但赫尔曼没有罢休，他决定诉诸法律——直接把公交公司告上州法院。

半个月后，州法院开庭审理该起诉讼。在法庭上，赫尔曼和律师要求公交公司做到以下两点：第一，立即停止播放银行推销信用卡的宣传广告；第二，半年内陆续停止广告的播放，并恢复播放早间新闻。

对于这两项要求，赫尔曼是这样解释的："欧美的金融危机和经济不景气，很大程度上是因为许多欧美国家提倡使用信用卡，提前消费甚至是信用卡滥用所造成的。德国虽然受伤较浅，但也应引以为戒，注意适当储蓄，而公交车上的信用卡广告显然与此背道而驰，是在煽动人们提前消费。这种消费观一旦在孩子们幼小的心灵里播下种子，那么，德国还能在下一场金融危机中继续'受轻伤'吗？"

对于第二条要求，赫尔曼称，主要是考虑到公交公司已经和广告公司签订了播放合同，允许再播放半年主要是为减少公交公司的损失。但他又严肃地说："作为公共服务工具的公交车，已经有政府的专项资金扶持，因此不应该再继续播放商品广告从中渔利。更何况，乘客都是掏钱上车的，因此就有维护自身合法权益的权利，公交车上播放广告是不道德的无礼行为，让其停播是正当合理的诉求！"

可能是自知理亏，在当天的法庭上，公交公司并没有派人前来应诉。

经过休庭后，陪审员和法官慎重商讨的结果是，赫尔曼获胜，公交公司必须无条件地停止在车内播放商业广告，并在公开场合向乘客赔礼道歉！

赢得官司的赫尔曼在接受不来梅媒体的采访时称："司空见惯的存在并不表示就是合理的，一些人就是看透了人们懒得去维权和争辩的心理，将不合理的事情合理化，让人们在习以为常中忘记了真理和胜券其实是掌握在自己手中的。我就是想通过这件事唤醒人们：和不合理斗争到底！"

谁让"蒙娜丽莎"不再居无定所

20世纪80年代前，达·芬奇的旷世之作《蒙娜丽莎的微笑》经常在世界各地展出，为它的归属者罗浮宫赢得了极大的声誉和利润。但是，从这之后的某一天起，这幅不朽的杰作却突然停止了周游世界的脚步，转而在罗浮宫永久性地"定居"了下来，追究其原因，这里面还有一段不为外人所知的真实故事。

故事要从一名叫沃格尔的巴黎邮差说起。

出生在法国巴黎11街区的沃格尔，自20世纪50年代初期起，便是巴黎邮政局的一名邮差。让人没想到的是，邮差沃格尔居然对油画这种艺术品有发自内心的痴爱和独特的鉴赏能力。他和妻子努力工作，将省吃俭用省下来的钱都用于购买一些他喜欢的画作。他购买的这些画，在其他人看来并不怎么样，所以价格不高，有很多甚至非常便宜。

结果，沃格尔用了二十几年的时间，买下了惊人的1000多幅画，这中间有数十幅是世界级艺术大师如毕加索等人的作品。

沃格尔怎么也没有想到，他低价收购来的1000多件作品，在不久之后，让他一下成了富可敌国的"暴发户"。20世纪80年代中期，欧洲艺术品迎来了第一次商业价值飙升的井喷期——拍卖行里艺术大师们的画作价格一浪高过一浪，一幅画转手就能获得数十倍甚至是上百倍利润的事比比皆是。

当艺术投机商们得知沃格尔手中攥着上千件画作时，纷纷接踵而至，要求高价买入。据保守估计，按照当时的价格，沃格尔手中的画总价值大约有2300万美元，他只需随意出售其中的一部分，就完全不必再天天风里来雨里去地帮人送信，还能保证他的家族好几代都衣食无忧。

但是，让人费解的是，对于自己的藏品，沃格尔坚决不卖，称要留着自己欣赏和感悟。这些艺术品投机商们哪肯就此罢休，收购价开得一个比一个高。到后来，他们甚至动用了巴黎黑帮，让他们恐吓沃格尔卖画。

即便如此，沃格尔还是不答应卖，为了保住这些画，他宣布将它们全部无偿捐献给罗浮宫，但有两个条件，一是捐出去的这些画只能永久地被罗浮宫收藏，不得在市场上流通；另外一个条件则完全出乎人们的意料——让罗浮宫最有价值的画作《蒙娜丽莎的微笑》从此不再在全世界各地巡展！

沃格尔认为，罗浮宫没有权力把这幅旷世之作当成商品，搬来移去从中获利，他们必须替全世界保管好它，而不是让它在居无定所中不断产生安全隐患。事实上，尽管罗浮宫百般小心谨慎，但在反复搬移中，这幅名画还是受到了各种轻微的损伤，有一次在意大利展出时，甚至还差点儿被一个盗贼用威力巨大的AK47步枪击中。

对于罗浮宫不顾画作安危四处巡展的做法，真正热爱《蒙娜丽莎的微笑》的人一直都深表不满，却没有任何有效的制止方式。

而罗浮宫也振振有词地说："巡展可让更多热爱艺术的人得以欣赏它的魅力。"沃格尔则认为，这不过是罗浮宫的一种宣传噱头，因为这幅画每到一处，展览的地方就戒备森严，普通买票的参观者只能在几十米开外匆匆看上一眼，根本无法感受其真正的魅力。

此外，沃格尔还认为，正是由于这幅画到处巡展张扬，并被一些别有用心的人人为地夸大其价值，才给传统的油画市场定位造成了极大的冲击，撩拨起艺术品投资分子的贪婪渔利之心，让艺术品变成有钱人的玩物，破坏了其本身的艺术价值。

"所有人类杰出的画作都应该待在墙上，给凝视它们的人以智慧和启示，而不是四处转手获取渔利，让喜欢它们的人只能远远地匆匆一瞥，失去接近它们的权利和自由。"沃格尔最后这样总结道。

可能是考虑到沃格尔所捐献的那些画的巨大价值，罗浮宫最后决定同意他的要求，让《蒙娜丽莎的微笑》从此在罗浮宫定居下来，恭候那些真正懂得它价值的人前来近距离欣赏。

她的巴西电视剧

巴西是一个多种族的南美国家，在近两亿的人口中，有一半以上是非洲后裔，而他们又多是黑色或棕色皮肤的人种。

虽然，巴西政府一直在为消除种族歧视而不断努力，但种族主义的思想在一些巴西白人的头脑里依旧根深蒂固，这也使得巴西的黑人在现实生活中会有意无意地遭遇到偏见和不公的待遇。

52岁的希科·席尔莉便是巴西的一名非洲后裔，一个黑人。这名住在贫民窟的普通的老妇人，平日里主要是帮助儿女料理家务，看护孙子。空闲时，她唯一的爱好就是看看电视，也正是由于爱看电视的缘故，让席尔莉慢慢发现了一种很不正常的现象——作为巴西影响力最大的电视网络——环球电视台，在或明或暗地歧视和排斥黑人！

这是因为席尔莉发现，在环球电视台所播放的所有新闻和电视剧中，几乎80%以上的内容都是关于白人的，而且所有主持人也都是"清一色"的白人！

细心的席尔莉还发现，黄金时间段环球电视台所播放的电视剧里的主要演员也全是由白人出演的，偶尔也有黑人的角色出现，但是比没有更糟糕——他们要么就是出演司机，要么就是保镖，要么就是用人，要么就是流浪汉……总之都是扮演一些在白人看来很"低贱"，根本不愿演的小角色。

这不符合巴西的种族结构，这是在宣扬种族歧视，是在侮辱和贬低黑人！

2006年7月，席尔莉决定为此申诉，控诉环球电视台。但是，席尔莉的申诉被法院一再拖延。环球电视台甚至派人要挟席尔莉"不要再闹下去了，否则让你横尸街头"！并且又解释称："这是剧情的需要，是巴西主流观众的需要。"

面对威逼，席尔莉一点儿也不害怕，她强烈地回应道："你们违背了《巴西反歧视法案》，必须停下来！"而环球电视台则坚称："这只是电视娱乐的需要，不是现实生活。"

为此，一时双方僵持不下。

2010年4月，席尔莉终于通过有效途径将自己的申诉报告递送到时任巴西总统的卢拉的办公桌前。在报告中，席尔莉这样写道："总统先生，我知道您日理万机，平时难得有空看看环球电视台播放的电视剧，但是很多巴西百姓都看，特别是一些未成年的孩子们，环球电视台正是利用了您无暇看电视剧的软肋，暗地里在宣扬种族主义，请您务必纠正此事！"

有人利用电视剧在宣扬种族歧视？卢拉大为震惊，亲自回复了席尔莉的申诉，并责令部属立即彻查。

结果，迫于上面的行政压力，环球电视台不得不低头认错，做出整改——黑人演员第一次可以冲破按种族划分角色的不公和壁垒，不再只扮演司机、保镖和用人等角色，他们也可以出演某部电视剧的主角。而在新闻方面，黑人外派记者也可以在镜头里露面，一改以往"只闻其声不见其人"的尴尬场面，环球电视台有两档收视率很高的栏目甚至也直接由黑人来主持。

而作为环球电视台的总监卡恩勒则因为监督不力，不仅丢了职位，还要接受进一步的刑事处罚。

对于自己能扳倒赫赫有名的环球电视台，席尔莉并没有觉得有多荣耀。相反，她觉得这只是一个小小的开始和起步，自己的下一个目标是希望看到更多的拥有黑色和棕色面孔的人成为电视台的新闻主播，出演电视剧中的主要角色，甚至是拍摄杂志广告。

这是一个贫民老妇人的国家级信念。

和善念相伴一生

像玫瑰花一样绽放

　　黑色的6月，我落榜了。意料之中的事，甚至我都打算好了，等过完了这个属于我学生生涯的最后一个暑假，我就跟叔叔一块儿南下打工去。

　　家门前的街道口，不知道什么时候多了一家鞋店。是一对母女开的，母亲站在店里照顾生意，而她年仅17岁的女儿，则孤独地坐在店后的院子里。那个花季女孩，早在她2岁的时候，就已经失去了欣赏这个美丽世界的权利。仅因一个不入道的乡村医生的致命一针。她母亲告诉我的时候，眼睛里一直都泛着泪水，像是为女儿的不幸而惋惜，更像是为自己的失职而自责。

　　女孩叫萧依依，这是很好听的名字。是我和她聊了一下午，她才告诉我的。她的性格很开朗，笑声也很好听。可是我知道，无论怎样，现实中的那层黑暗终会成为她心头上的一块阴影，始终抹不去。末了，她问我是干什么的，我告诉她自己是一个今年高考的学生。她接着问我考得怎样，我违心地告诉她自己考得很不错。听到这话，她笑了起来，说道："那一定能进大学喽！"我嘿嘿一笑。不知道为什么，听到这里，我的心里有一丝丝悲凉的感觉。

　　几天后，我再去看她的时候，她正在摸索着用一把小铲子给盆里的一株玫瑰花松土。我问她："玫瑰是代表爱情的，你怎么种起了它啊？"

　　听完我的问话，她惊讶地回答道："我不知道自己种的是玫瑰！更不知道玫瑰是代表爱情的！我只知道去年它开花的时候，枝子上有好多的刺，但花摸起来很舒服，闻起来很香。"然后，她又问我玫瑰花是什么颜色的。我说是红色，听到这，她更是惊讶："原来，这红色代表着美丽啊！那你的录取通知书也是红色的吧！也一定很美丽吧！"

　　我无言，顿了好一会儿才说道："我也不知录取了没有，因为我还没有接到通知书！"

　　"那你成绩怎么样啊？"她急切地问我。

　　"刚达分数线！"说这话的时候，我分明听见了自己的心跳声。

"那就好！你就耐心等通知吧！我相信你！"说到这，她紧紧地握住了我的手。我的脸也一阵阵发红。

从她那里匆忙逃出来后，我一连好几天都躲在家里看电视。从她那淳朴的言语里和她那充满信任的双手里，我第一次感到了深深的自责。

又去她那儿，这次我想坦白。真的，那番谎言成了我心头的一块乌云，让我一连好几天都抬不起头来，更让我的心久久不得宁静。

刚进院子的门，她就反应过来了，问了一句："是冯君吧？"

我沉重地应和了一声，端来一条小凳子在她身边坐下。刚准备开口告诉她事实的时候，她用手在嘴边做了一个"嘘"的姿势，然后说道："让我先说！让我先说！"

我再次沉重地应了一声，她便开口继续道：

"我知道，你今天一定是来告诉我关于你高考的好消息的，对吧？你知道我这几天很郁闷，你就想通过这个好消息来让我开心，是吧？"

听到这，我愣了，又决定临时改口了。

"是啊！我通过信息服务台查了，自己已经被省内的一所师范院校录取了！现在正在等录取通知书呢！"

听完我的话，她开心地拍了拍我的肩膀。说道：

"我就知道，我的朋友肯定是有能耐、有才气的！"那架势，倒像是她自己考上了一样。

我低头再次应和了一声。声音很小很小，小得甚至连我自己都听不清了。

"你是我的第一个好朋友，真的，从小到大，都没有什么人愿意和我交往，更别说和我做好朋友了。"她又开口道。

听到这，我的眼睛有些模糊了。我不知道是该揭穿这谎言，还是继续给她留下美好的幻想。

最后一次去她那里，是我准备动身去打工的头一天。去的时候，我带了一张贺卡。她见到我，很开心，同时又责怪我为什么这么久都不去看她。我告诉她我这段时间正忙着办理户籍转移、团组织关系转移等各项零碎的入学手续，所以没有时间过来看她。听到这，她才开心地笑了起来。

我把贺卡递给了她，说道："这是录取通知书，你看看！"说这句话的时候，我故意把声音压得很低很低。她把贺卡放在手心，摩挲了好久才说道：

"原来大学的录取通知书是这个样子啊！"我听到了她的声音中有些颤抖。

我待不下去了，说道："我就要走了！希望你好好保重自己！更希望你能够天天开心！"

她再次紧握着我的手，说道："你也是！"然后，她慢慢地握住了那盆玫瑰，把它捧在手中，说道："这盆花送给你，送给我最亲爱的朋友！希望你能像这盆玫瑰一样火红！"

我拒绝了她。我知道，这盆花、这份祝福原本是不属于我的。我现在还没有力量去捧起这份沉甸甸的玫瑰与祝福。我说道："不了！还是你留着吧！再说，这花我也不好带到学校啊！等到它再开的时候，我再来看你，好吗？"

听完我的话她很失落，但仍拂不去她的那份喜悦，仅仅是因为我的到来。

回到家，我对爸妈说："我要复读！"听到这话，他们很是惊讶，然后很快就同意了。在我复读的那年里，我出奇地用功，其程度，甚至都超过了父母、老师的想象。在我的每本书上，我都会用力写上两个字：玫瑰！好多同学都笑问我："玫瑰是代表爱情的，你写在这儿干什么？"我无言。但我知道，在我的内心深处，这份玫瑰代表着的是那份浑然有力的友情，代表着那份包含着满腔真情的祝福。

一年后，坐在大学校园石凳上的我暗下决心："这个假期，我一定要去看看这个女孩，一定去要回那份现在才属于我的友情玫瑰！"

"爱情"日记本

我承认，我不是一个好孩子，至少在我16岁之前。

那年，我被打工的父母带到了城里，我知道他们的意思，我明白他们的苦心——他们不想也不希望唯一的儿子就这么在乡下学校里打架抽烟学坏，荒废了学业，耽误了人生；他们相信城里的教学水平及师资比乡下的更好。于是那年的9月，我坐在城里明亮的教室里，开始了我的初三生活。

我的同桌是一个很文静、很清秀的小女孩，经常穿一条白色连衣裙，我还清晰地记得，开学的第一天，连衣裙上衣的左边还打了一个蝴蝶结，很漂亮。她也是我来学校后熟悉的第一个人，她不但有漂亮的外表，还有一个很好听的名字——许诺。

开学一周后，我还是适应不了这里单调的生活，于是我开始逃课了。学习成绩不好是我逃课的一个原因，更重要的是，我不喜欢也不习惯城里老师上课时那文绉绉的普通话。尤其是我们班主任，身体肥胖，讲课的时候还不时地摇晃着自己的脑袋，真是可恶！

可是，这种逃课的好日子并没有持续多长时间，不久，班主任便通知了我的父母。于是，父母便又拿出了他们"收藏"了好些日子的棍棒，频频向我示威。每次棍棒之后，都是一番语重心长的话，这些成了我进城后的必修课。

一次，我逃课去公园玩，在公园的小亭边，我看到了一对年青男女正在紧紧地相拥相抱着，那女的穿的也是一条连衣裙，和许诺开学那天穿的一模一样。我深情地看着，看到那件白色的连衣裙，我脑海里呈现的第一个人就是许诺，我想：如果我能搂着穿白色连衣裙的许诺，就像那个男孩紧紧地抱着他的女朋友一样，那该是个什么样子？那又是怎样一种感觉？

从那一天起，我就开始注意起许诺了。我也老老实实地坐在教室里，倒不是为了上课，只是为了和她同桌，只是为了能够和她在一起。当然，她并不曾注意到我的这一变化。我不知道自己这算不算初恋，或者，这根本不是初恋，这只是一个懵懂男生对爱情的幼稚想法。

从慢慢注意许诺的衣着开始，我又慢慢地注意她的其他方面了，包括她喜爱的颜色，喜欢的科目，甚至是她写日记这一爱好，我也知道得清清楚楚。

那是一本蓝色的笔记本，上面有一个小小的密码锁。我经常看见许诺放学后，坐在桌子前写日记，每次她都写得全神贯注。我一直想偷看一下那本日记，想看看她到底在上面写了什么。

一天中午放学后，她把日记本夹在桌上的英语书里，然后就急急忙忙回了家。趁着这个机会，我偷偷拿过了日记本。因为我不知道密码是多少，所以我只能胡乱试，当我输入密码123时，日记本就开了，这下我乐了，想不到这么漂亮、这么聪明的女孩，竟设置了一个这么笨的密码。哈哈！

在日记本的扉页，我看到这样一段话：

我知道，他不是我喜欢的男孩，因为他没有足够的自信心，没有足够的上进心，也没有足够的自制力，学习成绩也不够好。他只是一个普普通通的男孩，一个不思进取的男孩，所以，我不能继续喜欢他了，除非他改掉自己的这些毛病，在梦想中展翅高飞。

写给那个从农村来求学的男孩。

许诺

看到这，我愣住了。我知道，她写的这个男孩正是我。

那晚回家，我一直都在扪心自问，难道我真的那么差劲吗？用她的话说，我真的是那种一文不值的男孩吗？或许我改掉了自己的毛病后，她会喜欢我。

那晚，我失眠了……

从那天开始，我学习刻苦起来，因为我的底子不差，所以成绩也有了很大的进步。每次面对老师的表扬，我都会看到她对我莞尔一笑。那一刻，我的心变得更加坚决和坚定。

7个月后，我回到了乡下的母校，参加了中考。紧接着两个月后，我接到了我们县重点中学的录取通知书。再后来，我就没有进城了，直到我念完高中，考上大学后。大一的时候，一次偶然的机会，我浏览了城里那所学校的网站，在网站的BBS上，我才知道：原来，许诺是我们班主任的女儿。而我们班主任当年在大学读的是教育心理学专业。想着许诺日记本上的简单密码，想着班主任平日对我的夸奖，想着许诺的莞尔一笑，我终于明白了他们的良苦用心，那一刻，我十分感激他们。

在人生的路上，我想，只要有一双温暖的手，一颗向善的心，哪怕只是一次谎言，它也会让人变得成熟起来。

请珍惜我的善良

那次去姐姐家，6岁的外甥从幼儿园放学一回家，就哭着扑到了我的怀里，像是受到了天大的委屈。我赶忙抱住他，摸着他的小手问他：

"怎么啦？小子！"

"舅舅，我受委屈了……"

"什么委屈？告诉舅舅好不好，舅舅给你做主。"

然后，外甥这才喃喃地把事情告诉了我。原来在今天上午，他们幼儿园阿姨带着小朋友们观看了一部反映西部小孩儿穷得吃不上饭、读不上书的电影。看完电影后，好多小朋友都感动得把自己身上的零用钱交给了阿姨，让阿姨帮他们捐出去。

"那你做什么了？"我问。

"我哭了啊！"外甥仍抽泣着。

"哭了？为什么啊？"我很不解。

"因为我身上没带钱。我觉得这些小朋友好可怜哦。我看了好伤心哦，所以就哭了。"

"你是对的啊！"我还没把话说完，小外甥就把话接了过来：

"可是班上的小朋友都说我哭没有用。什么也没做，什么都没捐。"

"不。你捐了，小子！从哭的那一刻起，你就已经为西部的那些可怜小朋友捐东西了。"

"捐了什么啊？"小外甥不解。

"捐助了你的善良啊！你的眼泪就是你的善良！这比什么物品都要好，西部的那些小朋友看到后一定会非常高兴，甚至比收到了你们班同学捐助的钱还要高兴呢！"

"真的吗？"小家伙破涕为笑。

"嗯！"我坚定地点了点头。

有时候，眼泪就是最好的善良，它比钱物更为珍贵，更能扣人心弦，更能让人感动不已。

为了真诚和爱，请珍惜我的善良。

读懂天使的微笑

这是小男孩进入新学校后的第一节课，老师开始点名。

"莎士比亚，谁叫莎士比亚？请站起来。"听到老师这话，小男孩很胆怯地抬起头，最后慢腾腾地站了起来。

小男孩有着一头棕黄的头发，脸上有一块儿让人感到十分害怕的疤痕，最重要的是他弓着的身体——尽管只有7岁，他的背部却驼得十分厉害。

看着他这个模样，大家哄然大笑——这难道就是"莎士比亚"？我们敬爱的莎士比亚先生可是一位著名的大文豪、大作家啊，可就这小子的模样……教室里笑声不停。看着喧闹的教室，索菲特老师挥了挥教鞭，继续点名。

在后来的家访活动中，索菲特老师才知道，莎士比亚的母亲在怀孕期间因为吸食了毒品，才使得小莎士比亚变成了今天的这个样子，莎士比亚出生后，母亲就没了踪影。莎士比亚的父亲是一个彻彻底底的赌鬼和酒鬼，每次赌输了就回家闷头喝酒。在这样的家庭里，直到25个月的时候，莎士比亚还不会说话。其间，尽管有不少好心人过来领养他，但他们看到莎士比亚的样子后，都彻底失望了。最后，社区教堂的修女把莎士比亚带了出来，并尽力喂养和教育他。第29个月的时候，莎士比亚才开始学说话。

7岁的时候，莎士比亚开始了他的求学生涯，他很用功，并没有因为自己的样子而变得自卑，相反，他更加努力学习。虽然有不少同学在课余，甚至是课堂之上嘲笑他、羞辱他，但他依旧微笑着，所以无论是数学，还是思想品德教育，莎士比亚一直都拿A。每次放学回到教堂，除了做作业，他还在教堂或者社区做义务短工，所以社区居民们对莎士比亚的印象很深刻，并没有因为他的样子而反感他。在大家的眼里，莎士比亚是一个有爱心的天使小男孩。

时间转眼到了1987年，这时候莎士比亚刚满9岁。那是二年级的一次期中考试，索菲特老师意外发现，一向上课很用功的莎士比亚，竟然没有在考场上出现，她大感意外。考试结束后，她立即驱车来到社区教堂，只见莎士比亚打着绷带，蜷缩着身体躺在床上，看样子伤得不轻。

修女轻声告诉索菲特老师，莎士比亚是在上学的路上被人打的。

听到这话，索菲特十分意外，她连忙问莎士比亚怎么回事，沉默的莎士比亚才向她娓娓道来。

原来，在上学的路上，莎士比亚看见3个比他大四五岁的孩子正嘻嘻哈哈地说笑着，说"哥伦比亚"是美国的耻辱，那几名工作人员死掉是活该，谁让他们太相信国家的科学技术，他们那么爱冒险，死了活该，死了也只配下地狱。

几个孩子所提到的"哥伦比亚"是美国当时进行航天飞行试验的"哥伦比亚"号航天飞机，因为意外，飞机在起飞十几秒后就爆炸了，机上的航天飞行员也在爆炸中死亡。

莎士比亚听到这话非常生气，当面对那几个孩子吼道："你们没有爱国之心，就别做美国人，你们也不配做美国人。"

看到这个丑陋的小男孩胆敢这么直言不讳，那几个孩子火了，就把莎士比亚拉过来一顿暴打。随后，路边的行人连忙拨打了911报警。目前几名涉事孩子正在警察局接受调查。

"索菲特老师，您能陪我去趟警察局吗？"莎士比亚问道，索菲特很是吃惊，她不明白莎士比亚为什么要在这个特殊时刻去警察局，但她相信懂事的莎士比亚一定有他的道理。

在警察局，办案警察准备把这3名孩子拘禁15天，莎士比亚来了以后，向处理该案的警察求情："能不能不拘禁他们，换成去社区教堂服务，这样对他们的改造更好，我和他们一起劳动。"随后，警察局同意了他的请求，但有一个条件，必须是在15天后，由莎士比亚写鉴定，根据鉴定内容，警察局酌情处理这几个孩子。

随后的15天，莎士比亚一声不吭地带着这几名大孩子默默清理社区垃圾，打扫卫生，去照顾瘫痪的詹姆斯太太。

在这15天里，在莎士比亚的带动下，3个大孩子很努力，也收获了很多。每次在劳动时，别人都会对莎士比亚说："哦！亲爱的莎士比亚，你又开始啦。愿主保佑你，我的小天使。"每次听到这话，3个大孩子都很开心，似乎别人是对他们说的。

15天后，莎士比亚亲自把这3个大孩子的鉴定送到了警察局——他们都是很有爱心的人。在社区教堂服务期间，他们都表现得相当出色，赢得了大家的称赞。其实，在每个人的心底，都睡着一个爱心天使，我们所要做的，就是唤醒心中的爱心天使。

后来，这3个大孩子都成了莎士比亚要好的朋友，其中一个男孩，如今还是美国佛罗里达州的慈善大使呢。

后来莎士比亚供职于美国国家航天局，他还是哈佛大学航天专业的首位残疾人博士。他说的"在每个人的心底，都睡着一个爱心天使，我们所要做的，就是唤醒心中的爱心天使"这句话，已写在了美国许多教堂义工服务室的门口。

28朵玫瑰花

汉斯先生是一个十分古怪的老人，已经65岁的他开了一家鲜花店，而且是以玫瑰花为主，这让小镇上的许多人惊讶不已。

尽管如此，汉斯先生花店的生意还是十分红火，于是，他也成了小镇上仅有的几个富人之一。他没有妻子儿女，所以他把自己的钱财都捐给了镇上的孤儿院以及穷人，同时他还经常去社区教堂做义工。可是他有一个很奇怪的癖好，在捐助别人的同时，他提出了一个要求，就是必须在他的花店里买28朵玫瑰，否则他会很不高兴，甚至有一次因为被捐助人未在他店里买28朵玫瑰花，他还把自己已经捐助给别人的东西要回来了。

大家对汉斯先生很感兴趣，可是对他却不是很了解。大家只知道在10年前冬天的一个夜晚，汉斯先生出现在这个小镇上，并且一待就是10年，从此小镇上多了一家鲜花店，也多了一个有怪癖的热心人。

忽然有一天，汉斯先生病了，病得很厉害。于是，小镇上陆续有不少人去探望他，可是汉斯先生的病就是一直不见好转，他一直脸色苍白，手脚冰冷。医生说，如果汉斯先生再不好的话，可能就熬不过这个冬天了，这让大家担心不已。尽管他们和汉斯先生只相处了10年，但是对于这个充满爱心的老头，大家毕竟还是很有感情的。

在一个下雨的周五，小镇教堂的神父带着一群孤儿来到了汉斯先生的房间，这群从小失去父母的小孩儿一直受到汉斯先生的疼爱和照顾。正当孩子们陆续吻他的额头时，神父忽然发现了床头一本很破旧的《圣经》，出于职业素养，神父拿了起来。就在他正准备大声为汉斯先生祈祷和祝福的时候，他被纸上的字震惊了：

> 我亲爱的莉娜，分别有10年啦。
>
> 在那如春的风景里，你是否仍光艳和美丽？
>
> 我知道，你一定很幸福。
>
> 因为你曾经深情地吻过那群天使，
>
> 因为你给予了他们温暖的气息，
>
> 还有，你给了他们湛蓝的天空以及清新的空气。
>
> 如今，你得到了一群精灵，
>
> 他们是上帝的宠儿，
>
> 你也是上帝的宠儿，
>
> 你还是我的宠儿。
>
> 可是，美满的爱情
>
> 却不能给你爱的玫瑰。
>
> 结婚28年，
>
> 一朵也没有。
>
> 除了叹息，
>
> 还有一生无法弥补的愧疚。
>
> 28朵玫瑰，
>
> 从你的心里，
>
> 捧在大家的怀里，
>
> 散布在这个世界里，
>
> ——写在爱妻莉娜病逝10周年时

读到这，神父终于明白了这个充满爱心的小老头为何有如此奇怪的癖好了。

第二天，天气突然晴了起来，早晨温暖的阳光射进房子里，汉斯先生颤巍巍地走了出来。打开门，他发现自己的房子成了花店，一束一束的玫瑰花，从门口围起，将他的房子围成了心形。每束玫瑰花里都包扎了28支鲜艳的玫瑰花。花蕊深处，有着淡淡的幽香。

那一刻，他忽然觉得温暖起来。他只感觉自己又回到了10年前。

爱，其实是个圆

强回家一推开门，就发现桌子上的募捐箱没有了，他知道妈妈又上街募捐去了！

强的家并不富裕，可一大把年纪的母亲不但不在家打点家务，反而跑到外面去给孤儿院搞什么募捐，而且年年如此月月如此。尽管母亲待他一直很好，但他仍对母亲一而再再而三的热心表示反感。

外面的风很大，强无聊地烤着火。突然响起了一阵急促的敲门声，强急忙跑过去开了门，只见居委会赵大妈扶着门口大口喘着气：

"快，快拿钱，你妈……给车撞了，在……在东城医院。"

强的心一惊，忙把自己平日的积蓄拿了出来。可是，令他心急的是这点钱连住院费都不够，怎么办？强的脸涨得通红。猛地，他想到了母亲的黑漆箱，那是母亲平日里放钱的地方，在平时，母亲无论如何也不让他碰。事情紧急，也顾不得这么多了，他急急忙忙地撬开了箱子。里面除了一大堆5角、1元、2元的零钱外，竟找不到一张面值大一点的钱。在箱子的角落，无意中他发现了一个红漆盒子，打开红漆盒，他发现了一张领养证，上面写的竟是他的名字，他猛地明白了！

他急急忙忙地跑到了医院，居委会的赵大妈早已想到了他的难处，替他交了住院钱。在手术室外等待着的他蓦然发现，原来，自己的同情心、怜悯心竟卑贱到如此地步，想到这，他的眼睛一片模糊，他久久地沉思着、沉思着……

不知过了多久，手术室的门推开了，强用期待的目光看着大夫。大夫无奈地摇着头，叹息着从里面走了出来。

此刻，他明白了……

他不待医生说些什么，就跑到了母亲的手术床前。母亲听到了声音，努力地睁开了眼，吃力地对他说：

"强，强子，你……你来了。"

强含泪点了点头。

"强，娘，娘……骗了你，你……是娘……领……养的。其实，娘……也是……被……被人领养的。答……答应娘，以后多……多关心孤儿院……的孤儿们……"

"强……来……娘想再……再听你……喊一声……娘。"

"娘！"强终于忍不住哭了。随着强的一声痛哭，母亲含笑闭上了眼。

几天后的雪天里，街上又多了一个四处替孤儿们募捐的人！

润　田

回老家的时候时值春夏交界，田里的秧苗正生长着。看见父亲的时候，他正扛着一把锄头穿梭在田野里。

父亲看见我，很自然地说了一句："回来啦。走，回家去！咱父子俩好好整点酒。"说这话的时候，父亲显得很轻松，而对于此刻的我来说，却是一种久违的幸福和感动。

回到家，菜端上桌，父亲仍然是老样子，板着脸，看不见丝毫的笑意。劈头就问我最近的工作情况如何。听到父亲的问话，我一脸委屈和难过，对于才工作不久的我而言，在单位遭遇的种种不公，着实让我心里难以接受，更令我不知所措，索性一股脑儿把肚子里的苦水全部倒给了父亲——同事总是让我扫地、打开水、打稿子、买盒饭……总之，他们一个劲地欺负我，同事关系越来越僵。

父亲板着脸，在一旁安静地听着，我絮叨了一个多小时。在这一个多小时里，父亲没有说一句话，只安静地吃着小菜，喝着小酒，连我自己都感到吃惊，今天自己到底是怎么了，怎么如同妇人一般絮叨了。

听完我的这些话，父亲的脸微微涨红。他开口道："其实，上班难，在家种田更难。这天气，家里的庄稼又快干死了。"

我一声不吭地看着父亲，听着他说这些无关紧要的话。

他喝了一小口酒，又缓缓开口道："你知道我平日是怎么给田里的秧苗浇水的吗？我是从上游的水塘里用水泵抽水慢慢灌溉的。"

"可是，很多时候水管不够呀，有时候，从水塘到田里，甚至有好几百米。"我小心地问了父亲一句。

"是啊！很多时候是不够，所以我就经常把水抽到上游别的人家的田里，然后，再一层一层放水，水从上游的水田里，再流到下一层的田里，最后才能辗转到自己家的田里。这种引水的方式十分灵活，只有先灌溉了别人田里的秧苗，才能使自己家田里的秧苗有水吃。很简单的道理，如果你不想先滋润别人家的田，那么最先渴死的，将是自己家的庄稼。"

父亲喝了一小口酒，继续说道："在水流经别人田里的同时，你得费一部分水先滋润别人的田，同时你还得查看别人的田里是否有漏龙，就是有小的隐蔽的漏水口，不然水就从漏龙里白白流跑了，浪费了。记住，要想灌溉好自己家的庄稼，就别害怕费时浇灌别人家的庄稼，还得懂得检查是否有漏龙。"

说到这，父亲用眼睛紧紧盯着我。瞬间，我也明白了。突然间，我发现整日面朝黄土背朝天的父亲，也有他深刻的人生智慧。

父亲说，他只是一位简单朴实的农民，只会种地，不懂别的。可是在我眼里，许多时候，父亲还是一位哲学家。

谈　　话

约翰是一个小偷，可以说，他的偷盗技术已到了炉火纯青的地步。在同行业中，在同出一门的师兄弟中，他是唯一一个没有被逮住的人。因此，在这一行中，他的声望相当高。他也口出狂言：天下没有他拿不到的东西，也没有他进不了的房子。

这天，他在镇上的酒馆里喝酒，正巧碰到了他的朋友比尔，一个不久前从监狱里放出来的师弟。先是拥抱了一阵，然后两人边促膝交谈边喝酒。比尔告诉他，在这个小镇教堂前面的那条街的街中心，有一户门牌号码为××的人家，家中有几万美元的现金，并且问约翰："我的朋友，你敢不敢去？"约翰轻蔑地笑了，回答道："为什么不敢？"

"可是他家里养了一条很凶的狼狗！"比尔提醒道。

"这不是问题，我的朋友。"约翰很自信。

第二天晚上，约翰就带上了他的宝贝万能箱，朝街中心走去。很奇怪，整条街都是漆黑的，只有街中心有户人家亮了门灯，而且这家就是他所要找的那户人家。

他先是把安眠药涂在肉上，然后扔在了狗的面前，狗吃了，不一会儿便倒下去了。接着，他熟练地打开了大门。屋里的人还没有睡，但这并不影响他的工作，因为他知道一个出色的小偷是不会在意工作时外界环境是如何恶劣的。他很快拿到了钱，确确实实是几万美元。他很奇怪，家中有这么多钱，可这户人家的防盗措施竟会如此之差。这勾起了他的兴趣，他把耳朵贴到里屋门上，想一探究竟。

"我说，老头子，咱们是不是该花钱请个保姆啊。咱们两人的眼睛都瞎了，总这样过下去，也不是个办法啊。"屋子里传出一个老妇的声音。

约翰的心一惊：既然是瞎子，又为何整夜亮着门灯？这更加勾起了他的兴趣。

"是啊。老婆子，应该这样。可是，咱们现在的日子都不好过了，哪来的钱请保姆呢？"一个老头子紧跟着回答。

"儿子空难后，航空公司不是赔了几万美元吗？为什么不用这些钱？"

约翰的心一沉，用牙齿咬了咬嘴唇，继续听下去。

"你疯啦！老婆子，你怎么忘了，我们不是说好用这些钱给镇子里的孤儿们盖一栋房子吗？"

约翰的心一震。

"是啊。你看我这记性，都给忘喽。老喽，不中用了。可是，咱们也得花钱交电费啊。门口的灯整夜亮着，很耗电啊。"

"没关系，只要别人在这条街上走路不摸黑就行了。你也知道，这条街上的路很难走，又是夜里，万一行人跌了跤怎么办？还有咱们的'儿子'克拉尔，虽然它每天都得吃骨头，但是只要咱们每天多糊两个小时的纸盒就行了，这日子还是能过得下去。有了克拉尔，行人就不用担心这条街有强盗了。"

"是啊。也只好这样，谁让咱们年轻那会儿只生了一个儿子呢。早知道今天，还不如当初多生一个呢。"老妇抱怨道。

"别说了，咱们还有这么多纸盒要糊，快干活吧。"

当晚，约翰坐在门口流了一夜的泪。他也是个孤儿，也是被人领养的，但不服养父对他的管教，一怒之下偷跑出来，才干上这一行。

第二天，老夫妇的门口留下了两样东西，一样是他们的几万美元，另一样则是一个很小巧、很别致的万能箱。

从此，在这个小镇上，就再也没有人看见过约翰了。约翰就此神秘地消失了，没有人知道他去了哪里。

西伯利亚的温暖

沙皇时期，卡尔是一名政治犯，被发配到西伯利亚的时候，正值12月，天寒地冻。

卡尔被分配到了林场，成了一名伐木工人，每天都有从后方开来的火车将他们砍伐的木材成车成车地运回内地，运到莫斯科，运到基辅。修铁路需要木材，对于沙皇而言，除了金银矿产和宝石，没有什么比木材更适用的东西了。所以，沙皇命令这些犯人拼命地砍伐木材，以备所需。为此，沙皇专门派了一个名叫托可可夫斯基的监工。监工还带来了他的妻儿，看样子是要长期在这里居住。

托可可夫斯基是一名很严厉的监工，工人们都非常恨他。如果每天完成不了额定任务，不但没有面包吃，还会被皮鞭抽得遍体鳞伤。当然，倘若超额完成任务，就会得到半瓶伏特加作为奖赏，超出部分的木材，托可可夫斯基将它们囤积在一个仓库，并不急着马上运回莫斯科。

2月的一天，第四班组的一名伐木工人生病了，整个班组没有完成额定任务，托可可夫斯基让整个班组的人饿了一整天，而那名生病的伐木工人，被托可可夫斯基喊出去以后，就再也没有回来。大家都知道，那名可怜的、正在生病的工人，一定是被可恶的托可可夫斯基遗弃或处决了。

看到这样的一幕，卡尔觉得一阵阵心寒，既替那名伐木工人感到悲伤，又为自己感到可悲，这样的日子什么时候才是一个尽头啊？为了生存，为了能回到城里，他必须好好活下来，因为那里还有他的亲人。

然而，不幸的事仍不断发生。有一次，卡尔把木材抬上火车的时候，木材不小心滑了下来，木材从车厢里滚落，砸到了一名沙皇士兵。看到这一幕，托可可夫斯基顿时火了，他拿起皮鞭使劲抽打着卡尔。看着正在流鼻血的沙皇士兵，托可可夫斯基觉得用皮鞭抽打卡尔不解恨，于是随手拿了一根木棒，朝卡尔的腿上砸去，卡尔清楚地听到骨头碎裂的声音。随后，其他几名工友把受伤昏迷的卡尔抬回了小木屋。

因为没有医生，加上天气恶劣，卡尔的腿恢复得很慢，3个月后才能下地走路，但是由于骨头没有接好，卡尔的腿有点瘸。他每走一步，对托可可夫斯基的仇恨就加深一分。

1918年，战争即将结束的消息不知从哪里传来了，大家都在心底里高兴，希望早点结束这样的鬼日子。这时候的托可可夫斯基似乎也意识到了什么，对大家的态度也开始好起来。但是，大家对他的仇恨并没有因此而改变。

忽然有一天早上，卡尔被一阵哭声惊醒，那是从托可可夫斯基暖和的小屋传来的。卡尔赶忙跑过去，只见在小屋里，满头是血的托可可夫斯基躺在床上，看样子是受了很重的伤。卡尔赶忙走进屋内，托可可夫斯基努力睁开了眼，看见卡尔后，从枕头底下摸出了一个日记本放在卡尔手上，然后吃力地对卡尔说："你是这里唯一的政治犯，知识最深，你会懂得的。"

卡尔接过日记本，托可可夫斯基便闭上了眼睛。卡尔迅速把日记本放进了衣服里，闻声而来的工友也赶进了木屋。托可可夫斯基的妻子哭泣着说：在凌晨的时候，托可可夫斯基出门小便。天快亮的时候，她发现丈夫还没有回来，于是马上去找，结果刚出门，就看见了躺在门口、血迹斑斑的丈夫。她知道，丈夫是因为仇恨被人打死的，凶手一定是这一千多名工人中的某一员。

卡尔和工友们埋葬了托可可夫斯基，下一步怎么做，大家都很茫然，虽然谣传战争要结束了。可是并没有准确的消息，他们将何去何从？

卡尔小心地翻开日记本，里面是托可可夫斯基每天的日记。读完日记，卡尔的心一阵阵刺痛。

如果不是托可可夫斯基，那名生病的伐木工人一定死了，因为托可可夫斯基知道他患了肺炎后，便用装载木材的火车把他送到了城里医治。

如果不是托可可夫斯基，卡尔的性命一定没了。因为托可可夫斯基在那一刻，看见了好几名子弹已经推上枪膛，准备枪杀卡尔的士兵。

如果不是托可可夫斯基，这一千多伐木工人的性命一定没了，因为第一次世界大战已经结束，冬宫在几天前就下了命令要处决这一千多名伐木工人，一股小部队已经在途中了。

如果托可可夫斯基不死，这里就不会混乱，工人们也就没有办法趁乱逃走。再不逃走，工人们面临的就只有死亡了。

除了卡尔自己之外，没有人知道托可可夫斯基是自杀的，是故意用头部撞击木材的。卡尔把战争结束的消息告诉了大家，工人们一阵沸腾，欢呼雀跃，瞬间便冲破了伐木场看守士兵的警戒，跑进了丛林深处。

卡尔并没有跑，而是走进了托可可夫斯基的小屋。他知道，从他得到日记本的那一刻起，他就应该为这对可怜的母子承担起责任。

由于没有了工人，到来的士兵们也就没有采取措施，纷纷离开了。几天前还拥有一千多人的伐木场，变得十分空旷和冷清。卡尔把事实的真相告诉了托可可夫斯基的妻子和儿子。得知真相后，这对可怜的母子什么都没有说，只是一个劲地哭。

后来，陆陆续续地又回来了几十个工人，卡尔把托可可夫斯基的日记本给他们传阅。他们什么都没有说，都选择了留下，并且把他们各自的家人一起接来，在原林场的基础上新建了许多小屋，建筑小屋所用的木材都是托可可夫斯基提前囤积的，这一切似乎都在托可可夫斯基的预料之中。

今天的西伯利亚依旧是那么寒冷。尽管少了许多伐木工人劳动的场面，但有一个温暖的小村落，村子的名字叫作托可可夫斯基村，村民们是那些伐木工人的后代，村子中还有一本族谱——那是托可可夫斯基的日记本。日记本的扉页，是卡尔临终前写的一句话：

"只要有爱，再冷的地方，也会有温暖！"

我要让你很快乐

约翰·卡尔特伊出生于意大利北部一个贫穷的小山村，后来成为一个最富有的珠宝商人。

约翰·卡尔特伊从小就开始在美国流浪，在街头卖艺、乞讨、送报纸、给别人看门，吃尽了人间的苦。总之，没有一件事很让他做得舒坦和开心。然而，他还是熬了下来。在60岁的时候，他终于成了富有的珠宝商人，他在世界各地都开有自己的珠宝连锁店。他的后半生致力于珠宝的鉴定，并幻想在此中找到丢失的快乐。

在员工们的眼里，老板约翰·卡尔特伊永远是这个世界上最严肃的人，永远板着一张严肃的脸，除了看见稀世的宝石外，员工们很少看见老板会笑。

然而，全世界的人至今永远记得约翰·卡尔特伊这个名字，这源于一次偶然。

一天，约翰·卡尔特伊去一位生意伙伴家做客。在聊天的时候，生意伙伴的小孙子——一个8岁小男孩，一直在客厅的地毯上玩耍着，他的玩具是一大堆珠宝。出于职业习惯，他很随意地看了看那些玩具宝石，出乎他的意料，那里面竟然至少有一半是真宝石，那些真宝石，每一枚都价值几十万美元。

令他吃惊的是，小男孩丝毫感觉不到宝石的珍贵，依然开心地玩着。整个房间的气氛，也随着那个小男孩子的笑声，变得融洽许多。

那个小男孩开心爽朗的笑声，深深地感动了约翰·卡尔特伊，看着那闪光的宝石，那一刻，他看见了自己的粗鄙——从出生到现在，他从没有感受过任何快乐。

之后，他与全美国儿童基金组织取得了联系，在他资金的支持下，当时美国最大的一笔奖项"全美大众快乐儿童奖"设立，它是很奇怪的一个奖项——

如果你生活得很快乐，我就给你钱。

这时，全世界的人都记住了他的名字，都知道了他的口号——我要让你很快乐！

约翰·卡尔特伊不只是一个珠宝商人，因为他成就了人间许多灿烂的笑容。

博尔的独立日

那是一个阳光明媚的周末。

上午8时，布朗先生在自己家的后院里收拾着画夹，准备开始他新一天的创作。他的妻子布朗太太，则把家里的一大堆脏衣服搬上了车，然后把她的爱子博尔·布朗抱到小汽车后排的座位上，她打算先把脏衣服送到干洗店，然后带博尔去州残疾人救助中心，最后，在时间允许的情况下，她还想去超市买点东西。

布朗太太把车子发动后，行驶不到10分钟，一件可怕的事发生了——一个拎着大皮箱的陌生男子在街道拐角处拦住了她的车子，待她摇下车窗玻璃，想知道原因的时候，一把冰冷的手枪抵住了她的脖子。这一刻，布朗太太明白了，她和爱子博尔正被这名凶恶的青年男子劫持。那名青年男子坐上了副驾驶的位置，然后冰冷地说道："直接将车开进州政府门前的市民广场。"

布朗太太一惊，有很多市民正在那个广场庆祝美国独立日，他们举行着盛大的集会。

男青年接着开口道："对不住了，太太。如果政府不答应我的要求，那么，这一皮箱的炸药，和广场上的一大批市民，连同你这辆车，都会一起爆炸，一起在这个地球上消失。"

布朗太太的心一阵颤抖，她感觉到这个陌生男人的可怕和狠毒了。她的爱子博尔，则脸色一片煞白，浑身都在冒汗，布朗太太甚至看见了博尔贴在窗户玻璃上的手指跟着一起颤抖起来。布朗太太不得不顺从他的意图，如果她不答应，悲剧或许来得更快。

　　快到市民广场的时候，突然，另外一名高个子男青年蹿了出来，直奔她的车前，并微笑着敲了敲她的车玻璃。看到这个情况，那名男子压低了帽檐，低着头，而那名高个子男青年嘴里说着什么，手也一直在空中挥舞着什么，可是什么也说不清。看到这情况，车上的绑匪顿时明白了许多——这是一个哑巴，他应该是在乞讨。绑匪示意布朗太太不要理他，继续向前行驶。可是没有开多远，那名高个子哑巴青年又追了上来。这次，他喊来了两个哑巴同行，一同围着布朗太太的车子乞讨。

　　正当车内的绑匪生气的时候，突然间，一双坚强有力的手紧紧地勒住了绑匪的脖子，另外一个青年则迅速地打开了车门，把绑匪的双手铐了起来。这一切，不过十几秒的事。

　　在绑匪十分惊讶的时候，那名抓他的高个子哑巴青年竟然开口道："嗨，我亲爱的侄子博尔，这段时间，你的哑语又有进步了，手语又丰富了许多。"

　　这时，靠在后排座位的博尔笑了笑，说道："当然，我得好好学啊。这样，我才能在阳光明媚的独立日，和州残疾人救助中心那些不能正常言语的朋友通过手语交流啊。哦，对了，叔叔，刚才我在车窗玻璃上打的手语'我被劫持了'，表达准确吗？"

　　"当然。如果你再这么努力，你也会和我一样，既能当名警察，也能在州残疾人救助中心做一名手语教师。"博尔的叔叔也乐了。

　　此刻，他们的笑声被广场上热闹的人群呼喊声淹没。

　　这是一个真实的故事，它发生在20世纪60年代的美国华盛顿州。

　　当你抱有一颗善心，为人处事的时候，你就会得到某些意外的惊喜。这些感恩既是你思想的进步、境界的升华，也是一轮轮爱心的循环。

母亲的大道理

　　母亲是一位普通的农村妇女，文化水平不高，但她总能讲出一些很朴实、很有大道理的"实在话"，这些话至今对我都有着深深的教育意义。

上小学时，班上的几个同学经常邀请我到他们家去玩，很多情况下，我都会被他们留下来吃饭。母亲知道后，就常常特意上街买来许多菜，然后把他们邀过来，盛情招待。母亲说："邻里嘴换嘴，亲戚礼换礼，朋友之间也要讲礼尚往来。"

升上初中后，我对学习产生了厌倦情绪，每天放学后除了玩耍，就是睡觉，母亲就经常走到我的面前，语重心长地说："家是累来的，瞌睡是睡来的，你要勤奋学习啊，别浪费了大好时光。"

我一共兄弟姐妹四个，都读了书，这在当时的农村实属不易，是母亲坚持让我们每一个人都上学读书的，她也因此背上了沉重的负担，但母亲从没有怨悔过。她说："三代不读书，不亚于一窝猪，再穷再累也要上学，人的一辈子是耽误不起的。"

为了供我们上学，家里很困难，基本上到了一贫如洗的地步，但母亲从不出去求救于别人，即使是那些相当富裕的亲戚家。她说："救急不救穷，要脱离贫穷，只能靠自己的双手，靠天、靠地、靠人不是真好汉。"

由于水电、家禽等各个原因，邻里之间免不了要时常发生冲突和争吵，我的性格最刚烈，也很直爽，吵架从不含糊。每每这时，母亲就把我朝家里拉，并且狠狠批评我，母亲说："有理走遍天下，无理寸步难行。要论道理，吵架是最无能的表现。"

每年过年的前夕，家里都要宰杀一头猪，然后卖给别人。不少人都来赊猪肉，说过几天就送钱来，结果，绝大多数人都是一拖再拖，有的甚至变成陈年旧账。母亲去要账时，从来都是小心选好日子的。譬如，对方家有红白喜事，她不去要；对方家来客人亲戚，她不去要。她说："腊月年关抓紧走，三十初一不要债，要保全人家面子，让人家过一个安稳年。"

母亲还说过："小时偷针，长大偷金；人要忠心，火要空心……"

而今，我们都在外地工作，远离母亲，只能常常通过电话和母亲交流，偶尔也会向母亲倾诉起生活和工作的种种烦恼和不顺心。每次，母亲都会安慰我们："金贵银贵健康最贵，千好万好平安最好，平安健康即是富，其他的都别太放在心上。"

听过许多大道理，还是觉得，母亲那些实在话里所蕴含的大道理，才是最值得去牢记和回味的。

你的悲喜，与我有关

她一连数日都忙于孤儿院和难民营之间，鞋磨破了几双，脚上也被高跟鞋磨出了豆大的水泡。回到家，有时候，她连澡也顾不上洗，倒头就睡下，鼾声四起，震得隔壁的女儿叫苦不迭地捂着耳朵。

第二天，她继续赶往每一个需要她的角落。她去非洲，在数以千计非洲儿童的额头上留下了她的吻痕，而她的女儿很少得到这样的优待；她曾多次自己掏腰包给难民营里的孩子买书包、文具和衣服，而她的女儿削铅笔划破了手却得不到她的安慰；她经常去贫民窟给拾荒的阿婆过生日，而她女儿的生日常常被她遗忘……

一连数十年皆是如此。有一天，一直处在被她遗忘角落里的女儿终于爆发了，问她："妈妈，我到底是不是您的亲生女儿？"她瞬间明白了女儿的意思，两股热泪夺眶而出，她哽咽了，无言以对。

后来，很多人亲切地呼唤她为"人间天使"，尽管她已经年届花甲，别人还是喜欢这样称呼她。这样一个天使，却因疲于为慈善募捐，而且鲜于照料自己的家庭。面对家人的埋怨，她把深深的愧疚埋藏在心底，直到她临终前，才把女儿喊到自己的床前，满含深情地说："孩子，你常问我到处奔走的后半生把目光投向了家以外的地方，这是为什么？我也知道我的举止令你在暗夜里神伤。女儿，有一天，我若不在了，你要知晓人世间本是这样——若要有优美的嘴唇，要讲亲切的话；若要有可爱的眼睛，要看到别人的好处；若要有苗条的身材，要把食物分给饥饿的人；若要有美丽的头发，让小孩子一天抚摸一次你的头发；若要有优美的姿态，要记住，走路时，行人不止你一个。"

给女儿说过这样一席话不久，她便离开了人世。她的离世，让全世界亿万个心灵为之伤心动容，她不在了，她的善举却如火把一样，温暖了一个又一个处在黑暗和饥寒边缘的心灵。直到如今，提及她，众人心间呈现的还是她圣母的心境、天使的面庞。她就是著名影星——奥黛丽·赫本。

赫本的一生都是在用善念串起一条光彩夺目的项链。这项链告诉我们，每一个珍珠都和另一颗息息相关，而不是毫无关联。项链如此，人与人之间的交往亦是如此，下雨了，淋的绝对不止某一人；篝火烧起来，温暖的也绝对不是一个人的心。我们要时刻自我提醒："在俗世里并肩前行的人，要留意身前身后人，要清楚，别人的悲喜皆与我有关。"

你要一双鞋子，给你一双袜子

圣诞节前夕，已经晚上11点多了，街上熙熙攘攘的人群稀疏了许多，偶尔还有匆匆忙忙往家赶的人，穿行在街灯俯视下浓浓的节日氛围里。

"感谢上帝，今天的生意真不错。"忙碌了一天的史密斯夫妇送走了最后一位来鞋店里购物的顾客后由衷地感叹道。透过通明的灯火，可以清晰地看到夫妻二人眉宇间那锁不住的激动与喜悦。

该是打烊的时间了，史密斯夫人开始熟练地做着店内的清扫工作，史密斯先生则走向门口，准备去搬早晨卸下的门板。他突然在一个盛放着各式鞋子的玻璃橱前停了下来——透过玻璃，他发现了一双孩子的眼睛。

史密斯先生急忙走过去看个仔细：这是一个捡煤屑的穷小子，八九岁光景，衣衫褴褛且很单薄，冻得通红的脚上穿着一双极不合适的大鞋子，满是煤灰的鞋子上早已千疮百孔。他看到史密斯先生走近了自己，目光便从橱子里做工精美的鞋子上移开，盯着这位鞋店老板，眼睛里饱含着一种莫名的希冀。

史密斯先生俯下身来和蔼地搭讪道："圣诞快乐，我亲爱的孩子，请问我能帮你什么忙吗？"

男孩并不作声，眼睛又开始转向橱子里擦拭得锃亮的鞋子，好半天才应道："我在乞求上帝赐给我一双合适的鞋子，先生，您能帮我把这个愿望转告给他吗？我会感谢您的。"

正在收拾东西的史密斯夫人这时也走了过来，她先是把这个孩子上下打量了一番，然后把丈夫拉到一边说："这孩子蛮可怜的，还是答应他的要求吧。"史密斯先生却摇了摇头，不以为然地说："不，他需要的不是一双鞋子。亲爱的，请你把橱子里最好的棉袜拿来一双，然后再端来一盆温水，好吗？"史密斯夫人满脸疑惑地走开了。

史密斯先生很快回到孩子身边，告诉男孩说："恭喜你，孩子，我已经把你的想法告诉了上帝，马上就会有答案了。"孩子的脸上这时开始漾起兴奋的笑窝。

水端来了，史密斯先生搬了张小凳子示意孩子坐下，然后脱去男孩脚上那双布满尘垢的鞋子，他把男孩冻得发紫的双脚放进温水里，揉搓着，并语重心长地说："孩子呀，真对不起，你要一双鞋子的要求，上帝没有答应你。他说，不能给你一双鞋子，而应当给你一双袜子。"男孩脸上的笑容突然僵住了，失望的眼神充满不解。

史密斯先生急忙补充说："别急，孩子，你听我把话说明白。我们每个人都会对心中的上帝有所乞求，但是，他不可能给予我们现成的好事。就像在我们生命的果园里，每个人都追求果实累累，但是上帝只能给我们一粒种子，只有把这粒种子播进土壤里，精心去呵护，它才能开出美丽的花朵，到了秋天才能收获丰硕的果实；也就像每个人都追求宝藏，但是上帝只能给我们一把铁锹或一张藏宝图，要想获得真正的宝藏还需要我们亲自去挖掘。关键是自己要坚信自己能办到，自信了，前途才会一片光明啊！就拿我来说吧，我在小时候也曾企求上帝赐予我一家鞋店，可上帝只给了我一套做鞋的工具，但我始终相信拿着这套工具并好好利用它，就能获得一切。20多年过去了，我做过擦鞋童、学徒、修鞋匠、皮鞋设计师……现在，我不仅拥有了这条大街上最豪华的鞋店，而且拥有了一个美丽的妻子和幸福的家庭。孩子，你也是一样，只要你拿着这双袜子去寻找你梦想的鞋子，义无反顾，永不放弃。那么，肯定有一天，你也会成功的。另外，上帝还让我特别叮嘱你：他给你的东西比任何人都丰厚，只要你不怕失败，不怕付出！"

脚洗好了，男孩若有所悟地从史密斯夫妇手中接过"上帝"赐予他的袜子，像是接住了一份使命，迈出了店门。他向前走了几步，又回头望了望这家鞋店，史密斯夫妇正向他挥手："记住上帝的话，孩子！你会成功的，我们等着你的好消息。"男孩一边点着头，一边迈着轻快的步子消失在夜的深处。

一晃30多年过去了，又是一个圣诞节，年逾古稀的史密斯夫妇早晨一开门，就收到了一封陌生人的来信，信中写道：

尊敬的先生和夫人：

您还记得30多年前的圣诞节前夜，那个捡煤屑的穷小子吗？他当时乞求上帝赐予他一双鞋子，但是上帝没有给他鞋子，而是意味深长地送了他一番比黄金还贵重的话和一双袜子。正是这样一双袜子激活了他生命的自信与不屈。这样的帮助比任何同情的施舍都重要，给人一双袜子，让他自己去寻找梦想的鞋子，这是你们的伟大智慧。衷心地感谢你们，善良而智慧的先生和夫人，他拿着你们给的袜子已经找到了对他而言最宝贵的鞋子——他当上了美国的第一位共和党总统。

我就是那个穷小子。

信末的署名是：亚伯拉罕·林肯！

我想和你喊出一个声音

下班的时候，路过闹市区，在商贸城的对面看到一对特殊的夫妻，男的下半截肢体已经不见了，坐在简易的板车上，板车上还驮着一个音响，扯出来一支麦克风，拿麦克风的是他的女人，用略带些哭泣的嗓音，在唱一首《流浪歌》。

老实说，这种情况太司空见惯了。如今这社会，人们对待行乞者的免疫力都很强，大凡遇见行乞者，人们皆绕道而走；如遇抱腿强行行乞的孩子，更是迅速跑开。

所以，可想而知，这对夫妻的行乞效果并不见好，给钱的，除了几个年龄稍大的阿公阿婆，就是放学从此经过的孩子。看到天色渐晚，他们板车前的缸子里仅有几张毛票和硬币，女人的眼泪簌簌而下。

就在这时候，人群里挤进来一位穿着入时的男青年，走到那个行乞女人的面前，说："我能借你的麦克风唱首歌吗？"

女人迟疑了一下，把麦克风递给了这位青年。

只见青年接过麦克风，颇为动情且滑稽地唱了一首《嘻唰唰》，还有另外两首动感十足的歌，引得一旁的路人哄然大笑，继而纷纷掏钱扔进缸子里，一会儿工夫，缸子里的钱就满了。再看那位男青年，丝毫没有尴尬的表情，一副意犹未尽的样子，慢慢把麦克风还给那个行乞的女人，然后掏出10块钱说："谢谢，这些是我刚才用你的麦克风唱歌的钱，祝福你们。"

男青年给了钱，就要走开。

那个女人显然感激得说不出话来了，瞬间，不知道说什么才好，只冲男青年喊了一句："为什么？"

男青年转身笑了笑说："不为什么，我只想用用您的麦克风，然后，试试能否和你喊出同一个声音来。"

街道上，人潮如鲫，那对夫妻收拾了板车上的东西，准备返程，在他们收拾东西时，有泪从女人的眼里落下来，滴在他们行乞用的不锈钢缸子上，叮的一声。那一刻，站在一旁的我心里有股温暖的潮水翻上来，我相信，那声音是善良制造出来的响动。

我望着那位男青年走远的背影，想起了这样一句话："从受助者的角度，把自己置换到受助者的场景里，然后帮助他们，这种帮助，是镀了金的。"

是的，镀了人性美的真金。

爱的房间不需要订金

那年，远在北方农村的我为了生计到杭州打工，哪知道刚出杭州站，我就弄丢了钱包，只剩下仅有的50元零用钱。

我很清楚自己手里的钱能做些什么.当时，在杭州租一间房子的订金是80元，我连租一间房子的订金都不够，就更别提其他的吃穿费用了。

天已黄昏，不争气的肚子早已拉响了"警报"，我已经一天没有进食了，不是买不起饭菜，而是怕我吃了饭，离80元的订金数又远了一步。街灯已经亮起，我从一家又一家的饭店前走过，但是，摸了又摸口袋里的50元钱，还是没有进去。因为，吃一顿饭，最少也要花5元钱。天奇冷，我一边犹豫着到底吃不吃这顿饭，一边瑟缩着向前走，前方有一个人让我眼前一亮，那是一个卖烤红薯的老人。

为了省钱，我向老人走去。烤炉里正冒着热气，老人面色红润，看我走过来，他笑脸相迎。我一边和老人砍价，一边看着刚从烤炉里拿出来的透着香气的红薯，并不住地咽着口水。老人仿佛看出了其中的端倪，最后决定破例以1块5一只的价格卖给我。我来不及道谢就连忙剥开烤红薯的皮，并一口咬下去，直到咽到肚里才发现胃被烫得难受，几近掉泪。烤炉边确实暖和，我一边吃着红薯，一边和热情的老人攀谈起来，已经到了这个份上，我也不怕老人笑我，把我到杭州来的困难都说给了老人听。

老人听说我要找房子，就连忙告诉了我一家，并告诉我订金可以免交，我顿时眼前一亮，像是遇见了一个大救星，千恩万谢，连忙问明了地址，付了红薯钱给老人。老人找了钱给我，我摊开一看，心一下子提到了嗓子眼——我明明付给老人的是50元，他却当100元找的零，给了我98.5元。本来紧张的我一下子愣在那里，要不要把找错的钱还给老人呢？我现在正急着用钱，不还吧，又觉得对不起老人，也许他一整天也挣不了100元。正在我犹豫的当口，老人发了话："你怎么还不走，再不去说不定房子已经被人租走了，别忘了，就说是'街口卖红薯的刘老头推荐的'。"我心中一喜，连忙顺势跑开。

我按照老人说的地址敲开了房东家的门，开门的是位年过六旬的老太太，看上去和卖红薯的老人年龄相仿，我连忙按照卖红薯的老人的叮嘱说："您好，我是街口卖红薯的刘老头推荐的，想来租免订金的房子。"我特意把"免订金"3个字说得声音特别高，唯恐老太太听不见。

老人上下打量了我一番，莫名地笑了，然后热情地把我迎进屋，向一间空房走去。房子足够我住，我很是高兴，连忙同老太太订下了租房合同：月租50元，免订金，房租月底交。当晚，我回到旅店把行李搬到了老太太家。把铺盖都收拾妥当，突然口渴，来到房东老太太那里去讨开水。由于太晚，老太太房里已经关了门，但灯还亮着。里面传来两个人的说话声，老太太应该是同老伴讲话。听他们这样说："你个老头子啊，就是心地善良。你又不知道那小伙子啥心肠，怎么不收租金就同意他在我们家住下呢？"

"嘿嘿，那小伙子是乡下来的，今天买我烤红薯认识的，一看就是个好娃，难道非让人家日后白天工作，晚上流落街头？这么冷的天，我可不能不管……"

"那你也不该故意多找人家50元钱啊？你冻了一天容易吗？"

"嘘，小声点，别让他听见，否则，他会不好意思的……"

那一刻，听到这里，我本想敲门的手一瞬间停在半空中，泪水蒙住了我的眼睛……

把人逗笑才是本事

吉姆有个特别胖的邻居阿姨，这位阿姨走起路来像掀起一场小地震一般，经常把地板震得梆梆响。她还有一个非常要命的毛病，无论什么地方都随口吐痰，吉姆家的花园里经常被她糟践。

吉姆想起来就气不打一处来，于是决定给这个胖阿姨一点颜色看看。

胖阿姨有一辆被她压得嘎吱作响的电动车，那是她唯一的交通工具，吉姆打算在这辆车子上做点文章。

吉姆趁着夜色找了一把锥子，偷偷潜入车棚，打算给这个经常给他家制造怨气的胖阿姨泄泄气。不料，这时候，恰巧被值班回来的父亲看到。父亲叫住了吉姆。

父亲一看吉姆手里的锥子，转瞬就明白了这个鬼小子的坏主意。父亲一把把吉姆扭到了家里说："爸爸看到你这样做，很生气！"

吉姆羞赧地低下了头。

父亲接着说："如果想要我不惩罚你也可以，但是你必须把我逗笑。"

吉姆喜出望外，赶忙给父亲讲了一个笑话。

父亲绷着脸，没有一丝笑意。

吉姆又给父亲来了一段说唱。

父亲仍旧冰冷着脸。

吉姆后来运用了"扮鬼脸""扮嬉皮士""模仿动物"等多种方式，父亲的脸依然像冰封一般。

吉姆眼角湿润了，急得想哭。

父亲顺势说："孩子，你现在明白了，想把一个人激怒容易，但是想把一个人哄笑就难了。激怒一个人不是本事，把一个人逗笑才是能耐。"

吉姆点了点头说："我懂了，我不该拿锥子去破坏阿姨家的电动车，我以后会跟她好好相处的。"

父亲笑了，像一朵温暖的荷花。

夜色黑下来

我家住五楼，女儿的房间有一扇飘窗，几乎可以看到整个小区的一举一动。女儿经常趴在窗口，隔着玻璃窗往下望。时不时，会有小伙伴来找她，都是通过这面窗子打招呼。

小区的绿化不错，近几天，桂花开了，从窗子朝下望，是黄彤彤的一片烟云，煞是好看好闻。7岁的女儿经常站在窗口打量并坐享整个世界带给她的美景和氛围。

最近，每到傍晚女儿总喜欢趴在窗口，口中念念有词："天赶快黑吧，天赶快黑吧。"

我暗自一笑，心想：这个电视迷，又在想着看她的动画片。

后来，我发现自己冤枉了这个小家伙，天真的黑下来的时候，女儿并不是忙着打开电视机，而是问母亲要不要打酱油、买袋食盐、买面条之类的，总之，就是要借故飞速下楼。

我开始怀疑这个小丫头学会乱花钱了，该不会是对超市里某种零食特别感兴趣了吧？

我把这个疑问说给妻子，妻子反驳说："不对，我每次给她的钱，找零全部都拿回来了，一分钱不少，而且，女儿回来得特别快，根本没有吃零食的时间呀。"

我决定监视一下女儿，看看这个小丫头究竟在做些什么。

夜色刚刚扯上帷幔，女儿又借故下楼，我赶忙跑到女儿的房间，透过窗口观察楼下的一举一动。我发现女儿出了电梯口，在楼下的一个垃圾桶前停了下来，把手里的一只玩具狗扔进了垃圾桶，然后飞速跑进超市，买好东西，匆匆上楼。

一连两天皆是如此，不是往垃圾桶里扔一只玩具狗，就是一只喜羊羊，还有别的玩具。我决定问问这个小丫头，明明是刚买的玩具，怎能这么浪费。

这天晚上，女儿又要拿着一只玩具出门，我把她拦了下来，问她："为什么丢弃这些玩具，是不喜欢它们吗？"

女儿与我商量，能不能在她丢过玩具以后再解释，我应允了。

女儿这次丢的是一辆电动小汽车，她丢进垃圾桶，就飞速上楼，然后拉着我到自己的房间，让我透过窗口向下看。只见不多时，一个拾荒的阿婆扛着尼龙袋把垃圾桶里的电动小汽车捡进袋子里，高兴地走了。

我更纳闷了："你这是干什么？"

女儿笑了说："这位阿婆是我同学的奶奶，一开始我也不知道。后来，我无意间把一件不喜欢的玩具扔进了家门口的垃圾桶，没想到第二天就出现在了同桌吴晓婉的书包里。吴晓婉是一位留守儿童，奶奶带着她靠拾荒度日，日子过得很苦，她的奶奶最常来的就是我们小区，我想通过这种方式送吴晓婉一些玩具。"

我心里一暖，忙问女儿："为什么不直接把玩具送给吴晓婉？"

女儿说："吴晓婉和她的奶奶都是爱面子的人，我问过吴晓婉：'你奶奶做什么工作？'她说，在一家书店帮忙。那些玩具被捡走以后，奶奶每次都告诉她说，玩具是新买的，晓婉从来不要别人送的东西，我直接送她，她肯定拒绝。我试验过几次了，吴晓婉的奶奶也总是趁着夜色才扛着尼龙袋拾荒。"

那是个满天繁星的夜晚，夜色浓重，夜幕越来越黑，女儿躺在我的怀里慢慢睡着了，醒来的时候，女儿睡意蒙眬地说："吴晓婉应该拿到刚才那辆电动小汽车了吧。"

我点点头。夜色黑下来，足以藏起一座山。

"芳邻"是一种香料

一日，6岁的儿子拿着一本杂志走到我的跟前，一本正经地问我："爸爸，'芳邻'这个词是什么意思啊？是不是一位叫'芳'的邻居啊？"

我和我的爱人捧腹大笑，笑毕，我耐心地给儿子解释说："所谓'芳邻'，也就是邻居，是对邻居的一种尊称。另外，还有一层意思，也是敬称，一般用来说别人的邻居才叫'芳邻'。"

儿子疑云满脸地说："为什么别人的邻居是芳邻，自己的邻居就不是吗？"

我不知道该怎么说才好，于是，重新解释说："所有的邻居都可以称为'芳邻'。"

儿子这才肯罢休。

没过多久，我家对面搬来了一对小夫妻。搬家的时候，我带着儿子从门口路过，儿子像嘴上抹了蜜，开口就喊这对小夫妻："芳邻叔叔好！""芳邻阿姨好！"

一下子把小两口逗得笑成了两朵花。为了慰劳儿子，他们特意从包里掏出了糖，塞给儿子。儿子把糖果含在嘴里，不住地说谢谢。

要说这对小夫妻，我和儿子对他们的印象都不错。唯有我爱人特别讨厌他们，认为他们太邋遢，经常把垃圾和吃剩的饭菜放在楼道里，好几天都不知道清理，产生的异味难闻极了。为此，我爱人好几次捏着鼻子替他们清理干净。后来，小夫妻见了她总觉得不好意思，总是躲着走。这一躲，我爱人就更来劲了，认为他们理亏，还不知道道歉或致谢。

小夫妻觉得不好意思，瞅见我爱人不在家的时候，便送来不少好吃的给儿子。一次，对门小夫妻从乡下老家带了一只土鸡回来，专门炖了半只送了过来，说是让我们尝尝鲜。

土鸡上桌了，我先尝了一口汤，真香！此时，再看儿子，连动筷子的意思都没有，正目不转睛地盯着妈妈，发现妈妈只吃自己做的青菜香菇，一勺鸡汤也没舀。

妻子以为儿子挑食，当下就急了，大声呵斥儿子说："你怎么不吃，难道我做的菜里有毒吗？"

儿子脱口而出："没有。"

妻子继续追问："那你为什么不吃？"

"请问妈妈，为什么芳邻送来的鸡汤你一勺也不舀，难道芳邻有毒吗？"儿子的一句话，让妻子瞠目结舌，妻子顿了一顿，然后笑着拿起汤勺。

第二天下班的时候，我在楼道里听到妻子和那对小夫妻笑着说话。妻子说："昨天，你们送来的鸡汤真香，是我有生以来喝过的最鲜美的鸡汤了。"

我后来听到一位学者这样解析"芳邻"二字：所谓芳邻，也就是邻居。邻=令+耳，但你千万不要望文生义，就以为你可以揪着他们的耳朵发号施令。邻居是一种芬芳的香料，它需要你们时时把对方装在贴心的口袋里，然后偶尔嗅上一口，夸一句"真香"。

我突然想起儿子当初拿着杂志问我"芳邻"意思的情景，放在现在，我想，我也许会对儿子说："芳邻是一种香料！"

一个柚子，两份温存

她是一个40岁出头的女人，在我家小区门口摆着一个水果摊。我主观臆断，她一定很勤劳，因为不管刮风下雨，也不管别人出不出摊，她肯定会出。后来还听邻居们说，她是所有水果摊主中最实在的一位，从不缺斤短两，从她那里买回来的水果不用验，准够！

我是在一天午后光顾她的水果摊的，那天的风沙特别大，她头上裹了条毛巾，站在干燥的春风里兜售剩下不多的水果。

我走上前向她搭讪："柚子怎么卖？"

"3块2一斤。要不要称一个？"她满脸微笑着问。

"好，麻烦你帮我称一个吧。"我答道。

"也不知道咋回事，最近的柚子一直特别好卖。今天，光柚子我就卖了两筐，你买的这个是最后一个了，我就便宜一点，3块一斤卖给你吧。"她一边说话，一边帮我称柚子。

"柚子好卖，是因为和天气有关。今年春天风沙大，人都容易上火，而柚子又最能下火，所以买的人自然也就多了。"我接着她的话茬解释说。

"柚子还能去火啊？"听了我的话，她将信将疑地一愣。

"当然了，我试验过好多次了，每次口腔溃疡时吃上半个，准好。"我继续解释。

那个柚子重4斤，共12元钱。我给了她一张20元面值的钞票，接了她的找零就往回赶，走到半路一数，才发现不对，她怎么找我9元啊？应该是8元才对啊。我知道她摆水果摊的辛苦，连忙返回把多找的钱还她。哪知道我再次回到她的水果摊的时候，她却不在，不经意用眼睛一扫，她却在另一个水果摊边，一边付钱给另一个摊主，一边托了个柚子回来。天啊，她竟然买的是一个柚子！怎么回事？

看到我再次来到她的水果摊前，她大为惊诧，连忙问："咋了，柚子不够秤吗？"

我连忙解释："不，不，是你多找了我一块钱。"

她如释重负地笑了："那一块钱是我故意多给你的，因为是你让我知道了柚子能去火的。这下可好了，从今天开始，我家那死老头子就不用再为吃药犯愁了。你说，他都快50岁了，嗓子眼儿咋比针眼还细呢？"

我恍然大悟，继而不解地问："你原本可以不卖给我这个柚子啊？你从另一个水果摊再买，肯定要多花钱的。"

她羞赧地笑了："哪有这个道理，那不是过河拆桥吗？"

我一瞬间愣在那里，不知道该说什么才好……

让心灵网开一面

20世纪六七十年代，在美国田纳西州的一个小镇上，住着格林先生和他的邻居约翰。他们两个年龄差不多大，拥有相同面积的农场，在整个小镇上，他们是实力最为雄厚的两个农场主。

尽管格林先生只有小学文化水平，但是他勤奋好学、精于管理，再加上为人忠厚和善，所以，在他35岁那年，农场面积已经扩大为邻居约翰的两倍还多。而约翰呢？虽然他是大学肄业，却好吃懒做，又嗜赌如命。所以，他的农场经营状况每况愈下，还欠下了一大笔债务，以至于他不得不变卖大部分的土地来抵债。

一天，债主又带着一大帮人到约翰家来讨债，并扬言如果约翰再不偿还欠款，他们就将依照合同把约翰家的剩余土地全部划到自己的名下。此时，农场已是约翰一家赖以生存的唯一经济来源，如果再失去仅有的农场，他们一家将无以为生。

约翰被逼无奈，只得跑到邻居格林先生家，向他借了两万美元，这才算化解了这场危机。

时光如流水，一转眼8年过去了，然而，约翰一直没有把这笔钱还给格林先生，尽管他并不缺这笔钱。一天，约翰多喝了几杯后，突然间萌生了一个坏念头：如果杀了格林，那不就不用偿还那笔巨款了吗？于是，一天晚上，他趁格林先生开车进城的机会，自己驾驶着一辆重型卡车，加足马力撞向格林先生的轿车。"哐"的一声，格林先生的轿车应声被掀翻，瞬间着起了大火。约翰以为格林这次再也活不成了，正打算扬长而去。不想，格林先生却从火海里爬了出来，他浑身血肉模糊，一条腿拖在地上，明显是被撞断了。他手捂着胸口，不停地抽搐。约翰看格林还没有死，并认出了自己。为了免除后患，不肯善罢甘休的约翰就跑上前凶狠地朝格林先生的头上猛踹了几脚，格林先生瞬间就失去了知觉，不再动弹了。

后来，一位路过的朋友把格林送到了医院抢救，并帮他报了警。3天后，格林才算从昏迷中艰难地苏醒过来。警察立即赶到了格林的病房，然而，此时的格林先生只说自己喝醉了酒，拒绝指认约翰伤害过自己。

半年后，格林先生因伤口感染，不幸在医院的病床上死去。临终前，他把所有的子女都叫到自己的病床边，语重心长地对他们说："我之所以当初没有让警察拘捕约翰，正是怕给他的家人再带来同样的伤害。从今以后，不管我出现任何不幸，你们都要答应我，永远不要对约翰家的任何一个孩子说一句辱骂的话。这样，他们才能和你们一样快乐地成长，成为社区里受人尊重的公民。毕竟，我们不在了，你们以后还要做邻居，心中装着憎恨是无法友好相处的，这样的生活也不会快乐……"

这的确是一个最难信守的承诺。尤其是对于几个十七八岁的年轻人，他们年轻气盛、容易冲动。但是，由于格林先生有遗言在先，为了让他的灵魂安息，格林与约翰两家暂且相安无事，没有再出现任何矛盾。

同年冬天，格林先生的儿子吉姆和约翰的儿子布朗都应征入伍，恰巧两人又被分在同一个队伍里。不同的是，在一次战斗中，布朗不幸牺牲，他是被一枚炮弹炸死的。其实，他原本可以不死，然而当那枚炮弹落在了战友的身边时，他毫不犹豫地推开了不知情的战友，让炮弹在自己的身边爆炸了。

那个被布朗救下的战友名叫吉姆·格林，正是格林先生的儿子。

当军队收拾布朗的遗物时，在他的日记里发现了这样一段话：

"如果你和他人之间只有一座独木桥，那么，请你以博大的胸怀去加宽这座生命的桥梁；如果你和他人之间的关系只是一粒微小的纽扣，那么，请用你宽广的心胸去拉长生命的半径……这些，我伟大的邻居都做到了。当我的爸爸害死了邻居格林先生时，是他们让心灵网开一面，才保住了我们完整的家庭。直到今天，我才感觉到了在这个世界上有一种最为美丽芬芳的花朵，它的名字叫作'宽容'。只可惜的是，这是邻居一家栽种的花朵，如果有机会，我也会回报给我的邻居更加芬芳的一株。"

第五辑

爱情的加减法

最美的考试

女孩回到男友身边时，她升任部门经理还不到一个月的时间。男友说："爱我就回来吧，总是分开，我害怕感情会生疏。"

女孩在电话那头笑了，然后说："好。我回来。"于是，女孩就赶紧辞职回来了。

女孩的父母很是不解，甚至百般反对，可是仍说服不了女儿。

女孩回来得很匆忙，为了男孩，她甚至连自己的退路和将来都没有想。在回到男友身边后的一个月时间里，她都没有找到满意的工作，男友所在的城市太小了，能给她施展才华的机会少之又少。空闲的时间，她总是很怀念在大城市上班的日子。她想，如果仍留在那家公司，她的今天不知道会是什么样子。有时候，她还有点后悔，自己太冲动、太草率了。

周末的时候，赶一个公司的招聘，男友陪她去报名。

拿出身份证和学历证书复印件后，她填了表，工作人员说："交两张一寸照片，3天后来拿准考证参加笔试。"

女孩翻遍了挎包，也没能找到照片——她太大意了，以至于自己的照片用完了，都不曾发觉。

女孩说："明天交可以吗？我下午去照。"

工作人员摇了摇头："今天是最后一天，公司是不会为你一个人拖到明天的。"

"快去照吧。"工作人员好心提醒。

"可是，这是在郊区，赶到城里再回来，这时间能来得及吗？"女孩有点担心。

男友这时忽然不急了，他摸出了钱包。

"必须是一寸照片。大头贴和合影彩照什么的都不行。"工作人员再次好心提醒。

"没事。我也有一寸的。"男友很自信，说完便从钱包里摸出了两张一寸的照片，然后双手递了过去。

这让她吃惊不已："你怎么会随身带着我的一寸照片？"女孩问。

"那是我们认识不久时你的照片，我一直习惯这么带着。很安心。"男友如实说，"当初在大学你报学生会干部时，我私下里偷偷翻印了四张，两张寄回家给我爸爸妈妈了，两张我随身带着。"

忽然间，女孩哭了，她只是觉得她通过了人生最重要的一次考试。

一角钱爱情

熙熙攘攘的街市，熙熙攘攘的人群。

他和她都漫不经心地走着。人，还是先前的那个人，只是在她看来，情却早已没有昔日那般真、那般纯了，甚至连他的手都已远远没有昔日的那般温暖了——他们已经好久没有牵过手了。

她知道他还是很爱她的。这一点，就连他自己也不可否认。可是，"爱"只是简简单单的一个字，一个简简单单的汉字而已，除此之外还能代表什么呢？

一份普普通通的工作，一副平平凡凡的样貌，这一切，能够成就她一生的幸福吗？她不相信，也不敢相信。她知道，要证明这一点，她要冒的风险实在是太大了，毕竟人的生命只有一次。

她开始渐渐疏远他、冷落他，甚至和他在一起的时候，也开始变得沉默不语。他发现了她的这一变化，只是，在他的爱情词典里，没有"花言巧语""甜言蜜语"甚至是"大献殷勤"这几个字。他知道，有些东西注定不属于自己，而不属于自己的东西，注定也是无法挽留的，比如爱情。这一切的一切，都是由冥冥中的四个字控制的——顺其自然。

他们依旧沉默地走着，突然，她的脚踩到了一枚硬币，一枚普普通通的一角钱硬币。许多人都在它上面走过，但是没有人去理会它，不仅因为它本身价值低，更因为在弯腰拾起它的一刹那会引来别人鄙视的目光。

她停住了脚，他也停住了脚。突然，他弯下了腰，伸出手去拾那枚硬币。她很是吃惊，那只脚也随之很自然地移开了，让出了那枚硬币。在别人诧异的目光下，他拾起了它，很自然地拾起了它。然后，跑向不远处的一个伏在地上的乞丐面前，他把硬币放在了那个缺了口的里面只有少量的毛票和硬币的碗里。完了，他拍了拍手，很快跑了回来。

在他快要到她身边的时候，她伸出手，紧紧地握住了他的手。那一刻，她感到了一阵温暖，不仅是手掌的，更是心底的。她知道，自己握住的不只是一双简简单单的手，更是她一生的幸福。

生活中的一枚硬币，也是可以传递幸福的，即使它本身有些微不足道。在爱情的面前，什么东西都可以变得有价，什么东西都可以变得无价。哪怕是一枚小小的硬币，它同样是无价的！

坚守你的幸福

有一朵玫瑰，一朵非常非常漂亮的玫瑰，傲立于花园中。这是一座漂亮的花园，漂亮的玫瑰傲立于漂亮的花园中，它显得格外扎眼。

花园的主人是一个非常好客的人。

一天，一个贫穷的小伙子——准确地说，是一个充满爱心的贫穷小伙子——拜访了花园的主人："哈，多么漂亮的花园，多么漂亮的玫瑰。"小伙子刚进花园便赞叹不已。

"谢谢，谢谢夸奖。"花园的主人很谦虚，但是他始终掩饰不了被称赞时的喜悦。

"那么，尊敬的主人，我可以从你的花园里带走一点美丽吗？"小伙子礼貌地问。

"当然可以，请便。"

"那我可以带走那朵漂亮的玫瑰吗？"小伙子一开口就点明要那朵玫瑰。

显然，在进门的那一刹那，他便看中了那朵玫瑰。

"这……这……"花园的主人很犹豫，因为他知道那朵玫瑰在花园里的价值。

"可以吗？"小伙子再次礼貌地问。

"这……当然可以。只是，我不知道那朵玫瑰是否同意。"花园的主人说道。

"那没关系，我可以去问问玫瑰。"小伙子边说边朝玫瑰走去。

"亲爱的玫瑰，我可以带你离开这儿去一个新家吗？放心。我保证不会弄伤你、弄折你。"小伙子很礼貌地问玫瑰。

"哼，这可不行，你那么穷，会善待我吗？高贵的玫瑰只属于高贵的人，或者只能献给高贵的爱情。就你这模样，哼，打死我也不跟你走！"

玫瑰的态度很坚决，小伙子只好让步了。

在小伙子即将离开的时候，他向花园的主人要了一株不太起眼的月季花，并且小心翼翼地把它挖出来，小心翼翼地把它捧在怀里向花园的主人告别。

玫瑰很高兴，因为它没有被那个穷小子带走。

又过了几天，一个衣着华丽的富家子弟，带着他的漂亮女友，参观了这座花园。这个富家子弟在进花园门口的时候就已经看中了这朵玫瑰。

"亲爱的，漂亮的玫瑰只属于漂亮的你。"富家子弟对他的女友说。

"好啊。"他的女友显得十分高兴。

"啊，漂亮的玫瑰，我可以把漂亮的你献给我漂亮的女友吗？"富家子弟礼貌地问。

"好啊，好啊。高贵的我只属于高贵的爱情。"玫瑰很高兴地答应了。

于是，玫瑰被富家子弟给摘了下来，献给了他漂亮的女友，献给了他高贵的爱情。

玫瑰很高兴，因为它终于如愿以偿了。并且，那个富家子弟的漂亮女友，也就是它的新主人把它插在了一个很漂亮的花瓶里。

可是，几天后，它便憔悴了。因为它的新主人从未给它换过一次水。

玫瑰在花瓶中坚持着。

几天后，房子里又添了好多时尚家具，它的女主人陶醉在新的美丽中，几乎把这朵玫瑰给忘了。

玫瑰开始后悔了，但它仍在花瓶中坚持着。

它的女主人仍没有给它换水。

玫瑰想起了那个贫穷的小伙子，想着当初如果被它挖出来带回家栽起来，如果……

终于有一天，它的女主人发现了它。

"呀，花瓶里什么时候放了一朵玫瑰啊？看它干瘪瘪的，丑死了。"她随手把它扔进了垃圾箱。

而那个贫穷的小伙子，在几年后也拥有了一座花园——只种植月季的花园。

其实，人生中的爱情也如此。如果只是一味地去寻求完美的爱情，那么，我们获得的就只是完美中的一刹那，失去的却是拥有整个爱情生命的机会。

爱是一个找寻与明白的过程。找寻了，从此懂得了珍惜；明白了，从此更加幸福。

爱的最大幸福并不是找寻一个完美的人，而是坚守一个给予完美爱情机会的人，一个能让爱情在湖面上激起涟漪的人，一个能心甘情愿为你付出的人。

一双眸的爱情

见到女孩的第一眼，他便被女孩吸引住了，仅仅是因为她的那双澄澈如水的双眸。

她问他："你能说出一个让我们相恋的理由吗？"

他笑了，然后很严肃地告诉她："喜欢你的理由可以有千条万条，但让我爱上你的理由只有一个——你的双眸，因为只有我才可以从那里面读懂你的心。"

女孩笑了，然后，他们热恋了。

忽然有一天，她不再理他了，不再跟他见面，不再接他电话。

那一刻，他慌了。因为这个，他苍老了许多，也消瘦了许多，甚至他的开朗乐观也让忧郁给覆盖得不留下一丝痕迹。可是，他唯一不变的是他的手机号码。

终于，20个月后，他接到了电话，是女孩打来的。

他拼命地压抑内心的激动。电话那头，女孩平静地告诉他，在很久以前的某一天，她的双眼失明了。仅仅是因为下班时一辆刹车不及时的桑塔纳。她的那双如水的双眸没了，因此，他爱她的理由没了，没有了爱她的理由，也就失去了他们的爱情。

他拼命让自己冷静下来，然后告诉她，在很早的时候，他就已经从她的那双眼睛里读懂了她的心。因此，她的双眸在他们的爱情面前，早已经变得微不足道了。哪怕是没有，他也毫不在乎。

那一刻，她的泪水终于决堤了。

俯身为君系鞋带

人在或窘迫或欢喜的情境里总需要找一个抓手的，这样，他们才会有所依附。

看到万千家商户开业时用来剪彩的大红彩带，被手持托盘的美女举着，鲜红且妖艳，一条带子上的点缀的几朵花，绽放着吉祥和幸福。

话剧《白毛女》里，身处窘迫中的杨白劳还不忘给女儿买二尺红头绳，那样短短的二尺小红线，寄寓着这个贫苦农民不可言说的期盼。

人是防范意识极强的动物，也是最需要依靠的动物。面临危急的时刻，他们总喜欢找一根救命稻草，即便是风平浪静的生活里，我们也在不停地寻找，寻找一截线段，用来蠡测我们的幸福。

这样一截线段，难找吗？

少年时分，记得我所在的乡村刚有第一台电视机的时候，全村人像看电影一样围观一部名为《义不容情》的电视剧。我清晰地记得，黄日华所扮演的丁有健少年时，有一天去上学，楼梯口处，鞋带开了。他的父亲和蔼地叫住他，俯下身来，为他系上鞋带，还叮咛他说，以后要学会给自己系鞋带。这样一个场景，直至多年后，丁有健还能温暖地频频回忆。

童年是一本连环画，父亲为儿子系鞋带是丁有健心中最生动的一页。

日本女诗人中城文子曾经在一曲和歌里写下这样的句子："俯身为君系鞋带，幸福有此谦卑态。"这首诗歌是中城文子恋爱时期写的。当时，她与男友走在落叶松林里漫步时有感而发，男友的鞋带开了，她俯身为男友系上。那一刻，男人低头下视，他的女人在认真地在他的鞋面上绾上一个心结，多么恬静而幸福的场景。那一刻，风止云息，只有两个心在温暖地跳动。

我们不得不说，女人的心思就是缜密，她们懂得在缜密里营造生活的浪漫，在谦卑里获取属于她们的幸福。不幸的是，命运给中城文子开了一个巨大的玩笑，就在这种幸福的列车启动不久，她就被查出患有乳腺癌，3年后离世。多么令人惋惜的一个女人，我想，在她离开这个世界的瞬间，心里想着的应该有这样一个场景，在落叶遍地的路上，为她心爱的人周周正正地系上鞋带。

人们常说，处在深爱里的两个人，送对方礼物的时候，最好是和"带"有关，譬如领带、腰带等，即便不是"带"，最好也要送"链"，目的是牢牢套住自己的爱情。由此，我们不难联想，鞋带应该也是固守爱情的一种手段之一。

有人说，只要你用心观察，生活中，总有一种或多种事物可以让我们用来掌控幸福。只要我们俯下身来，心怀着一种谦卑，总有一根鞋带可以让你抓紧它，如同抓紧整个人生之旅的缰绳。

先打扫好自己的阳台

楼下的那家蛋糕店里的蛋糕和蛋卷确实很好吃，我每次下班回来，都会忍不住闻着浓浓的奶香进去，称上半斤蛋卷或是蛋糕。回到家打开电脑，泡上一杯茶，吃着这样的人间美味，静静地浏览网页，和远方的朋友分享我一天来的喜悦。

这时候，是身心最放松的时候，没有了缠手的工作，也不必理会俗事的牵绊，真真正正成了一个吃蛋糕的人。我只属于蛋糕，属于快乐，而不再属于别的任何事物。

那家蛋糕店的老板是个戴眼镜的女人，很知性。我见过摘下眼镜的她，像极了吴倩莲，有一种女人天生的韵味。我想，她的美貌，多少是和自己做出的美味有某种联系的。

我曾问她："你家蛋糕是怎样做出来的，为什么那么与众不同？"

她只是笑称："秘密。"

我也不便多问。一个多雨的清晨，她到我家来上网查阅资料，还给我带来半斤蛋卷，我又问到了先前那个问题。

她再次爽朗地笑了，她说："其实，好多人都问过我这个问题，我觉得这也许和我年轻时的经历有关。"

她原本有着幸福的家庭，丈夫是一个科长，自己也在央企工作。直到5年前，她发现自己的丈夫出轨了。开始，她一直对自己的丈夫深信不疑。大学时候，他们恋爱、结婚，然后生下了一个儿子。然而，也就在儿子刚出生不久，她接到了交警队的电话，说是她的丈夫出车祸了。

她发了疯地赶往事故现场，到了才发现自己的心都凉了：丈夫已经停止了呼吸，旁边还躺着一个陌生的女人。据那个女人回忆，事故发生以前，他俩正要赶往外地旅游，在路上打情骂俏之际，车子不小心撞在了护栏上，才酿成了惨剧。

得知这个消息，她不知道是该哭，还是该骂。一口气憋在胸口，当即昏厥过去。

丈夫走后的3个月里，她都把自己关在屋里，再也不愿和外界交往。后来，单位和她解除了劳动合同关系，她连工作也没了。望着身边哇哇大哭的儿子，她不知道哪里来的勇气，决心自己做生意养家。

她把心底所有的怨恨都化作做生意的激情，于是才有了这家蛋糕店。

她说，如果你不小心在命运的阴雨天开了窗，一夜风雨大作，弄得你的阳台一塌糊涂，你千万不要沉溺在气愤中。这时候，你要先打扫好自家的阳台。这样，幸运的小鸟才会落进来。

透过她坚毅的眼神，我看到了幸运之神已经如燕一样，在她的心灵深处做窠。

把事业当作爱情来经营

说起导演吴宇森，中国的演艺圈可谓无人不知、无人不晓。但要说起吴宇森的成功经历，个中滋味恐怕很少有人知道。

1976年，30岁的吴宇森还没有太大名气，他和女友牛春龙的感情却瓜熟蒂落，两人即将走向婚姻的殿堂。按理说，换成别人，这时候应该忙着置办新婚所需的物品，给新娘子准备彩礼。然而，吴宇森和别的准新郎不同，他还在忙着拍戏，潜心修改自己的剧本。

婚礼在美国举行，收拾好片场的一切，快上飞机了，吴宇森才发现自己犯了一个致命的错误——忘了准备婚戒！

结婚没有婚戒，这成何体统？这时候的吴宇森拨通了准新娘牛春龙的电话，说让她帮忙买下婚戒，到了美国，再把钱还她。

这时候谁都可以体会牛春龙心里的滋味，不高兴归不高兴，但牛春龙还是照做了。

婚礼举办当天，新郎新娘交换戒指。哪知道，戒指套在吴宇森无名指上的瞬间就滑落下来，因为先前没有试戴，戒指根本不合适。现场气氛十分尴尬，好在吴宇森是个很会来事的人，最终化尴尬为愉悦，婚礼在众人的掌声里成功举行。

婚后，吴宇森有个打算，带着自己的新娘到夏威夷去度蜜月。当飞机飞在万米高空的时候，吴宇森还惦记着自己的电影，脑海里灵感乍现，突然琢磨出一个故事来。他想，这若用在自己的电影里，一定是个很好的场景。

这时候的吴宇森有了一个大胆的想法，他要取消蜜月，回到香港把这个故事拍出来。于是，他与新娘商量，牛春龙眉头紧蹙，一句话也不说，连个像样的蜜月也不给过，这算结的哪门子婚呀？

看到妻子不悦，吴宇森出于迁就，不得不去了夏威夷。但是，仅仅一个晚上，他又说服了妻子，第二天一早就飞回了片场，投入自己的新电影筹备和拍摄过程中去了。

婚姻是一个人一生中最隆重的事件之一，吴宇森却如此草草了事，像是一场应酬。与他的婚姻比起来，仿佛摄像机才是新娘，片场才是婚礼现场。

有人说，要想成功，必先发疯，头脑简单，直向前冲。世人皆羡慕吴宇森导演的成功，却不知道吴宇森辉煌的背后，有着把事业当爱情来经营的执着与坚韧。

想成功，先当疯子；不当疯子，就没有以后锐利的锋芒。

藏在名画背后的一团火焰

他已经快70岁了，每天吃过早点以后的第一件事，就是到自家附近的博物馆去看一看。其实，他家原本远在郊区。20年前，他花了平生的积蓄，在博物馆的附近买了一幢房子，之所以这样做，就是为了每天看一眼展览在博物馆里的一幅名画。

那幅名画叫《海边的少女》，画面上，一个楚楚动人的金发碧眼的女子，光着脚站在海边，调皮的她还翘起两个脚指头。少女迎风而立，裙裾飘摆，线条十分优美，整个人宛如一粒饱满的种子，立在海岸边。

这的确算是一件艺术瑰宝。难怪会把它展览在整个国家最著名的博物馆里，也难怪这幅画能够像一块磁铁一样吸引着他的心。

他每天去博物馆不光是为了去看画，他还义务承担了保护这幅名画的任务。遇见不懂规矩的观众，他都会立即上前去制止，或是礼貌地提醒他们："你的行为过激了，应当立即停止。"

一天，博物馆里突然闯进一伙恐怖分子，他们手里的枪把所有的参观者都吓得魂飞魄散，乖乖地按照恐怖分子的安排趴倒在地上。唯有他，对恐怖分子的话置若罔闻。一个头戴面具的恐怖分子一拳把他打倒在地，并迅速去取挂在壁橱里的名画。眼看着《海边的少女》就要落入恐怖分子的手里，不知道哪里来的力量，他一下子站了起来，猛地把恐怖分子扑倒在地。

枪响了，他应声倒在地上。就在这时候，警察赶到了，经过一番谈判，恐怖分子弃械投降。

他被迅速送到了医院，子弹没有打中内脏，由于抢救及时，他捡回了一条命。因为他与恐怖分子的搏斗为警方争取到了时间，恐怖分子才不至于迅速逃离，市政府给他颁发了荣誉市民奖章。许多媒体都争相报道他的光荣事迹。

几乎每一个记者都会问他这一个问题："是什么力量让你与恐怖分子展开了殊死的搏斗？"

他泪眼模糊地讲起了自己的故事。

原来，他在年轻的时候爱上了一个女画家。为了这个女画家，他把生命当中最美好的东西都抛弃了：他散尽了家财，辞掉了收入不菲的工作，甚至无数个追求他的女孩子都被他拒绝了。付出这些，他眼都没有眨一下，只为赢得美人芳心。不料，女画家刚刚成名，就把他甩了。他痛不欲生，但是决定不再纠缠这个他深爱的女人。后来，女画家的名画《海边的少女》在国际上获得了大奖，他高兴得几乎要发疯。因为，这幅画是他看着女画家完成的，那时候，他们正在热恋。后来，女画家不幸离世，他含着悲痛参加了女画家的葬礼，然后，他就天天都到博物馆里去看那幅画……

报道出来以后，许多人都夸他痴情，当然了，也有相当一部分人骂他白痴。面对大家的评论，他说了这样一句话："我之所以这么执着，与女画家无关，与名画也无关，只与往事有关。因为，这幅名画的背后藏着我火一样燃烧的青春！"

价值连城的永恒爱情故事

1978年，年轻貌美性感的英国女孩格里蕾来到美国旧金山度假。一天，在游泳时，穿着泳衣的格里蕾无意间发现不远处有一个男孩正在偷看她，双眼紧盯着自己凹凸有致的胸部，一刻也不挪开。

羞红了脸的格里蕾有点儿生气，觉得这个不礼貌的男孩对她很不尊重，于是便赶紧起身逃开了。可没想到，等第二天格里蕾再次下水游泳时，昨天的那个男孩又出现了，还是直直地盯着她的胸部看。这下可惹火了忍无可忍的格里蕾，于是她便生气地朝那个"色狼"走过去，责问他为什么要一直盯着自己看。

面对格里蕾的责问，这个叫雷蒙德的男孩也一下子羞红了脸，接着吞吞吐吐地解释开了。原来，雷蒙德是一位刚从校园里出来的加拿大时装设计师，他打算跟母亲在旧金山开一家女士内衣店，但一时又不知道该设计和经营什么款式和品牌的内衣，才能赢得爱美女士们的青睐。恰在此时，雷蒙德无意间看到格里蕾的泳衣，顿时觉得太美、太性感了，完全就是他想要找的。但由于害羞，雷蒙德又不敢直接走上去问格里蕾关于泳衣的事情，所以只好远远地偷看，想趁机将格里蕾的泳衣素描下来，回去打样定做。

听完雷蒙德的解释后，格里蕾稍稍松了一口气。看到格里蕾不再生气了，雷蒙德赶紧问道："能告诉我，它是什么品牌，是从什么地方买来的吗？"格里蕾脸上顿时泛出少女特有的羞涩和骄傲，红着脸说："想不起来了，这是秘密。"

秘密，女孩的内衣不就是一个永远都打不开的秘密吗？雷蒙德突然有了灵感，就叫它"秘密"吧。为了表达谢意，雷蒙德主动邀请格里蕾吃饭。如此一来一往，短短几天的相处，两个人便有了相见恨晚的感觉，一下坠入了爱河。但是格里蕾没有告诉雷蒙德自己已经订婚的事实，并且她马上就要结婚了。

眼看着假期就要过去了，为了不让雷蒙德伤心，在一个夜里，格里蕾偷偷地走了。

回国后不久，格里蕾便在父母的安排下成了婚，但是婚后的她并没感觉到幸福，相反，随着时间的推移，她对雷蒙德的思念与日俱增，也为自己的不辞而别而后悔。最终，婚后的第二年，格里蕾便离了婚。然后回到旧金山，她要找到雷蒙德。

可是，此时的雷蒙德如同一阵风，消失得无影无踪，任凭格里蕾怎么找，问了多少人，依然是杳无音信。

为了谋生，格里蕾只得暂时应聘到旧金山的一家内衣公司上班，想一边工作，一边继续寻找雷蒙德。时光飞逝，很快3年就过去了，雷蒙德依旧没有任何消息，格里蕾却因为出色的业绩荣升为内衣公司的市场部经理。

有一天，格里蕾突然收到一个从加拿大维多利亚城邮寄过来的包裹，打开一看，里面的东西令格里蕾大为惊讶，原来是一件内衣，而且跟她多年前与雷蒙德初识时穿的那件泳衣一模一样！

显然，这跟雷蒙德有着密切的关系，兴奋的格里蕾按照包裹上的地址，迅速赶到加拿大的维多利亚城，迎接她的却是一位白发苍苍的老妇人——雷蒙德的母亲。

接下来，在雷蒙德母亲缓缓的讲述中，所有关于雷蒙德的迷雾都在格里蕾的面前一一被揭开。

原来，自从格里蕾不辞而别后，雷蒙德就开始疯了似的到处寻她，全然不顾他和母亲本来要开一家内衣店。整整寻找了一年，雷蒙德依然毫无收获，却在此时不幸遭遇了一场车祸，双腿被轧断。此后的雷蒙德便一蹶不振，再也不去寻找格里蕾了，回到加拿大后开始整天借酒浇愁，没有一点儿生活的激情和活下去的欲望。

直到有一天，雷蒙德无意间在自己床头下面翻到了一张泳衣的素描，随后，他便如同注了一剂兴奋剂，突然恢复了生机。他顶着严寒，整个冬天都在发疯似的对照着素描自己制作内衣。3个月后，当那件内衣完美地呈现出来时，雷蒙德也一下子病倒了，再也没能起来。临终前，他反复交代母亲，一定要想方设法把那件内衣交到格里蕾的手上，如果她还活着的话……

带着雷蒙德生前为自己制作好的那件内衣，悲伤的格里蕾重新返回美国，从原先的内衣公司辞了职，独立经营起一家属于自己的内衣店。店里所售的内衣都是雷蒙德设计的那种，所有的内衣都有一个相同的名字——"维多利亚的秘密"。

不错，它就是今天全球著名的性感内衣品牌之一"维多利亚的秘密"。这是一个让美国女性趋之若鹜的内衣品牌，全美每100位30岁以下的女性之中，就有几十位女性至少拥有一件"维多利亚的秘密"。

如果得不到她的音信，不能和她在一起，那就为她赶制一件贴心的内衣吧。因为任何一个女人都想收到一份来自恋人的最贴心的秘密关爱，它承载着对方对自己至死不渝的守护。

格里蕾和雷蒙德感人的爱情故事让"维多利亚的秘密"具有永恒的魅力，吸引着众多女性消费者。从这个角度上讲，这个故事价值连城，永久不死，而且每天都在增值。

见 与 不 见

这是一场少有的雪，下了近半个月，天气预报说，雪还要持续。

窗外，鲜花店的海报上登出了玫瑰打折的信息，人人都说这是一个冰冷的情人节，他却不这样想。他认为这是上天对有情人的一次考验。于是，他从鲜花店买了19朵玫瑰，从自己所在的城市出发去另一座城市去看自己的女友。

坐的是汽车，由于连日的雨雪，公路上结了厚厚的冰。汽车跑不快，慢腾腾地往前赶，像个年迈的老人。他心急如焚，眼看都快天黑了，汽车距离女友所在的城市还很远，和女友约好了，要共进烛光晚餐呢。

他这样想着，突然司机来了个急刹车，车在公路上滑出去好远才停下来，汽车上的乘客开始躁动起来。由于雪冻，前面的桥断了，一辆货车跌入了河底，逃上来一个人，在声嘶力竭地呼救。

车厢里，突然陷入了死一般的寂静。瞬间，他做出了一个惊人的举动。他放下了手中的玫瑰，脱去了羽绒外套，然后不顾别人的劝阻，一个猛子扎进了冰窟窿里……

5分钟后，他浮出水面，说司机的腿被车门卡住了。话刚说完，他又潜入河底。两分钟后，水面上开始波动，首先是伤者的身体，接着是脸色发白的他。众人们把两人拖上来，他旋即就倒下了，救护车10分钟后到了……

那个情人节的晚上，没有烛光晚宴，他醒来时已近午夜，女友的电话接二连三地响起。他休整嗓音，打起精神对女友说："雪太大，要明天才能赶到，我迟到了，非常对不住。"

电话那边，女友哽咽着打断了他的话，女友说："你骗我，我看见你了，在电视上，我担心极了。现在就在你病房的窗外。"他扭过头看窗户，窗外，那个泪流满面的女人在玻璃上哈气写道："亲爱的，下次别这么赶了，见与不见，你都在我心里……"

深夜两点的吉他声

子夜一点，穿过楼下的花墙和葱茏的树木，有清澈的吉他声响起。这么晚，是谁有这份闲情？幸好我所居住的小区较新，入住率尚不高，要不此君早被洗脚水淋过七八遍了。

这样想着，我推窗探头去看，一个戴着鸭舌帽的小伙子，怀抱着一只吉他，坐在路边，动情地拨弄着琴弦。仔细听，小伙子弹的是莫文蔚的《爱情》。提及这首歌，我依稀能哼出其中的个别词句来："怎会在夜深还没有睡意，每个莫名的日子都是我想你……"

这是一首张洪量的作品，有人说，凡是喜欢张洪量音乐作品的人，一定是有故事的人。我想，这种判断也一定适合楼下的那个小伙子。

出于好奇，我决定下楼和这个小伙子聊几句。

一曲终了，我和小伙子比肩坐在路边。

小伙子说，5年前，他爱上了一个姑娘，爱到死去活来的那种，他和姑娘也有过许多风花雪月的往事。小伙子家在城市，父母是普通的酒厂工人，他爱的那个姑娘家在农村，父亲已经不在了，母亲一直想给她找一个做药材生意的婆家。也正是因为这个原因，他们最终没有走到一起。

两年前，小伙子爱的那个姑娘如母所愿，嫁给了一个富家子弟。无奈，婚后丈夫的不良秉性暴露无遗，还经常对她动用家庭暴力。这些，都是小伙子听她的邻居说的。好几次，小伙子都想给她打电话，劝慰她，可好几次拨通了电话，却不知道说什么，都给挂掉了。他也怕因为他的电话而恶化她和丈夫之间的关系。

"那你为什么今夜在这里一个人弹吉他？"我问小伙子。

小伙子仰头沉默了片刻，说："这个小区早先是一片草地，我们最早在这里相识。我们关系明确时的那个情人节，我们背靠背坐在这片才发出草尖尖的地上，聊到深夜两点。我给她弹唱她最爱听的莫文蔚的歌，她曾这样要求我，无论我们最终能否走到一起，每年的情人节晚上，我都要给她弹奏一曲关于爱情的曲子。这样，不管是远在天边，还是近在眼前，她都能感知到。"

小伙子说到这里，又沉默了，透过月光，我看到他眼角有泪掉下来。

我看了一下表，时间已经指向了深夜两点。小伙子撩拨琴弦，弹奏一曲《月亮代表我的心》。弹到副歌部分，小伙子停住了，不知道什么时候，在我们所坐的路对面花丛里，站着一个女子，似乎在不停地抽泣。小伙子唰地站了起来，向路对面走去……

这是发生在去年一个情人节的午夜，一段"爱和无奈"的故事。

又是一年，小区里，一个个的窗口亮灯的家庭越来越多，过了春节，情人节又要到了。我决定在这个情人节的深夜两点等一段吉他声，我希望等来的是一对幸福的背影。

为 你 早 起

一直到现在，福尼亚小镇上至今依然保留着这样一个习惯：每年6月15日那天早上的4点整，小镇上所有的家庭都会响起一阵闹铃声。

4点钟，这个时间未免也太早了吧？难道福尼亚小镇上的人都这么勤奋吗？

这件事要从一个人说起，他叫马歇尔。

马歇尔先生是个每天都起得很早的人。只要教堂里的钟声刚刚敲响4下，他就会从床上爬起来，习惯性地在炉子上炖一锅鸡汤，然后走出家门，到教堂附近的小路上去溜达。

要知道，马歇尔先前可不是这样一个早起的人，那时候的他嗜睡如命，到了早上9点还赖在床上，把被子裹得紧紧的，拽都很难拽得动。马歇尔的改变缘于自己的妻子。

马歇尔先生20岁那年留学中国。在中国，他结识了自己的妻子。两人感情甚笃，后来妻子跟着他来到了英国，并改名为琳达。婚后的生活十分甜蜜，一年后，琳达为马歇尔生下一个儿子，一家人过得和和美美。

然而，这样的日子并没有一直进行下去，5年后，琳达在一场车祸中被撞成高位瘫痪。马歇尔伤心欲绝，变卖了所有家产来维持琳达的生命，并且拉扯着一个未成年的孩子，生活过得十分艰难。

艰苦的条件并没有改变马歇尔对琳达的爱，由于大小便失禁，琳达总会在早上4点多把床单弄得一团糟。通过长期观察，马歇尔发现，这个时间十分准时。为了让琳达少遭点罪，马歇尔总在每天教堂钟声敲响4下的时候，迅速爬起来，为琳达换好垫布，擦洗身子，然后再到厨房，为琳达炖一锅她最爱喝的鸡汤，一小勺一小勺地喂琳达喝下去。等他们都吃好饭以后，差不多6点了。这时候，马歇尔再把琳达抱到轮椅上，推着她到教堂附近的小路上散步。这样的习惯成了一种规律，每天皆是如此，雷打不动。渐渐地，马歇尔和琳达逐渐成了教堂附近的流动风景。

琳达生病期间，有一位朋友曾经为马歇尔介绍过一名对象，女人是个中学教员，人也十分贤淑，表示愿意和马歇尔一道来照顾琳达。尽管这样，还是被马歇尔给一口否决了。

时光如流，一转眼40年过去了。在某一年里，琳达在轮椅上于一个午后安然离去。这时候，儿子早已成家，房子里只剩下了马歇尔一个人。

尽管琳达不在了，但是，马歇尔每天早上4点钟起床、煲汤的习惯一直延续下来。只不过每到6点，马歇尔不再去教堂，而是到附近山腰的公墓去陪琳达说上半小时话，顺便帮琳达换上一束最鲜美的雏菊，那是琳达生前最喜爱的。

后来，马歇尔家附近的教堂拆迁了，许多人以为马歇尔听不到钟声不会再起得那么早了。其实，他们哪里知道，此刻的马歇尔早已在自己的心里安置了一个闹铃，每天早上4点，准时响起。

马歇尔的爱情故事后来被一家媒体报道出来，许多年轻的情侣都涌往这座小镇，每天早上4点整，准时守候在马歇尔家门前，只为一睹马歇尔这位"痴情先生"的尊容。

多年以后，马歇尔先生步履蹒跚了。这时候，不知道谁发起了这样一项活动：只要能搀扶马歇尔走上一程，就能一生爱情美满、家庭幸福。再后来，整个小镇发起了这样一项活动，那就是在6月15日那天4点整，所有小镇上的家庭都会响起一阵闹铃声。因为，那天是马歇尔的生日。在那天，所有小镇上的夫妻，约定互相为彼此做一件有意义的事情。

马歇尔先生享年109岁。他去世以后，他让儿子在自己的墓志铭上写下了这样一句话："亲爱的琳达，如果有可能的话，我一定愿意再为你早起89年。因为，没有人可以替代你在我生命中的位置……"

云吃了伤心

"如果想我的时候，你就遥望一朵云。"

这是一位母亲在病床上对自己6岁的儿子说的。母亲还告诉他："每一朵云上都藏着一个天使，她能帮你吃掉伤心，这样你就快乐了。"

"云也能吃掉伤心？"孩子将信将疑。

一个月后，母亲走了，永远地离开了他。那天的云雪白雪白，他抱着妈妈的相片，昂起头对着一朵云哭。他哭着哭着，天上的云越来越大，他突然想起母亲的话。他想，那朵云一定是伤心吃多了，才变得这么'胖'。

他清楚地记得，有一次他问母亲："你为什么这么瘦？"母亲告诉他，胖的东西不好看。后来，他一直喜欢瘦的东西，看到云吃胖了，他也很不忍心，于是就不哭了。

15年后，男孩长大了，有了生平第一次恋爱，然而不久，他就失恋了。他很难过，独自一个人去了约会常去的那片草地。湖水很清，映照着天上的流云，一朵一朵，和湖边的草地映衬在一起，像极了羊群在水草肥美的草地上游走。

他对着这些"羊群"发呆，突然听到"扑通"一下，他看到一个穿红衣服的女孩跳进了水里。他一下子站起来，也跟着跳了下去。女孩被救上来了，但是一个劲儿地埋怨他说，为什么不让她死，反正没有人爱她，倒不如死了算了……

原来，他们同病相怜。他一下子打开了话匣子，先是把自己的遭遇告诉女孩，还把母亲小时候告诉自己的话说给女孩听。那个午后，他们并肩坐着，对同一朵云发呆，直到月朗星稀、夜虫鸣唱才回家。

后来，他们相爱了。他们租下了临湖的一块土地，建造了一座木制的房子，专供人看云。他把小时候母亲讲给自己的故事编成童话贴在小木屋的显眼处，他告诉每一位来这里的客人："看天上的一朵云发呆，云能帮你吃掉忧伤；看湖里的一朵云发呆，云能帮你洗净过往；在心里种一朵洁白的云朵，这云朵里的天使能让你收获快乐。"

他们的小木屋生意很好，许多人都说，不光是小木屋里的故事好，还因为小木屋有一个俏皮的名字——云吃了伤心。

云吃了伤心，那谁为云疗伤呢？一天，一个林黛玉似的女孩这样问他。

他笑着说："天空里的风啊，它能帮云带走一切忧伤。"

为什么是风呢？"林黛玉"继续问他。

"因为风是云的母亲呀，风虽然抓不着，看不见，但它一直都在，并能给云以温暖的呼吸。这呼吸，足以瓦解一切晦气，带来运气。"他坚定地说。

"林黛玉"望着他，陷入了深思……

送往事过河

他的童年是在乡下度过的，那是一个物资极度匮乏的年代，人们经常会为了明天的口粮而担忧。

那一年，遭了旱灾，他一家人吃完了当晚的南瓜粥之后就为明天的早饭发起了愁。他已经10岁，正是能吃的时候，更要命的是，人越是穷，胃就越不争气。那天夜里，才11点多，他的肚子又咕咕叫了。他想，自己平日里除了打些猪草，其余的并不干什么出力的活，大人们天天干重活，岂不是更饿？想到这里，他打起了邻居家南瓜的主意。

他白天打猪草的时候曾经看到了邻居家的南瓜，种得很隐蔽，在玉米里，鲜有人知，黄澄澄，已经成熟，煞是诱人。他想，邻居家也真抠门，自家的余粮那么多，还不借给四邻。就说邻家的老汉吧，还夜夜搬个床到地里去看，真是铁公鸡。

　　这样一想，就更加剧了去邻居地里摘个南瓜的欲望。午夜，听着乡野里的千奇百怪的虫子的叫声，他摸着黑出发了。一个小时后，他成功地偷回了一个熟透了的南瓜，那是邻居地里最大的一个，足足占了他家大半个锅台。

　　他看着南瓜，暗喜，心想，这下子够全家人吃上两天了。谁曾想到，他搬回南瓜的举动恰恰被起夜的父亲看到，父亲当即把他从锅台跟前提溜了出来，抄起一根藤条对他就是一顿毒打。夜太静了，他连呻吟都不敢出一声，生怕自己的丑事被邻居听见。他的背上、屁股上被父亲足足抽了数十下，然后父亲含着泪把皮开肉绽的他抱出了村子，来到了村口的小河边，把他放在一条竹筏上，眼含着热泪对他说："儿子啊，你爹没本事，让你挨饿。但是，我们穷要有穷的骨气，绝不能做那些偷鸡摸狗的事情！今天，我划着竹筏，把你送到对岸去，目的是将所有的晦气送走，把所有的罪孽送走，然后把一个脱胎换骨的娃儿送回来……"

　　尽管时隔多年，但是他始终记得那个月夜，他强忍着背上的疼痛，听着爹的念叨。河面上，波光粼粼，几条没睡着的鱼在河面上泛着水花，爸爸一个猛子扎进河里，捞上来两条足足二斤重的鲤鱼。第二天一早，父亲就带着他到了邻居家，给邻居赔罪去了……

　　后来，他大学毕业后进城做了一名教师，正是谈恋爱的年龄，他爱上了一个蹲过监狱的女子。许多人都不理解，觉得依照他的条件，找什么样的姑娘不行。他却依然故我，很快就与那个女子结了婚。

　　那个姑娘长得真美，新婚当晚，姑娘问他："为什么别人都嫌弃我，唯独你没有？"他爽朗一笑，娓娓地把自己10岁那年的那个月夜说给她听。他说："自从我接纳你的那天起，原来的那个你连同和你有关的往事，都已经被我送到河的对岸去了。"

　　月光下，两个人紧紧地拥在一起。那天夜里，他做了个梦，梦见已经故去多年的爹在河的对岸，一个劲儿地冲自己笑，那笑容，像极了10岁那晚乡下河水里的月光……

感恩节的那束野百合

在这样漆黑的夜晚，琼斯太太总是会被一阵阵寒意侵袭而醒来。火炉里零星的火花还在跳动，就像苟延残喘的人，仿佛断气前的挣扎。

收音机里每天都有不断传来的好消息，报纸上也经常大篇幅大篇幅地报道着，对于美利坚合众国的每一个公民而言，这些报道都是对珍珠港事件的一次次慰藉。众多美国大兵的死去，唤醒的不只是美国人的决心，还有仇恨。

琼斯先生出发的时候，正好在阳光明媚的春天里。夏威夷群岛每天的2月和3月是最冷的时候。在那个最冷的季节，她和丈夫道格拉斯·琼斯在美军军事基地的家属小屋里，围着火炉喝着咖啡。4月开始，雪逐渐在融化，春的气息已经开始了。

1942年4月18日，在夏威夷美军基地詹姆斯·杜立特中校的率领下，由16架B-25轰炸机组成的空袭部队，从"大黄蜂"号航母上起飞。她的丈夫道格拉斯·琼斯在执行名单里，要去执行特殊的军事任务。对此，道格拉斯·琼斯在吻别琼斯太太的时候，只是一笑带过，他不想让爱妻担忧。可是，从他出发的那一刻起就已经知道，这次任务绝对不会那么顺利。

从夏威夷群岛到日本本土，因为飞行路线过长，加上轰炸机上又挂上了许多重磅炸弹，所以回来的汽油根本不够，只能借助高空滑翔回来。

出发时间是在深夜一点。那个深夜，琼斯太太没有上床，她一直在军事基地的家属小屋里静静地等候消息。

8个小时后，出发的16架飞机，只有6架回到基地。其余的，或者被击落，或者失去了无线电联络，其中就包括道格拉斯·琼斯的那架飞机。

听到这个消息，琼斯太太不知道自己是怎么回家的。唯一让她安慰的就是，在不久后公布的被俘者和伤亡者名单里，没有发现丈夫的名字。

琼斯太太一直在努力尝试着寻找自己的丈夫，可是一无所获。3个月后，当其他失踪的飞机残骸或飞行员被陆陆续续发现的时候，依旧没有道格拉斯·琼斯的行踪。

军事基地的军舰和飞机还是那么频繁地出发，然后返航，士兵中也会偶尔有旧面孔的消失。沙滩上的人群依旧那么开心，仿佛忘却了战争的痛楚。只有琼斯太太，她孤独的背影和着夕阳、浪潮，成为带队军官詹姆斯·杜立特中校心头的一抹痛。

每周给琼斯太太送安定药的时候，琼斯太太都会礼貌地向詹姆斯·杜立特问上一句："中校先生，我的丈夫道格拉斯·琼斯有消息了吗？"

5个月后的一天，也就是在当年的9月份，琼斯太太收到了詹姆斯·杜立特中校送给她的特殊礼物——一份1942年5月出版的《晋察冀日报》。其中就有这么一条新闻："我军边区医院积极救助轰炸日本的美军飞行员。"这是5个月以来，第16架飞机的唯一一条新闻线索了。

收到礼物，琼斯太太笑出了眼泪。随后把杜立特中校送来的安定药扔进了火炉。

从这一天起，琼斯太太要学会做一个坚强的人，一个充满微笑的人，安静地等待丈夫的出现。

冬天来了，天气也越来越冷了。感恩节的前一天，杜立特中校突然来到了琼斯太太的小屋。他衣着军装，很严肃地递给了琼斯太太一个简陋的木质盒子。对于士兵家属而言，这个盒子意味着不幸和痛苦。

"这是我们空军从中国带回来的。是你丈夫道格拉斯·琼斯的，他是一个勇敢的人，一个合格的美军士兵。"

琼斯太太哆哆嗦嗦地打开了盒子。映入眼帘的，是一束很奇怪的百合花。还有一张便笺。

亲爱的宝贝：

我会跟随明天下午6点钟的飞机到达基地，准时到家吻你。

另，感恩节快乐！

道格拉斯·琼斯于中国，11/23/1942

"杜立特中校，今天好像有点冷。"琼斯太太身体抖了抖。

"我去给你冲杯咖啡！"本来去厨房的琼斯太太，忽然又回到了火炉边，使劲地往火炉里添了一把柴。

父爱如山，母爱如水

以爱的名义记忆

这是一个故事，但这不仅仅是一个故事。

他出生在异国他乡，为了能让他有一个好的成长和学习环境，他的父母拼命打工挣钱。于是在他的记忆里，最清晰的就是每天晚上父母回家后，用那充满了洗涤剂味道的双手，使劲地在他脸上抚摸。只有那个时候，他才能感受到家的温暖。除此之外，他只能独自感受寂寞了。他知道，父母是有难处的，当饥饿和寂寞同时来临时，只能选择如何去生存了。他觉得，这并不俗气，至少，在父母的那一辈中，能做到的也只有这些了。他能理解父母的难处，可是，在他的成长经历中，他总觉得少了点什么。于是他在心里暗自承诺："将来，我一定把我这一辈的爱补充并延伸到我的下一代。"

他长大了，并且很争气，不到20岁就考上了著名的耶鲁大学。然后在一次偶然的机会里，他从政了，并且发达了。想象一下，在美国，一个少数族裔能够一帆风顺地在政坛驰骋的，真是凤毛麟角。在他30岁的时候，他参加了美国华盛顿州的州长竞选，在竞选人的名单上，他写下了刚劲有力的3个汉字——骆家辉。于是，他成了第一个在美国竞选州长的华裔。并且，他成功了。

在任华盛顿州长的那几年，他充分展示出了自己的政坛魅力，展示出了华人的特殊风采。大家看见的，是一个朝气蓬勃的年轻州长，可是没有人会想到这位州长幼年时候是如何孤独寂寞。

当州长任期满时，许多人认为他要竞选国会议员。事实上，他也有能力竞选国会议员，并且很有把握。可是，他很坚决地退了下来。有人不解以至于百般追问，甚至在最后离职的新闻发布会上，有记者直接问他："你为什么就这么轻易地离开政坛呢？难道你有什么难言之隐？"他笑了，很轻松地说道：

"州长、议员来来往往有许多，但我的孩子只有一个爸爸。我要好好陪陪家人。"

言毕，座下一片哗然，随之掌声一片。

是的，骆家辉记住了。他也知道，比起州长甚至是国会议员，家人更需要一个好爸爸，他也做到了。从他记事的那一刻起，他就已经做到了，对爱的承诺。

他也让我们记住了——世界上光辉荣耀有许多，可孩子的爸爸只有一个。这是对亲情的承诺。

以爱的名义，让他兑现了自己的承诺。

以爱的名义，让我记住了他——骆家辉，一个把爱看得很重的男人。

皮暖鞋的温暖

在刚发下皮暖鞋的时候，新兵们一阵阵欢呼。看着新兵们那欢快的样子，连长笑着摇了摇头。

第二天新兵连集训的时候，连长意外发现了一个新兵，他脚上穿的是双解放鞋。这双鞋在其他新兵们那清一色的黑色皮暖鞋的对比下，显得格外扎眼。看到这，连长很是气愤，要知道，在他带的这么多年的新兵中，像这样在如此冷的冬天里穿双解放鞋参加新兵训练的，他还是头一次遇到。看到这，他马上走上前去，问：

"你为什么不按照部队的要求统一穿皮暖鞋？"

那个新兵低着头，一声不吭。看到这，连长就更加气愤了。忙厉声问道：

"说！为什么不穿皮暖鞋？"

"俺没有皮暖鞋。"那个新兵小心应答道。

听到这，连长一惊。要知道，无论新兵老兵，部队都会统一按时发放皮暖鞋啊。可是他……连长顾不得多想，就赶忙问道：

"怎么会没有呢？部队昨天不是统一发放了吗？"

"嗯。"那个新兵小声应和了一声。

"那你刚才为什么说没有皮暖鞋呢？"连长再次厉声问道。

"可是……"那个新兵红着脸，喃喃道。

"没有什么可是，是就是，不是就不是！"连长大声吼道。

听完连长的这么一番问话后，那个新兵低着头，红着脸道：

"俺家在一个山窝窝里，那地方特别穷，是个连鸟都不愿拉屎的地方。俺爹俺娘常年在家种地，尽管他们干起活来不要命，可仍挣不了几个钱。就在我入伍的前一个月，俺娘就得癌症走了。俺还清晰地记得俺娘在临走的那晚上说的话。她说她还不想走，她舍不得爹一个人在家干活，还要洗衣做饭，甚至在这样冷的冬天里，连个给他纳布鞋的人都没有。在娘说这话的时候，我清晰地看见了爹红肿的眼睛边的那一汪浊泪。从那一刻起，俺就下定决心，将来一定要出人头地，最起码，俺不能让爹的那双脚再受冻。因此，在部队昨天刚发下皮暖鞋的时候，俺就直接把它寄回了家。所以……"

说到这，那个新兵早已经泣不成声了。新兵连里一片寂静，就连连长这个钢铁汉子的眼边也一片通红。

西街区的那片灯光

整个晚上，蒙特房子里的灯都是亮的。

蒙特的房子位于美国纽约西街区附近，那里居住的是一群家庭收入不是很高的人，并且以黑人居多，蒙特就是其中一个。

某天晚上12点左右，蒙特唯一的儿子安诺斯特突然发高烧。蒙特十分担心，连夜将安诺斯特送到了州中心医院，由于走得很匆忙，以至于灯都忘记关了。在今年，这是儿子第7次得病了，几乎每个月都有一次，蒙特的大部分收入都花在给儿子看病了，以至于他都没钱讨老婆了。

安诺斯特是一个12岁的白人男孩，但他有着一个黑人父亲，对于懂得医学知识的医生们来说，这并不奇怪。这个世界，什么样的事情都有可能发生。

第二天早晨，当蒙特赶到公交公司的时候，正好离他上班时间差2分钟。虽然体质健壮，但由于一宿没有睡觉，蒙特脸上还是挂满了疲劳，他得开完4个小时的公交车后才能回家休息。这样的情况下，他一直都小心翼翼。

在一个十字路口，绿灯亮了，而他车前仍有一个行人。准确地说，是一名孕妇，行走十分缓慢。蒙特不由自主地按了一下喇叭。恰恰就是这声喇叭，让蒙特陷入了困境。

孕妇听到喇叭声后，突然昏厥过去。蒙特和路人都大吃一惊，赶忙把她送进了医院。医生给孕妇作了全身检查，并确认无碍后，蒙特这才舒了一口气。医生告诉蒙特，由于孕妇是高龄产妇，心理压力特别大，加上在十字路口的一声喇叭更让她紧张起来，所以才昏厥过去。

大家都松了一口气。没有想到的是，几天后，蒙特收到了州法院邮寄来的传票，孕妇的家人将公交公司和蒙特分别告上了法庭。蒙特慌了神，公交公司自然有法律顾问，可蒙特呢？法院给他指定了一个没有责任心的律师。对此，蒙特的心情糟糕透了。

开庭那天，儿子安诺斯特也过来了。法庭之上，孕妇的代理律师和公司的法律顾问唇枪舌剑，最后，把罪责竟然推到了蒙特身上，这下蒙特不知所措了。

在陪审团审议前的几分钟，蒙特的儿子安诺斯特忽然走上法庭，严肃地说道："这位孕妇是一个很不负责任的母亲，因为她原本就有遗传病，无论从医学，还是伦理上，原本就不该也不能怀孕，她这是对下一代极不负责任的表现。如果她懂得这些，就不会怀孕，更不会发生这些事情了。事情的根源其实在孕妇身上。"

安诺斯特的话让众人大吃一惊。陪审团的人对这个问题非常感兴趣，他们经过合议后一致认为，如果被告方律师能够证明这一点，那么无疑是对自己最好的辩解。更让他们感兴趣的是，这名白人小男孩为什么有一个黑人爸爸，为什么知道这么多。

安诺斯特用怨恨的眼神看着孕妇说道："因为我也是她的儿子，是她在我5岁的时候抛弃了我，把我扔在了路边。她是一个不称职的母亲。蒙特，只是我的养父。"说到这，安诺斯特双眼通红。

法庭一片寂静，只能听见安诺斯特小声在抽泣。

陪审团经过讨论，最后让公交公司赔付了孕妇的住院费和医疗费。对于蒙特，他们只字未提。

安诺斯特紧紧地牵着蒙特的手，朝西街区走去，那里有他充满爱意的家。

夜深，西街区一片灯火阑珊。

最成功的作家

一直以来，他都认为自己能成为一名成功的作家。7岁时，在家人的指导下，他就在《小学生作文报》上发表了文章。

作家最需要的不就是生活经历么？这是大家公认的事，一个成功的作家，一部成功的作品，最需要的就是亲身的经历，然后赋予情感的表达。余光中能写出那么好的《乡愁》，戴望舒能写出那么好的《雨巷》，都是一种真实情感和内心的表达。他想，随着年龄的增长，他也会做到这些。这个时候，他已经大一了。

暑假前的一个星期，他在图书馆看见了某家知名杂志社的征文比赛，以"年三十的心情"为话题写一篇文章，奖金高得能抵得上他一年的生活费。他想，自己如果用心就一定能写好。于是，他决定大年三十不回家了，在学校过年，写一篇游子思乡的文章。

大年三十，这座江南小城的上空布满了烟花，每家每户的门上都贴上了对联，校园里也挂满了灯笼，在夜晚昏黄的路灯照耀下，格外让人忧郁。

这个时候，他漫步在校园的主干道上，在学校过年的老师们，穿着厚厚的羽绒服，一家人吃完饭在校园内散步。晚饭，他只吃了一包方便面，其实吃不吃都无所谓，他并不饿。他最缺的，是一种经历，一种忧郁情感的表达。他想，他今晚见到的一切，都是最成功作品的一部分。他感受到了一个游子的乡愁，感受到了一个异乡人的落寞心情。在这样的情景下，谁都会为之动情。

回到宿舍，他赶紧在纸上写了起来，整篇文章一气呵成。他认为，这是他写作以来最成功的一件作品了，真情流露，真实感人。

写完后，他发现已经11点多了。忽然，他觉得有点口渴，想喝水，打开水瓶，才发现仅有的一点开水已经泡了方便面。此时，他想起了过年时母亲在家里土灶上煮的茶叶蛋，想起了每年大年三十那晚母亲都给他换新袜子、新鞋子。这个时候，窗外响起了爆竹声，对面家属楼里的电视声音开得很大很大，他清晰地听见了主持人的声音——2007年的春天即将来临，我们等待着这个美丽的春天，好，我们倒计时开始，10，9，8，7，6……

这个时候，他的手突然颤抖起来，他提起了电话，拨出了那个熟悉的号码——"妈！"

电话那头，他的母亲早已经泣不成声——"儿，娘想你，娘就你这么一个儿子，就你这么一个亲人……"

这个时候，他已经止不住自己的眼泪，在电话这头号啕大哭起来。今天是他创作最失败的一天，这件作品是他最失败的作品，而他，也是最失败的作家。

其实，母亲才是最成功的作家，他是母亲最成功的作品。

最伟岸的卑微

在单位搬书上楼梯的时候，成捆的书从我手中滑落下来，砸向自己的脚。出于本能反应，身体赶忙往后退缩，却又从楼梯上滑倒，膝盖破了，流了许多血，骨头疼得十分厉害。自己咬了咬牙，皱着眉头把跌落的书捡起来并叠放整齐。同事见我受伤了，赶忙送我去医院，坐在医院的长椅上，忽然想起了我的父亲。

7岁的时候，父亲挑着一担刚从稻田里收割上来的湿稻子，带着我回家。那担稻子足足有100斤，因为我看见了那么粗的扁担，在父亲宽大的肩膀上都弯成了曲线。走到距离房子100米左右的地方，父亲忽然停了下来，皱了皱眉头，痛苦地哼了一声，我赶忙把身体俯了下去，一看，父亲的脚流着殷红的血，那是一枚铁钉，从他的脚前掌扎了进去，并且在脚背上冒出了一点尖。看到这一幕，我愣住了。而父亲什么话都没有说，仍然吃力地把稻子担回了家，从肩上卸下稻子的时候，我看见父亲的整个脚底都是血。这个时候，父亲才让我搀扶着，走到了村里的卫生医疗室。在这个过程中，父亲没有说一句话，坚强得令我吃惊。

那一刻，我眼中的父亲很伟大、很坚强。甚至在我眼里，父亲当时简直是一位伟人。他表现出的坚韧，令我和小伙伴们很钦佩。

11岁那年，因为吃了坏食物，我得了急性肠炎，一直腹泻，父亲赶忙带着我到村里的卫生医疗室吊水。因为是6月，天气十分炎热，卫生室里又没有吊扇。就这样，父亲左手给我扇着扇子，右手给我举着吊水瓶就回家了。

一个小时后，瓶里的水吊完了。父亲给我拔针头。因为不专业，父亲拔得很吃力，尽管小心翼翼，拔出针头的时候，我的手背还是出血了，那一刻我哭了。母亲看到我这个样子，很舍不得，也很生气，狠狠地骂了父亲。父亲弓着腰，在一旁站着，一声不吭，像一个做错事的孩子。那一刻，父亲那卑微而自责的形象，也深深地烙在了我的心底。

直到长大后，我才明白，在儿子面前，父亲永远都是最坚强的，因为他是儿子的榜样，尽管疼得厉害，他也没有吭一声。在爱的面前，父亲却是那么卑微，甚至表现得手足无措。因为他爱自己的儿子，然而正是这种卑微，感动了我一辈子，也影响了我一辈子。

在这坚强与卑微之间，我开始读懂父亲，读懂人生。

我的父亲母亲

父亲大学毕业分配后，和母亲在同一个办公室工作，从最初的相识相知，到相恋相爱，再到结婚生子。

母亲说，她刚过完52岁生日不久，我就出生了。这话没人相信，也包括我。52岁了，能生孩子吗？而且为什么年轻时不生，偏偏这么一大把年纪了才生呢？我想，自己一定是被他们抱来的，充当养子的角色，他们这样说估计是为了有个养老送终的人吧，我一直都是这样想的。

念幼儿园的时候，阿姨羡慕我："肖军，你真幸福，有这么年轻健康的爷爷和奶奶。"班上的小朋友也都很羡慕我，因为我有对双双送我上学的"爷爷奶奶"，而他们放学后，只是爸爸或妈妈单独接送，很孤单地坐在自行车后面，我却可以在放学后无拘无束地满大街疯跑。我的身后，有一对腿脚开始不麻利的老人紧跟着，我不必担心因为回家晚而被责骂，更不必担心自己玩累了走不动。这个时候，也是我人生最开心的时候，甚至很多时候，我都非常羡慕自己。

上小学时，我开始担心起来，尤其是在开家长会的时候，很多次在不明缘由的情况下，班主任责备我："肖军，为什么开家长会总是你爷爷奶奶来，你的爸爸妈妈呢？他们怎么这么不负责任？"我很委屈，直到有一次，他们来学校了，很严肃地警告我的班主任："我们就是肖军的爸爸妈妈，每次开家长会我们都没落下，为什么要批评要责备我们家肖军？"此时的班主任，除了惊讶就是惊讶了，然而不到一个星期，全校的老师都知道我有一个64岁的父亲和一个62岁的母亲了。不久，全校学生都知道了，他们见到我就尖叫道："大家快过来看，他喊自己的爷爷叫爸爸。"那时候，我恨不得找个地缝钻进去。我不恨他们，因为没有他们，可能现在的我还在孤儿院呢，依旧感觉不到家的温暖，甚至这辈子也很难感觉到爱。是他们给了我家的感觉，是他们给了我亲人的温暖，这些足以弥补在学校他们带给我的伤害了。此时的他们，已经退休在家了，但仍不闲着，除了照顾我之外，仍经常到工厂去指导技术，尽管这些并不是他们退休后分内之事。

上初中时，我开始害怕他们了，也开始害怕回家了。我只是觉得，一个大小伙子，喊近70岁的老人为爸妈，这对于我来说实在难以启齿，但我仍咬着牙喊了，前提是在家的时候。出了门，我是从来不喊的，也很少跟他们出去。闲余时间，我除了看书，还是看书，所以我的成绩很好，这也是他们骄傲的地方。经常听人说，他们在和一同退休的老同事打牌或聊天的时候，总是很自豪地夸奖道："看看我的日子多滋润，身体健康，家庭美满。更重要的是，我那十几岁的儿子，念书聪明得不得了。"初中除了年年拿第一外，我还在公开的报纸杂志上发过7万多字的稿子，这些足以使他们感到光荣，可是他们并不曾感觉到我的苦衷。一个被人领养的孩子，除了珍惜这难得的机会外，我还能做些什么呢？我也一直盼望着自己早早长大，这样就没有人会提及我的家庭情况了。然而很多事情并没有我想得那么简单。

高中了，我依旧年年第一，依旧大批量地发表着我的文章。很多时候，我都是在写孤独和寂寞题材的散文，很有婉约派词人的忧郁。高三的时候，在《萌芽》杂志社征文比赛中，我获得了一等奖。那段时间，我几乎成了全区的名人，成了很多家长鼓励孩子学习的典型。而这个时候，我也开始恋爱了，准确地说，是我一个人的懵懂爱情。那个女孩家里很有钱，女孩也很漂亮，属于典型的人见人爱。我写了我的第一封情书，她却高傲地把我的情书拿到班主任那里"发表"了。班主任是个很古板的人，他并没有因为我的学习成绩非常好而给我面子，而是让家长来课堂检讨，以责备他们对孩子的管教不力。结果，他们果真来了，班主任惊讶了，全班同学都惊讶了。那一刻，我没有喊他们爸爸妈妈，他们却主动开了口，说道："应你们班主任的要求，我是来给我的儿子肖军检讨的。说真话，这个检讨我真的非常不愿意做。每个人都有选择爱与被爱的自由，我们凭什么去干涉、去阻止呢？而且，我儿子那么优秀，成绩那么好，他并没有因为其他而影响到学习啊。你们看看，班上的第一名你们谁拿过吗？没有！我尊重他，而且我今天可以当着你们大家的面告诉他：'儿子，好好念书，以你的条件，完全有选择爱情的自由，完全可以找个更优秀的女孩。我要求你大学的时候必须谈恋爱，必须找到一个更漂亮的女孩。'"那一刻，我的头伸进桌斗里，眼睛模糊了。从那以后，我再也没有了所谓的爱情，也没有回家。我觉得尽管他们老了，但他们给了我足够的面子和自信心，给我了足够的关爱。这些，足以让我这个养子感动一辈子。所以，我能做的就是好好读书、好好做人。

高考后，我用能上北京大学的分数上了复旦大学，因为家在上海，我得照顾他们。那时候，他们理解到了我的用心，所以也很高兴，整天乐呵呵的。我也在想：作为养子，我应该非常合格了吧，无论是成绩，还是孝顺，我觉得与亲生孩子相差不大了。

开学后，学校要求住宿。我就没再住家了。住校前的一天晚上，他们给了我一张照片，上面是一个长得很像我的男孩。我自私地问："这个是你们的亲生儿子吧？因为我长得很像他，所以你们抱养了我。"从没流过泪的他们，此时却哭了，然后要我喊哥哥，我愕然了。

"他的确是你的亲哥，在你生下来不久，他就死了，得白血病死的。你的出生是肩负着特殊使命的，因为你哥哥要进行骨髓配对，你出生他就有四分之一的成功配对概率。所以，你妈冒险生下了你。谁知你竟然没能和你哥哥配对上……"说到这，他们的眼泪就滴落在地，跪在地上哭了，抚摸着大哥的照片喃喃着："孩子，我们没能把你养大成人，我们对不起你啊！"

那一刻，我跪了下来，紧紧地抱住了他们，那是我20年来给予他们的唯一一次拥抱。

决定爱的生存方式

父亲是喜欢男孩的。当母亲还在我身边的时候，她就经常这样告诉我。其实，不用母亲说，我也是知道的，从父亲每次见我时的那一瞬淡漠的眼神，我也能强烈地感觉到。这一切，仅仅因为我是一个女孩，一个不讨父亲喜欢的女孩。

很欣慰，我有一个母亲，一个用心呵护着我、爱护着我、守候着我，并日日慰藉着我的母亲。

很悲哀，我有一个母亲，一个只能呵护我、爱护我12年的母亲。仅仅因为一辆刹车不及时的桑塔纳，让一个女儿永远失去了继续享受母爱的权利，同时也失去了一个母亲对女儿表达爱的机会。

一年后，父亲领着一个漂亮阿姨进了家，从那一刻起我就知道了：我已经跨入了后母的孩子的队列里。

我从来没有喊过她一声"妈妈"，至少我从来没有主动喊过，要不是每次在父亲那粗重的巴掌示意下，在他那恶狠狠的目光中，我是绝对不会开口的。甚至我都觉得"妈妈"这个称呼她没有资格去享有，她没有给予我生命，没有给予我12年的温暖与关爱。

很多的时候，她的脸上都挂着笑容。可是我知道，笑容所代表的，并不一定就是爱，甚至有时候，笑容还是一把伤人的利剑。

从母亲死去那天起，我就已经知道，我再也没有机会去享受家庭的温暖了。有这样一位重男轻女的父亲，有这样一位年轻漂亮的、足以勾去父亲全部灵魂的阿姨，除了自己照顾好自己，除了自己给予自己爱。我想，在这个家里，我实在是没有可以让自己做的事情了。

在她进我家3个月后，她怀孕了。我意料之中的事，也是父亲意料之中的事，更是父亲高兴的事。从得知她怀孕的那天开始，父亲就一直眯着眼，笑着脸，像是中了800万一样，甚至从未给我母亲烧过菜的他，竟然亲自下厨房，卑微地给她烧饭烧菜。

那晚我没有吃饭，自己在房间里泡了包方便面，父亲也没有理我。其实这样更好，至少他不会来打搅我，不会来打击我这颗寒彻冰霜的心。而我也绝对不会去打搅父亲和她之间的那份温馨浪漫。在他看来，性格倔强、从不嘴甜的我，只会成为他们之间的障碍，而不是纽带。

那晚我睡得很晚。这是情理之中的事，至少我现在都还是这么认为的。那晚他们谈了很久，夜深的时候，他们还没有睡。我也是。在我睡意蒙眬的时候，她忽然说了一句话："尽管女儿不是你亲生的，可是她毕竟也喊了你整整12年的爸爸啊。可你是怎么对她的？"

这是一句让我彻底醒悟的话，一句让我明白了自己12年来一直受冷落的理由。从听到她这话的那刻起，我终于明白了。原来，我一直没有得到父爱，仅仅是因为我不是亲生女儿。其实，对于此时的我来说，谁是我的亲生父亲已经显得并不是很重要了，重要的是我对父爱尤其是亲人之间的那份真情已经彻底失望了，甚至绝望了。我想，在这个世界，除了已经死去的母亲，再也没有人能给我带来爱的亲情和家的温馨感了。对于我来说，他已经不是我的父亲了，已经不是我心底所喊的父亲了，而只是一个相识了12年的男人，仅此而已。

几天后回家的时候，我发现他和她正在争执什么。而此时的我，丝毫未曾引起他们的注意，对于他们来说，我在他们眼里已经不算什么了。或许他们就根本没有看到我。

我回到自己的房间，悄悄地躺在自己的床上。他们依旧在大声吵着架。她的脸色苍白，好像刚生病了似的。在我刚进门的一刹那，我就已经注意到她了。

"你为什么要去做人流呢？那么突然，而且还不和我打声招呼！你疯了吗？那可是我们的亲生骨肉啊！"在房间里，我清楚地听见他们的话语。

"我没有疯，我只是害怕。"她说这话时很冷静。

"害怕？"他很奇怪。

"嗯。"她的声音很轻很小，但很坚定。

"你害怕什么？"他愈感奇怪。

"一个不是你亲生的，却陪你生活了12年，真心地喊了你12年爸爸的人，都得不到你的爱，那你又用什么来证明对我的爱呢？又用什么来证明对我们未来孩子的爱呢？除非你用你的爱来向你的女儿证明你对我的爱。否则，我永远都不会相信你对我的真心。"

听到这，我的心一震。随着他一声长叹，躲在门后许久的我迅速爬上了床。那一刻，我也终于察觉到了：亲情，并不一定要有血缘关系，只要有爱，后母的形象也一样能变得高大亲切。

一周后，他写了封道歉信给我，整整12页，就像整整愧疚了我12年似的。

一个月后，在她给我整理好书包去学校上学的一个早晨，刚走出门口的我又折了回来，用饱含真情的双眼，使劲地看着她，然后，情不自禁地喊了声"妈——"很真切！

在听到我喊出"妈"的那一刻，我分明看到了她蒙眬的双眼。此刻的我也终于幸福地明白了：原来在这个世界上，有一种最感人的爱，是用真情来决定爱的另一种生存方式，来延续爱的另一种表达。

无声世界里的母亲

深夜12点多的时候，我接到了朋友的电话。

朋友很爱他的母亲，只是，他的母亲很不幸，生下来就聋了。在那片无声的世界里，她受尽了折磨，尝尽了凄凉。因此，为了不让儿子因为她而受到别人的歧视，更不愿儿子一辈子像她一样吃苦受罪，她拼命挣钱供儿子念书——摆地摊，卖水果，甚至是捡破烂。尽管身边的人一直嘲笑她，家人一致反对她，甚至连丈夫都不理解她，但她仍坚持着。

后来，朋友大学毕业了，在深圳找了一份好的工作。为了能让自己，更让母亲出人头地，他努力工作，一直当到了部门经理。为了让妈妈过上好日子，朋友三番五次地动员妈妈去他那儿歇歇，享享清福。最后，老人实在拗不过儿子，只得去了。

不久，朋友突然患了眼病，急需换一副新的眼角膜，否则半个月后等待他的将会是失明。手术费用他倒不担心，公司已答应可以报销。可是，短短半个月时间，上哪里去找一副新的眼角膜呢？

朋友的母亲得知儿子的这一噩耗，她那沉积多年的浊泪，又忍不住流了下来，看着儿子在黑暗里孤独茫然的样子，她的心痛了起来。要知道，最残酷的事，莫过于看到自己的亲人饱受磨难，而自己除了眼睁睁看着，竟帮不上半点忙。

她哆哆嗦嗦地走进了院长办公室，只有把自己的眼角膜给儿子，儿子才有希望看到光明，看到阳光。除此之外，她别无选择！

听到伟大的母亲的这一番请求，院长红着眼睛拒绝了她。因为他知道无论他答应与否，受伤的都是这位母亲。

一周过去了，医院里的人依旧为了朋友要换的那副眼角膜而四处奔波着。可是，除了疲劳，除了失望，他们一无所获。

看到儿子那一脸的失意与无助，母亲的心一下子沉了下来、冷了下来、冰了下来，看着躺在病床上熟睡的儿子，她咬着牙走出了门……

不久，朋友接到了交警队的电话，说是他的母亲在过马路时出了车祸，被送到医院了。听到这儿，他顾不得眼病就急急忙忙地摸到了手术室的门外。听到医生的叹气声，朋友疯了般跑进手术室，看着气息越来越弱的妈妈，朋友泪流如雨。妈妈看到儿子来了，微笑着用颤抖的手抚摸着儿子的头，喘着气道："把我的眼角膜给你吧，我打小就生在无声世界里，我不想多一个人生活在黑暗的世界里。"

朋友哭着点了点头。朋友的妈妈看了看他滴在手背上的泪滴，扫了病床前的康乃馨一眼，笑了，嘴里吐出了含糊不清的几个字：

"我听到了花开的声音。"

说完这番话后，朋友在电话那边已经泣不成声了。我的眼睛也一片通红。

在这世界上，没有什么比母爱更伟大的。母爱，赋予生命的不仅仅是一种美丽，更是一种情感的升华，一种无私的崇高品格的展现。

海水是咸的

如果不是亲眼所见，无论如何，我都不会相信这个故事。

接到热心观众的电话后，我们花费了近4个小时，才来到这个偏僻的小山村。群山之间，坐落着一排白色的房屋，风景很美。她的家很好找，村里最穷最破的一户房屋，就是她的家。见到她时，她正给猪喂食，丝毫没察觉我们的到来。

儿子在肚子里7个月的时候，她感冒了，发烧得厉害，村里的赤脚医生给她打了一针青霉素。也就是这致命的一针，让她有了一辈子的遗憾。

儿子出生后，家里一片欣喜，可是孩子4岁多了还不能说话，视力似乎也有些问题。这个时候，她开始急了。急又有什么用呢？无非是去医院检查检查，结果在她的意料之中，儿子不能说话，而且弱视，没有办法治疗。尽管如此，她仍抱一线希望，抱着孩子到各大儿童医院治疗，结果不尽如人意，倒是家里越诊越穷。

儿子从小就自卑，不敢出门，更别说出这个大山了，丈夫3年前外出打工后，一直杳无音讯。家里全靠她打理，才过36岁的她，看上去似乎有50多岁，经济困难不算什么，儿子才是她心头永远的痛。

那次赶集，她在地摊上买了一个20多元的收音机。儿子13岁的生日快到了，她想作为礼物送给儿子。作为母亲，她只希望儿子过得好，仅此而已。

这个收音机也成了儿子的宝贝，每天都听。儿子最喜欢的是张惠妹的歌曲《听海》。"听，海哭的声音……"一曲曲动人的旋调在小屋内盘旋。这一切，她都看在眼里。

最终，她做出了一个惊人的决定，带儿子去看海，只因为这首歌曲。"弱视？弱视难道就不能看海？"一路上，她都这样对别人解释。

从安徽到福建，她骑着卖菜用的三轮车，带上儿子，花费了整整一个多月的时间。出发前，她把棉被、枕头什么的都洗得干干净净，放置在车上，到福建的时候，棉被已经发黑了，而且潮气很重。

她在海边住了两个星期，每天带着儿子去看海。海边的人看到这对可怜的母子，纷纷送来吃的和衣服。一天一天，看着大海，儿子的眼睛湿润了。海浪拍击的声音，在他的心头阵阵荡漾。他知道，海水和泪水一样咸。

再后来，儿子离开了她，儿子是主动要求走出深山的。2008年9月的时候，儿子在电视上出现，整个村庄一片轰动。不仅仅是因为儿子能走到北京，更因为儿子能在电视上大显身手。在残奥会上，儿子只得了第5名，电视台播出儿子的比赛的时候，她的双眼始终都是红润的。作为母亲，她最大的理想就是儿子能顶天立地，而他真的努力做到了。

爱能弥补遗憾和缺陷。这种横跨千里的爱，让人感动。如果泪水是咸的，海水也会一样咸，母爱迸发出来的力量，足以让他感动，成为奋发的动力和前行的理由。

在水乳交融的爱海里，泪水和海水一样咸。

行走的石头

上车前的5分钟，手机忽然响了起来。是母亲打来的，说让我等等，有东西落在家里忘记带了，她马上给我送过来。

我仔仔细细地把包检查了一遍，仍没有发现自己到底忘带什么了。这个时候，母亲气喘吁吁地跑过来了，递给了我一个透明方便袋，里面装的，是3块普普通通的石头。我甚是惊讶。

妻子怀孕了，我很少回家，因为她身体不方便。这次回家，母亲非要我带点腌菜给妻子吃，说怀孕的人口味重，我无奈，只好带了。因为母亲并不知道我会提前回家，她的菜才腌了几天，都还没有腌熟透。我说不带了吧，母亲瞪了我一眼，说："菜没有熟透，你可以带过去腌嘛。"然后，母亲弓下了身子，很小心地在大菜缸里认真挑选成色好的腌菜，一层一层地叠放在一个塑料瓶里。我无奈："城里不是可以买吗，干吗这么麻烦？再说，你给了我这个没有熟透的腌菜，我也不能吃啊！"

母亲低着头，一声不吭地做着她的事，丝毫都不理会我。

吃饭的时候，母亲突然冒了一句，我刚才去河边给你挑了几块小石头，回头你放在塑料瓶里压上几天，菜味保证和家里的一样香。听到这话，我的眼睛湿润了。

这几块石头被我带到了新房里。不久，菜便熟了，妻子说，口味很好。

这几块石头发挥出它的作用后，便被放置在房子的一个小小角落里，像一件被人抛弃的展品。加上有了儿子后，我愈加忙碌了。工作压力很大，所以我更要好好地努力，让儿子有一个好的生长环境。因为我爱他，很爱很爱。

一段时间后的某个晚上，我拖着疲惫的身体回到了家，看到儿子甜甜的微笑，一股幸福感充满我全身。

忽然，手机响了起来。我赶忙一看，是母亲打来的。还没有开口，母亲便问道："睡觉了没？吵醒你们了吗？"我说："没有，妈，怎么了？"

电话那头，忽然沉默下来。仿佛间，我能听见母亲的呼吸声。半晌，母亲才开口：我上次给你带去的石头，现在怎么样了？

我的心一震。

我说："很好很好。妈，你也还没有睡吧。这个周末我回家。拖家带口回去。你和爸爸早点睡吧。"

母亲笑了笑，然后挂了电话。

忽然想起来了那个炎热的中午，街面道路在重新翻修，根本没有办法通行。母亲是如何做到在5分钟之内，把几块石头顺利地送到我的手里的呢？

如今，那几块石头，静静地躺在墙角，带着一抹绿，如同母爱一样。

这个房内，永远都充满着春天的气息。

让我们相依相偎

你说，我刚出生时，像一只小猫，眯着眼，像现在一样可爱。

"可爱？我都25岁的人了，能用这个词吗？"我嘻嘻一笑。

从我记事起，似乎你永远都是我的敌人，跟我作对。我喜欢吃鱼肉，你偏要我多吃蔬菜；我喜欢吃零食，你偏逼我吃饭；我喜欢睡觉，你偏把我从床上撵下来，让我出去找小朋友玩。真受不了。这么不疼我，我是你亲生的吗？

"一定不是亲生的。"小伙伴们都这么认为。"你看看你，哪点像她，鼻子嘴巴还有眼睛。"听到这话，忽然间我有了一种凄凉的感觉。

每天，你都很早出门。当我醒来时，你都推着车子回来了。炉子上的锅正在咝咝喷气。你3点多就起床，推着三轮车到郊区的蔬菜批发市场进货，然后趁着早市卖掉。一边是你拖地洗衣服，一边是炉子里煮着咸鸭蛋，这样的画面，持续了好多年。

你送我上的是最好的幼儿园，最好的小学。与那些坐着私家车的同学相比，你骑着三轮车载我，让我在同学面前很没有面子，所以我只能埋头学习。而你，便在学校附近转悠开了。我从小就知道健力宝易拉罐比矿泉水瓶值钱的道理。一脸污垢，先天性兔唇的你却有着一个十分漂亮的儿子，这成了同学们议论的对象。除此以外，我的学习成绩也是大家议论的内容之一。怎么可能呢，每次考试都是第一？骑三轮车的都能得第一吗，我们家还请了家教呢？

你总是一脸开心地看着我，我经常领奖品回家，奖状、笔记本、钢笔。那段时间，在我心中一直有一个阴影，我是你亲生的吗？我们相貌区别大着呢。不是亲生的，能待你这么好？也是啊。不是亲生的，能待我这么好吗？不可能，所以我自然是亲生的了。可是我的父亲呢？亲生的就总得有个父亲吧。

"他嫌弃我丑，不要我了。在我怀孕7个月的时候，跟一个摆摊的女老板走了。"你总是红着脸，低头对我说。

"妈妈，我们好可怜哦。爸爸都不要我们了。"我说。

"我们不可怜。"你坚强地说，"因为我还有你，你还有我。"

你走路的时候，总是一瘸一瘸的，然后还要养个开销大的儿子。周围的居民都很熟悉你，家中的废旧破烂全部给你，然后一些用不上的衣服、用具都送到咱家，你总让我鞠躬行谢，让我懂得感恩。尤其是我高中的时候，你总能挨家挨户讨些新资料来。很多都是崭新的，我看了看出版日期，甚至有些是一个月前才出版的。我知道，这附近的居民怜悯我们母子，因此我格外珍惜这些资料，贫穷家庭并没有造就一个悲观内向的我。相反，除了学习好，我的球也踢得好。因此，我成了那些情窦初开的女生们暗恋的对象。这算什么呢？你说了，现在不能谈恋爱。

我们之间没有太多曲折的故事，平淡得出奇，就像我考上复旦大学一样平淡。突然间，我要出远门求学了。你很舍不得，因为从小到大，我都没有离开你，在你的关心呵护下健康成长，我是你一生中最亲的人、最重要的人。你让我多吃蔬菜，因为我要补充维生素；逼我多吃饭，因为我正在长身体；撵我出门找小朋友玩，你怕我在家里待久了性格内向，就让我多运动、多锻炼。我知道你的爱是单纯唯一的。

从我接到复旦大学录取通知书的那一天起，你就眼睛红红的。从此，我就要离开你了，我成了你的骄傲。同时，带着爱的遗憾，让你一个人守候在这个孤独的小屋里。

你依偎在门口，眼睛红得厉害，看着我拖着大大的旅行箱，在邻居们的帮忙下，搭上了车。

"妈妈，我会回来的。"你看了看我，笑了笑。我说这话，是因为我知道，你明白我说的每一句话，甚至每一个表情的含义。因为我是你儿子。

你是否是我的亲生母亲，现在对我来说已经不重要了。重要的是我读懂了你的那份伟大的爱，以及对你的那份深沉的思念。

我读大学的时候，你的身体变得越来越差。甚至大部分时间都是在床上躺着的。屋里的潮气很重，很多时候都是邻居们过来帮忙照应。

再后来，我在毕业前的两个月参加了大学生村干部考试，成了小区居委会主任助理。我的回来，让你很欣慰。你逢人就顽皮地笑着说："我家的小猫回来了。"

是的，猫妈妈，我回来啦。我们是世间最亲近的一对母子。既然如此，我们就更应该珍惜这份爱。

是的，猫妈妈，那就让我们相依相偎，静静地，享受这美好生活吧。

流泪的传家宝

接到通知书的那一刻，李长明哭了，爹妈也哭了。李长明哭，是因为他12年的努力加上一年耻辱的"高四"生活终于结出了最甜的果子。爹妈哭，是因为他们有了一个能让他们骄傲的儿子。因为我是这个贫困的小渔村的第一个大学生。

接下来，一家人便又回到了残酷的现实，高昂的学费怎么办？还有那近似天文数字的生活费又该如何去解决？爹妈整日闷闷不乐，李长明也一声不吭。他那一贫如洗的家里无论如何也拿不出那么多钱。虽然爹妈每天早出晚归出门去借。可是他们家并没有什么富亲戚，借了多次，还是远远不足。眼见开学的日子一天天接近，而钱仍没着落。怎么办？李长明急了，爹妈也急了。

在一盏昏黄的油灯下，一家人围着桌子吃饭。李长明问爹妈：

"爹，妈，我的学费到底怎么办？"

爹妈端着碗，没有讲话，也没有吃饭，只是一个劲地叹气。

李长明急了："爹妈，你们不会让我不念吧？"

"明子，怎么会呢？"妈先开口。

"可是哪来的学费和生活费呢？"爹叹息着。

大家都一声不吭。忽然，妈眼睛一亮，道："孩子他爹，我们不是还有一个传家宝吗？"

"哪儿？"爹很奇怪。

"老头子，你不记得啦？我从娘家带来的。哦，对，你是不晓得，我一直瞒着你呢。你来，我给你看一下，那东西应该很值钱，估计明子几年的学费和生活费应该不成问题。"妈说。

李长明愕然了。

随后，爹妈走进了那墙壁四周贴满发黄报纸的所谓的房间。两人进去后絮叨了好久，之后，爹妈很高兴地走了出来。爹拍了拍李长明的肩膀道：

"明子，甭着急了，你的学费、生活费有着落了。过几年，等你毕业了，也让爹妈过一过好日子。"爹老泪纵横，李长明也万分欢喜。

几天后，李长明意外地发现家里唯一的值钱物——渔船，没了。那是一条一家子人赖以生存的口粮船。李长明的心一惊：不会爹妈为了我的学费把口粮船也卖了吧！想到这，他夺门而去。见爹妈正在补渔网，李长明不顾喘息，忙问：

"爹妈，家里的渔船哪儿去了，是不是你们为了我的学费把船卖了？""明子，你看你，尽胡说。"妈笑道，"我和你爹那天早上去集镇问了那传家宝的价格，贵得吓人！别说你那4年的学费和生活费，就是加上咱们家的生活费也不成问题。本想早点出手，可算命先生说不是好日子，卖了不吉利，我们准备迟些日子再卖出去，又怕耽搁了你交学费，所以先把船卖了充一充数。等以后再买一条船回来。"

李长明很信这话，因为他知道爹妈很迷信。不多久，他就快快乐乐地上学去了。

期末考试前两周，从没接到过家书的他意外地接到了家里的信，是他妈找人代写的。信的内容很简单：

明子，你爹走了。家里为了你的学费把船给卖了。所以你爹在别人不用船的夜里借人船出海捕鱼。上个礼拜四，你爹出海后遇上了大风，就再也没有回来……其实家里根本没啥传家宝，那是娘骗你的。要说有的话，那爹和娘的手就是传家宝。

看到这儿，李长明已泣不成声了。

传递温度的薄木板

2007年9月的第二个星期二，美国纽约华尔街独立大厦52层办公大楼里的圣·菲克勒拍卖行，举行了一场艺术品拍卖会。作为美国知名的艺术品拍卖行之一，像这样的拍卖活动，圣·菲克勒拍卖行每周都会举行好几次。

本次拍卖会，最令人意外的是一件拍卖价格高达529万美元的艺术品。其实，与其说是艺术品，倒不如说是灾难的浓缩——那是6年前的9月，恐怖分子制造的"9·11"事件中，救援人员在坍塌的双子大厦里找到了一块薄木板，不同的是，这块木板的双侧都有印记。那是一对母子，临终前爱的痕迹。

道·琼斯是美国俄亥俄州立大学的一名应届毕业生，遗憾的是，8岁那年，他的父母双双死亡。从此，道·琼斯就生活在一片阴影之中，他的性格也变得孤僻起来，并且一度患上自闭症。好心的邻居詹姆斯太太收养了他，并给予他关爱和温暖。2001年7月，道·琼斯从俄亥俄州立大学行政经济管理专业毕业，并应聘进入了双子大厦的一家出口贸易公司。9月11日是他上班的第一天，为了给道·琼斯充分的自信和关爱，詹姆斯太太特意陪着养子坐班，要知道，在詹姆斯太太的眼里，道·琼斯是内向、柔弱和缺乏自信的。而年过花甲的詹姆斯太太多么希望道·琼斯能够做一个真正的男子汉！

上午9点20分左右，大楼里一片嘈杂，待詹姆斯太太发现人群混乱的原因后，大楼开始坍塌。她拉着道·琼斯的手逃出去已经不可能了，因为坍塌的顶楼把他们母子隔开了，并且他们都受了很重的伤。他们唯一知道的，就是对方的大概位置，只是可惜，他们现在被楼顶的防火天花木板隔开了，他们甚至连打破薄木板的力气都没有。

27个小时后，消防队员从废墟里挖出了死亡多时的他们，并且还发现了一块木板，木板之上，除了抓痕，双侧都还有字，正面是道·琼斯写的几个颤抖的字——妈妈，我好怕！妈妈，我爱你！而背面，则是詹姆斯太太用彩笔写的——亲爱的，上帝与我们同在，天堂里，妈妈依然爱你。那支彩笔，是詹姆斯太太55岁生日时，道·琼斯送给她的，时光渐逝，笔迹就像母爱一样不曾褪色，并且这份爱被清晰地记录在这场灾难里，记录在被火烧过的木板之上。

故事到这里并没有结束。这块木板以及这段爱的故事，被美国上百家新闻媒体报道。而以数百万美元天价购买这块木板的，则是靠走私枪支武器发家的人。据说，当初他购买下这块木板的时候曾受到许多人的谴责，大家认为他不配购买这段真爱的见证。可是，谁叫他有钱呢？谁叫他价格开得高呢？

令人大跌眼镜的是，在一年后，可能是巧合吧，也就是在2002年9月11日，美国部分沿海州刮起了龙旋风。据说在办公室悠闲抽着雪茄的他，突然接到了远在密西西比州的母亲的电话。他的母亲双眼失明，是一个皈依佛教的人。与母亲通电话的时候，办公桌上的那块木板突然掉了下来，砸到了他的脚上，"亲爱的，上帝与我们同在，天堂里，妈妈依然爱你"十几个字赫然映入他的眼帘。那一刻，他恍然大悟。

一夜之间，他变卖家产、办孤儿院、成立爱心医院、设立母爱基金会……一系列的善举让人觉得不可思议。他的故事也随着木板而变得传奇。

其实，在爱与爱之间，没有什么不可以，也没有什么不可能。即使一瞬间的怦然声响，也会触动我们心灵深处那颗沉睡的爱心，让爱延伸至每一个角落，让爱变得伟岸而挺立。

最美的力量

2001年9月的第二个星期二，是詹姆斯太太此生最难忘的一天。她的丈夫道尔琼斯顿·詹姆斯，作为一名国家消防队员，为扑灭"9·11"恐怖分子撞击大厦后熊熊燃烧的大火，而英勇献身了。在双子大厦一旁4楼办公的她曾亲眼看见她的丈夫进入熊熊燃烧的大厦，最后被烈火烧透后坍塌的大厦所吞噬。于是，这一天便成了詹姆斯太太的人生定格点。从这天开始，她就对火光有着一种莫名的恐惧，她害怕看到火光、接触火光，因为在她的脑海里始终有着一幅画面，一幅她丈夫在熊熊大火里拼命挣扎的画面。

失去丈夫后的詹姆斯太太，依然在每个月的第二个星期日，带着她的女儿爱丽斯和儿子比尔，去她们的社区教堂做义工。这不仅仅是詹姆斯太太信仰的见证，更是为她那已升入天堂的丈夫的一次次祈祷与祝福。

一次，詹姆斯太太带着她的两个孩子去教堂做义工，她的儿子比尔穿着一件深红色的小吊褂显得尤为可爱。看着乖巧的小比尔，詹姆斯太太在百般忧郁中，仍带着一丝欣慰，至少她觉得：道尔琼斯顿·詹姆斯是她人生中的第一个男人，是她上半辈子的希望，而她的小儿子比尔·詹姆斯，将是她下半辈子唯一可以依靠的男人。她爱比尔，甚至超过了自己的生命，对此，她从未怀疑过。

在教堂做完义工后，小比尔仍留在教堂玩耍，而詹姆斯太太和她的女儿爱丽斯则在教堂后清理一大块空地，这块空地是教堂打算在平安夜用作集体活动的场所，和詹姆斯太太母女一同干活的，还有一大群基督信徒。爱丽斯学着母亲的样子，也用力地拔着空地上早已枯萎的小灌木。

忽然间，詹姆斯太太看到教堂窗口冒出了滚滚浓烟，瞬间，她的心悬了起来。紧跟着有人大喊着："教堂着火啦！快救火！"顿时，人群乱了起来，有人忙拨打911报警电话，有人忙着准备水桶救火，而詹姆斯太太像箭一般冲向了教堂。她的小儿子比尔此时正在教堂里，她绝不能再失去比尔了，绝不能！

火乘着风势，越烧越大，在詹姆斯太太刚跨进教堂的时候，教堂里早已是火光一片了。透过教堂的窗玻璃，詹姆斯太太看见教堂里有一个穿着红吊裤的小男孩正在拼命地摸索着、挣扎着，那是一阵撕心裂肺的呼叫声，每一声都直刺詹姆斯太太的心脏。詹姆斯太太知道，那是她的比尔。

两分钟后，詹姆斯太太冲出了教堂。浓烟已经完全让她睁不开双眼了，但她的怀里仍紧紧地抱着她的儿子比尔。

10分钟后，詹姆斯太太的眼睛已经缠上了白纱布，医生给她做了个全面的检查，在确定詹姆斯太太身体安然无恙后，才放心离开了病房。而此时推开病房门的是教堂的神父，他和蔼地告诉詹姆斯太太：

"上帝保佑你！你是一个好人！你和你救的那个穿着红吊裤的黑人小男孩平安无事，上帝保佑你！阿门！"

黑人小男孩？詹姆斯太太的心一惊，然后急忙问神父："我救的那个孩子不是比尔？是黑人小男孩？那我的比尔呢？我的儿子比尔怎么样？他在哪儿？"

"他也平安无事！此刻，他正在来医院的路上呢！说不定已经到医院了。哦对了！差点忘了告诉你，教堂起火的时候，你的小比尔正和这个黑人小男孩玩换衣游戏呢！而你的孩子，早已经被那个黑人小男孩的父亲救走了！"

听到这里，詹姆斯太太顿时松了口气。她感觉自己才是这场大火的真正胜利者。因为在这场大火中，她收获了比尔被他人所救时的那份友善，更重要的是，她的惧火心理终于被彻底打败了。而打败她这畏惧心理的，正是这勇往直前的母爱。这，才是真实而自然的勇气。

这时，病房门口响起了敲门声。她知道，这次是小比尔来了。对！一定是比尔那臭小子。想到这里，詹姆斯太太躺在病床上笑了起来。

爸爸父亲都是爱

从刚记事时起，我就想：如果自己能有个爸爸，那该多好啊！至少，我也会和小伙伴们一样，在提及"爸爸"这两个字的时候，脸上如同冬日里的阳光一般暖和灿烂。

7岁的时候，我问妈妈："我有爸爸吗？"妈妈很坚决地点了点头。

8岁的时候，我再次问妈妈："爸爸呢？"妈妈抚摸着我的头，笑而不语。

9岁生日那天，我追问妈妈道："爸爸呢？我的爸爸呢？我的亲爸爸呢？"妈妈用力咬了咬嘴唇，从嘴里吐出了几个字："快了！真的快了！日子快到了！"

在我10岁生日的那天，妈妈领了一个陌生的男人回了家，然后指了指那个男人对我说道："快叫爸爸！"我愣了一下，之后便一直没有吱声。甚至，在被妈妈罚站墙角的半小时里，我仍旧肯定这个老男人不是我的爸爸！我的爸爸是不会如此佝偻寒碜的，从这个男人的那件破旧得都露出了些许棉絮的棉大衣，以及他那憨笑就可以看得出。

在上小学3年级的时候，也就是在我11岁的时候，那阵子，天总是下大雨。为了避开他"虚伪"的接送，我宁愿自己冒着被洪水冲走的危险，独自从那座摇摇欲坠的小桥上走过。我想：那个男人每天不怀好意地接送我，肯定是有目的的。也许是为了笼络我，想让我从嘴里喊出"爸爸"这两个字；也许是为了收买妈妈那颗脆弱善良的心。

很快我小学毕业读初中了。在学校，我的学习成绩一直名列前茅。为此，爱才如命的老校长决定为我开个全校性的个人表彰大会，这是学校建校以来从未有过的事情，班主任这么告诉我时，我只是笑了笑。

在学校表彰大会的主席台上，我向观众席望去，我看到了他——那个老男人，依旧穿着破旧棉衣，蜷缩着身子坐在学生当中，依旧咧着嘴傻笑。我看着那个老男人后撇了撇嘴。

在表彰大会上，校长开口对大家说道："父母是孩子成长最好的老师，所以，我很想让这位同学的家长走上讲台来，谈谈他的教育心得。"在这里与其说是教育心得，还不如说是让全校师生开开眼界，见见"英雄"的父亲。

那个老男人走向了主席台，仍然穿着破旧的棉大衣，依旧佝偻着身子，像大虾一样爬上了高高的主席台。

他刚上主席台，全校的学生哄然大笑，仅仅因为这个男人的形象完全出乎他们的意料。

他清了清嗓子，说道："我从来没有教育过我的女儿。因为她一出生，她便没有见过我，我整整坐了10年的牢。但是，我仍是她的父亲，我为她骄傲。"

他的话刚说完，整个会场便沸腾了起来。因为比起我的学习成绩，大家更愿意把目光注视到"10年牢"这几个字上。

听到这里，我的脸一片通红，甚至有一种想哭的冲动。在我心里，我只知道他是一个父亲，而不是一个爸爸。父亲，所赋予的只是一个概念，而爸爸，则赋予了子女全部生活中的温暖和爱。

我一直都对他爱答不理。甚至很多时候，我连家都不想回。要不是为了那个常年生病卧床的母亲，我宁可住校，宁可啃着冰冷的窝窝头，宁可待在那孤寂无声的寝室。

高中了，我的成绩依旧优秀，我依旧是全校学生瞩目的焦点。这让我很自豪又很无奈，除了学习，说实在的，我没有任何东西可以和学校里的其他同学相比。

高三时，我遇到了生命中的第一个男孩。我第一次知道了有一种温暖被人们称为爱情。那是一个足以让全校女生心动的男孩，我觉得我们似乎是恋爱了，我不知道，这是不是人们常说的爱情，也许，恋爱并不等于爱情。所以，在与男孩交往时，我每天都在日记本上记下这一切。

每次回家都是我最不开心的时刻。要知道，这一天所代表的，不仅仅是一次别离，更是一次面对。

那次回家，我把日记本落在了自己的床上，我上了整整半天的课后才想起来。为此，从未请过假的我，特意请了半天假赶回了家，看着焦急的我，老师甚至还以为我的家里出了什么大事。

回了家，我才发现日记本依旧躺在自己睡觉用的那个绣花枕头边，似乎没有被翻动过。而他仍挥洒着汗，弯着腰在地里干活，像什么事情都没有发生一样，也许他没有发现，或许，他根本就不识字。

几天后，那个男孩被他自己的父亲叫回了家，整整一天后才返校。返校后看到他，我猜父母一定是知道了我和那个男孩的事。这从他手臂上被抽打过的伤痕就可以看得出来。我就知道，一定又是他，一定又是那个老男人捣的鬼。甚至，我都不愿意去恨他了。我没有力气了，更甚于，我感觉自己都麻木了，除了每天仍坚持着机械般地学习。

高考后，我报了一所很远，几乎可以说是在祖国边疆的大学。临上火车时，那个曾经爱我的男孩也来送我了。我们什么话也没有说，在火车开前的5分钟，那个男孩塞给了我一张小纸条，之后便走开了。

摊开小纸条，我看到："他是一个好父亲、好爸爸。甚至，他为了你们这个家，为了你的生命，整整坐了10年的牢。为了你的将来，他去我家，和我爸爸聊了整整一下午。知道吗？你妈妈在生你的那天晚上有生命危险，为了救你和你妈妈，身为出纳的他偷偷地从公司拿走了2万元。就这样，他坐了10年的牢。要知道，在十几年前，2万元是多大的数目啊！你爸爸得冒多大的险啊！"

看到这里，我的眼睛模糊了。我看了看车外，只见那个男人躲在不远处的人群里，用他那浑浊的目光注视着我。那件穿了多年的旧棉大衣依旧套在他的身上，他依旧佝偻着背，咧着嘴向我笑，并向我挥手。那件旧棉大衣，比以前破得更厉害了，衣服里的一大截棉絮露了出来，像是被人故意抽出来似的，在北方的寒风里抖动着。

我也跟着情不自禁地向他挥了挥手，从嗓子底吐出了模模糊糊的两个字——爸爸！已经走到车窗外的他停住了脚步，向我咧嘴笑了笑，像是听到了我喊出的那两个字一样。

捧起双手，就是天使

几内亚比绍在20世纪90年代的时候曾发生过这样一件举国震惊的贪污案：几内亚比绍的首都比绍市国家税务局女局长罗妮，运用自己手中的权力，在短短一个星期的时间内，竟贪污了多达8万美元的公款，在这样贫困的国家，8万美元可以说是一个天文数字了！案发后不久，罗妮便销声匿迹了。

负责这起案件的是比绍市警察局的年轻警察达达尼昆警员，从达达尼昆接手这宗案子的第一刻起，他就感觉到，这件事并没有他想象中的那么简单。不然，偌大的比绍市警察局，何至于让他这个警校毕业才3个月的毛头小伙子接下这宗贪污案呢？

在分析案情的时候，信仰基督教的达达尼昆很奇怪：罗妮是一个有着幸福家庭的女人，她有一个十分爱她的丈夫和一个可爱的儿子，难道她在贪污时就一点都不顾及她丈夫与儿子的幸福吗？从案卷里一家三口在公园的合影照片中，达达尼昆就可以深深感受到罗妮一家的幸福与温馨。而打小从孤儿院长大的他，是永远都无法感受到的。

第二天，达达尼昆拜访了罗妮的几个邻居，无一例外，她们都对罗妮有好感，在他们看来，罗妮是一个充满爱心的好人。要知道，邻居们经常看到罗妮去孤儿院做义工，经常救济身边的穷人……而对于罗妮贪污一事，邻居们更是惊讶，他们张大了嘴诧异了半天，然后很坚定地摇了摇头，告诉达达尼昆："这一定是上帝犯了混，冤枉了这个拥有着天使般爱心的女人。"他们集体恳请达达尼昆查清这件事，给这个世界上的好人多一份安宁与清净。

从罗妮邻居家出来的那一刻起，达达尼昆的心就变得沉重起来，现在的他，开始觉得案子变得复杂起来了。甚至为了进一步了解案情，他决定去罗妮的家一探究竟。

在轻轻敲了罗妮家的门后，屋里有个小男孩探出了头，看着穿着警服的达达尼昆，男孩愣了一下，然后打开了门。

达达尼昆走进房子后，他的第一感觉便是这房子实在是太陈旧了，丝毫不能让人把房子的主人同比绍市国家税务局的局长联系起来。达达尼昆仔细地打量了那个男孩，他看上去只有六七岁，而且瘦得厉害。

男孩怯生生地为达达尼昆倒了杯水后，就一直很小心地盯着达达尼昆，以及达达尼昆身上的那套崭新的警服。

"你叫什么呀？"达达尼昆很温和地问了男孩一句。

"我叫阿比！我妈妈一直都是这么喊我的，先生。"男孩回答时的声音很轻很轻，轻得再小一点就听不到了，"如果你愿意的话，你也可以这么喊我。"

"很好！阿比。你很勇敢！"达达尼昆赞扬道。然后，他又补充性地问了一句："告诉我，阿比，你怎么会如此憔悴呢？你的身体看上去很糟糕。"

"哦！"阿比看了一眼达达尼昆警帽上闪耀着的警徽，用信任的声音回答道，"我病了！是骨髓癌早期，医生说我病得不轻，得做骨髓移植手术。不过我也不知道骨髓癌早期是什么病，骨髓移植手术又是什么手术，不过听妈妈说，这手术要花好多钱！"

瞬间，达达尼昆明白了什么。然后，他又关心地问阿比："那么，可爱的阿比，你的爸爸呢？"

"我的爸爸？他去安哥拉了，这是妈妈说的。不过我不知道这是不是真的，甚至我总感觉是爸爸不要我了。因为从我生病的那天起，我就再也没有看见过他了。"

说着说着，忽然间，阿比紧紧地攥住了达达尼昆的手，告诉他道："亲爱的警察叔叔，您看见我的妈妈了吗？她快两个星期没有回家了，我也整整两个星期没看到她了。如果您看到了她，麻烦您帮我转告她：我很想她！我很爱她！我希望她能够早点回家。"

听到阿比的这番话，达达尼昆的心一震。然后，他握紧阿比的手，使劲点了点头。在达达尼昆即将离去的那一刻，阿比忽然跑了出来，手里拿着一张信用卡，告诉达达尼昆道："哦对了！警察叔叔，我妈妈在两周前告诉我，她在信用卡里为我存够了治病的钱，然后，她就出差了。如果你看到了我妈妈，麻烦你再多转告她一句：'尽管我治病需要钱，但是比起信用卡和健康的身体，我更爱她！'"

听完阿比的这番话，达达尼昆肯定地说道："一定会的！"然后紧紧地搂住了他。

回到警察局后，达达尼昆如实地向上司写了一份有关这起案子的详细报告。只是在报告里，对于8万美元的出处和信用卡的事，他只是轻轻带过。因为他知道，小阿比会在很长一段时间里失去母亲和母爱，但是，阿比绝对不能失去一个健康的身体，绝不能！出乎意料的是，破案一向以谨慎而著称的上司，对于那8万美元的事，竟然没有表现出太大的兴趣，没有对它进行追究。

几天后，在比绍市的报纸和电视台上，警察局发布了关于罗妮的通缉令，在通缉令的最后，警局的人补充了一句话：尊敬的罗妮女士，你的儿子会很快康复。这一点，我们用警察局的声誉向您保证。

不久，罗妮就到警局自首了。

一个月后，比绍市法院经过调查审理，对罗妮做出判处10年监禁的处理。而对于8万美元，仍只字未提。

面对法院的判决，罗妮感激地说道："谢谢这个世界的好心人，对于这样的结果，我十分感激。谢谢大家举起了双手，将阿比变成了一个天使。"

而此时的阿比，正躺在医院的病床上。窗外明媚的阳光正透过干净明亮的玻璃照在阿比的脸上，仿佛阿比已经变成了一个天使。

他曾打折我青春的翅膀

14岁那年，我读初二。

5年前，母亲没了，父亲只关心他的田地，在他的眼里，我是一个可有可无的人，一日三餐把我喂饱就算完事。没有人对我好，没有人教我眼前的路该怎么走，我就是在这样的环境下一步步学坏的。我开始和街上的一些痞子混在一起，半路上拦女孩子，打架斗殴。父亲除了对我动粗外，毫无办法。也许，他根本就不想真正管我！

我抓蛇放到女生的书包里，我用石头砸别人家的玻璃……类似的事情经常发生，有人告发，父亲逮到了就打我，朝死里打。我性格很倔，站在那里任由他打，我越是不哭、不逃，他就打得越厉害。

父亲成了我的仇人，我真是恨他。他从不管我的学习，总是让我请假，让我跟在他后面一起干农活儿。但晚上不管我有多劳累，他却又强行命令我把落下的课补上。他种了十几亩地，从不肯花钱请人帮忙，我就是他的长工，随叫随到的免费长工。

可以想象，我的成绩该是何等的糟糕，除了语文老师欣赏我外，没有哪个老师愿意正眼瞧我一下。村里人都劝父亲，你家的那个"小倔头"读书完全是浪费。父亲说能认几个字认几个吧，反正也没对他抱什么希望！

他们的话一点不假，初中的时光很快就过去了，同村的一个上了高中，一个上了中专。接到通知书的时候，他们把爆竹放得噼里啪啦的，我伸出头想去看看，父亲对我吼道："去把田里的犁扛回来，你这个废物！"

在义乌打工的堂哥叫人带回了信，让我去他那儿，说一天能挣好几十块钱。我问父亲，他狠狠地瞪了我一眼："打工能打一辈子？"

田里的秧还没有插完，父亲对我说："你把它们插了，我出去有点事情，回来要是还没有弄好，我打断你的腿。"傍晚的时候，我在塘埂上洗脚，看见父亲帮大队书记家挑稻子，我就更瞧不起他了！大队书记有一个离了婚的妹妹，村里人传言父亲对她有那么一点意思，想跟人家好。

但这次我错怪了父亲。大队书记有一个亲戚是省城某报社的记者，父亲是想托他帮忙，让我跟着他学习采访。后来，我从以前的语文老师那里了解到，我中考落榜时父亲找过他，问我能做点什么事情，老师说，他文笔不错，兴许能当一个记者。

忙完农活后，父亲带着我和两只老母鸡去省城找那个"记者"。"记者"看过我写的一些文章后，摇了摇头说，不好办啊！父亲说，你再想想办法，"记者"说："办法也不是没有，只要你能帮我在你们那儿完成3万元的报纸征订任务，我就让你儿子跟在我后面当记者。"

对于一个偏僻的、没有几个人有读报习惯的小乡镇来说，3万元几乎是一个不可能完成的任务。回来的路上，我说算了吧，我不稀罕当什么记者，他就对我破口大骂："鬼混，你就继续混下去吧！"说着就给我一脚。

父亲开始拿着报纸，到镇上挨家挨户地请求别人订报纸，他一个大字不识的人竟然在别人面前把报纸的内容说得头头是道。

但收效甚微。他只订出了几百块钱的报纸。父亲把家里能卖的东西都卖了，然后东借西凑，凑齐了3万元。那一年，每到月末，家里的桌子上都堆满了相同的报纸。

我终于可以跟在"记者"后面采访了。进了报社后才发现，其实他根本就不是什么记者，是报社临时聘用的一个编外人员，以拉广告、搞发行为主。

在省城混了两年后，我回家了，两年中我什么也没有学到。父亲就让我参加自学考试。我说："我就跟你一样，种地吧。"父亲抡起手掌来打我，我一抬手就接住了，父亲就愣在那里："你翅膀硬了，敢还手了？"他再抬手，我说："我学还不行吗？"那一刻，我发现眼前的他已经不如以前健壮了，他的手都有点枯槁的迹象了。

我在省城打算和别人合伙投资办公司的时候向他借钱，他死活不愿意，说："我一个种庄稼的，攒下的那点钱是用来防老的。你别打我的主意。"我前脚一走，他后脚就把钱拿去放贷了，我气得不行。

我买房子的时候，他托人送来了3万多块钱。来人说："这是你付钱放贷的钱，连本带利都在这里了。当初放给我的时候，他就说这是留给你买房子的，谁都不能动，好歹我以两头黄牛作抵押，他才给我的……"

我一时无语。

我结婚时，婚礼基本上是老婆的家人帮着筹备的。结婚的那天，父亲是最迟一个到的，背着一麻袋的蔬菜、猪肉和香油。他说来早了，也帮不了什么忙，反倒会碍事。婚礼宴席上，父亲是要上台讲话的，他哆嗦着双手，把话筒拿得老远，现场很吵，他又不会说普通话，没有人听清他说的是什么，只有离他很近的我听清了。他说："娃的翅膀被我打折过啊，我对不住他。"这是20多年来，我第一次听父亲对我说软话，我的眼泪一下子就冲出了眼眶。

我终于明白了父亲的苦衷，在那个艰难岁月里，没有了爱人的他肩负着生存和抚养孩子的双重压力，他将爱深深地沉入了心底。

江 心 有 爱

学校又要交高考辅导资料和模拟试卷费了，100多元钱，这对他来说，已经是不能承受之重了。

不交钱就意味着拿不到辅导资料，无法同步跟上老师的复习计划，更不能参加高考前至关重要的模拟考试。

唯一的办法只能求助于家里，他让回去的同学顺带着去自己家一趟，把交钱的重要性说明白，争取让父亲把钱带过来。

很快，同学回来了。父亲给他带来的不是钱，而是一张皱巴巴的小字条，歪歪扭扭的几排字，大意是，让他再等个把月，自己已经找到一个赚钱的好门路了。

父亲的这些安慰，他都快听出老茧来了，已经引不起他一丁点的兴奋了，相反却是极端的厌恶和不满。一直以来，贫困就像一道驱之不去的魔咒，始终笼罩着他——从小学到初中，再到现在的高中，一路过来的各种学杂费，他从来都没按时上交过，为此，他甚至开始讨厌起父亲，为什么一个堂堂男人连儿子的学费都挣不来？

他去了校长室，求了半天，学校才答应让他缓交这笔费用。

父亲是一个勤劳且老实巴交的人，曾做过很多活、揽过无数工，可是一年忙到头，还是挣不来几个钱。后来父亲还不小心在做活时弄瞎了一只眼睛，自那以后，家里就更加拮据了。

一个多月后，他决定回家去要钱，学校已经找他谈了好几次话，他从班主任委婉的话语中听出校方的意思——怕学校替他垫上的那些资料费都打水漂。

回家要过江，需坐十几分钟的渡轮。那天，过江的人很多，渡轮上挤满了人，他找了一个视野不错的位置站定，这是一条狭窄的细长江面，蜿蜒于两岸秀美的崇山峻岭之中，此时正值万物吐绿、百花艳丽的春天，风景甚是美丽，可他却一点也高兴不起来。

有一条游轮从远处慢慢驶来，朝渡轮发出避让的鸣笛声，这是这段江面上每天都要发生的一幕——无数乘游轮的旅游者们都会在经过此地时，放慢脚步，以便于饱览两岸的美丽风景。

此时，游轮上的游客们在兴奋地拍照留影，几分钟之后，他突然看见一只小船，更准确地说是一条农村过年用来宰杀年猪的"杀猪盘"，朝游轮迅速靠过去，"杀猪盘"里坐着一个人，虽然游轮的速度不是很快，但它船舷两边的水流依然很湍急，此时江心的波浪也很大，"杀猪盘"刚一靠近，就差点被游轮带起的波浪掀翻，包括他在内的所有人都替"杀猪盘"里的人捏一把汗，这可是深不见底的长江江心呀，一旦落水后果不堪设想。

但那个人似乎没有意识到近在咫尺的危险，而是奋不顾身地一边使劲划动手中的桨，极力在起伏的波浪中保持平衡，一边熟练地从"杀猪盘"里取出一条软梯，瞅准时机，使劲朝游船的甲板上扔去，反复几次，他终于成功了——将软梯架设在"杀猪盘"与游轮之间，顺着软梯，那人背着一个大包爬上了游轮。

之后，他开始从身后的包里掏出矿泉水、茶叶、瓜子、火腿肠……原来，他是一个在江面兜售小商品的"货郎"。

汽渡上有经常来往于两岸的人，说那个"货郎"是一个不要命的老头，胆子大得惊人，好几次要么不慎从软梯上摔下来，要么被大浪掀翻落入江中，要不是游轮上的水上警察及时施救，他早就葬身江中了。可是活过来的他，还是继续干这活，像小说里的海盗似的，神出鬼没。

又有人说，利欲攻心嘛，要钱就不要命，但真还能赚一些钱，因为来往这里的游轮一般都是从上游下来的，好几天都不靠岸，游客们都需要食物和水，而游轮上的物品要比"货郎"卖得贵好几倍，谁不愿意买？

说话间，那个"货郎"已经做成了几笔生意。下了游轮后，他又开始寻找下一个目标。此时，渡轮已经与"杀猪盘"很近了，他大致可以看清"货郎"——那是一个似曾相识的身影。当"货郎"转过脸来，计划着朝渡轮上的人推销商品时，他看到了一只令他震惊的眼睛——瞎的。

天呀，他居然是父亲。原来，父亲上次说的赚钱的好门路居然是冒着生命危险在江面上当"货郎"。

但他不敢朝父亲喊，他怕这一喊会让父亲乱了阵脚——在这波涛汹涌的凶险江心，父亲是无论如何不能乱了阵脚的。他侧过脸，躲进人群中，不想让父亲认出他来。可他的眼泪，却在刹那间无法控制地奔涌出来。

爱是一座静候的小站

自从父亲离开人世后，他就很少再回家了，尤其是近些年。偶尔，他也会想起那个独自待在家里，孤单且寂寞的继母，只是，他一直不习惯与继母独处，他不知道该和继母说些什么。

他6岁时，父亲以感情不和，和母亲离了婚，受到挫折的母亲很快就去世了。

而父亲又给他娶回了一个继母。继母比母亲年轻漂亮很多，且更会讨好父亲。这一切让他觉得，继母就是导致父母离婚乃至母亲死去的罪魁祸首，因此，他开始对继母充满了怨恨，尽管继母一直对他都很好。

更糟糕的是，一年多后，继母又生了一个漂亮的妹妹，他心中的怨恨就更深了。虽然逐渐长大的妹妹总是跟在他身后，甜甜地哥哥长哥哥短地叫，但还是驱除不了他心头对继母和妹妹的怨恨与偏见，他总试图报复。

终于，有一天，妹妹在和他一起玩耍的时候，不慎掉进了一个废弃的水井里，当时只要他开口叫人，妹妹是完全可以被救出来的。但，他迟疑了，心想，就让她在井里多喝几口水吧，然后再叫人把她救上来，好泄自己心头之恨。这么一想，他就先跑到一边玩去了，这一玩就把妹妹还在井里等人救的事给忘个精光了。等到继母问他妹妹在哪里时，他才惊出一身冷汗。

面对妹妹紧闭的眼睛和僵硬的身体，继母只是一个劲儿地哭，全然忘了责骂他，这让他一下子内疚了起来，他在心里想，快哭吧，哭好了，就骂我一顿或打我一顿，那样就两清了。

可是，哭后的继母还是没有责备他的意思，这让他的内疚感更强烈了。到后来，他的这种内疚感又转化为希望继母再生一个，那样的话，他就有了将功补过的机会，他一定会好好待下一个妹妹或弟弟。但是，继母一直没有再生。

失去亲生女儿的继母，一如既往地操持着家务，只是，对他既不太冷也不太热，他对继母亦是。他和继母，只有父亲在的时候，才会偶尔彼此说上几句不冷不热的话。

日子就在这种不冷不热的气氛中进行着。后来，他考上大学，走上社会，远离了父亲和继母。见得少了，自然也就不用在情感上顾虑太多。他想，只要父亲在，他和继母就不会有太多的纠葛和情感上的变迁。

可没想到的是，父亲突然患上了癌症，父亲咽下最后一口气时，他正在往家里赶的路上。关于父亲临终前交代了些什么，他一点都不知道。办完父亲的后事，同族的一个堂叔把他拉到一边说，你父亲死时最不放心的就是你继母，他说，自己在的时候，你看在他的面子上，待继母还可以，他这一走，就保不准……他知道父亲的意思，是要他待继母好一点。

为了让泉下的父亲心安，他也有意地向继母示好，更何况，他对继母也有很大的愧疚。虽然很少回去，但他也会隔三岔五地给继母寄些钱，一年也会打上好几次电话，虽然通话很程序化、很简单，但都做过了。要不是这次公司临时派他南下出差，火车正好要在他家附近的一个小站停靠5分钟，他可能很难会想起这么多的往事。

小站越来越近了，他的心一下子敏感了起来。以前每次回家，父亲都会带着继母早早地站在站台上等他。每次走时，父亲和继母也同样会站在站台上，朝他使劲挥手。以前，他不在乎他们接送，尤其是继母。可今天不一样了，父亲没了，继母也不可能在。

他突然很想继母。继母也是母亲呀，继母在，他就不是一个没有母亲的孩子……火车就在他的这种复杂思绪中，在小站戛然停下，他推开窗户，想朝外看看。

这是寒冬腊月的清晨四五点，长长的站台上，除了执勤的铁路交警，没有一个人，显得冷清而寂静，这让他更加伤感，他与故乡匆匆相遇，却又是这般凄凉冷清。没有熟悉的亲人，也没有阳光的喧哗。

他在心里重重地叹了一口气，然后打算将视线收回，可就在这时，他突然看见前面的站台上，来了一个推着流动售货车的老妇人，她一边推着车，一边挨个敲乘客的窗口，以此来兜售车上的食品，老妇人的头被一块厚实的毛巾包裹着，显得非常孱弱。因为没有戴手套，她推车的双手被冻得通红、发肿。

买东西的人很少，因此，那老妇人很快就来到他的窗口前。就在他和老妇人对视的一刹那，他惊呆了，她居然是自己的继母！她怎么会变成这个样子？她又是何时在小站当起了小商贩？

与此同时，继母也很快认出了他，她情不自禁地说了一句："我在这里卖了4年多的货，天天想看我儿，今天，今天真看到了……"

还没有等他回应继母的话，火车已经开始缓缓启动了，此时的继母也一下子慌了，不再说话，而是拼命地朝他手里塞矿泉水、饼干、鸡爪、方便面，一边塞，一边推着车跟着火车跑。

可火车还是跑起来，弱小的继母很快就被甩开了，再也看不见了。就在那一刹那，他所有的矜持和自尊轰然倒塌——他把头伸出窗外，朝继母的方向，大声地喊着："妈——妈！"

爸爸哪儿去了

男孩原本是个健康正常的孩子。但是，一场大病夺去了他宝贵的视力，男孩从此失明了。那年，男孩才6岁，正值一个少年最天真烂漫、无忧无虑的年龄，而他从此只能与黑漆漆的世界为伴。

男孩的父母为此不知道哭过了多少个昼夜，但是，事实终归是事实，一切办法都无法挽回孩子的光明了。夫妻俩经过了多少个昼夜的思索后，终于释然了，接受了现实。他们想，既然孩子已经失去了光明，就不能再让孩子失去了快乐。于是，他们挖空心思给孩子找乐儿，最后，还是母亲想到了孩子的心坎里——弹弓！

"对啊！我怎么没有想到……"父亲话说到半截，便呜咽起来，"可是，眼前这情况，让我们孩子怎么玩？他已经完全看不见了……"

"没事啊，亲爱的，别伤心，我们可以慢慢帮他啊。"母亲赶紧笑着把话题绕开。

于是，每到双休日的下午，户外的草坪上总会出现一家三口的身影。

那是一片绿油油的草坪，男孩就在这样一个充满生机的地方找回了自己的快乐。在母亲的指导下，男孩裹好石子，拉满了弹弓。前面10米开外的地方就是一个啤酒瓶子，男孩紧握的弹囊一松手，"子弹"就嗖地射了出去。开始，男孩怎么也打不中，所以，不免有一阵大哭大叫。男孩失明以前是伙伴们心中公认的"神枪手"，他玩弹弓几乎是百发百中！但是，男孩没有了视力，连瞄准都要靠母亲帮助。

开始那几天，男孩痛苦极了，幸亏有母亲在旁边开导："孩子，相信自己，你一定能行的！只要你朝着正前方自己心中的目标射击就行了，别考虑太多！"

男孩听从了母亲的话，一次、两次、三次，四次——哗啦——男孩欢呼雀跃，他高兴极了，他竟然射中了！"妈妈，我成功了！"孩子激动地说。此刻妈妈的眼中，泪水已经夺眶而出。

从此以后，每逢双休日，男孩总会准时去到草坪上玩弹弓，他的成绩逐渐上升，最重要的是，男孩从此以后恢复了往日的自信，变得开朗多了！

又逢双休日，男孩的弹弓射击技术越来越高超了，他几乎也恢复了昔日的光彩，能够达到百发百中了！那天下午，男孩拉弓，射击——一口气射碎了20个瓶子。这时候的他突然发觉，每次来玩，都是妈妈陪着他。"妈妈，爸爸哪儿去了？为什么每次都不来陪咱们？"孩子奇怪地问。

男孩的母亲强压住心中的酸楚，含着泪却不敢哭出声来，她对儿子说："孩子，爸爸工作忙，所以只能妈妈陪你来了，但是，你的进步爸爸都知道，放心吧！"

"双休日爸爸还要工作吗？"男孩继续追问。

母亲的泪簌簌地从脸上滚落下来，直滴到碧绿的青草上。男孩哪里知道，他每次玩弹弓，父亲都在啊！父亲的任务就是拿着一只锤子，在儿子子弹的正前方配音——玻璃破碎的声音！

这就是男孩的父亲，他时不时还要忍受男孩射过来的"子弹"的袭击，那可是结结实实的石子啊！男孩每次拉的都是满弓！父亲只能穿上了厚厚的棉衣，哪怕是炎热的夏天，头上还要戴上帽子，连头盔都不敢戴，因为，他怕异常的击中声音会让自己露馅儿！

这就是我们的父母亲，他们无时无刻不在我们身上播种着至诚至深的爱，有时候，尽管我们看不见，但正是那些看不见的爱，才是这个世界上最动人的风景！

其实，年轻的生命岁月里，我们很多人都曾经"失明"过，在我们看不见的地方，就站着我们的父母亲，他们在那里为我们引路！

父母要有两颗心

41岁时，她带着两个儿子和一个女儿离开上海去了以色列，开始在那里艰难谋生。为了养家糊口，她想到做中国的传统美食春卷，然后卖给当地人，每个春卷能赚7毛钱。

然而，和面、包皮、煎炸，然后站在寒风凛冽的街头兜售，一切都是第一次，对她来说都是挑战。她跟3个孩子说："现在我们的处境很糟糕，你们看该怎么办，才有可能走出这个困境？"3个孩子，虽然其中最大的也才只有12岁，但却因为母亲的信任和求助，没有游离于困境之外，而是积极地与母亲同舟共济，一同参与到卖春卷的生意之中，用稚嫩的小手帮着妈妈迎战生活。

晚上，当菜市场的摊主都打算收摊时，3个孩子便开始一个摊位一个摊位去收购摊主卖剩下来的菜，因为价格可以便宜很多。然后，他们将收购来的剩菜，一筐筐地往家里提。因为力气小，3个人只好采取"游击战"，先合力提回去一筐。放下，再去提另一筐，如此反复。他们跑到妈妈的跟前，告诉她："妈妈，这样成本会低一点。"

后来，大儿子发现中国的许多生活用品和民族特色产品在以色列很受欢迎，于是便通过快递的方式，从中国进货，然后卖给以色列人，赚取中间的差价。

为了让孩子们从小树立自立自强的品质，她从没有向邻居借过一滴油、一勺盐、一粒米，家里的东西用完了、忘了买，一家人就没得吃，就饿一餐。

等两个儿子都当完兵后，她把3个孩子叫到面前，说，现在你们要承诺在几年后每人送一样东西给我，而且是能放在我手上的。孩子们都很聪明，知道母亲的言外之意。大儿子说，我会放一把房门钥匙；二儿子说，我会放一把车钥匙；小女儿说，我还赚不了大钱，我会放一把首饰盒的钥匙。

为了兑现对母亲的承诺，几个孩子开始拼命地努力。几年后，在以色列钻石交易所上班的大儿子给她买了一块劳力士金表，并在上海浦东给她买了一套房子；而自己开了一家跨国公司的二儿子则给她买了一辆豪华汽车；还在读大学的小女儿，则靠着自己课余打工赚来的钱为她买一串串首饰。

现在，她的两个儿子都已经是千万富豪，然而更让她高兴的是，孩子们都很节俭，为了不费袜子，大儿子在卫生间里贴着一张纸条：不要忘记定时剪指甲。每次出门前，二儿子都要自己带上一瓶水，然后对她说，妈妈帮我做一块三明治吧。一个千万富豪，却从来不在外面吃饭，做母亲的她感到无比欣慰。

不错，她就是犹太后裔沙拉女士，一个流着犹太血统的中国妈妈！20世纪初，为躲避德国纳粹的残害，沙拉的父亲来到中国上海，之后生下了她。1991年中国和以色列正式建交，就是在这一年，41岁的沙拉去了以色列，作为第一个从中国去以色列的犹太移民，她的自立自强被看成是中国女性的典范，被以色列的各大报纸电视都争相报道。而当重回到中国时，许多媒体则对她的教育方式有着浓厚的兴趣，都想问一问其中的秘诀，而她的回答却是："没有秘诀，因为我懂得在孩子面前示弱和索要！父母必须要有这两颗心！"沙拉说："中国父母给予孩子的爱，不是太少了，而是太多了，不忍心让他们从小体验生活的艰难，也不懂得在适时时向他们索要，因此最终导致子女们一辈子艰难，一辈子地朝他们索要！"

父 子 游 戏

20岁生日那天，他向父亲开口："我想要一辆车，没有车，太掉价了。"父亲皱了皱眉头，这次，他并没有像以往那样有求必应："我最近手头有点紧，不过，我有一个朋友在电视台当导演，听说他们那里有一档'真人秀'节目，如果我们去参加，就能获得10万元的现金奖励，那时你就可以买车了。"

起初，他并不情愿，但10万元的诱惑实在太大了。他犹豫了一会儿，还是点头答应了。

"真人秀"短剧的要求是，他扮演一个自谋生路的"儿子"，不仅要养活自己，还要养活生病住院的"父亲"。而且，如果"父亲"的病一旦严重的话，他还将背负更大的经济压力。如果失败，自然也就无法得到奖金。而且，他的一切行动都将在摄像机的全程跟踪拍摄下进行，不得有半点弄虚作假。

他和电视台签了合同后，游戏就正式开始了。第一天，他给父亲带去的饭菜都是从外面买回来的，两个人第一天就花去了100多元，父亲对他说："照这样下去，后面的日子怎么过？"

于是，第二天，他给父亲带来了一小碗咸菜和两块烧饼："今天省了吧，瞧，才花了两块多！"节目组的工作人员马上警告他："这样不行，你怎么能用这样的伙食打发一个病人呢，更何况他还是你父亲！"

无奈之下，从第三天起，他只得开始学着自己买菜做饭，可是，他做出来的饭菜特别糟糕，简直让人无法下咽。

一周后，更严峻的问题出现了，他手里只剩下100元，而此时节目组又突然告知他："父亲'病情'突然恶化，急需一大笔钱治疗。"

他明知道这是节目组在故意刁难他，却也无可奈何。而父亲也警告他："你得赶快进入角色，否则奖金就泡汤了，你演得还不如我这个'配角'，你看我演得多逼真！"他瞧了父亲一眼，父亲脸色都有点煞白了，还真像那么回事！

节目组催命似的要钱，让他不得不开始四处寻找商机。最后，他终于从日常买菜中受到了启发，他发现社会上有很多空巢老人、上班族和一些腿脚不灵活的人，他们每天买菜都非常不方便，如果有人能把菜送到他们家门口，肯定能赚一笔。

灵感很快付诸实践，他在网上开了一家蔬菜超市，顾客只要一个电话，他就将新鲜的蔬菜食品送到顾客家门口。

他的网上蔬菜超市一开张就大受欢迎，他开始每天忙着进货、管理网站、接订单、送货上门，累得都快散了架。但当一天工作结束后，他陪父亲在医院看节目组回放视频时，他就又来劲了，兴奋地对着电脑给父亲一一讲解，心中满是成就感，他没想到自己居然这么能干！

超市生意越来越火了，他又雇了两个人。但此时离约定的4个月期限也越来越近了，游戏很快就要结束。他本以为自己会很高兴，但想起那些天天在家里等他送菜的大爷大妈，以及那些行动不便的残疾人，他竟生出了许多牵挂。

忙完了最后一天，他带着赚来的2000元，朝医院飞奔而去。因为一直忙于工作，他已经有10多天没有去看父亲了。现在他成功了，他将获得10万元的奖金！

然而迎接他的却是一张空空的病床，护士告诉他，父亲已经被转移到太平间里去了，正等着他签字火化。他转身问节目组："我们不是在玩一场游戏吗？这场游戏还有这个环节？"

"对你也许只是一场游戏，而对你父亲，却是他人生的最后一场大戏！"在长长的、冰冷的走廊，他知道了所有的真相："早在半年前，你父亲就患了癌症，他唯一不放心的是自己走后，无所事事的儿子将怎么面对一个人的生活，怎样活下去。左思右想，他才想出了这个办法，他找到电视台……本来你父亲只有3个月的时间，结果他却多坚持了20多天……"

打开父亲生前留给他的最后一段视频，他看到父亲笑着说："孩子，你从小就没妈，所以我一直都宠你、纵容你。可以说，是我的富有害了你，但好在这一切已经成为过去。爸给你留了10万元存款，是对你出色表现的褒奖，剩下的钱我都捐了出去，因为爸知道，留给你的越少，你就会越强大。最后，请原谅我的不辞而别……"

原来，父亲用自己最后的力气，重新把他推到了人生的舞台上。

狠 狠 爱

学校离家只有500米的距离，可就是这短短的500米，对她来说，却是布满艰难和荆棘的万水千山。因为双脚有严重残疾，9岁的她，不能像其他的孩子一样蹦蹦跳跳地去上学，就连稳稳当当地走都不行，她的脚踝处有明显的扭曲变形，脚掌根本着不了地，因此，身体的重量几乎都压在脚的外侧，每挪一步，她都晃晃悠悠。

好在出门就是一条小巷，路的两边各有一堵墙，她用一双小手使劲地扒扶着墙，艰难地一点点借力，一步步地向前挪，慢得出奇，不一会儿，汗水便从她身上的各个部位渗出。

短短的一条巷子，她不知用了多长时间才勉强算是通过，总算大汗淋漓地挪到路口，学校就近在咫尺。可接下来的路，再也没有任何可扒扶和借力的东西了。之前，她曾试着歪歪扭扭地蹭过去，可事实上，那不是蹭，而是摔，一路跌跌撞撞地摔过去的，全身青一块，紫一块，有了那一次经历后，她害怕了，再也不敢了……

她坐在地上，低头小声呜咽，乞求路人的帮助。

这一幕看着让人揪心，终于有人过来帮忙了，把她抱了起来，打算送她到学校，毕竟只是举手之劳。可就在这时，一个面目狰狞的女人突然冲了上来，怒气冲冲地从路人的怀中，将她夺了下来。然后，"啪"的一声，狠狠地将她扔在地上，大声地怒吼道："自己走过去！"

所有人都被女人的这个突然举动给吓呆了。她也在一边开始大声哭泣，并且不愿意挪步，显然，她觉得眼前的这个女人对她太过凶狠和无情了。

她的哭泣和不听从，引来女人更大的愤怒，她开始对她下狠手，使劲地推打她，一边打，一边怒责道："每天都等待别人的可怜，你不觉得耻辱吗？每次都等待别人的帮助，你不觉得羞愧吗？你脚有残疾，难道心也有残疾吗？！"

没有人怀疑，女人就是她的母亲，因为，也只有母亲，才敢对她这个残疾的可怜人下如此重的手。

痛，身体痛，心上痛，她啜泣着。随后，一边哭喊着，一边慢慢朝学校爬去，为了躲开母亲的推打。可是，这却招来了母亲更大的不满，母亲将她狠狠地拽了起来，怒吼道："你是人吗？是人就得直立行走，只有动物才在地上爬，给我堂堂正正地走过去！"

直立行走，堂堂正正地走过去，对于她，该是多难呀！但是母亲完全不顾这些，在母亲的一声声怒斥下，在接连摔倒过14次后，她终于直立"走"进了学校……

此时，站在她身后的母亲，泪如雨下。

此后，她再也不坐在路上等待别人的帮扶了，与此同时，她宁可一次次地摔倒，也不愿意爬着去上学。因为母亲告诉过她，别人只能扶你一次，却不能永远扶着你。

9年前，母亲因为耳瘤手术失败造成面部神经受挫，扭曲得吓人，几乎是在同时，又遭遇了难产，错过剖腹产的时间条件，她最后被仪器硬吸出来。早产儿往往容易发生脑瘫痪，她成了不幸的孩子，医生的权威诊断是，她患上的是"马蹄内翻足"，不发生奇迹的话，今生只能爬着走。

那一刻，母亲伤心欲绝，母亲把她带到这个世界，却没有能给她一个健康的身体。

为了帮她治病，母亲帮人烧过锅炉，刷过盘子，甚至在工地上当过力工，只要有人雇她，什么累活脏活她都愿意干。

可是她的病情却一点不见好转，十几年来，母亲见到最多的、最熟悉的，是女儿的无能和无助，以及别人的同情和怜悯。而这正是她最不能接受的，不能让孩子活在别人异样的眼光里！这个歪嘴、歪脖子的母亲，再也不愿意让女儿就这样一辈子，像叫花子一样，乞求外人对她的帮助。

从那一刻起，母亲不再以泪洗面，不再低眉顺眼，她开始对她发起了狠，虽然残疾，但女儿的人生大幕才刚刚开启，谁又能保证未来不会发生转机呢，难道仅仅因为医生的一句话就给女儿定了型？母亲要让她知道，虽然她们的世界一穷二白，但至少还有坚强，有坚强就会有奇迹！

母亲开始逼迫她坚强，抛下所有的柔情对她拳脚相加。为此，她吃尽了苦头，但却慢慢掌握了坚强。

每天都要跌无数的跟头，在长长的5年后，她到14岁时，奇迹发生了，她居然真的能直立行走了，虽然还不是那么稳健，虽然偶尔还会摔一个小跟头，但较之以前已经是有天壤之别了！而人生之路还长，谁又能保证更大的天壤之别不会再次等着她呢？

她和她的母亲无疑都是幸福和奇迹的最终赢家。而她亦在泪水和感激中明白，原来，母亲一直以来对她最狠心、最无情的"虐待"，是为了帮助她对抗和纠正命运对她的不公啊！寒微、丑陋的母亲，从来都是心疼她的！

负薪酬背后的秘密

詹姆斯·麦克格里威先生是超市里刚刚招聘来的服务生，他已经50多岁了，超市的装卸与摆放工作已远远超出了他的体力负荷，在紧张而繁忙的工作节奏下，他甚至略显笨拙。但是，超市老板还是把他留了下来，因为他的佣金最低，低到每天只需10美元。

第一天上班，詹姆斯先生就非常努力，他负责把一整车袋装的麦片扛到超市的仓库里，然后码好，做好登记。但是，第二天一早，上班不到两个小时，超市老板就把他叫到了办公室，要解聘他，因为他在超市的商品后面贴上了一些不相干的小广告，这一举动引起了许多顾客的不满。要把这些小广告从商品的后面撕下来需要花费很长时间，詹姆斯先生总是把这些广告粘得很牢。

听到老板要解雇自己，詹姆斯先生万分紧张，他再三央求老板，再给他一次机会，哪怕自己可以不要工钱！老板是个吝啬鬼，一听说不需要工钱就再没有说什么，连忙吩咐詹姆斯先生干活去了。

一切如旧，詹姆斯先生隔三岔五地被老板叫到办公室，每一次，老板都要炒他鱿鱼，但是每次都没有炒成，因为，詹姆斯先生留在超市的薪酬已由不需要一分钱，变成了每个月支付超市100美元。

詹姆斯先生在商品上粘贴小广告是有选择性的，他只选择在麦片、薯条和巧克力的后面粘贴，小广告的尺寸也在不断变化，广告语也层出不穷。这些广告，让许多顾客耳熟能详。

许多人都讥笑詹姆斯先生是个十足的傻瓜，竟然倒贴钱在超市打工，超市老板也异常纳闷，老板心想，詹姆斯这个老家伙竟然愿意倒贴钱也要待在我的店里，不会是想传播什么不良信息吧？于是，超市老板连忙央人把詹姆斯先生粘贴在商品后面的小广告拿下来看。这一看，竟然把铁石心肠的超市老板感动得泪如雨下。

尊敬的顾客：

您好！

实在是冒犯了，我有一个18岁的女儿，到新泽西州来旅游，3个月未归，她走丢了。她喜欢吃麦片、薯条和巧克力，如果您也想让她像您一样享受这些美味，那么，请您一定要帮助我（另附爱女露丝的照片）。

詹姆斯·麦克格里威

这是一个发生在美国新泽西州的真实的故事，后来，詹姆斯·麦克格里威终于找到了自己的女儿，就在那家超市。在解除雇佣关系那天，老板以多出一般员工10倍的钱付给了詹姆斯先生薪酬，但是被詹姆斯先生回绝了，因为他不需要这些钱，他是一位身家1000多万美元的富有的企业家！

父亲播种下的禅

大约是我10岁的那年，有一次，我去住在县城的姑妈家玩，有生以来第一次发现许多城里人喜欢钓鱼，而且收获颇丰。我觉得很新鲜，也很神奇，于是，一直待在钓鱼人身边看，不舍得走。从姑妈家回来后，我便嚷着自己也要钓鱼。我家门口就有一个大池塘，里面有不少杂鱼，但从来没有人钓过，我想肯定能钓到。

可是，钓鱼首先得有钓竿呀，村里人有一户人家养了一大片竹林，里面一根根竹子便是最好的钓竿。但我天生胆子小，那户人家脾气又大，因此我不敢去要。父亲知道后，问我是不是真想去钓鱼，而且是不是确信能钓到。为了达到自己的目的，我不假思索地把头点得很干脆。父亲说，那好吧，然后就拿起一把镰刀，去问人家要竹竿去了。我听见父亲跟人家说，要一根竹子，给孩子钓鱼。种竹子的人大笑，一根竹子就能钓到鱼？我活这么大还是头一回听到。他说话我一点都不奇怪，因为我们村里人从来都没有人钓过鱼，根本就不知道钓鱼是怎么回事。

竹竿要到后，我把家里的缝衣针改造成鱼钩，之后便开始蹲在塘边钓鱼了。可是，半天下来，居然没有一条鱼上钩。路过塘边的村里的人很多，每次路过，他们都会觉得非常好奇，后来发现我总是钓不到鱼，便开始觉得我在异想天开，傻到家了，想靠一根针和一根竹竿就能抓到鱼，有人大声说道："你要是能钓到鱼，我就把它买下来生吃了！"

第一天下来，我一无所获，气急败坏的我打算第二天不干了。父亲知道后，对我说："你再钓一上午吧，兴许能钓到，你不是说姑妈家那有人钓到吗？"我说："对呀。"于是第二天便又蹲到池塘边了。结果，我果然钓到一条大鱼，全村一片哗然，接着便有几个孩子跟着我学钓鱼，种竹人家的竹子也被人砍走了不少。

我不知道当年父亲为什么能那么信任我，答应我提出的要求，并且鼓励我再坚持一天。我想，父亲肯定是想教会我一个道理，那就是看准的事情，就不要轻易动摇，要去坚持，坚持到让一切嘲笑停止。

还是关于我、鱼和父亲的故事——每年，当我们村子的那口池塘的水干涸到只有半人高的时候，全村的男女老少都会拿着网、罩等各类捕鱼工具，纷纷下水捞鱼。他们先是把水搅浑，迫使里面的鱼纷纷浮出水面来，人便可趁机将它们捞上来。这是一个竞争很激烈的活动，谁家下水的人多、动作快，谁家的收获就大。因此每到这个时候，几乎家家户户都有好几个成年主力下水，满池塘里站着的都是人。而我家因为渔具不足，只能容父亲或母亲一个人下水去捞。我却偏嚷着要去，父亲二话没说就把网让给我，而自己则只能徒手去摸鱼。这简直是一个惊喜，因为除我之外，没有孩子能下到塘里的。

但是因为我年幼，动作又慢，而且不能到深水处，因此只捞到了很少很小的几条鱼。母亲一看，急了，大声对父亲说："把网拿过去呀，鱼都被人捞完了，你还在那儿瞎摸什么？他一个孩子，你让他在瞎鼓捣什么？"父亲笑着回答说："一样的。"

结果，当天我们家捞到的鱼是全村最少的，但是我却是全村二三十个差不多大的孩子中，最快乐、最骄傲的一个。因为我是唯一能下水捞鱼的，虽然我甚至因为挡住别人的路，好几次被人撞倒在池塘中，喝了好几口浑浊的水。

晚上，母亲埋怨父亲，父亲回答道："能让孩子获得参与的欢乐，不远比多捞几斤鱼意义更大？"当年我才8岁，却牢牢记住了父亲的这句话。

我想，即便那天我一条鱼也捞不到，我也依然是第一，因为我是同龄人中第一个下水的，第一个因为参与而感到快乐的人，是父亲成全了我。

记忆中的这两件事，是父亲在我心灵里播下的禅，多年后再品起来，还是非常感谢父亲的爱的教育。

那个送冰的男人

他是一个专门给剧组送冰的男人。三伏天拍冬天的戏，演员浑身都要裹上大棉袄，那叫一个热啊！这份热，倒是很合男人的心意，他可以去送冰，然后换一些钱来养家。

太阳的毒烈程度无异于贴着脸放一只煤球，男人的脸上汗流成河，衬衫也紧贴在身上。男人每次到剧组总会裹挟着一股刺鼻的汗臭，这味道令许多明星十分反感。但是，男人哪里看得出这些，每次去剧组，他都要发呆一阵子。男人的眼睛直勾勾地看着演员们一遍遍地拍摄，一句句地对台词，直到工作人员催他，他才恋恋不舍地离开。

剧组的人都笑他，都快50岁的人了还这么追星，也不看看自己的生活处境，这不是撑死眼睛饿死嘴巴吗？

男人也知道很多人在笑他，他依然故我，下次再来送冰的时候依然站在角落里傻呆呆地看演员们拍戏。那股子傻劲儿，已经远远超出了看热闹的境界，几近幻想重重，甚至可以说是想入非非。

男人给剧组送了3个月的冰，直到夏天渐渐远走，剧组不再喊他过来了，他仍然坚持过来看看，并央求制片人说他要带着他的孩子来看。制片人一口回绝了，戏正在拍摄中，万一泄了密谁负责？

他盯着制片人不放，并声称愿意退还剧组3个月送冰的所有费用，男人说，他的目的只有一个，就是让儿子知道，只要他努力，也可以像这些演员一样，在自己的生活里扮演属于自己的光鲜照人的角色。

制片人拗不过男人。

男人带着自己的儿子来了，准确地说，是推着儿子来的——他的儿子是一个先天残疾的孩子。这出乎了剧组所有人的意料，谁也不会想到，一个身材如此壮硕的男人竟然会有一个残疾的孩子。

男人一边推着儿子，一边介绍，这个是摄像机，那个是镁光灯，那个是麦克风……并一一介绍它们的用途。谁也不知道男人都是什么时候听来的这些，3个月的时间竟然懂了这么多。

也可能是眼前这对父子感动了制片人，制片人邀请他的儿子来客串剧中一个角色。这个角色是吧台服务员，任务其实很简单，不需要出柜台，只是拿一瓶红酒递给客人就好了。

男人的儿子高兴极了，尽管那场戏男孩只是客串，但是，他演得很卖力。男孩给客人拿酒的时候，脸上散发着迷人的笑，那笑，是带着无限希望的笑。

那个下午，夕阳西下，男人推着自己的儿子走进了金色的夕阳深处，整个剧组都陷入一种莫名的沉静。这个送冰的男人，原来心里如此温暖。

这部剧杀青的时候，导演在序幕部分加上了特别推荐一栏，上面赫然写着男人儿子的名字。

一年后，剧组的制片人收到了男人邮来的包裹，是一盘录音带。里面有汩汩如流水般的钢琴声，男人说，他的儿子开始学弹钢琴了，他自己也找到了新的工作，挣的钱足够儿子学琴。他特别感谢剧组给他和儿子的那次机会，让儿子从抑郁中挣脱出来，重新回到了阳光明媚的生活中。

男人的胆量

男人的胆量的确是一个令人捉摸不透的东西。但是，我觉得根据年龄的不同，大致可呈以下走向：从少年懵懂到年轻气盛，是"爬坡"、上升趋势；到了中年，男人的胆量就越发微妙起来，也许他们能在大是大非上保持头脑清醒，但是真正到了一些模棱两可的小事情上，男人往往会明哲保身，逐渐变得"胆小"，甚至可以说是胆量在逐渐"滑坡"；光阴荏苒，男人到了老年，胆量又开始逐渐"饱满"起来，甚至达到天不怕地不怕、毫无顾忌的地步，大有气吞山河的派头。

结婚前，男人都是大胆的；婚后的男人，胆量往往会逐渐"缩水"，那是因为受到妻子的约束；待男人有了孩子，他的生命虽然得到了"复制"，但胆量却小到了极点，由"木瓜"大缩成了一个干瘪的"核桃仁"！因为，"父亲"的称谓于不经意间牵制了他，让他在冲动之前不得不为子女考虑。有人说："在这个世界上，男人是坚强不屈的代表，但是，上帝又不想让男人的情感太单调，所以，上帝创造了父亲这个称谓，也正是因为父亲这个称谓，男人才在强悍的外表下显露出无比温情的一面。"

但是，亦不尽然，从普通男人到一个父亲，往往也能够成就一个男人的胆量！

他是一个胆小的男人，就算是一条蛇，也能把他吓得好半天回不过神来，至于生猛禽兽，那就更不用提了。开始，人们都告诫他，你这般胆小，恐怕日后没有人愿意嫁你。听了这话以后，男人只是波澜不惊地笑笑，一副成竹在胸的样子。果然，男人日后还真娶到了一位如花似玉的妻子，还生了个女儿。按理说，这样的日子应该美满。哪知道，就在女儿即将上小学的当口，妻子却突然提出离婚，理由是男人太懦弱，又挣不到大钱，不会有大出息！

妻子的每一个理由都如钢针一样扎进他的心，他眼含着热泪摁下了鲜红的手印。第二天，妻子就投入了别人的怀里。

女儿哭着喊着要找妈妈，他一边暗骂那个势利的女人，一边在心里埋怨自己是个窝囊废。那天，为了哄女儿开心，他带女儿去了野生动物园。他带女儿看调皮的猴子，看憨态可掬的大熊猫，看五彩斑斓的孔雀开屏……最后，他还带着女儿到高高的天桥上去看老虎。平日里，女儿只在动画片里见到过老虎，今天见到老虎格外高兴，于是趴在栏杆上不住地向下探头。栏杆很滑，男人只顾看虎，却一时间忽略了女儿。女儿哭叫着掉了下去，落到了虎园的草地上。而这个平素胆小如鼠的男人，一时间连想都没想，也跟着跳了下去。然后他抱起草地上的女儿飞速向园门奔去。一只猛虎很快发现了面前可口的猎物，在他们的身后穷追不舍。离虎园的门越来越近，但是，猛虎的血盆大口也越来越近，10米、9米、8米、7米、6米……就在这千钧一发之际，一辆汽车疾驰过来，挡住了凶猛的老虎，为怀抱女儿的男人逃脱虎口争取到了时间。在场的所有人都为男人的勇敢惊叹不已，纷纷问男人："是什么力量让你这么大胆？"男人的回答十分简单："因为她是我女儿，我已经没有了妻子，不能再没有她……"

当晚，当地的电视台以"勇敢的父亲"为题，播发了这则新闻，许多观众都流下了动情的泪水，这其中，也包括男人懊悔不已的前妻。第二天，她就收拾东西离开大款，回到了男人身边。

这就是父爱激发之下的一个男人的胆量，父爱能把懦夫塑造成伟大的勇士，能把昔日的一切嘲讽都沉淀到自信的湖底，并升腾起一朵高贵的莲花，这朵莲花就叫作"勇敢"。

理由很简单，"因为她是我女儿！"女儿出现了危险，作为一个父亲，怎么会回避呢？也无法回避！懦弱的男人平反了！他抱起女儿逃离虎口的每一步，仿佛都有一块懦弱的鳞片从他的身上脱落，直到他身上溢满胜利的光辉。那是勇敢者的光芒，让他作为一个男人义不容辞，作为一个父亲当仁不让！

男人的胆量，在父爱的激发滋养下，山高水长！

你的爱，低到尘埃里

关于你，我总觉得你很落寞。

虽然你整日游手好闲，不务正业，但靠着出租爷爷留下的那一间门面房，日子还是可以勉强凑合着过的。

但说实在的，从一开始，我就不赞成你的那种生活方式，总觉得你应该趁着年轻找点有意义的事情做做，总不能老靠那些房租吧。况且，我，你的林小小，马上就要升高中，将来还要读大学，费用大着呢。可你总不听，并以你是我老子的架势压我，让我闭嘴。

那一年，镇上开始进行大规模的拆违、建设，你的那间糊口的门面房竟然属于违章建筑，连一张产权证都没有。房子被推倒了，你赖以生存的靠山没有了，你成了一个真正的穷光蛋。

我的心竟然第一次有了一种愧疚感，对你。

几天后，我放学回来，看见你拿着锯子、斧子正在拆堂屋里的餐桌。"天呀，你打算出去讨饭吗，连桌子都不要了？"你狠狠地瞪了我一眼："你老子用它们去挣钱，养家糊你的口！"真是笑话，一贯游手好闲的他居然要去挣钱了，谁信？

第二天中午放学的时候，我看见你被一大堆同学包围着，好奇的我走过去一看，惊讶地发现，你居然当起了"小货郎"。你把昨天拆下的桌子改装成了两个简易的小货筐，里面摆放着各种各样的小食品，还有圆珠笔、涂改液等学习用品，你的身上还滑稽地挂着许多女孩子喜欢的小挂件。买你东西的人很多，看来你开业大吉。

晚上，你坐在灯光下，把白天赚来的钱数了又数。每数一遍，都拍一下大腿，兴奋地说："对头，一个子不少！"说真的，当时正在写作业的我挺烦你的，至于吗，那么几个小钱？

我本想像往常一样奚落你一番，但那天我想了想，没有。

我要上高中，而且是县城的重点示范高中，我想，这下我终于可以摆脱你的尾随了，可没想到，你居然也要跟着我去。

"我是要去县城读书的，你跟着去干啥？"

"看着你，不让你这个兔崽子学坏。"

"不当货郎了，谁帮我挣学费？"

"我自有法子，城里挣钱的门路多着呢！"

你所说的门路居然是收垃圾，传统、简单，一点创意都没有。可你却振振有词地说："收垃圾怎么了？只要能挣钱，干什么不是干？"许多小区的门卫不让你进去，你就翻墙头，都差不多一把老骨头了，你还装嫩、装强。结果，有一次你的脚掌被墙头上斜插的玻璃碎片刺得鲜血直流。你却不告诉我，还不去医院，你钱比命大！后来，你居然学会了抽烟，口袋里总放着一两包不赖的烟。你才刚刚温饱，居然就开始享受起来了。唉，能说你什么呢？让我不解的是，你居然能后来居上，打败许多同行前辈，收垃圾的年收入居同行榜首！直到有一天，我听见你的同行在议论你："他呀，舍得花本钱，经常买好烟发给门卫，连中华烟都不含糊！"直到那时，我才知道是自己误会了你。

林小小，考上大学了，北京的大学。

你送我去的学校。出发时，你用手拎着两包很沉的行李。我说，你用扁担挑着就是。你侧过脸对我说："那会被大城市的人瞧不起的。"

大学整整4年，我没有回过家，你也没有来看我。因为我们都知道，路费太贵。

再次见到你，你是被堂哥"绑"过来的，因为，你病了，却一直挺着。你被狗咬了，在镇上的医院注射疫苗后情况好像还是不太好。

事情的起因居然是你非要纠缠在县供电局上班的堂哥给你找个工作，可是你已经那么老了，能做什么呢？无奈之下，堂哥只好给你安排了一个编外抄表的工作，工资少得可怜，工作量却出奇的大，每月都要抄一两千户人家。结果有一次，你被一户人家的狗狠狠咬上了……

尘埃本贱，乡下的尤甚！可是，在这个世界上，还有哪粒尘埃能比你更低贱呢？

你躺在床上，喃喃自语道："小小怎么不叫他老爹过去，跟他说点事呢？"林小小，终于泪湿眼眶了。

这就是一如尘埃的我的父亲，在这个世界上，默默地生存着，用一粒尘埃的力量，努力养活着自己，也养活着我。

甜透岁月的蜂蜜

他出生在一个偏远的小山村，那里落后闭塞，交通状况十分恶劣，就连去一趟最近的小镇，也需要翻越30多千米的山路，整整一天也只是跑个来回。

那时候，他家境贫寒。6岁时，父亲因病不幸撒手人寰，他只有和母亲相依为命。

母亲身体瘦弱矮小，就连摘下山间矮树上的柿子，脚下也要垫上好几块石头。但是，母亲十分坚强，她把所有的忧伤都压在心底，默默地承受这一切。她的肩上始终有一根扁担，一头挑着秧苗，一头挑着儿子，深一脚浅一脚地在山间的梯田里穿行。

母亲很悲伤，认为上天让她失去了丈夫。还好，还有一个活蹦乱跳的儿子，那就是她的希望。

儿子9岁时，突然得了一种怪病，整个人身体发冷，手脚冰凉，嘴里还不停地叫嚷着要吃糖。她喘着粗气把儿子背到村口的医院，医生看后摇着头对她说："孩子快不行了，你还是抱他回家吧。他想吃什么就给他什么，别委屈了孩子……"

她失魂落魄地回到家，再也抑制不住心中的痛苦，大哭了一场。之后，她迅速擦干眼泪，回到儿子身旁。她不相信命运对她这么不公，孩子若真的死了，她也不愿苟活，因为这世上再也没有了她的希望。

她借遍了所有的邻居家，也只勉强凑足一小包糖，用开水冲了一部分，瞬间就被儿子喝个精光。儿子平静了，体温略有回升，但是，不到半个小时，体温又开始下降，他又叫嚷着要吃糖。

邻居主动承担了照顾他的责任，让母亲到附近的小镇上去买蜂蜜，他们觉得蜂蜜是这个世界上最甜的东西了。

此时，夜幕已经垂下。母亲千叮万嘱地把他安置好，然后向着小镇的方向出发了。隆冬时节，山间刺骨的寒风吹得衣衫单薄的她浑身发抖，但是，她仍毫不犹豫地迈开步子向前走。

天黑了，山间的雾气慢慢聚拢起来，能见度越来越差，一些动物也争相叫了起来。胆小的母亲有些害怕，可她顾不了这些了。

第二天一早，她手捧着一罐蜂蜜出现在自己家门前。30多千米的山路，她仅用了一夜就跑了个来回，让正在照顾儿子的邻居们惊诧不已。她看到儿子还是老样子，满脸兴奋地打开蜜罐。儿子喝了蜜，一会儿就恢复了平静。他呆呆地望着母亲，不知母亲头上是霜还是白发，似乎人也瘦了许多，裤腿上沾满了泥巴和血渍。后来才知道，一路上母亲不知摔倒过多少次。至于血渍，那是她深夜敲商店的门，被店家的狗咬的……

他喝了母亲买回来的蜂蜜，病竟然奇迹般地好了。后来，母亲却得了病，还经常抽搐，口吐白沫，半年后就死了。村里的老人说，那是得了狂犬病。

20年过去了，整个山村早已变了面貌，不仅通了公路，而且山间遍布大大小小的工厂，其中有一家工厂规模最大，那是他开的——一家蜂蜜制品公司。值得一提的是，在工厂的后边有一处风景秀丽的陵园，那是他母亲埋葬的地方。墓碑上书写着这样一段话："蜜蜂是人世间最值得我们爱护的一种精灵，它能采花酿蜜，造福他人，而它们却几乎从不享用自己的劳动成果——这像极了我们的母亲！"

为你偷尝千分苦

为了帮独生子装修房子，父亲特意从老家赶了过来，一同带来的还有他辛辛苦苦一辈子积攒下来的好几万元钱。

本来儿子是想不让父亲来的，父亲年纪大了，腿脚和眼睛都不好。况且，装修不但耗体力，而且还烦神，他怕父亲吃不消。

可是父亲却自信地拍了拍胸脯，说，交给我吧："你只管安心上班去。"他只好半信半疑地点头答应。

因为装修的钱并不充裕，因此，他不断提醒父亲，买材料的时候，要省着用，一定要多跑几家，货比三家，选性价比高的买。可到头来，还是严重超支了，仅木地板和油漆就多花掉3000多元。得知情况后，他生气极了，朝父亲大发脾气，责怪父亲为图省事，听装修公司陪购人的话，不砍价，不做比较。父亲则像一个做错了事的孩子一样，低着头，不做半点辩解。

因为白天要上班，中午不能回家，他就给父亲一些钱让他去饭店吃。他深知装修很累人，要是吃不好的话根本没力气干活。他怕父亲节省，因此，每天回来后都让父亲向他汇报中午吃了些什么。每次父亲都回答得有鼻有眼的：两菜一汤，一瓶冰镇啤酒。在他的记忆中，父亲是一个从不撒谎的人，因此他就真的相信了。

一天中午，他因为临时回家取东西，便决定先去新房看看，顺便和父亲一起吃个饭，可新房里没有人，附近的几个饭店里也没找到父亲。就在他纳闷时，父亲从远处走来。此时正是7月的正午，太阳暴烈，室外温度极高。他看到，父亲瘦小的身躯仿佛要被炙热的太阳烤化了，脸上的汗水直流……在他的追问下，父亲才说，是到一公里之外的一个路边盒饭摊上买盒饭吃了，那里的盒饭最便宜。

两个月的装修很快就结束了，父亲还没有来得及住进去，就匆匆回乡下老家去了。在和装修公司结算尾款时，装修公司少要了他500多元，理由是，上楼的材料运输费被减掉了，因为是父亲自己搬运的。

他大惊，自己住的可是4楼，又没电梯，那些水泥、沙子、木材那么重，父亲为了替他省钱，居然一个人一趟趟搬上去。

装修公司的人还告诉他，你家的好多材料都很环保，经久耐用，选的都是品牌，你父亲怕买便宜的，以后住进去伤害你的身体。而且你父亲会还价，大热天，跑了好多家，把我们的陪购人员都折腾坏了。

为你慷慨拿出一生的积蓄，而自己却不舍得多花一分钱；为你宁愿自己出苦力，舍不得那区区几百元的搬运费；为你偷尝千分苦，不曾享你一分甜，这个叫父亲的人，值得你一辈子含泪敬仰。

爱的疤，恨的痕

收到大学录取通知书那天，母亲为她张罗了一桌好菜，远在城里建筑工地干活的父亲也匆忙赶回，另有下班回来的哥哥、放学归来的妹妹，一家人，打算为她好好庆祝一番。

一家人坐定之后，母亲端来了一只砂煲，里面盛着的是仍在沸腾着的山药排骨汤。她心里明白，这是母亲对她的最高犒赏了，因为，依照他们家的条件，不到逢年过节是很难吃上山药排骨汤的。

正式开饭，父亲很高兴，打开了二两小烧，给她也倒上半两，说："闺女马上就要到大城市上大学了，今天爸让你破个例，喝点酒，喜庆喜庆。"看到父亲这么高兴，她也彻底放开了，咂了半口，顿时两颊绯红。借着酒兴，她打算把积攒在内心的秘密说出来，让家人拿主意。

"爸，我想跟你说件事。我恋爱了，他是我的同班同学，很爱我，我也很喜欢他，只可惜他今年没考上。他家里很有钱，他父亲打算把自家的洗浴中心让他来管理……你们同意不？"她带着试探嗫嚅着。

"什么，不行！你马上就要上大学了，他在家里，这太不现实了。更何况那小子我见过一次，一看就不实在。你想，一个靠祖上留下的基业吃饭的人哪能靠得住？我坚决不同意。"父亲斩钉截铁地说。

"你知道他对我来说有多重要吗？我知道这些，我可以慢慢改变他！"她立即反驳。

"你远在省城，你拿什么改变他？相信我，你们不可能的！我绝对不允许你和这样的男孩在一起。"父亲迅速跟进道。

"不！"她觉得父亲简直太不尊重自己的选择了，迅速起身要走，哪知道裙摆刚好挂住了桌角。"哗啦"一声，本来就不怎么牢固的桌子被掀翻了，那一砂煲仍在翻滚的热汤不偏不倚，正扣在父亲的膝盖上。父亲表情木讷地站了起来，裤管上还顶着几片没有煮烂的山药。父亲的腿明显地弯了一下，最终还是径直走到了里屋，关门抽烟去了。

她知道，那口砂煲里滚烫的汤一定烫伤了父亲。一股愧疚涌上心头，她想去安慰父亲，无奈父亲关上了门。她的心中有一种莫名的冲动，当即收拾行李，含着泪固执地摔门而去。她只知道滚烫的汤水一定会烫伤父亲，但不知道，父亲被烫伤的膝盖足足抹了两瓶红花油，一个多月都没有结疤。但是，为了尽快还清给她筹学费借来的钱，父亲不顾膝盖上的伤，又返回城里的工地上干活去了。哪知道，由于年迈，加上膝盖有伤，他一不小心从3楼脚手架上摔了下来……

她再回来时，父亲已经坐在轮椅上了。父亲没有怪她，并且同意了她与那个男孩交往。3年后，他们结婚了，婚后不到一年，她便与丈夫离婚了。她做梦都没有想到的是，结束这场婚姻的竟是一枚小小的绣花针。她用它为丈夫钉衬衫上的扣子，一不小心划破了丈夫身上的一块皮，转瞬招致丈夫的一顿毒打……其实，丈夫早已有了婚外情，钉纽扣只不过是个出气口。

她遍体鳞伤地回到了家里，哭着一头扎进父亲的怀里，不停地说着"对不起"。当她的手搭在父亲的双膝上时，她突然触到父亲膝盖上的伤疤，她受到的震惊仿佛电击一般。

父亲为了她的幸福，几乎失去了大半条生命，却没有一丝懊悔，而那个曾经令她魂牵梦绕的人，竟因一下小小的针鼻大的疼痛，不顾一切地负了她的全部……

谁在温暖我们

　　几年前，央视《艺术人生》做了一档特别策划节目——《寻找温暖》，内容和意图都很简单，就是让接受采访的嘉宾们说一说，在即将过去的一年里自己觉得最温暖的一件事情。

　　出乎意料的是，几乎所有被采访者都认为，父母健在，能和他们在一起便是自己一年中最温暖的事情，这其中较为典型的是央视主持人水均益、小提琴家王健和大导演胡玫。

　　父亲去世后，水均益就把母亲从兰州接了过来，让她和自己生活在一起。一天晚上，刚一下节目，水均益就接到了母亲打来的电话，母亲问他是不是有什么心事，身体是不是不舒服？水均益说没有啊。母亲说，一定有，你今天上节目时脸色不好，没有你身边坐着的嘉宾好。水均益连忙谎称，是灯光不好。

　　而事实上，那几天，水均益由于工作过于繁忙和紧张，身体上的确出现了一点不适。但他没有想到的是，母亲竟然透过屏幕看出来了，一股被人关怀的暖流立即涌遍了全身。

　　水均益继续说，自己最感到温暖的是，每天回家后能看到母亲，还能吃上母亲为他亲手做的饭菜和地道的兰州小吃。"我常在同事们面前骄傲地夸口：'我一个40多岁的儿子，每天还能吃上老母亲为我做的饭菜，你们哪个能？'"而那时，水均益的母亲已经是81岁的高龄了。

　　著名小提琴家王健则讲述了自己的一次亲身经历，表达了心中的温暖。一天演出后，王健在英国的一个机场候机室里看见一个80多岁的老人带着一个60多岁的儿子，他们在候机室里来回走动，而且儿子还是一个智力障碍者。老父亲认认真真地指这指那，告诉儿子这是什么，那又是什么。刹那间，王健突然被感动了，心中马上有了一个念头：回国后，第一时间去看望好久都没有见过的父亲。

导演胡玫的故事则有些悲伤。她说，这一年自己过得最不顺心，因为这一年里，最爱自己的父亲去世了。父亲曾动过3次大手术，再次病倒在床上时，胡玫知道父亲很难再逃出死神的纠缠了，而当时的她正好在拍电视剧《铁血·坚持》，整个剧组都在等她，父亲对她说："你去拍《坚持》吧，我也在床上坚持，坚持等你回来。"

可遗憾的是，胡玫走后几个小时，父亲就永远地离她而去了。胡玫说自己是家中唯一的女孩子，父亲一直最疼爱她，但是，最疼爱她的人还是离去了。

过去的这一年，究竟是什么在温暖着我们？我想，答案不是金钱，不是名利，不是地位，而是父母对我们的爱。

夭折的"循环"

南部非洲的卡拉卡尔山谷中心地带矗立着一座座陡峭的悬崖，黑鹰艾玛正站在一处悬崖边，一丝不苟地进行着新巢的修葺，以便给刚出生的雏鹰一个新家。不远处，它的夫君——健壮的雄鹰夸特正不辞辛苦地搬运着建巢所需的树枝。

而就在这对夫妇新巢不远处的树丛里，正潜伏着一只灵猫，它正监视着雏鹰的一举一动，以便随时对它发动攻击。

卡拉卡尔山谷的7月正值隆冬，也是黑鹰世代繁殖的最佳季节。但在白天，这里的阳光依然炙热难当，艾玛正用身体为孩子遮挡阳光，等待着春天的到来。

转眼间，已经是8月底，大地开始觉醒，万物复苏的春天终于姗姗而来了。此时，夸特夫妇又在巢里产下了两枚卵——为了家族的兴旺和壮大，第一次做父母的它们，忘记了世代繁殖的传统，决定违背规律，进行反季节繁殖。

很快，夏天临近，雨季来临，在第一个小鹰才3个月大时，巢里的又一只雏鹰破壳而出，它在这个炎热的季节出生了。

而此时，哥哥尚未离开，它开始威胁弟弟。夸特夫妇决定把已是哥哥的小鹰驱赶到数公里外另一个地方去，小鹰被父母赶着，吃力地飞着，它不明白，为什么前几天父母还为它喂食、遮挡阳光，现在却如此绝情？而夸特夫妇也显然忘记了，即使小鹰能飞了，依然需要它们再照顾3个月，更何况还有一只虎视眈眈的灵猫也尾随而来了。

几天后，又一只雏鹰破壳而出，夸特家中一片兴旺。但与此同时，夸特的负担也更重了，它要外出不停地觅食才能养活所有成员。

而作为母亲的艾玛，也必须在热浪滚滚的巢里，竭尽全力为两只雏鹰遮挡出一片阴凉，此时的它，多想到谷底洗一个澡呀，可那只能是一种奢望。

尽管在母亲的眼皮底下，但较大的雏鹰还是在一刻不停地攻击较小的——这是雏鹰的天性。一窝出生的哥哥总会想方设法地杀死它的同胞弟弟。

南部非洲的夏季有着善变的个性。很快，强劲的山风开始扫荡整个山谷，可怕的风暴来了！这时出门捕猎是最危险的，但孩子们正在嗷嗷待哺，夸特夫妇还是决定冒险出去捕食。

巢外狂风呼啸，隆隆的雷声在山间炸响，一道闪电就像一团巨大的火焰从天而降，顿时，烈焰四起，整个山林都被点燃了！大火所到之地一遍枯焦。

可想而知，在这种境况下，夸特夫妇的捕食行动是何等艰难！两天过去了，它们一无所获！

而此时，大火也快蔓延到雏鹰的栖息地了，夸特夫妇必须马上返回，转移雏鹰。

在回去的路上，它们恰巧发现灵猫正试图攻击它们的长子，它们及时救下了自己的孩子，可是这种保护是徒劳的，灵猫是不会轻易离开那里的，只要夸特夫妇一走，它还会照样袭击。

而在数公里外的家里，哥哥已经是踉踉跄跄，弟弟也奄奄一息，一连好几天的挨饿已经让兄弟俩同时命悬一线，再也无力彼此相残了。

在恶劣的天气中，夸特夫妇失去了往日的威力，它们的飞翔速度比往日慢了许多，当它们终于回到自己的家里时，眼前却出现了悲惨的一幕——最小的雏鹰死了！悲伤的艾玛用脚猛踢夸特，责怪它没有尽到责任，夸特叼起死去的孩子，在空中盘旋，俯看着山峦大地，眼前的场景让它伤心欲绝。

夜晚，大火渐渐熄灭，夸特夫妇的长子发出低沉的哀鸣声，灵猫寻声而去。一片流云飘过，遮住了月亮。在夜幕的掩护下，灵猫再一次发动了猎杀。

清晨，那只较大的雏鹰侥幸存活下来，但它需要食物，夸特夫妇继续出去捕猎。它们终于发现了一只在大火中逃脱的野兔，经过好几个小时的艰难联手伏击，它们终于捕获了那只野兔。

但遗憾的是，当它们满心欢喜地带着战利品回到苦心经营的巢里时，却发现仅存的那只雏鹰也死了——被烈日炙烤太久而死！

一个夏天的努力全部付诸东流，虽腹中空空，夸特还是绝望地放了野兔。这对夫妇本想多养育几个儿女，但是，最终它们千辛万苦养育的3个孩子，都一一夭折了！它们终于可以休息了，为自己捕猎，为下一个冬天筑巢。

又一年过去了，外出的夸特再也没有回来，和许多黑鹰一样，它死于被射杀或误食农民施放的农药。

自感独自无力抚养孩子的艾玛放弃了继续孵蛋，最终，它没能为黑鹰家族完成新一轮的生命循环和传递，夸特家族的血脉也就从此在卡拉卡尔山谷中永远消失。

一位单身母亲的拒绝

这是一个单身母亲的真实故事。

斯蒂芬·威尔特谢尔是意大利罗马的一名"白痴天才"，15岁的她有着常人无法比拟的超级视觉记忆能力，她能记住世界上所有过山车的位置，以及每个过山车的爬行角度和许多其他情况，只要她去过一次。"看过一眼就都属于她"是所有人对斯蒂芬的评价，她也因此被誉为"一个生活在孤岛上的爱因斯坦"。

为了检验斯蒂芬的视觉记忆力到底有多强，2010年10月的一天，美国国家医学研究院的几名专家特意赶到斯蒂芬的家中，随后，他们雇了一架直升机，将斯蒂芬带到100多米的高空中，再用45分钟的时间在罗马的上空飞行了一圈，并让斯蒂芬记住她在飞机上所看到的关于罗马的一切，又让斯蒂芬用7天的时间将自己看到的罗马绘制在一张5米长的画卷上。

很快，让专家们大吃一惊的一幕出现了。仅用了3天的时间，斯蒂芬就将一幅完整的罗马全景图绘制了出来，其精确程度令人惊叹——城中每个建筑物上有几扇窗户，古罗马广场上有几根圆柱，斗兽场遗址里有多少个现存的座位，穿城而过的台伯河在何处拐了几道弯、拐了多少度，以及每个山丘的起伏幅度，都跟现实中的几乎一模一样，这让见多识广的美国专家们也不禁惊呼，称斯蒂芬"完全就是一部'实况摄像机'"。

通过进一步研究，专家们还发现斯蒂芬果然符合"白痴天才"的一切特质——能发现和记住别人发现不了的细节和问题，在记忆、音乐、绘画和数学等方面拥有超级天才般的能力，但在社交、语言、自理等方面却如同一个白痴。

为了揭开斯蒂芬大脑内部的构成秘密，专家们约见了斯蒂芬的母亲兼监护人——塔妮莎女士，希望能得到她的许可，让他们对斯蒂芬的脑部进行电子仪器扫描，看看她左右脑到底是如何构成的，以找到超级视觉记忆能力的真正原因。

然而，令专家们失望的是，塔妮莎拒绝了。但专家们并没有因此而放弃，他们还是隔三岔五地通过电话、上门拜访等方式，试图劝服塔妮莎，并承诺医学研究院的脑部扫描仪器是为斯蒂芬专门研发的，非常先进，不会对她有丝毫的伤害，但还是遭到塔妮莎的一再拒绝。

可能是为了获取一个权威的爆炸性研究结果，以便提升自身在"白痴天才"研究领域的地位，专家们觉得绝不能放弃这个大好机会，最后，他们决定给塔妮莎一份不菲的报酬——诱人的200万美金，如果觉得不够，还可以商谈再加。

实际上，塔妮莎非常需要这笔钱，因为女儿在自理和交际上存在着很大的障碍，从斯蒂芬4岁时，她便不得不辞掉原先的工作，帮助斯蒂芬打理一切。更为糟糕的是，在斯蒂芬7岁那年，塔妮莎的丈夫因为酒后驾车导致车毁人亡，她和女儿斯蒂芬一下子成了孤儿寡母，失去了生活来源，只能靠政府救济，日子过得捉襟见肘。

然而，出乎所有人的意料，塔妮莎这位单身母亲还是选择了拒绝，她是这样说的："事实上，我并不是担心扫描会对斯蒂芬造成伤害或留下后遗症，让她不再是一个天才，我只是想让她和普通人一样，能生活在自己的世界里。白痴也好，天才也罢，只要她快乐，而不是像一个'异类'被研究来研究去，这是我作为一个母亲的最大心愿，也是我拒绝的真正原因。"

有梦想就有希望

逾越成功的脚印

一个社会学家，为了写出一本关于成功人士成功之路的书，整理了一组在社会上算是比较成功的人士的名单，并决定依次上门去拜访一番，希望能从他们身上发现点有关成功的秘诀。

他采访的第一个成功人士是一位知名作家。从作家的成长资料里，社会学家得知他在学生时代学习成绩并不是很优秀，但是，他十分热爱写作。可以这么说，在他的身上，除了写作，就再也找不出与众不同的点了。他的班主任曾当着他的面这样劝慰他："你还是安心好好学习吧！写作对你来说是没有出路的。如果你指望自己靠写作成名，那是万万不可能的。假若真的会有这么一天的话，那么，我以后就倒立着身子，用脑袋走路。"在社会学家向作家提及他学生时代的这件事、这段坎坷的经历时，作家愣了半天，之后，才冒出了这样一句话："有这事吗？我怎么不记得了？也许是有吧！但我真的记不得了！"

听到作家这话，社会学家大吃一惊。

第二个接受社会学家采访的，是一位成功的企业家。和作家一样，社会学家在采访他之前，也查看了他的成长记录。令社会学家意外的是：这位企业家在他20岁的时候曾被卷入了一起盗窃案中，最后被判处两年有期徒刑。出狱后，他从摆地摊挣生活费开始，一步步起家，最终通过20余年的辛勤拼搏，才拥有了今天这家资产过亿的企业。社会学家在采访结束时，故意吐露出了当初企业家那段不光彩的经历。谁知，在听完社会学家的话后，企业家也显得有点惊讶，说道："那段日子多么苦我已经记不清了，大概是你说的那样吧。"

听到企业家的这番话，社会学家的心再次一震，从企业家那淳朴坚毅的目光里，他知道企业家绝对不是为了面子、逃避尴尬才这么说的。

他采访的最后一个人是位当红歌星。在查看歌星的成长材料时，社会学家惊讶地发现，在歌星12岁的时候，她就已经在省少儿卡拉OK大赛中荣获第一名的好成绩，之后又在一次全国性大赛中夺冠。在采访她时，社会学家提及了她成长路上的这一段光辉历史。没有想到歌星反问他道："真的啊？我都记不住自己曾得过这么多奖。"

看到歌星的这番反应后，社会学家的心再次一震，最后豁然开朗了。

之后，社会学家在整理他的著作时，在后记中用心地写下了这么一段话："我们是人，我们只有一个头脑、一颗心。走在人生的路上，我们本来就已经很疲倦了，如果再给自己的身上背负太多的荣誉或耻辱，那么，我们永远也别想超过别人。学会忘记，才是走向成功的最佳契合点！"

翅膀折了，依旧可以微笑

假如生命可以选择的话，我想，她一定还会选择来到这个世界。

在美国加州的圣保罗医院，我看见了她，她当时已经有7岁了，可是仍然不会说话。但是，她会做一个最能打动人的动作，那就是微笑。

她出生的时候就没有双手和双脚，甚至，她出生后医生就断言：这个小生命坚持不了一周。因为她的身体太虚弱了，智商也不正常。她的父母很是伤心，把她留在医院的特殊护理室，一直到她14个月大。

但是与其他生命相比，有些表情她学会得比别人要早些，比如微笑。她生下来一周的时候就会笑了。那甜甜的微笑让看见她的每一个人都很惋惜——带着如此甜美微笑的生命，为什么会有这般的遭遇？

美国有线电视新闻网曾经播过一段她10秒钟的微笑的视频，这让许多观众对其产生了好感。她笑得很天真，被人誉为"天使之笑"。来看她的人也逐渐多了起来，再陌生冷酷的面孔也会被她的笑容所融化。

因为工作的原因，女孩的爸爸妈妈每周只会过来看她3次。所以更多的时候，她是和许多过来探望她的陌生人度过的。

一个凉爽的午后，一个男人走入了圣保罗医院，他提了一个大箱子，戴着一顶遮边的帽子，显得十分严肃。在小女孩的病房内，他放下了箱子，在小女孩的枕头边放了一个音乐盒后便匆匆离开了。那个大箱子里面装了什么，成为医院最关心的问题，有人猜箱子里装的是钱，也有好事者认为这是没有人性的恐怖分子。

随后，警方打开了箱子。里面竟然是磁带，一盘盘贝多芬的交响曲，从《命运交响曲》到《月光曲》，十分齐全。当然，大家也不是完全猜错了，箱子里还有一张支票。花旗银行的1000万美元的支票。这张支票也成为加利福尼亚州当时最大的一笔慈善款。

由于捐款人不愿意透露自己的身份，所以并没有人去仔细追查。院方利用这笔钱，成立了一个"快乐女孩微笑"基金会，同时还购置了一套音响设备。我去看这个小女孩的时候，整个医院里正在播放轻柔的《月光曲》。

我想，小女孩之所以能够活到今天，首先是自己感动了自己，而她的微笑，也成了最温暖的语言。尽管她不能开口说一句话，但她微笑所发出的微弱的声音足以扣人心弦，成为天籁之声。

美国极负盛名的媒体《华盛顿邮报》曾经在一次摄影比赛中，评出了最能打动人的5幅照片，这些照片全部是读者在众多照片中投票评选产生的，其中有3幅带有微笑。当然，小女孩的照片也在其中。该报社评论道：这个时间，还有什么能比微笑更值得去尊敬呢？

我曾经看过一部名为《隐形的翅膀》的电影，并被其中的故事深深打动。电影中的小女孩在双手截肢后依旧乐观面对生活，在爸爸妈妈及全社会的关爱下，她学会了用脚流利地写字，争取到了重新上学的机会，成为一名残疾人运动员并取得了进军残奥会的资格。在看电影的时候，我仿佛看见了电影中那个女孩天使般的微笑。

记得儿时调皮，和小伙伴们一起上树抓鸟，鸟的翅膀受伤后，小伙伴把它带回了家里，每天清晨和傍晚，那只鸟儿都在歌唱，直到最后死去……

我一直都深信生活的美好。强者从来不害怕失意与痛楚，那是因为他们懂得，真正有价值的人生并不在于是否完美，而在于我们能否完美地去生活。即使深陷荒漠与沼泽，我们也应该放声去歌唱。

翅膀折了，你依旧可以选择微笑。

人 生 如 树

一位青年拜访了当地一位受人尊敬的智者，在拜访快要结束的时候，青年虔诚地问了智者一个问题——人生的意义是什么？活着的最终意义又是什么？

智者看了看他，低头反问道："知道'自由之树'吗？"

听到智者这一莫名其妙的问题，青年愕然了，然后，摇了摇头，回答了一句："我只知道铁树在非洲被当地人称为'自由之树'。"

"铁树为什么被当地人称为'自由之树'呢？"智者再次反问道。

听到这里，青年诚实地摇了摇头。

"那你知道铁树和其他的树种有什么区别吗？"智者又问道。

"其他的树种常常开花结果，而铁树却不常开花结果。"

听完青年的回答，智者点了点头，继续说道："其他类树种只为开花结果，它们的生长是有目的性的，结果便是它们成长的最终目的。而铁树却不常开花结果。它的花便是它人生的极美。因为它没有目的性，自由自在，不追求结果，因而被称为'自由之树'！

"人生如树。我们可以崇尚铁树，但我们绝不能崇拜铁树。追求自由的精神，是我们人生境界的一种。但是，如果仅仅是为了追求自由，而让我们的人生一无所有，那么这种自由仅仅只为了图一时的快乐，是忽略了结果的美。而人生所追求的，便是一种让理想融入结果中的美丽。要想让自己的人生变得有意义，就要设定一个目标，然后努力，最后结出果实来！这个过程，便是人的生存之美，生活的最终意义。"

人生如树，要做，就要做一棵有着铁树精神、能结出硕果的树！

紫荆花的春天

画家秦建吾曾师从书画泰斗傅抱石先生，由于历史原因，知道秦建吾的人并不多。

20世纪四五十年代，秦建吾就开始在中国的书画界崭露头角，那段时期也是秦建吾书画人生中最辉煌的时期。

中华人民共和国成立后，由于历史原因，秦建吾的生活一直很艰苦，尤其是在"文化大革命"时期，他仍然咬牙坚持了下来。

"文化大革命"结束后，秦建吾一度靠卖画为生。对于当时仅为了填饱肚子而奔波的人们来说，欣赏书画简直就是一种奢侈。后来，香港的喜来登皮鞋有限公司托人来到安徽，以每个字100元的天价，请秦建吾写"香港喜来登皮鞋有限公司"几个字，这1100元钱的收入对于秦建吾来说是好几年的生活费，秦老便当场应允。几天后，秦建吾写下了"中国香港喜来登皮鞋有限公司"这几个字，并告诉来拿字的香港人——这里面的"中国"两个字是免费给你们写的，不但不收费，反而还倒贴100元给你们。你们只要拿1000元出来就行了。

由于香港当时属英国租界，当时中国和英国甚至连正式谈判都还没有开始，香港喜来登有限公司的人当然不愿意接受"中国"两字。双方僵持了好久，秦建吾最后发怒说："要么接受'中国香港'这字样，要么就别要这字。"见秦老那一股倔劲，来者没有办法，发电报到了香港，询问公司领导该如何处置，公司领导回复说可以接受。秦建吾这才肯放手将这几个字交出去。

可是，事情并不是像秦建吾想得那么简单，香港喜来登皮鞋公司将秦建吾的这几个字拿来后，在使用的过程中，仍然去掉了"中国"二字，只保留不完整的"香港喜来登皮鞋有限公司"这一字样，后来秦建吾知道了这一消息，十分愤怒和懊悔。甚至，他想到了出5倍甚至10倍的钱去把那字买回来。香港那边回复秦老，是送一箱子的喜来登皮鞋。接到皮鞋后，看见盒子上自己写的"香港喜来登皮鞋有限公司"字样，秦建吾气得直哆嗦，一把把皮鞋摔出了门。

随后几年，秦建吾生活闷闷不乐，可以说是与这件事有着很大关系的。1984年，中国和英国正式签订了香港回归和约，这时秦建吾才稍稍缓解。当时，他再次写了"中国香港喜来登皮鞋有限公司"几个字寄到了香港。香港的《大公报》专门派记者来采访秦建吾，秦建吾当时告诉来访的记者："我只是一个民间书画家，是这片热情的土地带给了我写作的激情和灵感。我热爱着祖国的这片山山水水，也热爱一个完整的中国地图。一个合格的书画家，无论在什么时候，都应该用自己的笔去书画完整而伟大的祖国。"

艺术带来了人格的品质，也带来了人类精神的灵魂。面对祖国，人格的品质所带来的魅力，远高于艺术的境界。

一个完整的艺术家，应该有一个完整而独立的灵魂。

原始的美丽

在荷兰，有个美丽的城市叫作阿姆斯特丹，那里有着蔚蓝的天空，轻盈的海风，这里还有一个美丽的故事。在当地，它和这些风景一样吸引人。

20世纪中期是一个全球经济大发展时期，许多企业如雨后春笋般涌现。当时的阿姆斯特丹正因为拥有极其便利的海上交通而被人们看好。这个时候，阿姆斯特丹市正在进行市长竞选。一个22岁的小伙子也参加了竞选，和4名候选人站在了政治追逐的舞台上。当然，这小伙子并没有被人看好，不仅仅是因为他年轻，更因为他出生在一个农民家庭，没有政治经验和阅历，所以他的存在对其他竞选人构成不了威胁。然而，奇迹就这样发生了。

在竞选演讲的时候，这个小伙子没有阐述他的任何政治路线，他也不懂政治，第一个演讲的他最具喜戏剧性了。他说：

"我的曾祖父是农民，我的爷爷是农民，我的爸爸也是农民，我同样可能成为农民。当然，这一切都由你们手中的选票说了算。但是无论我是否是农民，我都会将这个故事讲给大家。这也是从我祖父那里传下来的家族秘密。

"我的曾祖父在他临终的那年留给我爷爷一封遗书。遗书中讲述了一个故事——曾祖父年轻的时候种了很多果树，也养了很多蜜蜂。大家都知道，蜂蜜的价格很昂贵，所以，我的曾祖父就制作蜜饯，当然，也小发了一笔。那年的冬天，花都枯萎了，蜂蜜又被我曾祖父提取得差不多了，于是许多蜜蜂在那个寒冷的冬天饿死了。我的曾祖父很伤心，在第二年开春之前，饥饿和死亡仍在蜂群中肆虐。我的曾祖父没办法，只能将白糖掺水放在蜂箱里，以养活这些饥饿的蜜蜂。就这样，熬到了开春，熬到了春暖花开。

"时间一晃就过去了，再到天凉的时候，我的曾祖父在蜂箱中榨取蜂蜜的时候，发现蜂蜜没有了以前的醇香味，有掺杂了白糖的味道。这点令我曾祖父十分失望，想着那些冬天饥饿和死去的蜜蜂，我的曾祖父发誓再也不养蜜蜂了，再也不喝蜂蜜了，再也不伤害这些小精灵了。他把这事当作家族故事传了下来。

"我要说的是：我也不会养蜜蜂。蜜蜂本身就是美丽的小精灵，我们没有必要为了一时的利益而去损伤这些小精灵的美丽，让这些精灵受伤，甚至死去。当我们挽救时，可能这美丽已经变了味，失去原来独有的清香和美丽了。我们的城市也是，我们需要的是一个原始美丽的阿姆斯特丹，而不是变质的。因为，这些美丽一旦变了质，就永远不可能恢复了。所以，我代表阿姆斯特丹说：我们拒绝工业污染，我们需要原始美丽。"

说到这里，台下一片掌声。最终，这个22岁的小伙子成了阿姆斯特丹乃至全荷兰最年轻的市长。他的名字叫约伯·科恩。但可惜的是，他33岁的时候就去世了。今天去荷兰的游客，依旧可以在阿姆斯特丹的港口处看到他的身影，那是阿姆斯特丹市民自发为他立起的一尊雕像，雕像的下面有一行字——我们拒绝工业污染，我们需要原始美丽。

敌营深处有眼井

"二战"时期，英国和德国为争夺一块战略要地，在一片沙漠地区展开了一场持久战。战争僵持了一年之后，随着双方矛盾的激化、战争的升级，英德两军的愤怒气焰越烧越旺，后来，终于落得个两败俱伤的地步。

6月，是沙漠的酷暑。由于双方大批次的飞机都投入一线战场，再也抽不出多余的飞机来给这两支部队送水，英德两军的饮水开始出现严重危机。然而，就在这时候，据英国情报了解，未雨绸缪的德军在5月中旬就于沙漠的边缘地区开挖了一口井，目前已经挖至40米，根据提上来的土壤的湿润程度来看，要不了多久，德军所挖的井内就会有汩汩清泉喷溢而出了。

眼看着自己的储水越来越少，再加上这个几乎致命的情报，英军将领万分着急。因为，德军如若照这个速度挖下去，要不了半个月就能掘到甘泉，到了那一天，英军只会不战而败。迫于形势危急，英军将领迅速召开会议商讨对策。经过了长达两个小时的商讨，排除了赶在德军前面突击挖一眼井的可能，也排除了偷袭德军储水库的可能……英军将领一筹莫展。

眼看英军就要坐以待毙的时候，一位中士为自己的队伍献了一计。这一计很简单，就是告诉自己队伍里的每一个人，德军营地深处有一眼井，只要我们能够在半个月之内攻破敌营，就有甘甜的井水喝了！没想到，这一招还真可行，此消息一在队伍中传播开来，全体士兵就军心大振，纷纷高喊："德军营中有眼井，打到德军的营地去！"谁也没有想到，正是凭着这一良策，一周后，英军竟然击溃了原本一年多都战胜不了的劲敌。

进入德军营地后，英军四处搜寻情报中所说的那眼井，然而，令他们奇怪的是，别说是井，就连一个凹坑也找不到。英军连忙抓住一个德军俘虏问个究竟，哪知道这名俘虏却说："哪有什么井呀，那是我们故意放出去的谣言，希望以此达到扰乱你们军心的目的！"

德军俘虏的一句话，把英军乐得哈哈大笑。德军恐怕做梦也没有想到，自己所用的这一招，不但没有瓦解敌人，反倒毁灭了自己。然而，大笑过后，在场的所有英军也都出了一身冷汗，他们深知，如若没有那位中士的良计，恐怕最后失败的就是自己了！

德军"挖井"的谣言不但没能给自己挖出生路，还给自己挖了一座自我埋葬的坟墓；与此同时，每一个英国士兵心灵深处的那眼信念之井全都彻底复活了，透过这眼井，他们看到了胜利的希望！

英国中士用自己的睿智告诉了我们这样一个道理：地狱深处潜藏着通往天堂的宝贵能量！

点亮橘子树

6岁了，他第一次跟着母亲到离家10公里的镇上去赶集，他长这么大从没出过村子，母亲本以为，到了集镇上，他一定会瞅得眼花缭乱。哪知道，他刚一入街口就止住了脚步，无论母亲如何唤他，就是不走，眼睛直勾勾地朝着一个方向盯——那是一个水果摊，并不宽敞的板车上，成屋脊状堆满了黄澄澄的橘子。

细心的母亲瞬间发现了端倪，三步并作两步走到他跟前，拽起他的袖子就走，他旋即来了个"金蝉脱壳"，甩掉了宽大的棉袄，依旧待在原地一动不动，眼神的触须早已伸向了那个水果摊。

"酸甜可口的橘子，快来买了！"水果摊主看到潜在的生意来了，急忙推销起来。"妈妈……我想吃橘子……只吃一个……"他支吾了半天，终于表明了自己的意愿。

"孩子，那东西最酸了，倒牙，不好吃，你还小，长大了才能吃。"母亲一边骗他，一边把头扭到了另一个方向，母亲不敢看他，眼角里也瞬间湿润起来。

"不嘛，前几天在课堂上，老师都说了，橘子最好吃，又酸又甜……"他连忙辩驳道。

母亲不再说话，从腰间掏出了一个手帕，然后，从手帕里拿出一沓毛票，数出一部分，整整一块钱，母亲用一块钱给他换了两个橘子。

他欢呼雀跃，迫不及待去剥开其中一个，由于太急，飞溢而出的橘皮汁直溅入他的眼睛，他被激得当场流了眼泪，一抬手把手里的橘子扔出老远，然后当街哇哇地哭了起来。

母亲连忙用毛巾蘸了些唾液帮他把橘皮汁沾了出来。他不哭了，但是，却再也不敢碰那两个橘子。回家路上，他羞愧难当地对母亲说："妈妈，我错了，那橘子果然很难吃，根本不适合小孩子吃。"

母亲听了他的话，哈哈地笑了起来，连忙解释说："孩子，刚才是橘子皮里的汁液辣到了你的眼睛，但是，里面的橘瓣是酸甜可口的。"他仍不信，母亲就掰了一瓣递给他，他急忙捂住了眼睛，头摇得像个拨浪鼓。

母亲再次笑出声来："孩子，别怕，这橘子的确是甜的，小孩也能吃，不信，你捂上眼睛，妈妈塞一瓣给你尝尝。"

他在母亲的建议下，尝到了他生命当中的第一瓣橘子——果然是甜的！"妈妈，这橘子果然是甜的！"他高兴地叫了起来！

"孩子啊，有一个地方栽满了橘子树，那里有一年四季都吃不完的橘子，你想去吗？"母亲神秘地对他说。

"当然想去，妈妈，哪个地方？"他急忙问。

"这个地方就是'大学'，只要你好好学习，考上了大学，就会有吃不完的橘子了。"母亲感慨良深地告诉他。

接下来的不到一分钟时间，他一口气吃光了第一个橘子，另一个再也舍不得吃，实在馋了，就放在鼻孔前使劲地嗅几下。第二天，他把仅有的一个橘子带到了学校，大讲特讲橘子是多么好吃，黄澄澄的橘子馋煞了周围的小同学，使他们不断地咽唾沫。

看到别人都在咽唾沫，他自己也急了，就和几个小同学围在一起，分吃了那个仅有的橘子。然后，他还把母亲讲给他的那个种满橘子树的地方再次复述了一遍。同学之间突然异常沉静起来，大家眼神里都充满了期待。

时光如流，转眼间25年过去了，25年后的首次同学聚会，他数了一下，除一人中途辍学经商外，其余的同学都考上了大学。有几个还是名牌大学呢。这一点，就连年迈的班主任也感到非常纳闷，后来，饭后的一个果盘开启了大家的回忆。果盘里，均匀地用橘瓣摆成了一个同心圆。参加聚会的所有同学都异口同声地喊了起来——橘子！然后纷纷向他看来，他感到莫名其妙，后来，他恍然大悟，正是因为他小时候的一个橘子和那个令人心驰神往的谎言，才成就了大家。

这是一个真实的故事。我就是那个跟着妈妈赶集的小男孩。后来母亲告诉我，那时候家里真穷，给我买橘子的那一块钱，原本是给爸爸做衣服的钱，因为我那两个橘子，爸爸的裤子迟穿了一个月。

不过，这种迟到是值得的。感谢母亲，她用自己最朴素的谎言，在我和同学们的心中都种下了一棵金灿灿的橘子树。

污泥塘里也能起飞梦想

1920年，他跟随四处游历的父亲来到纽约，暂住在一条偏僻狭窄的小街上。当时才10岁的他调皮淘气，是人们眼中的坏孩子。他乐于整天带着一大批"小屁孩"在街道上到处搞破坏，愚弄邻居，顽劣到了极点。

为了惩罚他，父亲在征得邻居们的意见后，罚他和他的同党每天必须清理小街上的一条湖。说是湖，事实上不过是一条狭长的死水塘，里面满是多年来沉积下来的枯死的树枝和人们随手丢进的杂物，那是一个彻头彻尾的污泥塘。

他的任务就是每天将污泥塘的杂物清理出来一些，这是一个无聊、简单且令人厌倦的工作，因为清理出的东西大都因为长时间的浸泡而恶臭无比。同党们很快都厌倦地逃开了。

可是，他却一点也不厌倦，反而干得特别认真，特别起劲。他觉得这项工作太奇妙了，能给他带来许多意想不到的收获。因为，有时他能从污泥塘里清理出一些稀奇古怪的东西，比如一个老铜镜，一个有些年代的罐子，甚至偶尔还能弄到几枚钱币。

也就是从这个时候，他对水下的世界产生了浓厚的兴趣，立志长大之后，去"更大的湖"里清理，甚至是海洋里，他深信那里面肯定有更多的意料之外的东西。然而，他的这一志向，却被邻居们看成异想天开，认为那是一个白痴的白日梦。

但是，他却顽固地坚持这个"异想天开"。之后，他背着家人，偷偷地考入了法国海洋学校。毕业后，22岁的他穿上了潜水服，带上氧气瓶，租借了一艘叫"圣女贞德"号的帆船，踏上了环游世界的海上之旅！

那是他第一次真正意义上潜入深海中，第一次发现海中有许多新奇的鱼类以及贝类海藻等生物，当然，还有他儿时梦想的意料之外的东西——沉船残骸、瓷器碎片，还有就是虽沉睡千年但却依然光彩夺目的黄金珠宝！

在随后的十几年里，他在水下找到了成千上万价值连城的水下沉船物，罐子、餐具、珠宝、枪支、珍稀文献、绝版艺术品……他将这些物品的一部分陈列在自己的私人海洋博物馆里，供所有的人参观。他成功了，声名鹊起！

1952年，他改造了世界上第一部水下摄影机，并且创造出了一套水下电视拍摄装置系统，从而踏上了拍摄水下电视片的旅程。从此，他为人类和科学打开了一扇通往海底世界的窗户。

他带领着自己的团队，乘坐一艘叫"卡里扑索"号的探索船，面向大海，先后潜入了大西洋、太平洋、印度洋以及地中海、极地冰川等许多人类之前从没到达过的水下地域，记录了那里梦幻般的水下精彩世界。

他先后拍摄了75部以海底为素材的电影电视，其中《寂静的世界》《海底世界》《海豚的声音》成为当时的热门电影，在世界上100多个国家播放。这些影片让全世界的观众大开眼界，惊叹不已，也终结了人类不了解海底水下世界的历史。

不错，他就是被称为"海洋探险之父"的雅克·库斯多。至今，人类拍摄海洋世界、探索海底秘密的所有活动都是建立在他先前开拓的基础之上。他发明的水下摄像系统，以及撰写的潜水心理学等在今天仍被广泛使用。

污泥塘里也能起飞神奇的梦想，雅克·库斯多用自己的经历证明了一个道理——梦想随处都可诞生，只要心中有所梦，脑里有所想，哪怕你身处恶臭无比的污泥塘中，同样也可以起飞翱翔，化梦境为现实！

在机遇和实力之间做个链接

他出生在中国台湾东部一个偏僻的小镇上，父母都是蓝领阶层，由于家境贫寒，他在一家私立高职毕业以后就再也没有继续求学。但是，在他幼小的心灵里却始终埋藏着一粒向往艺术的种子，那就是做一名出色的电影导演。那时候，拮据的家庭经济状况让全家人吃饭都成为一个难题，又哪来多余的钱养活他的"非分之想"？

那时候的他，梦想已经在他心灵的油箱里加足了油，谁也无法阻止他简单却又执着的念头，他唯一想做的事情就是尽早"打火"出发。为了这一天的到来，他吃尽了同龄人无法想象的苦头：小学时，他就跟邻居在附近的工地大楼捡拾废铁丝和铝罐之类的东西拿去变卖，虽然报酬只有十几二十块台币，但是，他意识到了这是凭借自己的一己之力挣来的，所以，他无比自豪。高中时期的寒暑假，他几乎是在桃园、龟山一带的工业区当廉价劳工度过的。后来，他还做过广告派送员、高尔夫球杆弟、餐厅服务生、工厂作业员……但是，不管他干什么，始终都没有放弃自己的梦想——做一名出色的电影导演！

再后来，到了规定的年龄，他就去服了兵役。在部队期间，他抓住了大好时光，阅读了大量的文学名著和艺术方面的书籍，可以说，在那些孤苦的训练生涯里，他几乎是捧着书本度过的。

退伍以后，他送过报纸、担任过纺织厂机械维修工、百货物流送货司机等，但是，没有一个稳定的工作。后来他得到了一个较为稳定的工作，那就是防盗系统技术员，这份工作需在尚未完工的工地大楼里施工，工作流程是先在墙面钻洞、铺设管路，然后穿插电线、安装器材，最后再测试验收。他待在没有空调、闷热、环境杂乱的场所中，汗流浃背，其工作性质跟水电工差不多。

终于有一天，他总算挣够了赶往台北谋生的钱。第二天，他就告别了家人，坐上了去台北的列车。当他坐进车厢的那一刹那他就暗下决心，到达台北以后，他一定要找到一份和自己的理想相符的工作。因为这时候的他已经深深意识到，不进入那个圈子，他永远也无法坐上自己梦想的椅子！

那段时间，他几乎跑遍了台北所有的演艺公司，写简历都写到手指发麻，但是，仍然没有影视公司愿意接收他。这时候，他突然意识到，照这样下去，恐怕他一辈子也进入不了影视圈。

一次偶然的机会，他在歌曲的CD内页发现了许多关于歌词创作走俏的内容，于是他灵机一动，想到了歌词创作。

说干就干，由于他拥有良好的古典文学功底，在很短的时间内，他就创作了大量歌词，并打算一一把它们发出去。为此，他翻了半年的所有CD内页，找最红的歌手、线上的制作人，把自己的歌词邮寄给他们，一次邮寄100份，并在末端附上自己的电话，希望他们能给自己回音。他想，只要有几个人给自己回音，他就有选择的余地了。

时光如流水，一晃又好久过去了，却没有一个人给他打电话。他伤透了心。但是，一想到自己的梦想，他就又有了劲头。于是，一如既往地写下去。一天夜里，已经零点了，他正在创作歌词，突然接到了一个人的电话。那人想让他参加自己组建的音乐工作室。听到这话，他想都没想，就认为是朋友跟他开的玩笑。但是，那人却说不是，并声称自己是吴宗宪！那人说："我刚好要成立一个音乐工作室，看到你的歌词觉得有些潜质。我想与你合作，如果有可能的话，我们可以见面聊聊。"

这时候，他彻底相信了，那人果然是吴宗宪。

他兴奋极了！经过3次见面，他就正式签约到了吴宗宪的公司。

后来，他以独辟蹊径追寻古典的情愫，创作了许多脍炙人口的歌词，成了媒体人眼中的大红人。

他就是方文山。

提到方文山的成名历程，许多人都说是吴宗宪成就了他，因为，大家都说是吴宗宪给了他机会。对此，他本人的理解是：机会比实力重要。不过，另外还有一句要补充——实力不够的时候，机会肯定会流失。这样的话，感恩中饱含着智慧，应该也就是方文山作为一名成功者的完美信条了吧！

"狼王"肖恩

肖恩已经与围场里的狼群在一起生活15年了，这期间，肖恩每次离开它们的时间从来都不超过两小时。在常人看来，肖恩这种"与狼共舞"的怪异行为简直是不可思议的。然而，更让人惊讶的是，在生性残暴、喜怒无常，且每分每秒都暗藏杀机的狼群里，肖恩居然保全了自己的性命，而且还当上了"狼王"，维护着整个狼群的秩序！

狼的身影曾经遍布整个北半球，但是近几十年来，随着狼的栖息地不断被破坏，以及一些食肉捕猎者对它们的无情猎杀，如今那里狼的数量已经不足20万只了。更为糟糕的是，由于食物的不断短缺，狼群开始经常偷袭附近农场里的家畜，仅波兰东部的一处农场，每年就有大约600只绵羊和小牛被狼群偷袭。持续的入侵造成了极大的经济损失，农场主们不得不置国家法律禁捕狼的规定于不顾，开始反击。更多的农民则开始铤而走险地猎杀狼群，因为只有这样，他们才有可能不被狼群搞得倾家荡产。人与狼之间的矛盾不可调和，且越演越烈。

作为一名多年研究狼群生活特性的科学家，肖恩一直试图改善这种人与狼尴尬对峙的局面，创造出一种人与狼群和谐共处的新局面。最后，肖恩想出一个办法，他放生饲养的群狼，并与它们一起在野外生活，教会它们新的生存技能，以此影响野外所有狼群的生存方式，以达到既能拯救整个狼群命运，又能使它们与人类和谐共处的目的。

要实现这一目的，肖恩首先要做到的就是与围场里圈养的狼群和谐共处，并在这个过程中，教会它们野外生存技能，这是一个漫长而又充满冒险的过程。

狼的家族内部具有严格的等级制度，地位最高的是头狼，又称狼王，狼王拥有至高无上的统治权。要想对狼群发号施令，当它们的老师，肖恩必须要当上狼王，而狼王地位必须要通过激烈的争斗才能获得。当小狼们才3个月大的时候，肖恩便把自己的手让它们撕咬，用嘴给它们喂食，然后对它们不断造成威胁，以确立自己的地位，让它们臣服于自己，以便于教授它们生存技能。

但当狼长到成年时，它们又开始向肖恩发起新一轮的挑战，试图让自己登上"狼王"的宝座，因为它们觉得自己已经具备成为狼王的所有技能和气质，不必臣服于肖恩。它们开始扑咬肖恩，把肖恩按倒在地，卡住他的脖子，狠狠地咬，在肖恩感觉脖子快要咬断时松开。当然，在这个过程中，肖恩必须进行激烈的反击，直至取胜。

与狼厚厚的毛皮相比，肖恩的身体是无比脆弱的，每次撕咬后，肖恩的身上都遍布伤口和深深的爪痕，剧烈的疼痛传遍全身。刚开始，肖恩不得不飞快地赶到附近的诊所进行伤口缝合，但很快，他就发现不管用，自己根本抵不住狼群的再一次撕咬。肖恩只能忍着疼痛，和狼群抱滚在一起，由刚开始的互相撕咬，直至肖恩胜利。狼群臣服于这个地位无法撼动的狼王，肖恩所承受的肉体磨难是正常人根本无法承受的，这种争斗是持续性的，很多次对抗，肖恩都处于危险的死亡边缘。

除此之外，为了确保自己在狼群中的头狼地位，树立狼王的权威性，肖恩还必须与狼群同睡同吃。每次离开围场后，肖恩都要为自己重新返回做好准备，保留身体和衣服上的气味，气味相投是狼群接受肖恩的前提，只要肖恩身上或衣服上的气味稍微有些不对，狼群便会对他进行撕咬。

进食是验证狼在狼群中的地位的最佳方式，肖恩必须靠不断的威胁和惩罚来确保自己的头狼地位，同时用狼的语言，一种夹杂着怒吼的咆哮声来规定每只狼的进食顺序。

心脏、肾、肝脏都是由狼王来享用的，为了保持头狼的位置，肖恩必须生食动物的肝脏、肾、肺等狼最爱的部位，实在无法生食，肖恩便会趁狼群打盹的间隙，偷偷地把肝脏带回去进行烹饪，然后再放回动物的残骸里，再之后，当着狼群的面掏出来食用……

肖恩的努力终于取得了一些效果，狼群开始逐渐接受肖恩的指令和培训，按照他设定的模式行事。波兰的一个农场使用了肖恩的模仿狼群的嚎叫录音，利用两个彼此竞争狼群的防御性嚎叫，阻止了狼群进入牧场，使牧场暂时避免了损失。

由于和狼生活在一起，肖恩失去了财富和家人，一个人忍受着无穷的孤单和许多难以预测的危险。对于肖恩来说，每天都是一场生死之战，容不得半点马虎和疏忽，因为狼群不会轻易把他看成自己的一员，随时要挑战他的狼王地位，甚至是要他的命。

但对肖恩来说，他必须把自己当成狼群家庭中的一分子，要想方设法赢得它们的信任，掌握它们的秘密，然后加以利用。

以狼的身份徜徉在狼群里，肖恩常常分不清自己是人还是狼。虽然离把狼群送归到合适的自然里的终极目标还需要很长一段时间，甚至有可能最终失败，但肖恩从没想过放弃，他在坚持，在等待。

这是一个对动物充满爱和饱含自我牺牲精神的真正"狼王"。

拯救"跳舞熊"

莫提克是印度一家财经报的记者，在一次度假旅游的途中，当他路过一个叫"卡兰达"的村子时，莫提克遇到了一只名叫拉鲁的"跳舞熊"，并被拉鲁的悲惨遭遇深深打动和震撼了。

懒熊拉鲁在它出生刚满3个月时，就被偷猎者卖到了卡兰达村，那里聚集着一大群卡兰达吉卜赛人，300多年来，他们一直都靠"跳舞熊"在街头的表演赚取报酬。作为生活的主要经济来源，一头懒熊每跳一年的收入，就能让一个卡兰达吉卜赛家庭7年都衣食无忧，正是这种优厚的经济回报，刺激着卡兰达吉卜赛人将"跳舞熊"这项表演一代代地相传下去，300多年如一日。

像所有被猎捕贩卖过来的小懒熊一样，拉鲁首先被一个卡兰达吉卜赛人拔掉了所有的犬齿，然后又被穿孔戴上笨重的口罩，一条粗壮的铁链被生硬地嵌入拉鲁的脖子里，如果没有意外的话，直到拉鲁死去的那天，铁链都不会被去掉。

接下来，经过简短的训练，拉鲁就跟着主人上街表演"跳舞"了，它要摆出各种"憨态逗人"的舞姿，以获取观众的掌声和赏钱。可事实上，拉鲁和它所有同行一样，并不是真的憨态到愿意主动去跳舞的，而是主人不停地鞭打着它们，提动着铁链，痛得它不得不跳起来，拉鲁所谓的"跳舞"，只不过是对疼痛做出的剧烈反应罢了。

莫提克路过卡兰达村时，拉鲁已经快要被折磨死了，还不到8岁的它已经虚弱到无力动弹，主人这才不让它继续上街表演，但铁链还嵌在拉鲁的脖子上，致使疼痛的拉鲁每时每刻都要发出悲哀的呻吟声。但主人早已无暇顾及它了，他正在忙着训练新的小懒熊。

也正因为如此，拉鲁才能被莫提克轻易地从主人手中买过来。目睹了拉鲁的惨状，莫提克开始试着给拉鲁做手术，想取出它脖子上的那根铁链。但由于铁链嵌在肉里的时间太长，几乎已经完全和肉长在一起了，因此手术难度非常大。又因为铁链上面的铁锈每天都在一点点地侵蚀着拉鲁的皮肤，因此，当莫提克的手术刀切开拉鲁脖子上的皮肤时，一股浓烈的恶臭味扑面而来——拉鲁的脖子被铁锈腐蚀得化脓了！

手术时间虽然比较长，但终究还是成功的。夜深了，取出铁链的拉鲁慢慢地进入了梦乡，那是它自进入卡兰达村以来第一个没有疼痛的夜晚……看到拉鲁不再痛苦，一贯刚强的莫提克忍不住掉下了眼泪——他为拉鲁可怜的过去而悲，现在的解脱而喜。

但遗憾的是，3天后，拉鲁还是死了，死于一种疑似结核病和抵抗力过差。

让莫提克难过的还有，街头上的许多"跳舞熊"还在继续表演，还有数以百千只的懒熊在卡兰达吉卜赛人挥动的皮鞭和不停拉提的铁链下痛苦地摆出各种"舞姿"，其中有些已经瞎了眼睛，有些已经严重佝偻的……

心痛的莫提克决定开始劝说卡兰达吉卜赛人放下手中的"跳舞熊"，并取下它们脖子上的铁链，可这一切都是徒劳，没有人愿意去听从他的规劝。

迫不得已，莫提克最后只得试着朝他们买"跳舞熊"，每只付的价格高达600美金。为此，莫提克几乎是倾家荡产，他还向亲戚、朋友借了许多钱。可即便如此，莫提克也只能救下很少一部分的"跳舞熊"，绝大多数卡兰达吉卜赛人还是不愿意放下手中的赚钱工具。

后来，莫提克终于明白了，要想拯救所有的"跳舞熊"，首先必须要做的是帮助卡兰达吉卜赛人找到新的经济来源，让他们在放下"跳舞熊"后，生活依然有保障。为此，莫提克又开始游说自己曾经采访过的一些企业家，希望他们能去卡兰达村周边投资建厂，好给卡兰达吉卜赛人提供工作的岗位。但由于卡兰达村偏远闭塞，没有一家企业愿意前去投资，但屡屡碰壁的莫提克并没有因此而放弃，而是继续坚持不懈地在各企业家间奔走。"救救那些疼痛的孩子吧！"莫提克的呼喊震撼着每一个有良知的人。

好在，如今，在莫提克的努力感召下，已有十几个卡兰达吉卜赛人开始放弃"跳舞熊"表演了，继而加入莫提克拯救"跳舞熊"的行列中。

莫提克拯救"跳舞熊"的队伍越来越庞大，他不再是一个人。

一个人的明石海峡大桥

连接日本淡路岛和日本本州岛神户的明石海峡大桥，是迄今为止世界上跨径最长的一座悬索大桥，大桥中心跨度两公里，是之前跨度最大的旧金山金门大桥的两倍，其建造的难度也创下了人类桥梁史上之最。光前期的研究和准备工作就用了近30年的时间，施工则用了10年时间，总耗资高达43亿美元。

然而，很少有人知道，迫使日本政府做出修建这座耗资空前的大桥的决定的，是因为一场渡轮失事和一个死者家属的坚持。

1955年5月11日清晨5点，一艘载着180多名乘客的"紫云丸"号渡轮，在薄雾中从高松港出发，穿越明石海峡，到对面的九州岛上去。不幸的是，6时45分，"紫云丸"号和另一艘渡轮发生严重碰撞，致使168名乘客死亡，数十人受伤。

在这次事故中，神户的一位贫民——61岁的加藤托本失去了他唯一的儿子——13岁的小加藤，这对于加藤托本来说犹如灭顶之灾，因为他之前患有不育症，小加藤是他好不容易才得来的孩子。

就在其他死难者家属忙于与日本政府就赔偿抚恤金的多少展开争论时，加藤托本却做了一件出人意料的事——强烈要求日本政府在海峡上建起一座桥梁，以避免今后类似"紫云丸"号悲剧的发生。

这个要求在当时的日本政府看来简直是天方夜谭，不可能做到，因为明石海峡的平均深度为110米，中心最深处则为160米，而且终年水流湍急，每天都有上千艘船只在海峡里航行，在这样的环境里建设桥梁难于上青天。

更麻烦的还有，如果要建桥，桥身的跨度将要达到两公里才行。而最难克服的障碍则是，日本是一个多震、台风频发的国家，大大小小的地震和台风随时可能发生，如果在大桥的建造过程中，桥的各个部分还没有连接形成一个牢固的整体时，任意一次较大级别的地震或台风都能让大桥毁于一旦。

但是，加藤托本根本听不进日本政府对此所做的符合事实的解释。他认为，只要政府以人为本，下定决心，就一定能攻克不利于建桥的各种困难！因为，解决这些困难要远比避免"紫云丸"号这类灾难的发生更容易。

从此之后，"固执近乎到疯狂"的加藤托本每半个月就要去东京一次，一直持续了4年。他向日本政府反复递交自己的申请书，陈述建桥的意见，其间，他还不断给当时的日本天皇和正副首相写信，弄得他们头痛不已。

不得已，日本政府只好让有关部门规划建设大桥的预算，结果是惊人的43亿美元。在20世纪50年代，这绝对是一笔巨资。得知这一消息后，加藤托本依旧觉得日本政府能拿得出这笔钱，并且主动将自己获赠的4万多美元抚恤金全部捐赠出来，作为大桥的第一笔修建资金。

最终，日本政府被加藤托本的"固执"感动了，再加上此时当地居民要求建桥的呼声越来越高，于是在1960年3月日本政府下定决心建桥，并正式组建桥梁设计队伍，开展先期的技术攻关。同时，应加藤托本要求，政府向已经是65岁的他写了一定建造大桥的承诺保证书，首相亲笔在上面签字。

直到此时，加藤托本才长长地出了一口气。3年后，他含笑长逝。

老人去世25年后，所有技术难题都被攻破。1988年5月，明石海峡大桥正式开建。

1996年9月18日，明石海峡大桥正式合龙，这天距离"紫云丸"号失事整整41年。在当天的合龙仪式上，大桥的总设计师北川臣说了这么一句话："这是为完成一个老人的无私心愿而建起的一座前所未有的丰碑！"

现在，每天有2.5万辆汽车通过明石海峡大桥，这极大地方便了当地的居民。而当年"紫云丸"号的悲剧再也没有重演。

今天，大桥成了日本的一个重大骄傲，标榜在人类桥梁建筑史上。

为梦放行7分钟

我这里有一个关于"7分钟"的故事，想花3分钟时间讲给你听，希望你能收获到关乎"一辈子"的思索与感悟。

他是一个在钢厂炼钢的工人，整天围着焦炉转，焦炉像一个热鏊，让人焦灼难耐。这种工作环境一般人是很难扛得住的，他也曾经动摇过，但是，当他看到了自己的父亲，他就心里安宁了许多。

他的父亲也是炼钢厂的工人，一辈子都没有离开过焦炉。他想，父亲没有改变的命运，他一定要替父亲冲出窘迫的重围。

那是一个文化相对贫乏的时代，一本演义小说许多人都传着看，直至书被传得破如毡毛垫子。就在这样的时代，厂里出台了一个规定——任何人不准在工作时间看小说。

规定一出，那些躁动的青年立马噤若寒蝉了，他们一心只想着干活。

他在众多工人中属于胆大的一类，也是属于好学的一类，他想，厂里只是说不准看小说，但没说不准看诗集呀。

于是，他就拿了一本《普希金诗集》在工作的间隙琢磨，焦炉每隔10分钟出一炉，他3分钟就可以把活干完，剩余的时间，他就用来啃那本诗集，间隙里还掏出铅笔头，写一写属于自己的诗。

不料，这一举动不到3天就被班长发现了，班长对这种行为是要坚决将其扼杀在摇篮里的。

班长立即呵斥了这种行为，并警告他以后不准再犯。

就在这时候，工长进来了，略带批评地对班长说："年轻人看看诗集，又不是闲书，有啥错？"

班长不吭声了。

从此以后，揽焦车边，他的7分钟被匀出来了。他每天利用若干个这样的7分钟，读诗、写诗、发表，后来，偶然的机缘，他的诗歌被厂里宣传部部长看到了，把他调到了宣传部。再后来，通过应聘，他到了一家著名的杂志社做了编辑。而恰恰是在这个时候，国内的钢铁工业重组，他原来所在的钢厂被吞并了。

如今，坐在宽敞明亮的办公室里，他坐拥书海，手边却不离当年那本翻烂了的《普希金诗集》，还有当年为他放行7分钟的工长的照片。

他说，他将永远铭记工长为他梦想放行的7分钟，是那样短短的7分钟，改变了他一辈子的命运。

温暖的"诗心"

故事就发生在布宜诺斯艾利斯郊区的卡拉萨村贫民区，13岁那年，她的父母都失业了，迫不得已，一家人只得靠在大街上捡些饮料瓶子、废铁罐和旧报纸维持生计。

她在家中排行老四，另有8个兄弟姐妹，生活条件的艰难程度可见一斑。她是一个争气的孩子，总是想着替父母分忧，所以，在放学后的时间里，她也像父母一样做起了拾荒人。她每天最感兴趣的地方，除了书本，那就是垃圾桶了！因为，一个解决了她精神上的穷，一个能解决她物质上的困。

令她难过的是，尽管全家人夜以继日地捡破烂，家里的生活依然是困难重重，她看在眼里，急在心里，再也不能让高昂的学杂费拖累自己的家人了，于是，一年半以后，她含着热泪离开了学校，做了一个全职的拾荒人。

她是个出落得气质不凡的女子，十几岁的她身高已经达到1.77米，而且身材非常匀称，面容也十分俊美。一次偶然的机缘，她遇到了阿根廷著名的项链设计师玛莉娜，玛莉娜看到这样一位条件这么优秀的女孩竟然每天过着拾荒的生活，心中怜惜不已，于是告诉她："你长这么漂亮，应该去当模特儿！"

设计师的这样一句话，把她说得泪雨滂沱，那是她长这么大以来第一次哭得这么厉害。"如果我说你应该去，你愿意去吗？"玛莉娜试探性地问她。

她几乎想都没有想，就脱口而出："我当然愿意，我要做阿根廷最出色的模特！"说这句话的时候，她的眼中闪烁着一种无与伦比的自信与坚强。

玛莉娜也被这样一种目光给深深感染了，语重心长地对她说："你的目光，让我看到了一颗历经苦难之下依然坚挺执着的心！"

玛莉娜的这句肯定的话仿佛是一粒种子，深深地植进了她心灵的土壤里，并且随着岁月的推移，逐渐在她的心灵深处生了倔强的根。在玛莉娜的帮助下，她找到了一家模特公司，这家公司的经纪人第一次看到她，就告诉她："你是一块璞玉，至于你能不能成为价值连城的宝玉，全要看你自己的表现，而且我要特别提醒你的是，模特公司从来不养闲人！"

听着经纪人的话，她坚定地点了点头。从走台步和化妆开始，她进行了艰苦的训练。由于她没有基础，只得付出比其他模特多出近10倍的努力。再加上经年累月的拾荒生涯，她的双手也开始粗糙皲裂，而且布满了伤疤，穿丝绸服装的时候，甚至都能划伤服装，为此，她痛下决心，忍着剧痛对自己的双手进行了整形手术，她要力求做最完美的自己。

2007年，年仅16岁的她参加了阿根廷模特选拔大赛，凭借着突出的成绩，她艳压群芳，击败1000名竞争对手，一举夺得阿根廷模特选拔大赛冠军，从这里开始，她走向了国际舞台。

她的名字叫妲妮拉。从一位拾荒女到倾国倾城的模特冠军，许多人认为，她是遇到了生命当中的贵人玛莉娜。对于这些言论，妲妮拉笑说："的确，我从未梦想有一天能当上模特，命运给我安排了一个艰难的拾荒人的角色，我能做的就是让自己成为明星，然后依照自己的知名度，为拾荒者点亮一盏灯！"

为拾荒者点亮一盏灯！这是一句多么意味深长的话语。提及妲妮拉，也许会有太多的人说她是一位幸运的"灰姑娘"，但是，同样也有太多的人不知道妲妮拉在成为"公主"的前夜，心中已经装着一颗温暖的"诗心"！

一把慢慢飞翔的剃须刀

19世纪中期之前，全世界的男人们剃胡须时大都用直柄剃须刀，这种剃须刀的刀架很笨重，刀片是很厚的且永久性的，每剃完一次，都得重新洗干净，以便于下次再用。此外，直柄剃须刀还有一个缺点，那就是剃胡须时还无法做到剃得彻底，总是有些剃不干净。

由于家庭贫困，16岁的他便辍学了，因为没有学历，他只得在一家销售瓶盖的公司里当了一名推销员。但是业绩却做得很不好，这让他很烦恼，每到此时，他就会习惯性地托着腮，思考如何提高业绩。可每次一托腮时，他都会觉得腮上残存的胡须很扎人，这让他非常难受。而且，他每次出差时带着直柄剃须刀非常不方便。

于是，爱琢磨的他，开始想自己能不能发明一把更轻巧、更能把胡须剃得彻底的剃须刀，最好剃须刀是一次性的，剃完后就可以直接扔掉。

他决定改进直柄剃须刀，将刀架和刀片分开制作。于是，不久后，世界上第一把弯柄刀架诞生了。接下来，他开始变革刀片，他觉得可以把之前厚厚的刀片变得更薄些，变成一次性的，用完就能扔掉，这样用起来会更方便。但如何把厚刀片变薄在当时还是一件非常困难的事情，因为当时有能把刀片变薄技术的机械厂很少。

但他坚信一定能做到。

经过艰难的寻找和努力，他终于找到了一家能生产这种薄刀片的机械厂。因为手中没有现金，他只得先欠款，并承诺两年内，等产品卖出去后，一定连本带利息偿还给该机械厂。

终于，在他不懈的"纠缠"下，这家机械厂最后答应了，帮他生产出大量刀片，其厚度是当时普通刀片厚度的六十分之一。而且这种刀片可以自由轻松地从剃须刀架上拆卸下来，可随时更换，刀刃也非常锋利。

当然，他也因此变得负债累累，欠下10多万美金。

可是，就在他满怀信心，带着这种新型的刀架和刀片满世界推销时，却遭遇到了挫折。当时美国的很多男人对这种新型的玩意儿似乎有太多的不信任，他们已经习惯用直柄剃须刀，或直接去理发店请理发师专业剃须。

因此，整个第一年下来，他只卖出51把刀架和67个刀片。第二年的状况依然没有好转，也只卖出210把刀架和518个刀片。

看情况不妙，那家机械厂开始上门逼债，他只得一边拖延，一边开始四下躲藏，同时继续推销他的新型剃须刀。

等到了第五年，终于出现了让他兴奋的一幕，在这一年里他分别卖出了2万把刀架和5万个刀片，第一缕曙光终于打到他身上了！

但他坚信，他新产品的市场远不止如此。

机会总是留给那些善于发现的有心人。果然如他所料，这之后，美国参加了第一次世界大战。许多美国大兵需要携带防毒面具上战场。而戴防毒面具则必须要求面具与脸部贴合得非常严密，不能留有一丝空隙，这样才能阻止毒气进入，也就是说脸上的胡子必须要刮得非常干净和彻底。而他的新型剃须刀正好能做到这点，而且刀片是一次性的，便于大兵们携带。

1917年，他与美国军方签订协议，作为军需品，他成功地卖给美国大兵350万把刀架和3200万个刀片。仅这一笔生意就让他赚得一大笔，一下子就还掉了之前所有的债务。

更让他惊喜的是，通过关于美国大兵们在前线的各种生活的新闻报道，同时借助防毒面具的成功，他的刀架和刀片一下子火了起来。女人们也在此时开始越发喜欢那些脸部被刮得白白净净的男人们。接下来的两年，刀架和刀片一共卖出惊人的7000万把！

他的"剃须刀帝国"终于诞生！

不错，他就是美国吉列公司的创始人——坎普·吉列。目前，号称"掌握全世界男人的胡子"的吉列剃须刀在美国市场占有率高达90%，而全球市场的份额竟在70%以上。仅"慢倒风速"系列剃须刀，一年的利润就达到20亿美元。坎普·吉列也因此成为美国历史上最有钱的人之一。

你的奔跑地点选对了吗

可能是受当军人的父亲的影响，从很小的时候起，他就是一个不安分的孩子，好动不好静，总喜欢在屋顶上蹦来蹦去，好几次差点儿掉下来摔死。

家人本以为等他再长大些，自然就会安分下来，可直到上了中学，他这种"好动"的特性依旧没有改变，反而更加严重。他不太爱上课，一个月总有几天想方设法地逃过老师的监管，偷跑出去东跑跑西逛逛。

一次很偶然的机会，他在街头目睹了一起绑匪枪击事件，他亲眼看到两名绑匪开枪打死了一名本能跑掉的被绑架者，这让他感到非常难过和遗憾。难过的是，被枪杀者和他一般大；遗憾的是，被枪杀者当时只要稍微改变一下逃跑的路线，奋力地跳过一个栅栏便能逃过一劫，保住性命。若换成是他，他一定能做到。

这起街头枪杀案很快被媒体报道了出来，当全城人都在谴责绑匪的凶残以及社会治安的乱和差时，他却在思考另一个问题——人们在遭遇绑架和勒索，而且无外援的情况下，如果能够掌握一套有效的脱逃方式，那么脱离虎口、劫后余生的概率就一定会大大提高。

也就是从那时起，他做出了一个重大的决定——专门研究和传播脱逃术，然后将其推广，让人们在受到攻击时能像城市忍者一样，在任何环境和条件下都能自由奔跑，而且不会因此受到任何伤害。为此，他专门去了父亲的军队，向法国陆战队的士官们请教野战的各种奔跑术。

为了演练，每到上学和放学的时间，他都不坐校车，而是独自一人穿街过巷，像风一般一路奔跑回家，为此，他摔伤过很多次。放着既安全又舒服的校车不坐，非要天天"自残"，他的这一怪异行为遭到了大家的一致嘲笑。

然而，他没有因此而产生丝毫放弃的想法，反而越来越痴迷。通过反复研究、学习和训练，他终于得出他想要的结论——只要方法得当，任何人都能在城市的任何一个角落自由奔跑。

在他看来，人们在逃跑时之所以会受伤，是因为没有掌握正确奔跑和落地的方法。比如，一般情况下，一个人从20米的高处奔跑落下，触地时会产生近非常大的力，这个力足以造成人的死亡或重度骨折和残疾，但是，如果选择正确的落地方式——斜起身体，在落地时翻一个跟头，同时弯曲膝盖，这样便能将整个身体变成一个有弹性的减震器，让人安然无恙。

当然，还需要运用一些物理定理，在奔跑时掌握好距离、速度和着力点，如果再懂一些中国的武术就更好了。为此，他还专门去中国武当山拜师学艺了一年时间。

执着终于换来了最后的成功，通过6年多的探索，他终于能在没有任何保护措施的情况下，在障碍物丛生的城市街头像风一般自由奔跑、跳跃，躲过各种追击和围捕。

不错，他就是城市忍者、自由奔跑者、跑酷运动的创始人——法国人大卫·贝尔。

今天，大卫·贝尔所创立的这项跑酷运动已经在全欧洲的青少年中风靡开来，由他创立的"跑酷技艺训练营"受到青少年的极大喜爱，特别是受到一些商业大佬和政界高官的后代们的追捧，在他们看来，跑酷的魅力已远远超过飙车，是个性的最潮展示。

在这个训练营里，每个课时的收费是200美元，一共9个课时。大卫·贝尔能从每一个学员身上获得1000美元的利润。到目前为止，已经有近千名学员进入"跑酷技艺训练营"学习，这让大卫·贝尔赚了一大笔。

更让大卫·贝尔没有想到的是，在这之后的不久，他受法国电影公司的邀请，正式进入演艺圈，先后在《暴力街区13》系列电影中担当男一号和跑酷镜头的动作指导，总片酬高达1200万美元。

从人类诞生的那天起，人们就学会了奔跑，但是，没有谁能像大卫·贝尔这样，从奔跑中获利无限。这难道只是因为他们选择的奔跑地点不够酷、不够吸引人吗？如果是，那么，你的奔跑地点选对了吗？

一条忍着不死的鱼

在距非洲撒哈拉沙漠不远处的利比亚东部，有一个叫杜兹的偏远农村，这里白天的平均气温高达42℃，一年中除了秋季会有短暂的雨水外，其他绝大部分时间都是骄阳似火。

然而，就在这样一个恶劣的环境中，却生长着一种世界上最奇异的鱼，它能在长时间缺水、缺食物的情况下，忍着不死，并且通过长时间的休眠和不懈的自我解救，最终等来雨季，赢得新生。它便是非洲的杜兹肺鱼。

每年当干旱季节来临时，杜兹河流的水都会枯竭，当地的农民便再也无法从河流里取到现成的饮用水了。为了省事，当他们在劳作时口渴了，便会深挖出河床里的淤泥，找出几条深藏在其中的肺鱼。肺鱼体内的肺囊里储存了不少干净的水。

农民们将挖出来的肺鱼对准自己的嘴巴，然后用力地挤上一顿，肺鱼体内的水便会全部流出来。

然后，农民便会将其随意地一扔，不再顾及它们的死活。

有一条叫黑玛的杜兹肺鱼就不幸遭遇了这样的事情：当一个农民挤干了它的水分后，便将它抛弃在河岸上。无遮无挡的黑玛被太阳晒得直冒油，生命垂危。好在它拼命地蹦呀、跳呀，最后终于跳回到了之前的淤泥中，重新捡回了一条命。

但是，不幸远没有就此打住。很快，又有一个农民要搭建一座泥房子，于是他开始到河床里取出一大堆的淤泥，好用它们做成泥坯子。不巧，黑玛正好就在这堆淤泥中。于是，它又被这个农民毫不知情地打进泥坯里。泥坯晒干后，那个农民便用它们垒墙，黑玛很自然地便成了墙的一部分，完全被埋进墙壁里，没有人知道墙里还有一条鱼。

此时墙中的黑玛已完全脱离了水，而且没有任何食物，它必须依靠囊中仅有的一些水迅速进入彻底的休眠状态之中。

在黑暗中整整等待了半年后，黑玛终于等来了久违的短暂雨季，雨水将包裹黑玛的泥坯轻轻打湿，一些水汽便开始渗入泥坯内部。

湿气很快将黑玛从深度休眠中唤醒了，体衰力竭且体内水分已基本耗尽的黑玛，整天整夜开始拼命地吸呀吸，好将刚进入泥坯里的水汽和养分一点点全部吸入肺囊中——这是黑玛唯一的自救办法。

当再无水汽和养分可吸之时，黑玛又开始新一轮的休眠。

很快，新房盖好后的第一年过去了，包裹着黑玛的泥坯依旧坚如磐石，黑玛如同一块"活化石"般被镶嵌在其中，一动也不能动。黑玛深知此时再多的挣扎都是徒劳，唯有静静等待。

第二年，在自然的变化以及地球重力的作用下，泥坯彼此之间已不如之前密合得那么好了，它们开始有了些松动。黑玛觉得机会来了，它不再休眠了，而是开始日夜不停地用全身去磨蹭泥坯，生硬的泥坯刺得黑玛生疼，但它始终没有放弃，在它的坚持下，一些泥坯开始变成粉末状，纷纷下落。

在黑玛昼夜不断的磨蹭之下，第三年它周围的空间大了许多，它甚至可以打个滚，翻个身了。但是，此时的黑玛还是无法脱身，泥坯外还有最后一层牢固的阻挡。

改变命运的转机发生在第四年，一场难得一见的狂风夹带着米粒般大小的暴雨，终于在某个夜里呼啸而至，更可喜的是，由于房子的主人已在一年多前弃家而走了，这座房子已年久失修，在暴雨和狂风的作用下，泥坯开始纷纷松动、滑落，直至最后完全垮塌。此时，黑玛用尽全身最后一点儿力气，与暴风雨里应外合，它一使劲，破土而出了！

沿着满路面下泻的流水，重见天日的黑玛很快便游到不远处的一条河流中，那里有它期待了4年的食物和营养——肺鱼黑玛终于战胜了死亡，赢得重生！这是杜兹，也是整个撒哈拉沙漠里的生命奇迹，而这个奇迹的名字显然叫作坚持和忍耐！

一个小渔夫的淘金梦

特里是美国伊利湖上的一个小渔夫，水性不错的他常年靠下水捕鱼为生。但即便是非常辛苦地工作，他一年捕鱼所得的收入也只能是勉强养家糊口。渐渐开始有些厌倦了捕鱼生活的特里，试图改行，但又由于担心自己除了会潜水外，再无其他技能，因而没有足够的决心。

由于长年累月在伊利湖中潜水捕鱼，特里很快便发现了一个其他人不太知道的秘密，那就是在伊利湖中有许多沉船的残骸，有的保存得还相当完整。经过打听和查阅相关的资料，特里惊喜地发现，原来，伊利湖在美国历史上曾是一条重要的水上商业航道，在19世纪末之前曾有无数商船从此经过，同时又因为这里水域环境变幻莫测，天气状况难以捉摸，因而时常会发生沉船事件，有记录的沉船事故就有1200多起。

有沉船就表明船上有可能有各种珍贵的稀罕物，如古董、钱币甚至是黄金，如果能将它们打捞上来，岂不能大发一笔？但是，特里很快否定了自己的这个想法，原因是，这种"寻宝"的方式太费时间，而且风险大，因为不可能每条沉船上都有宝藏，得靠运气。

那么，如果自己只负责提供信息和潜水培训，吸引其他人来寻宝，不也同样能获取到一定的报酬吗？而且这种方式还能百分之百地只赚不赔，风险几乎为零。

这种错位思考方式让特里兴奋异常。说干就干，很快，特里就贷款在伊利湖附近成立了一个潜水寻宝培训中心。他先是花半年多的时间，摸清了一部分沉船的具体位置，并将其中一些沉船残骸拍摄下来，然后放到网上，吸引人们的眼球。

但是这些沉船具体处在伊利湖的什么位置，他是坚决保密的，而只有那些愿意付出一定的费用给特里的寻宝者，特里才会跟对方说。

百年水下沉船，锈迹斑斑，神秘而未知，不可知的船上物件，珍宝、首饰、藏宝地图……这些新奇的东西一下吸引来了许多好奇者和寻宝者，特别是那些早就玩腻了高尔夫、厌倦了出入各种顶级娱乐场所的富豪，他们开始蜂拥而至。

而要想到伊利湖中寻宝，探秘百年沉船，寻宝者和富豪们必须首先要在特里那儿买上一套指定的潜水衣，并且租用他的氧气罐。接下来，还必须要接受特里为期一周的潜水寻宝培训，仅这两项服务，特里就能从中获得近5万美元的收入。

接下来，只要寻宝者或富豪们每次付出2万美元至8万美元的现金，特里就会把他们带到与之相对应的沉船水域里。越大型的沉船，船上越有可能藏着奇珍异宝，收费就越高。同样，越隐蔽的沉船水域，收费的标准也越高。为了保证这项服务的持久性，寻宝者和富豪们还需要签订一份协议，禁止对外透露水下沉船的任何信息。

对于富有冒险精神的寻宝者来说，这是一次可能一不小心就能发横财的机会；对于富豪们来说，这种难得的体验比寻到宝藏更为有趣；而对于聪明的特里来说，财富开始滚滚而来。至于寻宝者们能否幸运地寻到宝藏，则全看他们个人造化，与特里无关。

2010年6月，特里又别出心裁地从美国军方手中购买了一艘退役的水下潜艇，并将其改装成寻宝探险潜艇，对外出租，每租用一天的收费是8万美元，更让他高兴的是，如此昂贵的收费丝毫没有影响到他的生意，前来租用潜艇的人络绎不绝。

自特里的潜水寻宝中心开张以来，已有近百名寻宝者和热爱水底探险的人成为他的客户，让他从中赚得了一大笔财富，他再也不是那个浑身都是腥味的渔夫了，而是叼着雪茄，捧着红酒的美国超级富豪。

给别人一个梦，自己获得的则是真金，特里成了最大的赢家。

成功需要打破思维定式

不要让"拳击手"规则束缚了自己

这是发生在美国的一个真实故事。

有一年的11月下旬，美国洛杉矶举行了一场全国性拳击比赛。在比赛的前一天，一名参赛的职业拳击手驾车时，不小心碰到了路边的行人。双方斗起嘴来，最终他们动起手来了。打斗的结果出人意料，受伤的竟然是那位职业拳击手。很多人觉得不可思议，甚至认为是那名职业拳击手发扬谦虚精神，不以自身优势取胜吧。可事实上并非如此，警方在调查后了解到，在打斗中，那名拳击手使出了比赛时的气力，尽管如此，他仍然被那名行人打败了。

这件事在当时成了美国众多媒体的头条新闻，并且引起了轩然大波。许多人不禁要问，职业拳击手怎么会输呢？他到底是输在哪里了？

随着警方调查工作的进一步开展，职业拳击手失利的原因逐渐露出了水面。道理很简单——比赛的规则直接影响了拳击手的正常思维和水平！要知道，拳击比赛有很多规则，主要是不能攻击腰部以下的部位，不能乱出拳攻击别人，要按照规定的拳法来打。双方打斗时，那名行人并没有受这些规则的影响，打斗一开始，他就直击职业拳击手的裆部，然后手脚并用，又扯又踹。就这样直到让拳击手瘫倒在地，不能站立。

当我们用惊异的目光笑着看完这个故事时，我们是不是应该问问自己：在生活中，我们是否一直遵守"拳击手"规则。很多时候，规则不只是影响了我们的思维，更让我们在面对失利时不知所措。规则必须遵守，但是首先你要弄清楚你所在的环境，及你的实际处境，否则，规则就不再是规则了，而是我们前进路上的绊脚石。

规则是死的，但是人是活的，不要让规则限制了我们的思维。

三脚架的姿态

他们是商学院的同学，同时他们又是商人的儿子。

毕业后，他们各自进了自己父亲的公司适应了一段时间，最后决定共同创业。经过一番市场调查后，他们决定成立一家摄像机三脚架生产公司。由于性格不同，加上决策方面又有矛盾，公司成立后不久他们就分道扬镳了。

借助家庭的关系，他们各自成立了专业的摄像机三脚架生产公司，从这一刻起，他们不再是朋友，而成了竞争对手。他们拼命追求质量、追求市场、追求效益，可以说，在质量上，他们的产品是不分上下的。可是，他始终想不通，质量相同，为什么对手的客户越来越多，而自己的客户却越来越少呢？

商场是残酷的，不会给任何人留下喘息的空间。不到半年，他的公司就破产了，而他昔日的兄弟、昔日的竞争对手却蒸蒸日上。

他始终不知道，自己败给了一颗螺丝。

摄像机在使用的过程中，由于经常变换位置，三脚架的螺丝会松动。他想："如果我设计成普通扳手是不能夹紧螺丝的，只有用我们公司生产的特殊扳手才可以夹紧螺丝，那客户是不是就固定下来了呢？"换句话说，使用了我们公司的摄像机三脚架，就必须使用我们公司专门生产的扳手，这样就没有选择别的公司的三脚架的余地了。

然而对手生产的是一种使用普通扳手就可以加紧螺丝的三脚架，使用起来非常方便，而且具有很强的适用性。就这样，他破产了。

他怎么也不会想到，他的失败，仅仅因为一颗螺丝。甚至，就连他进对手公司打工的那一刻，他的脑海里都在思考一个问题："我到底错在哪儿了呢？我怎么会破产，又怎么会给自己曾经的同学、曾经的好朋友、曾经的对手打工呢？"

非常遗憾，他的行为、他的思想注定他只能是一名普通的打工者，而非成功的企业家。

对手之所以能成功，是因为有了成功的心理。多替别人设身处地地想一想，本着方便他人的原则去考虑别人的感受，结果会大不一样。生活中，倘若你能如此，那么你就找到了成功的契合点，你收获的除了现实的丰硕果实外，更多的是成功者的姿态和心理。

从小文员到大CEO

在上海交通大学读书的时候，他就通过信息分析预感到，旅游将是中国未来朝阳行业里的"朝阳"产业。于是从那时起，他便规划立志此生一定要从事旅游业。

1990年，从学校毕业后的他和几个同学一起应聘到上海新亚国际旅行社。由于是个毫无经验的大学毕业生，新亚旅行社只让他当了一名小小的文员，每天的工作就是整理和打印各种资料、接发传真。和他一同进入的其他几个同学觉得这是"大材小用"，于是便纷纷离开了旅行社，只有他选择留了下来，而且一做就是一年。在他看来，要想深入一个行业，必须先从最基层做起，在获得扎实的市场知识后，便可全身心地投入。

果然不出他所料，鉴于他认真扎实的工作态度，第二年他便从文员升职到办公室助理，能够直接接触到业务了，并且有了自己的独特思考。如此一步步提升，4年后，他便做到了公司副总经理的位置，薪酬相当可观，让他的那些早前离开的同学羡慕和后悔不已。

然而他并没有因此而止步，极具创新能力的他，很快推出了具有统一市场价格的"新亚卡"，这在上海旅游业内引起了不小的轰动。

很快，他又想到了申请800免费电话。当时800号码，整个上海的用户还不到100家，他觉得作为一种全新的服务手段，800免费电话一定对公司的业绩非常有帮助。由于申请购买的人很少，因此他很容易便帮公司挑选了一个好号码，这个号码在现在的价值已经有千万了。

1999年，借助互联网，旅游网站开始兴起，有一家正在筹划的旅游网站邀请他加盟，由于当时的旅游网站还很不成熟，同行中很少有人愿意去做。没想到，他却毫不犹豫地去了，他觉得随着中国互联网的不断发展，旅游网站必将有无限前途。

一开始，网站主要提供旅游信息和发布景点广告，由于是一家独大，初期的效益非常好。可很快他便发现模仿者接踵而至，在很短的时间内，便出现300多家跟自己差不多的网站。

他敏锐地感觉到如果和他们这样比拼下去，依靠单纯的信息提供和发布广告肯定无法常胜，于是他迅速地将网站重新定位为以提供旅游产品为主、旅游信息为辅的路线。

为此，他推出了网站旅游会员卡服务，拿着此卡在跟网站有合作关系的酒店和航空公司住宿买飞机票，都能享受到不同程度的打折和优惠。此举一下子拓宽了网站的业务范围，由于网站非凡的业绩，2003年，旅游网站在美国纳斯达克上市，成为中国第一家上市的旅游网站。

然而，真正让网站声名鹊起的则是3年后的2006年发生的一次"危机事件"。这年2月的一天，由于当天游客太多，网站的20多名会员，在进入香港迪士尼乐园时，3次被拒绝入园。20多名会员自然是无比不满，媒体也跟风报道此事，公司处于一片慌乱之中。此时，他果断做出答复，诚挚道歉，并表示如果会员们不能按时入园，公司将赔付他们因此所造成的所有损失，并且再让他们免费进园一次，还免费为每位会员提供价值2000多元一晚的宾馆住宿。

此种以客户为上的应对措施，赢得人们的一致好评，媒体也开始纷纷笔锋一转，大为赞扬，没想到这次事件反而帮他做了一次免费的正面宣传和广告。

此时，有一家媒体的记者站出来，质问他：那些游客是不是你们的托，这是一场你们提前精心策划好的公关策略？如果这次不是20人，而是2000人，你们还会做出这样的赔付决定吗？他淡淡一笑，说，那更要了，否则就是在砸自己的牌子！此次风波不仅没有让网站品牌受损，反而为它赢得了良好的知名度和口碑。

不错，这个旅游网站的名字就叫携程，而他就是携程旅游网的创始人之一、副董事长范敏。在他的带领下，今天的携程已成为中国第一大旅游网站，占据中国在线旅游50%以上的市场份额。携程通过向超过4000万会员提供集酒店预订、机票预订、旅游度假、商旅管理、特约商户及旅游资讯在内的全方位旅行服务，被誉为互联网和传统旅游无缝结合的典范。

2010年携程先后入选《福布斯》"2010中国品牌价值排行榜"、Google（谷歌）排名榜"全球受欢迎旅游网站"。而鉴于范敏在概念股上的杰出成就，他两次受邀在纳斯达克敲响开市钟，他也是中国目前唯一获得此等待遇的人。

咬定职业规划不放松，同时具有敏锐的前瞻性，不断创新拓展自我，这便是范敏成功的最大秘诀。

敢于撂荒的心

在英国伦敦的郊区有一位名叫斯蒂芬的画家。先前，斯蒂芬只是一位三流画师，只在地区范围内享有一定的名气。所以，他的画总是卖不了高价，费时近1个月完成的画作，多半被人以2000英镑左右的价格买走。尽管这样下来，能够取得些收入，但是，高不成，低不就，始终很难"更上一层楼"。

前来买斯蒂芬的画的人越来越多，斯蒂芬开始浮躁起来，画画也不用心了。大家逐渐发现，斯蒂芬的画不如以前细腻了，买画的人越来越少，斯蒂芬苦恼极了。

一天，斯蒂芬有幸遇到了一位画家前辈，赶忙把自己的疑惑说给前辈听。

前辈听了斯蒂芬的诉说后，巧妙地问他："假如现在买你画的人还如以前一样多，你开不开心？"

斯蒂芬点头称是。

前辈失望地摇了摇头说："斯蒂芬先生，若那样的话，你这辈子就只值2000英镑！"

"为什么？"斯蒂芬满脸疑惑，甚至有些恼怒。

前辈继续点拨斯蒂芬说："你想啊，别人都拿2000英镑定价你的画，如此为了赚钱，你的画作势必偷工减料，长此以往，你自己害了自己；退一步说，即使你仍然用心画，画工不减，长此以往，你在别人心里也已成了定式，你的画只值这么多钱！"

斯蒂芬一下子醒悟过来，幸亏自己没有一如既往地"火"下去，否则，假象的火会烧伤自己啊！

斯蒂芬开始潜心创作，还倾尽所有，以3000英镑每幅的价格收回了自己原来售出去的画作，买回来销毁。

6年后，斯蒂芬的新作问世了。这幅画一经出炉就受到了业内专家的一致认可，别人都说斯蒂芬成功了——斯蒂芬的一幅画被一家拍卖行以10万英镑的高价拍走。

对此，斯蒂芬只是淡然地说："我用拍卖这幅画所得的收入，终于可以完全回收6年前那些从我手里流失出去的苍白画作了。"

媒体开始纷纷评论，这种宠辱不惊的画家才是真正的大师。

斯蒂芬的故事印证了一句话：即便是一块荒地，你也要每天拾掇，别管它长不长东西。

没有粮食进仓，不等于没有收获。硕果累累以前那些撂荒的过程是非常必要的，因为，一颗敢于撂荒的心，是成功者前夜的必要等待。

"守旧"成就辉煌

从来不造和不卖顶级豪华表，但是销售量和知名度却远远超过那些动辄几十万、几百万的名表，自20世纪初第一家劳力士公司成立以来，劳力士发展到今天已经在全球很多个大城市设有分公司，年产量几十万只，销售额稳居瑞士钟表业龙头，同时也毫无争议地稳坐世界钟表销售量的"头把交椅"。

劳力士手表成功的秘籍在什么地方，是劳力士手表不断进行自我创新以赋予它新的生命力吗？答案恰恰相反，不是创新，而是守旧。

没错，就是守旧！劳力士手表除了在1926年和1931年分别推出"蚝式"表和"恒动"表，在1945年推出全球首只可以自动转换日期的手表和1956年推出具备星期显示功能的日历表外，在创新的道路上，劳力士手表便再无建树。今天在市场上销售的劳力士手表，依然是以上几种主要的款式，从没有出现过新的款式。也就是说，到目前为止，劳力士最新款式和功能的手表依然是很多年前推出的那些款式。

在这个人人都呼喊着要给产品不断创新的时代，劳力士手表为什么能如此淡定和自信，一直守着旧吃老本？答案是，在劳力士手表看来，它的品牌影响力足以让它的产品有不断下移的市场。因为人们信任劳力士，因此，某款劳力士手表数十年在某个富裕国家的富裕地区卖得很好，一旦市场饱和了销售量开始下降了，那也没有关系，再把它卖到不富裕的地方；一段时间后不富裕的地方也不行了，还是没有关系，继续将它卖到其他不富裕的国家；然后从不富裕国家的富裕区域开始卖，再销往不富裕地区，如此重复。从欧洲到亚洲，再到非洲……每到一个区域，劳力士手表先在大城市卖，没有市场了，就再推向小城市，小城市要是还不行，就再推向集镇，甚至卖给一些农民暴发户和一些先富起来的农民（他们之前从不敢想自己有一天能戴上劳力士手表）。

那么，为什么有人愿意买过时的手表呢？答案是，劳力士手表从来都没有宣布过哪款表过时了，所有的表不都一直在卖吗？由于很少更换样式，因此对劳力士手表来说，每种款式手表都不存在淘汰的情况。劳力士手表任何时候带给人的感受都是："瞧，我戴的可是劳力士手表，多有品质感和荣耀感呀！"

那些很早前就买过劳力士手表的人会说："瞧，我十几年前买的那款劳力士手表，现在还在市场上卖得很好，还没有贬值，怎么样，厉害吧？我有眼光吧？"以前买过的和现在买的人，都因为劳力士手表而备感自豪，皆大欢喜。

因为"守旧"，所以没有过时和落伍。正因此，劳力士手表才能在日益竞争激烈的钟表市场上牢牢站稳脚跟，并且越卖名气越大。

把盈利点放在明天

作为美国的著名品牌，安利净水机及其家庭桶装纯净水自1995年进入马来西亚后，分别占到马来西亚72%和80%的市场份额，且一直势头很足。

然而，在2010年安利净水机及其家庭桶装纯净水却遭遇了当头一棒，一下子被打蒙了，而向它挥棒的是一家叫NEP的马来西亚本地健康水企业。NEP仅仅用了一年的时间，就将安利净水机及其家庭桶装纯净水挤到了第二的位置，而自己则成功占领了63%的马来西亚净水机市场份额和60%的家庭桶装纯净水份额，两项业务一年的总营业额高达4.1亿人民币，NEP一举击败安利便是它旗下的钻石能量净水机及其家庭桶装纯净水。

整整一年，NEP都带着它的钻石能量，做了以下几件"利己而不利安利"的小事：

NEP在马来西亚的各大媒体上投放广告，内容是只要你家的净水机还在使用，不管这个净水机已经用了多少年，也不管它是什么品牌的，NEP都愿意免费帮你换上一台价值人民币4000元的新净水机，只要你拨打一个预约电话就好，剩下的一切由NEP帮你搞定。

马来西亚净水机的用户们自然是不会放掉这个天下掉馅饼的好事情，NEP的预约换净水机的电话被打爆了。结果是一台台旧的净水机从一个个家庭里被搬走了，而一台台新的钻石能量净水机被安进终端用户的家庭里。

很显然，被搬走最多的净水机品牌是安利！现在要问，NEP此举高明吗？NEP每安装一台新的净水机可就意味着要损失4000元呀，你若是这样想，那就大错特错了，因为这恰恰就是NEP的高明之处，因为此举能让NEP轻松地找到自己准确的目标客户群——家里有旧的正在使用的净水机就表明这些家庭都有每天饮用纯净水的习惯，NEP便可无须雇业务员挨家挨户去寻找有喝纯净水的用户了，而为NEP免费找到这些目标客户群的正是NEP的竞争对手安利。

NEP之所以愿意免费帮用户更换净水机，目的就是要把安利的净水机搬走将它斩草除根。现在用户的家庭里只有钻石能量净水机了，安利则很难再"反扑"回来。

只要钻石能量净水机在用户家扎下营来，接下来，NEP的一切后续营销和盈利便变得非常容易了。

在安装好净水机的3个月后，NEP的工作人员会打电话给用户，告知这样的一个信息——按照全球净水机的行业科学标准，净水机的滤网必须要3个月换一次，否则每天喝下去的就是"毒水"，严重伤害身体健康，特别是免疫力差的老人和小孩。而钻石能量净水机的滤网必须是配套的NEP的滤网，否则起不到效果。于是，卖净水机上的滤网成了NEP获得利润的渠道。一个滤网的价格相当于人民币100元，而成本则只需要25元。

卖好了净水机耗材后，NEP接下来开始卖钻石能量桶装水。他们开始大肆宣传钻石能量水的各种优势和好处，而且如果放入钻石能量净水机后，饮用则健康效果更佳，同时价格比原先用户使用的安利桶装水还要便宜一些，如此用户自然开始纷纷改饮用NEP的钻石能量纯净水。接下来，NEP只需要聘用一些工人送送水便可以了，完全不需要大量的市场开发人员，极大地节省了成本。

现代管理学之父彼得·德鲁克生前曾预言：21世纪的竞争是商业模式的竞争，NEP深谙其道，通过改变净水机和纯净水市场原有的竞争模式和游戏规则，创造出一种对手无法抵御的全新商业模式，把盈利点放在明天，先铺设好阵地，从而最终成为大赢家。

不能领头，就掉头

甲和乙都是主管，都一心想着往主任位置上爬。

两年后，甲撞得头破血流，单位领导对他也是一肚子的意见，说他只想着当官，不想着做实事，把基本原则搞错了，这样的同志，组织上哪能考虑他，让他好好反省去吧！没想到，这一反省，就没了期限，朋友甲在怨天尤人里过着惨淡的生活，时时处处都抬不起头。

乙和甲比起来，就理智多了。看到升职无望，立马申请调到了技术研发岗位，经过艰苦卓绝的努力和钻研，取得了好几项科研成果，在全国都拿了大奖，上级领导对此很重视，在多个会议上表扬乙，不多时，乙就升职了。

同样是升职，甲不撞南墙不回头，乙则选择了迂回战术。甲陷入了泥潭，乙则站在了山顶。

还有一个故事，发生在丙身上。

前几年，鸡蛋大涨价。丙瞅准时机，一下子从外乡的贩子那里买了不少雏鸡，打算通过养鸡生蛋捞一笔。不料，3个月后，他傻了，贩子卖给他的全部都是公鸡。再打贩子的电话，早已经关机，上哪里说理去。

无奈之下，丙到集市上考察了足足一个月的时间。考察完毕以后，他手舞足蹈地回来了。他不仅没有舍弃那些雏公鸡，还给它们添加了不少营养价值高的饲料，并趁着间隙，从田间农民那里收购了不少土蚕和豆虫，专门喂养这些公鸡。

许多人都感到不理解，买错鸡苗也就罢了，丙还发疯似的下那么大血本喂养这些不会下蛋的公鸡，该不会是神经了吧。

不料，端午节一到，公鸡价格大涨，再加上丙养的都是红公鸡，且都是纯天然野生放养，价格一下子比别人高出将近一倍，几天内，丙的公鸡被抢购批发一空。他粗略地算了一下，公鸡的价格，是母鸡的3倍还多。

大道崎岖，不能直行，就要迂回。硬碰硬地攻取固然激动人心，暗暗地包抄和巧取更让人称道。生活在我们每个人面前各打了一道围城，这些看似阴森的围城其实是可以从各个方向击破的。

不做第一，只做唯一

22岁时，学设计专业的他来到北京创业，由于没有名气，很难从现有的设计市场里分得一杯羹。一天，他到北京的家具城去买一个衣柜，当他问老板有没有家具的宣传画册拿来看看时，没想到对方却说没有。

原来，当时整个北京家具市场里没有一家家具店有宣传画册。他灵机一动，觉得自己的机会到了，于是便说道："那我帮你做一本宣传画册吧，保准会带动你的销量。"但没想到老板摇摇头说："我们没有这笔预算。"他说："你不用花钱，用家具换就行了。"老板一想，说那好吧。

果然，当宣传画册设计出来并且分发给消费者后，这家家具店的销量上升了不少。很快，其他家具店开始主动找他帮着设计画册。不久，整个家具城里70%的家具店的宣传画册都是由他做的，让他狠赚了一把。

让他更没想到的是，之后，"居然之家"的总裁汪林鹏竟然亲自打电话找到他。原来，当时"居然之家"在挑选入驻的家具企业时，好多企业的宣传画册都出自同一个人之手，这让汪林鹏大为惊讶，便想见见这个厉害的人物。但等他来到"居然之家"时，没想到汪林鹏对他说："听说你设计做得不错，那就给我做一个名片吧。"当时一盒名片只有20元钱，但他干脆地答应了。第二天当他把名片送过来时，汪林鹏看后非常满意。但是他却说："汪总，你们的CI（企业标志）设计得不好。"汪林鹏一愣，说："那你给我们重新设计一个吧。"就这样他接到了"居然之家"这个100万的设计单子。

此后，他跟"居然之家"合作了十几年的时间，他也因此被业界称为"家具设计策划第一人"。

2008年10月，他策划和组织第一届中国品牌节，但是如何选择举办场地成了一个难题，因为场地既要有档次，又不能太贵。很快，他便想到了北京奥运会三大主场馆之一的国家体育馆。电话一打过去，对方说行呀，一天100万。挂了电话，他心凉了半截。但他又一想，收费这么高，说明国家体育馆肯定是急于收回前期投入。

机会来了，他约到了时任国奥集团董事长张敬东。聊天中他问，国家体育馆后期如何才能把之前的巨额投资给回收回来呀？张敬东说，这正是自己一直感到头疼的问题，便请他帮着想想主意。他趁机说，如果能让中国10000名企业家、1000个财经记者、100个活动组织策划高手同时走进这里，那无疑是最大的宣传。张敬东说，但是没有那么多钱去请啊，也不认识这么多人。听到张敬东这样表示后，他心中暗喜，说："我搞了一个活动，规模很大，联合了一百多个活动组织策划高手，上万名企业家，还有近千名媒体记者。"张敬东马上表示："那太好了，你就到我这儿搞吧。"他说："你们那儿100万一天，搞不起。"张敬东立即表示："不用不用，你来，只要能把国家体育馆的商业活动宣传出去就行。"

2008年10月1日，第二届中国品牌节在国家体育馆隆重举行，共1.6万多人参加，创造了国家体育馆赛后上座率的一个新纪录，成为赛后大型体育馆商业利用的典范，他也只象征性地交了些水电费。

他就是品牌中国产业联盟秘书长王永，被认为是中国品牌事业的新领军人物和未来领袖。做不了第一，就做唯一，涉足同行未涉足的领域，整合自身的资源，王永为自己搭建了一座事业和财富的珠穆朗玛峰。

芒刺上的花丛

面对2008年的北京奥运会，许多商家都看到了其中所存在的无限商机。阿迪达斯公司和耐克公司就是其中竞争最激烈的两家。阿迪达斯作为北京奥运会的主赞助商，具有相当强大的主场优势，其势头紧逼同行业的其他品牌。

耐克公司看到了阿迪达斯作为奥运赞助商的主场优势，同时，也想方设法通过其他途径来破局，其中，体育明星就是一个绝佳的突破口。于是，耐克公司瞄准了许多有望夺冠的知名运动员，并期望通过他们的"金牌效应"来拉动商机。

中国"飞人"刘翔就是其中一名，面对这位曾经取得辉煌战绩的中国运动员，历时一年多，他们为刘翔专门设计了一种"战靴"。这种"战靴"仅214克，轻便、减阻，有人分析，仅仅是从这双"战靴"上来说，刘翔就能提高0.02秒！另外，当他们得知刘翔每次比赛的时候，都喜欢在起跑前沉思默念，搭上鞋面的粘贴带是起跑前的最后一个动作。于是，自雅典奥运会之后，刘翔每一双战靴都保留了粘贴带。耐克公司也没有忽略这一细节，如法炮制，而且做得更加完美。

万事齐备，一切只待发令枪打响的那一瞬间。哪知道，2008年8月18日上午，就在这样一个决定性的瞬间，刘翔却因脚伤倒在了预赛的起跑线上，当即刘翔退出了比赛。

对于耐克公司来说，这无疑是一个晴天霹雳，一年多的辛苦眼看着要付诸东流。在那一刻，许多人断言，这下子以耐克为首的诸多广告商肯定要崩溃。没有想到的是，就在刘翔宣布因伤退赛后的12个小时，耐克公司发出官方声明，他们认为："刘翔一直是中国最杰出的田径运动员之一。耐克为能与刘翔紧密合作而感到自豪。在此时，我们理解他的感受，并期待他伤愈复出。"继而，耐克公司的创意人员根据刘翔退赛为题材，主题为"爱运动，即使它伤了你的心"的平面广告伴随着各报社"刘翔退赛"的头条消息，出现在全国各地区的主要都市报的头版位置。广告上写着："爱比赛/爱拼上所有的尊严/爱把它再赢回来/爱付出一切/爱荣耀/爱挫折/爱运动/即使它伤了你的心。"广告词恢宏大气，鼓舞人心，不仅安慰了代言人刘翔，而且在字里行间坚信刘翔一定能够东山再起。

据耐克公司的负责人介绍，该创意广告推出以后，耐克体育用品的销量不仅没有因"刘翔退赛"而减少，反倒大幅度上升。

代言人突遭事故，这对大多数商家来说无疑都是一种致命的打击，然而，耐克公司不但没有在这片"荆棘地"里摔跟头，反倒拨开困窘的"芒刺"，在艰难的"荆棘地"里开出轻松绚烂的"花"来。

耐克公司清楚地知道中国的市场空间，耐克公司也非常清楚地认识到刘翔在中国人心目当中的地位，耐克公司巧妙地借用了这一"事故"，进行温情炒作，不光攫取了商机，而且收获了一片掌声与喝彩，更重要的是耐克公司巧妙地赢得了所有中国人的心。

这就是耐克人的智慧，面对突发事件，他们不但没有让它成为制约自身发展的"短板"，反而以此为契机，迅速起跳，把"短板"劣势演化成了"长板"优势。其实，任何"短板"和"长板"之间都隔着一块跳板，关键是看我们朝着哪个方向起跳。

一个"怕"字价值40亿

作为一个凉茶品牌，它有着180年的悠久历史，按理说，这种"老字号"应该有着不菲的销售业绩和知名度。然而，令人感到遗憾的是，它却一直不温不火，甚至到20世纪90年代初，它还只不过是一个区域性品牌，只是在它的发源地广州有些知名度，而全国的其他地区的很多消费者甚至连它的名字都不知道。

从1997年起，主导这个凉茶的广州王老吉药业股份公司决心开始全面营销它，将它做大做强。很快，他们便发现凉茶不出名，销路打不开，是因为凉茶产品本身的定位给消费者的印象出了问题——凉茶是由一些中药熬制而成的，它具有祛火、祛燥等多种保健功能，然而这既是它的优势和卖点，但同时也是它致命的缺点。正是由于含有中药成分，导致消费者在潜意识里觉得，凉茶是药品口服液，不能经常饮用，因为"是药三分毒"，因此一般不会去买，除非是真的身体不适。找到症结所在后，王老吉决定对凉茶实施"变身"，改变消费者的这种潜意识。

而当时中国的快速消费品饮料市场巨大，王老吉凉茶决心将"药品性质的凉茶"改为人们日常饮用的"饮料"。

传统的凉茶由于全是中药成分，因此喝起来很苦，王老吉将它改成甜味，通过这种方式将它披上"饮料"的合法外衣和身份，而且还是健康饮品，能祛火、祛燥。很快，"上火就喝它"的新定位和宣传语便出来了。

改变了口味后，果然在市场中一炮走红，1998年销售额便达到了1.8亿。然而，就在王老吉凉茶信心百倍地期待着接下来销售定会呈上升式的持续飘红时，令人没想到的结果出现了，在接下来的4年中，凉茶每年的销售额都是徘徊在1.8亿到2.2亿之间，始终无法突破这个瓶颈。

改变发生在一次偶然的经历后。一次，王老吉凉茶的营销策划团队正在饭店的大厅里吃饭，正好邻桌的一桌客人在点酒水，其中有好几位女士，她们询问服务员有什么饮料，服务员便推荐王老吉凉茶，结果，只听见其中的一位女士说："我又不上火，喝它有什么用，给我一瓶果汁吧。"而另一位女士则说："我要一瓶，中午吃了烧烤，我怕上火，还是喝点儿预防一下吧。"

说者无意，听者有心，"我又不上火，喝它有什么用"，"我怕上火，还是喝点儿预防一下吧"。前后一对比，王老吉凉茶的营销策划人员一下子找到了问题所在，是呀，销售增长不了，根本的原因不就是消费者没有增长吗？只有那些因为生活不规律，如常常熬夜，火锅吃多了，或者抽烟喝酒过多上火的人，才会想到买自己的凉茶，然而上火的人毕竟是少数，但怕上火的则是多数呀。

问题找到了，王老吉凉茶立即将原先的宣传语"上火，就喝它"，改为"怕上火，就喝它"，增加了一个"怕"字，一下子把中国的绝大多数消费者都定位成了自己产品的消费对象，人人都有了买它的理由。这一改果然奏效，从2003年起，凉茶的销量立即呈直线上升趋势，年均增长率达到96%，到2008

年，销售额则高达120亿元，而且出口国外，因为国外同样有许多"怕上火"的消费者。

不错，这款凉茶饮料便是"王老吉"，截止到2009年12月，王老吉罐装突破5.5亿，盒装突破11亿，共计在中国市场销售160亿元，一举超过了可口可乐公司的150亿元，首次击败了可口可乐公司长期在中国罐装饮料市场龙头老大的地位。

从起初的1.8亿元到如今的160亿元，从最初的区域品牌到之后的国际品牌。王老吉凉茶成功的秘诀在于营销好了一个字——怕。正是这个"怕"字将王老吉凉茶的消费群一下子放大了无数倍，将他们统统圈了进来，从而一举奠定了它在中国罐装饮料市场的王者地位。

如果按饮料市场25%的平均纯利润来算，王老吉凉茶的年利润便是40亿元，中国有句俗话说的是一字值千字，然而，对于王老吉凉茶来说，这个字值40亿元，而且还在不断飙升。

值得敬仰的"多余"

丘吉尔瀑布水电站是当今世界上最伟大的建筑工程之一，它位于库底300米的地下，整个水电站是通过开凿出坚硬的花岗岩而成的，6300人历经5年的时间才最终将它建成，工程总耗资达9.5亿美元。

丘吉尔瀑布水电站的发电量有4000万千瓦，数百万升的水从瀑布水库中流入被称为"导水管"的巨型管道里，"导水管"再与最下端的涡轮机连接，通过流水的落差推动涡轮机转动发电，一直为北美地区供应着清洁的可再生能源。

与一般的水电站不同的是，丘吉尔瀑布水电站所有的控制室都在地下300米处，由于汇集了当时全世界最为顶尖的建筑学专家和技术人员，水电站的各项安全保护设施可谓是尽善尽美，确保能抵御住任何人类已知的意外和灾难。

但就在整个工程几近完工时，水电站的一位工程师却在例行检查中无意间听到一个施工工人说，如果出现更大的灾难，所有的防护措施都无效了，里面的人该怎么逃？

这本是一句无心话，因为所有的人都知道，如此精良的水电站，是很难出意外的，它可以抵挡一切重大事故发生，比如势不可当的洪水或者火灾。

但是，这个微小的声音还是很快被汇报到工程总部那里，工程总部立即召开会议，设计部门首先带头自我批评，表示当初设计时的确没有考虑到"出乎我们意料之外"的不可抗拒的灾难。如果到那时真有这种灾难，水电站地下的工作人员的确只能是坐以待毙。

最终，他们决定在控制室的出口旁放一台紧急逃生巴士，这个逃生巴士需要一周7天，一天24小时全天候待命，没有任何休息的时间，而且雷打不动每天都要检修一次，以防止它发生故障，在紧急情况下开不走。

在外人看来，放置逃生车似乎已经是杞人忧天，多余之举了。但是，多余之举还远没有就此打住。设计师们又开始扪心自问，如果发生意外，地下控制室的人员被燃烧起来的火或者烟雾围困住了，上不了巴士，又该怎么办？

最终提出的解决办法是，开凿出一个"避难所"，让它与控制室相连。即便这个新增的项目，几乎要改动整个已经快要完工的控制室。

临时避难所建好后，里面被放进足够多的补给，它能够保证15个人在里面待上一个月（当时整个控制室里只有不到10个人）。里面除了有食物外，睡觉和洗浴等设施也一应俱全。平时，临时避难所里的食物和补给定期更换，好让这些食物始终保持新鲜。

正如当初一些人所认为的那样，逃生巴士和临时避难所的确就是一个多余，自运行到今天，丘吉尔瀑布水电站从未发生过一起事故和意外，牢固的保护设施让它在一次又一次的洪水突袭中安然无恙。

既然起不到作用，逃生巴士和临时避难所就应该撤掉了。但事实上，历届水电站的头头们都从未有要撤走它们的想法，而是严格地按照当初所制定的规则和制度，一丝不苟地按时检修逃生巴士，照料打理临时避难所。

现在，要交代的是，关于逃生巴士和临时避难所的这些规定和制度，都是在丘吉尔瀑布水电站正式启用的那一年——1971年制定的。

丘吉尔瀑布水电站的工作设计人员善于听进细微声音，防患于未然的忧患意识，以及为此所制定出应对举措，并且多年如一日地坚决执行，就是放到今天也同样令人肃然起敬，让我们丝毫不觉得它们是一个"多余"。

被逼出来的求生技巧

这是发生在100年前的一个真实场景。

7月的某一天，在美国西海岸森林里的一株高大树木的树冠之上，几十条鼻涕虫正在寻觅食物，此时的它们正饥肠辘辘，因为自身爬行的速度非常缓慢，这些鼻涕虫几乎是用了大半个上午的时间，才从地面上艰难地爬到树冠上来的。

树冠上有鼻涕虫喜欢吃的各种富有营养的小爬虫，它们让鼻涕虫兴奋不已。鼻涕虫摆开阵势，将小爬虫团团包围住，然后将它们一一吸入嘴中，尽情享用这些轻而易举就能得到的美食。

可就在鼻涕虫吃到六七成饱的时候，一种不好的状况出现了——空中的太阳进入它一天中最旺盛的时期，它开始毒辣地直射到树冠上，肆无忌惮地散发它的淫威。没过多久，整个树冠便变得十分酷热，而且温度还在不停地上升，越来越让鼻涕虫难以抵挡，如果继续待在树冠上，等待鼻涕虫的只有一条路——死！

很快，鼻涕虫预感到危险的到来了，它们迅速地分成两组，开始选择各自的方法来躲避太阳。

第一组爬到较密的树叶丛中，待着不动以避阳，它们心想："我还没有吃得十成饱呢，现在爬下树去，等太阳弱下去，还得再爬上来，又费事，又费力，不如就在这里避避，等上一会儿就可以了。"

第二组则跟第一组完全相反，它们开始沿着来时的路撤退，它们一边爬，一边想，只有按原路返回，爬到地面的阴凉处，才是最安全的，才不会被太阳晒死。于是，它们铆着劲爬呀爬，汗流了一路。

太阳继续炙烤着西海岸森林，它像一个聚光的凹凸镜似的将温度最高处的焦点对准森林里的每一个树冠，持续地照着，释放出越来越多的光和热。慢慢地，树叶开始蔫巴，变得越来越柔，越来越没有支撑力，同时藏在他们里面的鼻涕虫也被熏得奄奄一息，最后连抓住那些蔫巴树叶的力气都没有了，恍恍惚惚地就从树叶上一下子坠落到地面上，摔得一命呜呼了。

第二种鼻涕虫，爬呀爬，可是它们的速度实在太慢了，而且此时的树干也被烤得越来越烫，温度越来越高，尽管它们坚持不懈，始终向前，可最后还是没有抵挡住酷热，一个个横尸于返回地面的途中。

不仅仅是这一次，此后的每年这个时候，鼻涕虫的这种悲剧都在不断地重演着，无数条鼻涕虫因为要到树冠上捕食而最终被摔死或被烤晒死，场面十分悲壮。

但到100年后的今天，同样的地点，同样的时间，鼻涕虫所上演的故事却完全是令人欣喜的另一个版本。

太阳开始发威，但鼻涕虫却似乎并不害怕，它们不慌不忙，先是爬到离自己最近的一个枝头上，然后，把自己悬挂在上面，紧接着，迅速地从尾部分泌出一种黏性很强的细丝来，直到这些细丝一直垂到地面上，才停止分泌。做好了这一切，鼻涕虫活动一下全身，然后沿着刚分泌出来的那个细丝，"嗖"的一声滑了下去，只需几秒钟的时间，便可安全直达地面，整个过程，身体丝毫不受阳光的灼烤。

令人不解的是，鼻涕虫只有在捕食或被其他动物攻猎杀时才会本能地分泌出带有黏性的细丝来，除此之外，其他任何情况，都从来不会，这是一种延续了千百年之久的本能特性传统。但是，现在的鼻涕虫居然改变了这种特性——在第三种情况下分泌出细丝来，而这种改变无疑是被环境逼出来的——正是在一次又一次地与生存环境的斗争中，在面对太阳咄咄紧逼的淫威下，鼻涕虫不断自我摸索，自我创新，自我改变，并且将这种改变传递给下一代，最终让它们的子孙在危机来临之时，学会了险中求生，辟出一条有效的活路来。

鼻涕虫尚能改变自己百年来的本能特性，寻求突破、创新自我以应对环境，那么面对危机，你寻求过创新吗？

飞机上面开"超市"

　　春秋航空公司2010年的财务报表显示，该公司在2010年的盈利总额高达2400万美元。这让外界大为不解，因为作为中国唯——家廉价民营航空公司，春秋航空堪称是中国版的"西南航空"，其飞机票的价格低得甚至有些令人无法相信，怎么不亏反赚了呢？比如从上海到西安、杭州、长沙、大连等地的票价是99元起，从上海到广州、深圳等地则是199元起，如果订到特价机票，则价格更低。旅客平均每次只要花上260元人民币，就能买到一张春秋航空所开设的50多条飞往全国各地的航班机票。"飞机的享受，汽车的票价，让更多的普通大众能坐得起飞机"一直是春秋航空打出的宣传口号，低廉的票价让许多本来选择坐汽车和火车出行的旅客最后转而选择了春秋航空。

　　再回到外界的不解上来，春秋航空的票价如此低廉，按理说，乘客越多，飞的班次越多，就会亏损得越多，为什么他们反而盈利了2400万美元？春秋航空到底凭什么盈利的呢？

　　在春秋航空看来，低票价只是为了把更多的旅客吸引过来，因为他们明白，只要你上了春秋航空的飞机，接下来的许多事情便好做了。他们独特售卖商品的策略便也从旅客登上飞机的那一刻起，正式展开来。

　　首先是，飞机上的乘务员们开始推着车子卖饮料和点心。本来旅客们都认为飞机上是会提供免费饮料和点心的，结果一上飞机发现没有，想要，得掏钱包买。刚开始旅客们会有一种上当受骗的感觉，但转念一想，如此低廉的票价，不提供饮料和点心也属正常。况且之前他们也没说有，都是自己认为的，于是也就作罢了，买吧。这样，春秋航空的第一笔盈利生意便做成了。

　　接下来，飞机上的小电视开始播放各种商品的宣传广告，其模式跟楼宇电视差不多。你不听也得听，不看也得看。当然，这些广告春秋航空也不是白替广告主们做的，得收费。这样，第二笔盈利的生意便也做成了。

　　紧接着，春秋航空又把飞机上座位之间的过道租给一些模特公司，飞机平稳飞行后，一个个靓丽养眼的女模特，便开始在走廊里走起了猫步，推销各种皮包、背包、箱包。

接着，所卖商品的档次继续升级——卖汽车。每天春秋航空都会在飞机上推出一款汽车，因为节省了大笔的广告和场地展示的投入，车的售价比市场价优惠很多，而且还可以刷卡。下了飞机，就再也没有这个价格了，因此很受欢迎。

更离谱的是，春秋航空还在飞机上卖房子。他们通过自己的渠道和品牌，常常能把一个新楼盘里最好的若干套房子拿到手中，然后称，某某楼盘最佳的房型和位置朝向，今天你只要付8万元的订金，就能实际充当10万元的房款，只有在春秋航空才能享受得到。此外，飞机上的小电视开始不停地展示该楼盘的效果风景图，你想不动心都不行。

当主业务已经无法盈利时，春秋航空便智慧地从主流的边际着手，创造了一种叫边际经济的文化，做了第一个吃螃蟹的人，从而得以让自己从竞争激烈的民航运输中脱颖而出。

拒绝"做大做强"

奥地利的萨尔茨堡，是一个人口只有20多万的小山城，但由于它是音乐天才莫扎特的出生地，在奥地利乃至整个欧洲都小有名气。然而，真正让萨尔茨堡在全世界声名鹊起的，还是因一部奥斯卡获奖电影，它便是《音乐之声》。

1965年，电影《音乐之声》在萨尔茨堡取景拍摄，在全球公映后，萨尔茨堡那些如同世外仙境的景观令观众大为惊讶和向往。从此，来自世界各地，特别是欧洲的游客纷纷涌入这座山城。最近几年，每年参观游客的人数达30万之多。

萨尔茨堡政府看到了其中的巨大商机，在专业策划公司的建议下，决定将《音乐之声》取景地的旅游做大做强。

首先，在萨尔茨堡建立一座规模宏大的《音乐之声》影视基地，基地囊括了电影里的所有场景，游客在这里可观看到当年《音乐之声》拍摄的情景以及电影里的珍贵道具。其次，还准备建筑宾馆、饭店和娱乐设施，以及将影视基地出租给剧组拍摄影视剧。

影视基地首期计划投资10亿美元，由于萨尔茨堡政府没有足够的资金投入，于是决定在全欧洲公开招标，以招商引资的方式寻求合作。

2010年5月10日，萨尔茨堡政府正式在网上对外发布招标信息。短短一周内，全欧洲就有20多家公司发来竞标书，其中有两家还是世界500强企业。因为这些企业深知，基地一旦建成，每年到此的游客至少达到100万，比原来将增加3倍。仅从每位游客身上赚100美元，一年就有上亿元的收入，过不了多久，就能收回成本，大笔盈利。

两个多月后，开标的当天，一场意外发生了。一大早，数百名萨尔茨堡居民围堵在政府的大门外，他们高举反对政府建立影视基地的横幅，要求政府立即取消当天的开标活动。

这一突发事件让萨尔茨堡政府措手不及，只好答应与居民代表坐下来谈判，了解他们反对的原因。

谈判一开始，萨尔茨堡政府就大谈基地建成后的巨大经济效益和各种好处，然而，居民代表根本不吃这一套，他们很干脆地亮出自己反对的理由不欢迎越来越多的旅游者挤爆他们的家园，侵占山城的资源。

代表中的一位少妇称，现在萨尔茨堡已有许多外来旅行社，他们设计了诸多包括"萨尔茨堡名胜古迹游""寻访莫扎特足迹游"等旅游线路，并带着游客们整天到处乱走，让原本安宁的生活变得越来越不安宁了。以往，年轻的父母们可以推着婴儿车，带着自己的宝贝孩子，在大街小巷里悠闲地散步，稍大的孩子还可以欢快地到大街上蹒跚学步，但是现在不行了，婴儿车在熙熙攘攘的人流和车流中甚至难以前行。一不小心，孩子就会被旅行社的大巴车和背包客的大包碰伤。

一位老年人代表称，多年来，我们的肠胃和身体已经适应了我们自产的原生态食品，但是，现在它们却大量被游客消费掉，如果游客再翻上几番，我们老年人的健康食物供应必然会遭受更大的影响。

接下来还有代表称，游客增多和影视剧组的进入会加大山城的污染……

"如果以牺牲我们的安宁和健康的环境为代价，换取来大捆钞票根本没有用。那么我们将对上帝发誓，坚决反抗到底！"这是居民代表的最后申明。

鉴于人们的激烈反对，且反对的理由相当在理，萨尔茨堡政府最后不得不宣布基地招商无限期搁置，维持萨尔茨堡旅游业现状。

把玉米"圈进"财富里

在美国亚特兰大北部的一个乡村里，有一位名叫约翰·凯恩的农民。多年来，约翰·凯恩一直继承家族的传统，靠种植玉米为生。但由于玉米在美国是一种极其廉价的农作物，很难卖出一个好价钱，所以虽然约翰·凯恩非常勤奋地耕耘着家中的玉米地，但也仅仅是养家糊口而已，无法因此而过上富足的生活。

后来，约翰·凯恩的儿子小约翰从学校毕业后，也加入种玉米之中来，帮父亲一起耕种玉米地。有一次，他们从外面请来了24名工人给玉米地锄草，天突然下起了大雨，结果把24名工人全困在半人高的玉米地里。原来是因为十几亩的玉米地种得错综复杂，第一次来这里干活的工人根本找不到出口，直到约翰父子把他们一一领了出来。

这件小事一下子触动了小约翰，他从中看出了一个致富的新商机。接下来，小约翰到城里请回来了几个美术和植物园艺剪裁高手，让他们帮自己在玉米地里设计和剪裁出一个个大的玉米"怪圈"迷宫。

当这个绿色的迷宫被设计好后，约翰父子又邀请城里的旅客前来自家的玉米迷宫里参加捉迷藏和寻找出口的游戏，并且适当从中收取一些费用。

很快，这一新型的、放在大自然中的娱乐游戏大受人们的欢迎，前来感受玉米怪圈迷宫的神奇魅力的游客越来越多。如今每年约翰家的玉米地接待的游客达15000名，他们也从中大赚了一笔，其收入比之前单纯卖玉米要多出许多倍。

无独有偶，埃及有一个村庄，由于地处偏僻，资源贫乏，而且文盲人口众多，因此多年来一直是埃及最贫困的村庄之一。虽然一届一届的村主任也都是想尽办法脱贫致富，但最终都是因为没有什么有效的招数而不了了之。当其他的村落都一个个先后发展起来时，这个村庄的面貌却还是跟几十年前的埃及村庄一样，贫穷而落后。

后来，一位"空降"过来的村主任突然奇想，他认为，既然他们现在的村庄和很多年前的埃及村庄基本上没有什么两样，那么就干脆在贫穷落后上做足文章，打造出一个现实版的"古埃及村庄"，这样一定会吸引不少人过来参观旅游，因为贫穷落后也是一种文化旅游资源呀。

于是，村主任开始带领村民在原有的基础上，把村里所有的房屋都改建成古代埃及的模样，之后，村主任又精心挑选了250名村民，让他们入住改造后的"古埃及村庄"，并将他们的生活全都"古埃及化"，让他们完全按照几千年前埃及人的穿着打扮和生产劳动，每天都牵着牛羊出去干活、拉磨。

同时村主任还请来了植物学专家，在他们的帮助下，恢复了在埃及灭绝了1900多年的纸莎草的种植，并且让这些纸莎草成为埃及传统手工编制工艺品的原料，仅这一项就为近万人提供了就业和工作的机会。

"活着的古埃及村落，最原始、最原汁原味的古埃及文明"，这样的宣传口号一下子吸引了众多外来旅游者。人们纷纷从世界各地赶过来，目的就是来看看作为人类历史上最为古老民族的古埃及人，到底每天是怎么生活的。

而其他250名之外的村民则负责后勤保障工作，为游客们提供餐饮、住宿等服务，或者推销旅游纪念品。

仅仅用了一年的时间，这个村落就发生了翻天覆地的变化，旅游收入让他们的腰包鼓了起来，彻底脱贫了。

从单纯的种玉米到打造玉米绿色迷宫，从始终如一的守贫到"因贫利导"的古埃及村落，思维观念的转变带来的是令人瞠目结舌的美好结果。而这一切仅仅需要做到玉米不当玉米卖，贫穷不当贫穷看，而是设法将它们"圈进"财富里。

好莱坞的"眉毛大王"

1979年3月的一天，罗伯特出生在威斯康星州的一个普通的美国家庭里。让邻居和父母大为不解的是，从很小的时候起，罗伯特似乎就对自己的眉毛特别感兴趣，只要一有空闲，他便对着镜子，琢磨自己的眉毛。他还将父母给的零花钱积攒了下来，然后从外面买回来镊子、剪刀和除毛贴，躲在卫生间里，乐此不疲地给自己修眉和画眉。

罗伯特的这种独特"癖好"随着年龄的增长，越来越严重。一个男孩，居然经常给自己画眉，人们都难以理解，邻居和同学们经常嘲笑和戏弄他，说他变态，学校里的老师也对他直摇头，不留情面地称他为"残次品"。但是这些嘲讽似乎并没有让罗伯特"改邪归正"，反而更加坚定了他继续研究眉毛的决心。

高中毕业后，罗伯特没有继续读书，而是在家人和朋友的一致反对声中开了一家小型的眉毛美容店。然而，遗憾的是生意并不好。因为眉毛美容在当时完全是一个新事物，很多人听都没听过，更别说特意掏钱来打理眉毛了。

家人和朋友本以为罗伯特会就此罢手，但是他们错了，一时遇挫的罗伯特很快就发现自己的眉毛美容术应该是面向那些有这项需要的小众群体，而并非普通的大众群体。

他立即决定将目标转向好莱坞女明星，因为他曾听说过好莱坞的女明星们为了吸引公众眼球，每个人都在使出浑身解数打扮自己，好让自己更具竞争力。好看又吸引人的眉毛，不正是她们赢得胜利的一个重要砝码吗？

于是，罗伯特便从老家赶到了洛杉矶，在好莱坞明星汇聚地比弗利山庄的后面开设了一家眉毛美容室，推出了专门眉毛美容服务——罗伯特5分钟容颜提升术。他声称，通过修理眉毛，能使女明星们看起来更加容光焕发、魅力十足。他还表示，自己通过长达20年的潜心研究和琢磨，发现出色的眉形能够改变一个人的容貌，效果远远超过发型，而自己则能通过修修剪剪，将眉毛雕刻成完美的弧状。

莎拉·杰西卡、麦当娜和詹妮弗·洛佩兹便成了罗伯特眉毛美容室的首批顾客，并且美容的效果令她们非常满意，人们大为赞叹。

很快，有关罗伯特的神奇修眉术的消息便不胫而走，他因此而声名大噪。之后，好莱坞的女明星们纷纷赶来，因为罗伯特能帮她们画出弧状"弯眉"，让她们的眼睛显得更大，更能衬托出她们的脸形，并且能将灰尘挡在眼睛的外面，这让女明星们激动亢奋不已。

后来，每天都有50多名顾客光临罗伯特的眉毛美容店。更出乎意料的是，一些好莱坞男明星也偷偷赶过来修眉，其中包括超级男孩乐队的成员，以及美职篮和国家橄榄球队的众多球星和队员，还有一些顾客也专门从纽约等地赶过来。

一次5分钟的眉毛美容收费是50美元，每天罗伯特都有两三千美元进账。

现在，罗伯特已经是好莱坞有名的"眉毛美容大王"了，他的弯眉术也成了世界眉毛美容界的著名品牌。

不在乎外界的评价和嘲讽，坚持将兴趣变为一生的事业，成功也便有了眉目。"眉毛美容大王"罗伯特靠着执着坚持和独辟蹊径，为自己赢得了一个精彩的人生。

金牌服务员的服务之道

文华东方酒店是香港久负盛名的一家大型酒店，全世界的名人到香港，大都会指定要住到此酒店中去。文华东方酒店已经先后接待过美国总统尼克松、老布什，英国首相撒切尔夫人，以及新加坡总理李光耀和英国已故王妃戴安娜，而它所接待的明星和商家大腕更是数不胜数。

文华东方酒店能有今天的成绩和盛名，与一个人有着密切的关系，许多入住文华东方酒店的客人其实主要都是冲这个人来的，他便是酒店的行政副总经理——黎炳沛先生。

从刚开始是文华东方酒店的一名门童，到大堂经理，再到行政经理，直至后来的酒店副总经理，在文华东方酒店工作的40多年里，黎炳沛始终怀着感恩的心，认真工作，把酒店当成自己家，把客人当成亲人一样去服务。在细节上，尽一切可能服务好他们，从而让客人"住而不忘"，让他们因为感动而成为酒店最忠实的拥趸。

关于黎炳沛如何服务众多知名客人，赢得他们的高度认可的故事有很多，而今天要说的是两个鲜为人知的，关于黎炳沛如何服务好普通客人的真实故事。

2007年的一天下午5点多，有一位很胖的企业家入住文华东方酒店，办完入住手续后，这位企业家对前台说，自己明天突然想去海边游泳，但是忘了随身带泳裤，希望前台能帮他准备一件泳裤。

然而让前台的工作人员为难的是，这位企业家胖得实在是非同一般，是相当的"重量级"，腰围就有40多寸，市场上出售的一般泳裤他根本穿不上。黎炳沛得知这件事后，立即派人出去购买这种特大号的泳裤，交代无论如何要买到。派出的人先去了湾仔，没有；又去了新界，也是没有；最后去了九龙和尖沙咀……几乎跑遍了整个港区，结果还是没有买到。

派出的人回来时，已经是晚上9点多了，当黎炳沛得知这个结果后，并没有就此放弃，也没有告诉那位企业家自己无能为力，而是马上翻出自己的电话簿，找到了一位做服装设计的朋友，让他立即帮着设计一件。最后，对方将3条泳裤成功改装加工成1条。第二天，那位企业家愉快地带着泳裤游泳去了，感动得不得了。

2009年，平安夜那天晚上，一对常住在香港的英国老夫妇来到文华东方酒店里，想在这里吃一顿难忘的平安夜大餐，因为他们非常喜欢文华东方酒店的菜肴。可问题是，他们之前忘了预订位置，而当晚酒店用餐的客人早已满了。

黎炳沛深知，平安夜对于这对英国老夫妇来说相当重要，这是他们一年中最重要的节日，酒店一定不能让他们乘兴而来，败兴而归。想到这里，黎炳沛迅速掏出电话，打给自己的夫人，他说："老婆，今晚我们有家人要来家里过平安夜，你把阳台收拾一下，摆上蜡烛。"

打完电话后，黎炳沛立即通知厨房的师傅为这对英国老夫妇做上一顿平安夜大餐，口味要和酒店里的一模一样，并用保温桶装好，送到他的家里。而这对英国夫妇则由酒店的专车免费接送过去。

黎炳沛的家所在的楼层很高，坐在阳台上能够看到整个香港美妙的夜景。当晚，这对英国夫妇愉快地坐在阳台上品酒、进餐，非常惬意，而给他们提供服务的则是黎炳沛的夫人。

除了把客人当亲人一般地服务外，黎炳沛对酒店和聘用他的老板也充满了感恩之情。2003年，黎炳沛生了一场大病，得知他生病后，很多接受过他服务的香港政要和明星、商界人士，都纷纷来看他，并送来花篮。由于病情的关系，医生交代病房里不能放花，都得撤出去，但是黎炳沛却坚持要留下两个花篮，不让他们撤走。一个是时任香港特别行政区行政长官董建华送的，另一个则是文华东方酒店总裁送的。在黎炳沛的心中，他一直把自己的老板当成和香港特别行政区一把手一样重要来尊重。

如今，为文华东方酒店服务了40多年的黎炳沛，已经到了退休的年龄，并被公司誉为"文华天使"，享受各种优惠待遇，但是他却没有因此居功自傲，而是依旧和以往一样，每天都亲自站在酒店的门口，迎接客人，尤其是那些熟客。

每天入住文华东方酒店的客人中，回头客和熟客占到了惊人的65%，这些人很多都是为了见见曾经让他们感动的老朋友和家人——黎炳沛。

空手也能"套真金"

你想不想把家里或者办公室变成一个小型的艺术博物馆，里面挂放着一幅幅、一件件价值连城的名家字画和古董文物，让它们时刻都陪伴在你的左右，使你感到荣耀和自豪？也许你会大呼这绝不可能，没有人会做到这一点，除非他富可敌国。

然而，英国有一名叫伊恩的男子，将这个"不可能"变成了自己现实的事业，并从中赚得了一大笔财富。

伊恩本是英国一家工厂的一名普通产业工人，由于受全球金融危机的影响，工厂效益直线下降，最终迫使伊恩不得不下岗在家。

伊恩平常爱逛博物馆，如今，赋闲在家自然更成了博物馆的常客。但一段时间后，伊恩便发现博物馆里的展品太有限了，不够自己看的，于是他向工作人员表达了不满，希望能及时更新。

这位工作人员告诉他，博物馆的艺术品很多，但不能全都展示出来。许多艺术品深藏在仓库里，从没有被展示过，而它们都属国家所有，又不能出售。

伊恩灵机一动，他想，如果自己让这些深藏在仓库里的艺术品租赁出去，最后"完璧归赵"，还能给博物馆带来收益，结果会如何？于是，伊恩主动找到了这家博物馆的馆长，说明了自己的来意。馆长想，这些艺术品跟其他商品不一样，不会因为出租而贬值，相反还会因更多的人知晓而增值。于是便答应了。

接下来，伊恩要做的便是寻找到一些愿意花钱租赁这些艺术品的人——一些有艺术偏好的多金男或富贵女。伊恩首先将博物馆里同意租赁出去的艺术品发到网站上，供爱好艺术品的百万富翁挑选下单，接到订单后，伊恩便会在指定的时间里将艺术品送到位。一件价值300万的艺术品一个月的租赁费是800美元，而一件7500万美元的艺术品的租赁费则是2000美元，伊恩从中收取1%的保证金。

伊恩的租赁业务一经推出便大受欢迎，很快，艺术大师的几百幅名画，以及一些从海洋宫殿里来的珍稀陶罐、玉器、翡翠等纷纷被租赁走，挂放于富翁们的家里、办公室甚至是私人游船上。这些平时难得一见的艺术品让他们觉得很有面子，他们会向自己的客户或朋友炫耀。如果觉得每天都看同一幅画或同一个陶罐有些厌倦了，没有关系，可以更换或者缩短租赁期。

为了保证动辄百万千万的艺术品的安全性，伊恩给每件艺术品上了保险。每出租一次艺术品，伊恩都请来专门的包装工人精心包装，然后再由无任何特别标志的普通卡车运输出去，至今尚无一例丢失或者被盗。

这个独特的创富创意，让伊恩从中收获了400多万美元。与其他百万富翁不同的是，伊恩完全是白手起家，空手"套"来一大笔真金白银，而"套"的工具便是自己智慧而富有创意的头脑。

致命的细节

安蒂里翁大桥（又名希腊超级大桥）是希腊最引以为豪的建筑之一，这座大桥桥面总长2883米，其中跨越海面2256米，是目前世界上较长的斜拉索桥。

大桥共有368根斜拉钢索，每根斜拉钢索的立柱高227米，建桥共使用了25万立方米混凝土，总投资高达7.7亿欧元。

为了确保安蒂里翁大桥的安全，大桥的设计专家们从一开始就全面运用了当今桥梁建筑上的最高端科技，以确保它在任何状况下都不会出现问题。由于大桥的斜拉钢索以及立柱都高耸入云，而且还是在空无一物的高空中，无遮无挡，目标明显，最容易在电闪雷鸣和狂风暴雨中招致恶劣天气的破坏。如何保证大桥在这样的天气里也依然毫发无损，下面桥面上的车辆能够畅行无阻，成了桥梁工程专家们要解决的第一大难题。

在众多专家的集体智慧下，他们最终解决了这一难题，设置了"超级避雷针"，计算好桥梁的摆动频率，运用电脑科技，让斜拉钢索与暴风雨共振。

一切近乎完美，如同专家所设想的一样，安蒂里翁大桥经受住了一次又一次狂风暴雨、电闪雷鸣的袭击，傲立于蔚蓝的海洋之上，成为人类桥梁建筑史上的又一个奇迹。

然而，就在专家们都觉得可以高枕无忧之时，一个突然状况发生了——2005年1月27日深夜，无风的空中飘着毛毛细雨，在夜色包围下的安蒂里翁大桥一片宁静，突然，一声巨响打破了这片宁静——一根斜拉钢索突然从桥面上断裂开，直直地砸中立柱！好在当时正值深夜，大桥上行驶的车辆很少，而且断裂的斜拉钢索只有一根，否则后果将不堪设想。

负责监视整个大桥状况的专家们吓出一身冷汗，他们立即发出指令，关闭了整座大桥，不允许任何车辆进入，然后开始紧急检查和抢修。

然而令所有人疑惑的是，斜拉钢索怎么会毫无征兆地断裂，而且还是在一个只飘着牛毛般的小雨，风力很小的夜晚呢？

事故的真相很快被检查出来了，原来，斜拉钢索是从与大桥桥面的接缝处断裂开来的。而接下来，更让人目瞪口呆的是，断裂是因为接缝处的水泥被雨水不断淋流的缘故。

疑惑进一步被解开——每根斜拉钢索至少都有上百米的长度且悬吊在高空，它们之所以对狂风暴雨丝毫不在乎，是因为暴雨在狂风的作用下，根本无法停留在斜拉钢索上。但是，如果是换成小雨小风，则完全是另一番情形——小雨滴附在斜拉钢索的表面，在地球引力的作用下，会沿着斜拉钢索一点一点地向下滑，不断地向位于最底部的桥面接缝处流去，最终，这些点滴的软绵之水"穿裂"了坚硬的水泥，让斜拉钢索轰然崩开。

症结找到后，专家们开始在每根斜拉钢索上，从上至下"S"形缠上一条圆线，这样便能阻止雨水直接下流，从而化解接缝处的压力，而仅这项补救措施所花费的财力就高达千万元，而这是专家们之前无论如何也没想到的，不能不说是这项伟大工程的一大遗憾。

躲藏在隐秘之处的细节，一旦被疏忽，结果可能就是致命的。

替硅谷大佬们种葡萄

泽尼亚的家族在美国加州北部有一大片祖辈传下来的葡萄种植园，这里驱车到闻名世界的硅谷只需要一个多小时。但多年来，泽尼亚的父辈们一直按照祖先们的方法，自种葡萄自酿酒，虽不辞劳作，但由于缺少宣传，葡萄园每年的收入并不是十分理想。但是，泽尼亚的祖辈们已经习惯了这种经营方式，对于如何进一步做大做强葡萄园并没有太多的想法。

从学校毕业后，年轻的泽尼亚也被父亲安排到葡萄园里工作，继承家族的葡萄种植和酿酒事业。但与父亲不同，泽尼亚并不满足于眼前的现状，希望能找出一个好办法来突破家族经营葡萄园的瓶颈，让家族真正强大富有起来。

似乎机会往往蕴藏在偶然之中。一次，有几个硅谷公司的经理们驱车经过泽尼亚的葡萄园。当他们看到满园的绿色葡萄时，兴奋不已，并在聊天闲谈中称，如果他们在繁忙的工作之余，能常到这里来坐坐，亲自为葡萄整整枝丫、施施肥，感受在大自然中农耕的快乐，同时再品尝几杯专门为自己酿造的VIP葡萄酒，那感觉一定棒极了。

说者无心，听者有意。硅谷经理们的这席话立即让泽尼亚计上心头，对，与其自己酿葡萄酒，还不如帮这些硅谷的大佬们酿，然后收取一定的费用。这些人都是美国的富人，他们要的是品位和感觉，至于为此而付出多少钱肯定是不在乎的。

说干就干，泽尼亚开始走进硅谷地区，推销自己的创意，他说服大佬们租借自己的葡萄园，并称拥有一个属于自己的葡萄园是有钱人地位和身份的象征，你只需要每年付出10万美元的费用，就可以在泽尼亚的葡萄园里拥有一块独立的葡萄种植区域。然后，你便可以对此指手画脚，指定栽种的品种；你可以随时带着家人和朋友来葡萄园，照看自己的葡萄，检查自己的葡萄酒窖，感受葡萄生长和发酵中的时时刻刻；你可以自己酿酒，也可以让别人帮你酿。总之，你将会成为葡萄园真正的主人，而泽尼亚则只是平时替你负责照看园子的御用"管家"，一定都听你的。

没想到，泽尼亚的这个创意居然成功了，硅谷地区的财富大佬们对此非常感兴趣，他们纷纷租借下泽尼亚事先切分好的10多块葡萄园。由于人手不够，泽尼亚又聘用了几个工人，并请了几名厨师，以接待随时到访的"葡萄园主们"，用美食吸引他们来年继续投资租借自己的葡萄园。

之后，泽尼亚又想出了一个新的盈利方法，那就是把葡萄园里许多大佬酿出的酒混在一起，放在一个大桶里，取名为"百万富翁琼浆共同体"，称桶里的酒全是美国硅谷百万富翁亲自酿制的，就连其中的任何一位想要一瓶，内部价格至少也得200美元，而对外公开销售，每瓶的价格则高达500美元。这款酒非常抢手，人们都想知道十几位百万富翁们酿出的酒混在一起到底是什么味道，深信品尝这种酒既高贵，又显得很有身份。

如今，泽尼亚每年的收入有近300万美元，这是之前父辈们每年收入的10倍之多。而更为关键的是，越来越多的人要租借他的葡萄园，不提前预订，根本租不上。

重要的不是你是谁，而是你为谁服务。如果你是为财富大佬们服务，那么你想不富都难，这也许就是泽尼亚给我们的成功启示。

你能想得多"离谱"

每天拖着疲倦的身体从纺织厂回来后，英国人菲尔·肖夫妇还要马不停蹄地把家里一大堆皱皱巴巴的衣服熨烫好，包括孩子们的校服，自己第二天上班要穿的工作服，这让他们苦恼不已。这种单调而又乏味的家务活似乎永无止境，如何将这种令人厌烦的劳动变成一件趣事成了菲尔·肖夫妇一直都在琢磨的一个问题。

有一次，菲尔·肖夫妇突发奇想，决定到自家的后花园里去熨衣服，新鲜的空气、绿色的环境，花花草草散发出沁人心脾的清香，这些一下子驱走了他们的厌烦情绪。是呀，为什么非要躲在室内熨烫衣物呢？为什么不将它们拿到更舒适的地方来熨烫呢？

也就是从这一刻起，一项新型的运动诞生了，它就是熨衣极限运动——一个人拿着一块熨衣板、一个熨斗、一件衣服，一边表演，一边熨衣。这项运动一经推出，就吸引了众多狂热的参与者。

对于这项运动来说，最重要且最大的看点是熨衣所选择的地方。这个地方越新奇、越独特、越离谱、越具有挑战性，越会给人们带来兴趣。为了做到独一无二，熨衣运动爱好者们几乎是使出浑身解数，先是有人将熨烫板放在马背上或是行进中的小汽车顶棚上，之后有人觉得这样还是不够大胆和刺激，于是干脆把地方选择到悬崖峭壁上，参与者一边攀岩一边熨烫衣服。

运动不止，离谱继续。接着，又有人将自己吊在一根系在两山之间的钢丝上，把自己悬挂在高空中，然后操起熨斗，开始表演。

很快，人们可能觉得越高的地方越能引人瞩目，于是又有人冒着随时缺氧死掉的危险，把熨衣的地点安放到珠穆朗玛峰一号营外面，这是一个美国人干的事情，引起了不小的轰动。这让发明这项运动的英国熨衣爱好者很不舒服，他们不想被美国人赶超，于是，接下来一个更离谱的地方被英国人找到了——在充斥着鲨鱼的海洋中，一边赏鲨，一边熨衣。一个熨衣爱好者在20多头鲨鱼的包围中，一边欣赏着鲨鱼，一边熨衣，他甚至能看到鲨鱼张开的嘴中的锋利牙齿，这是可怕的猎食动物首次与家务活联系到一起。

最高的山峰，最危险的海洋中都被人尝试过了，还有什么更吸引人、更离谱的地方呢？

开动脑筋，继续想。不久，又一个奇特的地方诞生了，那就是空中。一名奥地利的该活动的爱好者在经过短暂的跳伞训练后，居然带着熨烫板上飞机了，接下来，不可思议的一幕发生了，当飞机飞到足够高的地方时，他突然打开舱门，纵身一跃，当降落伞打开后，他开始在不断下坠的情况下支起了熨衣板，在他落地的一刹那，一件叠放整齐，没有一点皱褶的衬衫呈现在了人们的面前。

如今，熨衣这项运动已经有了自己的世界锦标赛，每届锦标赛上都有来自英国、德国、法国、爱尔兰、丹麦、奥地利、新西兰和南非等国的玩家一决高下，各国好手纷纷在锦标赛上一展身手，吸引了成千上万的路人前去观赏，同时也让一些电视转播商狠狠地赚了一笔。而由普通观众和专业评委共同评选出的冠军将会获得一座用黄金打造、价值200万美元的"金熨斗"奖杯，并能成为世界顶级熨斗品牌的广告代言人。

而获得冠军的关键则在于，你选择的地方有多离谱。

谁能想到一个令人厌烦的家务活，居然也能登上极限运动的殿堂，而正是那些出其不意、屡屡超乎你想象的熨衣地点，让这项活动永远充满新奇且令人期待。

任何一件平凡的事情，只要你能给它赋予新的含义，永远不停地去创新，那么它就一定有着永远让你感觉不到厌倦的魅力。就如同，如果你把熨烫衣物看成是一项只能在家里完成的且令人厌烦的家务活，那么它永远只是一项恼人的家务活。但如果你换一种眼光，换一种思维方式，将它"离谱"化，那么它很有可能在让你感到快乐的同时，让你声名鹊起、名利双收。

那么，你能想得多离谱？

你头顶上空有宝藏吗

天空里除了有空气，白天有太阳，夜晚有星辰、月亮外，还有什么其他东西，比如价值连城的宝藏？

宝藏？怎么可能！在许多人看来，从古至今天空都是空空如也的代名词，绝不可能会有什么宝藏。于是，持这样观点的人，开始习惯性地低下头，拼命地在地上寻找自己的人生宝藏。

然而，有一个叫罗伯特·黑格的人，他却有着与常人相反的思维，他认为天空中也有宝藏。于是，他决定抬起头，始终向头顶上的那片天空仰望，坚持不懈地追寻星际太空，独辟蹊径地将创富的触角伸向了看似空空如也的天空，最终，他挖掘出了一座金光闪闪的"陨石山"。

20世纪80年代，当时才23岁的黑格在一个夜晚，偶然看见天空中划过的一阵流星雨，就在流星雨转瞬即逝的那一刹那，黑格的心头一动：这些流星如果没有被烧完，落到地面上，得到它们的人肯定会受益匪浅，于是他开始决心做得到它们的人。

当黑格把打算收集陨石的想法告诉身边的人时，很多人都觉得他非常可笑，因为它们不过是一块块石头而已，最多只不过是从天上掉下来罢了，有什么好收集的？

但是黑格却坚持认为，这些来自太空的石头不简单，在他看来，这些石头里有许多人类想要探究的未解之谜，根据人类的性格特征，越稀有越罕见的东西，越会引起人们的关注和研究它的兴趣，并且还会被竞相珍藏，只是关注时间来得迟或早而已。他开始不管家人和朋友的反对，义无反顾地赶在别人之前开始收集这些来自天空的石头。他想，只要自己坚持，总有一天一定会被这些用代表着美金的石头砸晕的。

在接下来的几十年里，黑格开始踏上了追随流星雨，寻找陨石的漫漫征途，他的足迹遍及世界各地。为了能更快捷地追寻流星雨，找到陨石，黑格还专门借贷买了一艘小型滑翔机，不分昼夜地追随流星雨，只要听说哪里曾经有流星雨划过，或者即将有流星雨，他都会在第一时间赶到。为了寻找到陨石，他去过最危险的非洲热带雨林，在原住民居住区，在凶残狮狼虎豹的注视下，取走一块块陨石，他甚至深入鲨鱼横行的大西洋里，打捞出沉入海底的陨石，也在炽热无比的撒哈拉沙漠中淘"石"，无数次死里逃生。

机会总是给有准备的人，果真如黑格当初所想的一样，20年后，太空时代终于来临了，人类对外太空探索的兴趣开始剧增，黑格也因此一下子成为政府部门和太空痴迷者关注的焦点，他们纷纷开始拜访黑格，对黑格手中的众多陨石羡慕至极，并且愿意用黄金、宝石的价格收购其中的一部分。一些玩够了宝石珠宝，古董玉器的明星们、企业家等也开始觉得家里放上一块来自另一个星球上的石头，简直就是一种身份的象征和荣誉，因为它们在地球上根本找不到第二块。

如今，黑格已从天空中掘取了3000万美元，他手中的陨石还被评为"全球十大珍稀宝藏"，其价值堪比英国皇室珠宝和埃及塔特王陵墓。而这还仅仅是他初步估计的财富，随着太空热的不断升温，他的财富必将继续升值。

面对同一片天空，无心之人说，那只不过是一个不毛之地而已，而独具慧眼的人却说，哦，不，那是片晃眼的黄金地。

这个世界上没有不可能，只有不相信、不要。

那么，你头顶上的那片天空是怎样的呢？是你自认为的空空如也，还是像黑格认为的那样价值连城？如果是后者，那么你准备好去开发它了吗？

替好莱坞明星"浆洗缝补"

乔治·梅尔妮本是美国洛杉矶的一家裁缝店的女老板，平日里除了帮人做做衣服外，偶尔还帮人修补一些破损的服装。但在这个过程中，她很快发现了一个问题，那就是这些送过来修补的衣服中，常有一些品质很高档，材质面料和做工都非常精细的衣服，但她的小店根本没有相同的面料，因此无法修补，这让衣服的主人们大为失望。往往一件价值不菲的衣服，就是因为一个小小的窟窿或裂缝，非常可惜地被遗弃掉。

有一天，一个戴着墨镜的女士来到梅尔妮的店里，拿出了一件西服，问她能不能修补一下袖口的一块破损处，并声称，只要能修好，再多的费用都愿意出。接过衣服看过后，梅尔妮摇了摇头，称自己的店里没有配套的材质，这个女士听过后，叹了一口气，然后随口说道：30万美元的西服就这样报废了。梅尔妮听后立即面露惊异之色："30万美元一件西服，不可能吧？"对方听到梅尔妮如此反问，很不高兴，说道："你知道它是谁的吗？布拉德·皮特的，我是他的服饰助理。"原来，好莱坞巨星布拉德·皮特在与安吉莉娜·朱莉秘密约会时，不小心被狗仔队发现，为了逃避他们的拍摄，皮特在匆忙逃离的过程中，不小心把这件特意定做的西服给刮破了。

之后，梅尔妮还发现另一个现象——洛杉矶的一些女明星和富贵女，在出席各种晚宴时，经常有粗心大意的服务员会把红酒、果汁、汤汁洒到她们动辄十几万美元的晚礼服上。如果没有专业的干洗技术，污渍根本就弄不掉，也就意味着这件礼服再也不能穿了。除此之外，梅尔妮还经常听到她们抱怨自己心爱的衣服根本找不到与之相匹配的干洗店进行洗涤和保养。

有需求就表示有市场，梅尔妮心想：如果自己能开一家这样的专门修补和保养高档衣服的干洗店，服务好莱坞的顾客，肯定能大赚一把。梅尔妮决心把这个店开起来，而且专门面向好莱坞"钻石男"和"多金女"。为此，她将干洗店开在好莱坞明星聚集的比弗利山庄附近，取名为"波利特夫人"。

波利特夫人干洗店提供的第一项服务便是专业去污和保养护理，梅尔妮称之为"007去污法"。靠着特别制作的Q牌去污棉签，梅尔妮能让受污的衣物焕然一新，而且过程相当精细。比如，给一件高档晚礼服去污，至少要花上50个工时，当然，收费也很贵——每处2万美元至3万美元。

第二项服务便是修补。破损的衣服进入梅尔妮的干洗店后，会得到上帝般的照顾。首先，梅尔妮会通过仪器分析测试出衣服的材质，然后在破损处进行评估，之后再给出修补的方案。有时，梅尔妮还需要衣服的主人提供衣服的购物发票和制衣厂的相关信息，以便能亲自到原厂弄到相同的面料。

现在，梅尔妮的店里几乎能找到当今世界上所有高档品牌衣服的面料，不管是顶级的阿玛尼、范思哲还是其他品牌，她都有。同样费用不菲，每修补一处，收费3万美元至5万美元。

没想到，干洗店一开业便受到了好莱坞明星的追捧，特别是近来经济不景气和通货膨胀，让他们都开始学着节衣缩食，他们一反常态，经常穿相同的衣服。当他们不小心弄坏了自己价值不菲的衣服时，不必像以前那样懊恼不已，而是一个电话打给梅尔妮。更让梅尔妮没想到的是，在好莱坞拍电影的各个剧组也经常把一些高档的戏服拿来让她修补或去污。

虽然去污和修补的费用相当昂贵，但是明星们却并不这样认为，他们觉得梅尔妮所提供的服务是在其他任何一个地方都无法享受到的，让他们的服装有了重见天日的可能，这就如同你买了一辆劳斯莱斯就肯定不会把它送到一般的修理店去。

靠着保养和修补世界上昂贵的服装，现在的梅尔妮已经身家千万。她说："是修补一件价值50万美元的衣服，还是修补500件每件价值1000美元的衣服，我想我会义无反顾地选择前者，因为前者更省事，更有赚头。"

第九辑

感悟人生的真谛

删 除 人 生

这是一所闻名国内外的大学，这是大学里最热门的一个专业——计算机专业，这是计算机专业学生毕业前的最后一节课。千余名学生齐坐礼堂，规模和阵势，甚是宏大。

看着充满激情的大家，老校长抖擞精神，走上了讲台。他知道，这不仅仅是这群热血青年校园生活的最后一节课，更是他们迈入社会，重新各自未来生活的一个新的开始。

站在讲台上的他，并没有像其他老师那样就地传授知识，或者发表激情感慨的演讲，而是在大黑板上用力写下了一个问题——用最简短的话，概括出你4年以来，所认为的学好计算机的最大秘诀。

看着老校长的这一举措，大家愣住了。随之，陆续有人站起来做了回答：

"我认为，学好计算机，最重要的是把理论和实践相结合，把理论融入实践中去。"

"我认为，要想学好计算机，就应该学会经常给自己充电，以增长自己的知识，因为计算机不同于别的专业，它的知识更新速度是超乎我们想象的。"

"我认为，要想学好计算机，就要学会谦虚。不只是学习计算机，学好其他的也要学会谦虚。只有学会了谦虚，学会了做人，我们才能更好地学习别人的优点，展示自己的长处。"

看着踊跃发言的大家，老校长不住地点头微笑。在大家发言结束后，老校长才开口道："听了大家的这番话，我心里非常高兴。只是，在你们平日学习计算机的同时，难道你们都不曾注意到我们用得最多的键是删除键吗？"

听到老校长的这一番话，大家丈二和尚摸不着头脑，都用疑惑的目光看着老校长。只见老校长喝了口水，继续道："无论你是把理论和实践相结合，还是不停地给自己充电，或者去学会做人，在这个过程中，我们都会为自己所犯的错误，所走的弯路而惋惜，既然如此，那么，我们为什么不去学好使用删除键呢？"

说到这，大家的心一惊。这时，老校长顿了顿，没有顾得上喝水，就接着补充道："学会使用删除键，学会的，不仅仅是使用与删除，更多的是让我们学会一个技术，学会做人处世的一番道理。只有这样，我们才能更好地去学习知识，我们才能更加坦然地去重新开启我们的生活大门。"

听到这，大家的心一震。这次，老校长没有停顿，就继续说道：

"所以，我希望大家在工作后，要做的，最重要的是学会删除。删除生活，删除人生。删除的，不仅仅是人生的每一步错误，每一段弯路，更会是每一个新的开始！"

听到这，大家的心豁然开朗了。礼堂里，也随之掌声一片。

不过一辈子

兄弟二人去拜谒一位传说能预知未来的哲人。在谈及自己的未来时，他们异口同声地问哲人道：

"我们的将来会是什么样子？"

哲人看了他们一眼，低头叹息道："好人，不过是一辈子。坏人，不过是一辈子。"

听到哲人的这句话，兄弟二人的心久久不能平静。

回去后，他们想着哲人的那句话，哥哥在做好自己分内事情的同时，还不忘适时地去帮助别人。而弟弟一事无成不说，为了满足自己的那份贪婪的欲望，甚至还学会了偷盗抢劫。慢慢地，兄弟俩的名声都在当地响起来了。

暮华之年，兄弟俩再去拜谒哲人，请教哲人他们为什么会有如此大的变化。哲人抬起了头，问他们道："还记得当初我告诉你们的那句话吗？"

听到哲人的问话，哥哥先开口道："大师那次告诉我们，说'好人，不过一辈子。坏人，不过一辈子'。大师的意思不就是让我们做一个好人吗？反正，做好人也不过是一辈子。一辈子很短的，于是我就尽心尽力地去做了，去帮助每一个需要帮助的人。我想我只不过是做一辈子的好人而已。"

接着，弟弟开口道："大师那天是说了'好人，不过一辈子。坏人，不过一辈子'这句话。我想，不过是一辈子的时间，何必活得那么辛苦呢？人生苦短，于是，我就尽情地用各种方式与手段满足自己的欲望。"

听到这，哲人又问道："那么，你们的现在呢？"

这时，哥哥神采飞扬地说道："我很好！大家很崇拜我！很信任我！我活得很开心！"而弟弟则低头无语。

哲人再问他们道："那你们猜想一下，你们将来的样子。"

哥哥又先开口说道："我想，将来我死后，大家一定还会记得我的好。就算不记得，至少，他们也是知道有我这么一个好人的。"而弟弟，此时的脸更是一片通红。

看到这，哲人叹息道："你们的这番变化，是你们自己在自己的心境里磨炼出来的。这个世界，没有人能够改变你的一生，除了自己的那颗或向善或向恶的心。向善，哪怕是一句简简单单的冰冷之言，在你心里也会是温暖无比。向恶，哪怕是一句烦冗复杂的温和之语，在你的心里，也会是桎梏冰冷的。何况是我的那句毫无含义的'好人，不过一辈子。坏人，不过一辈子'呢？"

听到这，兄弟二人顿悟。原来，人活着真的只不过是一辈子而已。

高僧的智慧

夕阳西下，寺庙里，一群小和尚围着老和尚席地而坐。

老和尚手持一把扇子悠然自得地摇着，小和尚叽叽喳喳，问老和尚道：

"师父，什么样的人才能算得上是高僧，是智者啊？我们都想做高僧，做智者呢。"

老和尚眯着眼，微笑着望着这群小和尚，笑道："达摩祖师爷有一大群弟子，其中三弟子和小弟子两个人最有天赋，被称为高僧，称为智者，称为大师，总之，当时能用得上的称谓都用上了。忽然有一天，达摩祖师爷让这两个弟子云游四方，普度众生，两名弟子欣然答应。于是，两个人就一起下山了。

"后来，两个人都做了不少好事。当然，也都受到不少赞誉，只是两个人在助人时的性格迥然不同。三弟子一直都是默默无闻地帮助着别人，只要别人有需要，他就会尽力去帮助别人。小弟子就不一样了，他每隔半年就跑到深山里去了。于是，很多人都认为小弟子喜欢偷懒……同样是高僧，人们对三弟子的评价远远好于小弟子。

"20年过去了，达摩祖师爷圆寂了。他的弟子们行善助人，普度众生。这时，三弟子的名声盖过了小弟子，在所有弟子中最受赞誉。

"又过了10年，三弟子的身体越来越差了，别说帮助别人了，就连自己都需要人照顾。此时，众人忽然发现，身边助人的僧人也越来越多了。他们都十分年轻，且都有一个习惯，每隔半年就跑到深山去了。于是，众人就想到了那名小弟子。不久后，人们果然发现他们自己的猜测是正确的。这些年轻僧人都尊称那名小弟子为师父。"

说到这，老和尚顿住了，问小和尚们道："知道最后人们为什么喊达摩祖师爷的小弟子为高僧、智者了吗？达摩祖师爷的小弟子跑到深山去干什么了？"

"去教弟子啦。因为他教了好多弟子呀，这些弟子都能在师父老去的时候继续帮助别人呀。"小和尚们叽叽喳喳地说着。

"这不是主要原因。"

"那主要原因是什么呀？"小和尚们眨着眼睛，问老和尚道。

"达摩祖师爷的小弟子跑到山里，是去休息了，去快乐了。真正的高僧，真正的智者，应该懂得休息，懂得享受快乐。一个僧人，连自己都快乐不了，休息不好，就是连自己都没有度好，既然连自己都没有度好，又谈何去度别人呢？所以真正的高僧，首先应该懂得快乐，先度自己，再度别人。"

小和尚们似懂非懂，却做醍醐灌顶状。

看着小和尚的样子，老和尚哈哈大笑。小和尚们也笑了，瞬间，小和尚们发现：这一刻，自己也成了高僧。

你留意过自己的"羽毛"吗

提及"羽毛"一词，脑海里旋即闪现一个倔强的身影来，这人就是国学大儒刘文典。

刘文典是民国时期风骨铮铮的知识分子代表，他敢于跟蒋介石叫板；在日本人面前，他也丝毫不含糊，他虽然精通日语，但日军侵入中国之后，他决心再也不说一句日语，以"发夷声为耻"。在北平时，刘文典的弟弟刘管廷因在日伪政府谋了个官职，刘文典痛下心来，将弟弟赶出家门，自此不相往来，他说："国家民族是大节，马虎不得，读书人要爱惜自己的羽毛。"

一句"读书人要爱惜自己的羽毛"，让我对"羽毛"一词有了新的印象。原来，"羽毛"还有"良知"和"尊严"的意思。

的确，知识分子是国家革新图变的先行者，知识分子若是把持不住良心的指南针，其危害范围要更大，后果更可怕。正所谓"流氓不可怕，就怕流氓有文化"，有文化可以，但是千万别做"流氓"，否则，你的"羽毛"就会被批判得如同"秃鹫"了。

诗人说，羽毛是鸟雀们外露的心，依靠它们，鸟雀登天攀云。

这话说得精妙，读罢此句，让我想起"少年心事当拿云"，那么，我们不妨扪心自问，我们的心可以"拿云"吗？

心态决定状态，状态决定结果。电影《肖申克的救赎》里，安迪因被诬陷而入狱，狱友瑞德一见到安迪，就对他说了这样一句话："我得经常对自己讲，有些鸟儿是关不住的，他们的羽毛太鲜亮了。"

的确，万千阻碍挡不住安迪越狱而回归自由的行动，只因安迪的"羽毛"太鲜亮了。

生活的辩证法经常告诉我们：智慧足，必远足。智慧丰满的人，我们永远挡不住他们远行的脚步，即便你可以软禁他们的身体，却绑架不了他们的心灵，鲜亮的"羽毛"总能带他们脱离黑暗，走向明媚。

《阿甘正传》里的一片羽毛翩然地滑落在阿甘的肩头，阿甘这样一个被命运判了终身监禁的人，依靠他的羽毛挣脱了重重枷锁，勇敢而坚强地奔跑在生命的林荫道上，每一次奔跑对于他来说都是一次涅槃。

羽毛，它是自由的化身。

一次，朋友送了我一本自己的游记，我读到他写的"当脚开始发痒的时候，心就开始向着户外的山山水水之间飞翔了"时，拍案叫绝。哲人说：当一个人有了想飞的冲动时，他绝不甘心在地上爬。现在，哪还有爬？即便是奔走，也过不了他的"心瘾"了。

春来草长，羽翼也长，有人说：春天是做梦的季节，在梦的巢穴里，每个人的身下都有一双翅膀在蠢蠢欲动，都有一片羽毛趴在巢穴的边缘，不安分地朝外张望。

其实，一片"羽毛"，不管是代表"尊严""自由"，还是"心灵的冲动"，你关注到自己的羽毛了吗？

顺着看，有"尊严"，是为了人格的"自由"。为了这些，再密匝的藩篱也禁锢不了一个人"心灵的冲动"。

反着看，心灵开始冲动了，就是向往自由了。每一颗向往自由的心都是住在尊严的春光里的。

如此看来，我们是该常常梳理一下自己的"羽毛"。

俗世是一碗汤

人人都想做一回隐士，但又并非人人都可以做得来。

人人都有归隐之心，但并不是所有的人都能放得下。

人人都说隐士好，若真给你一个名额，让你丢弃一切去归隐，你却未必肯狠下心。

随便拎出几个隐士来，譬如采菊东篱下的陶渊明、梅妻鹤子的林逋、在瓦尔登湖边建了一座小木屋的梭罗。这些都是跟自然交心的人，在他们看来，他们的年华也枝繁叶茂，然而欲念与痴想却萎了，只剩下心底的一泓清泉，哪里可以容得下，哪里才可以不被污染。显而易见，只有大自然，在大自然的怀抱里，他们才会安稳。

有一种说法：大部分隐士都是在现实生活里找不到安全感的人。这时候的他们，就要元神出窍，到另一个无人问津的地方去避难。我不排除隐士中的部分人有这样的想法，但是，我觉得大部分隐士心里还是坚强的，否则，他们不会丢下俗世的灯红酒绿、儿女情长，撒手潜入山林，如雀鸟在夕阳里回归他们灵魂的巢。

在我看来，隐士分两类：一为身隐，二为心隐。

身隐者，藏匿自己的行迹，在荒山深处或一处孤岛，建一座茅屋，点一灯如豆，夜来的时候，在灯下读一本翻破了的圣贤书，煮一壶自采的野茶；或在日光明媚时，钓钩轻甩，垂钓江心，不必养鸟，也不喂养一切宠物，窗外的整个世界都是他多彩的花园。

心隐者，也许并非要荒山孤岛，也可能是在小巷深处，甚至是在闹市区，外界的势力侵扰不了他，觥筹交错迷乱不了他，他跟谁都不比，他对谁都不屑，他心里念着自己的一套哲学。他的瞳孔里，几乎屏蔽了一切世俗的纷扰，他把自己的需求朝着自己的内心去反问、去追溯，他们有一个灵魂的家，在他们自己心里。

也可能这就是所谓的"大隐隐于市"吧。

看金庸先生的武侠小说《鹿鼎记》，最令我佩服的不是康熙，更不是韦小宝，而是顺治帝。他本一心向佛，无奈世间的诸多烦恼偏偏向着他所处的那片净土反扑，顺治帝一开始也不可谓不心思焦灼，然而，后来他却用自己手中的念珠"定"住了自己，任凭浮世杀伐争逐，他的内心却一直是安谧的，是他心底的梵唱压住了外界的喧嚣，我们说，他成功地在众所周知的五台山上归隐了自己，他做了自己心灵的皇帝。

也曾见过一位文友，原本他拥有显赫的家世，少年时分，他却立下了一个在别人看来十分不可理解的志向：在深山里建一座牧场。在这座牧场里，他不招任何一名员工，只有一只猎犬陪伴着他，他一个人养了近80只奶牛，他每天放牧奶牛，帮奶牛接生，他与外界的唯一交往就是那个来他牧场收取牛奶的工人。然而，他从不打听外界的一切事物，甚至连奶价也不问。闲暇的时候，他写写童话，他认为，只有和孩子们相处才能使他开心，所以，他愿意为孩子们做一切他可以做的事情，包括他的生产和创作。

俗世是一碗汤，有的人乐意喝它，甚至因嗜汤如命而把嘴角烫得血泡密布，更多的人是知道汤的烫，却欲罢不能，只得扬汤止沸，而那些隐士们，他们是这个世界的胡椒面儿，他们一方面尽可能用自己的辛辣使这碗汤变得更鲜美一些，一方面也尽可能地消融自己，让食客们在汤里找不到他们的影子。

文凭算什么

华罗庚是我国非常出名的一位数学大师，他的《堆垒素数论》直到今天，依旧是数学王国里的一部无人能超越的经典之作。此外，华罗庚还主持研制出了中国第一台大型计算机，从而为我国的"两弹一星"做出了重要贡献。他发明的统筹法和优选法（简称双选法）更是向无数中国人普及了数学知识，解决了生产生活中的诸多实际问题。他还慧眼识珠，一手扶持和培养起了中国的另一位数学大师陈景润。华罗庚在国际上同样声名显赫，备受景仰，他是美国科学院的第一个外籍院士，并3次受邀到国际数学大会上做报告。

然而，这样一个成就卓著的数学大师，却只有初中学历，华罗庚一生中唯一的一张文凭就是他的母校——江苏省金坛市立初中学颁发给他的初中毕业证书。华罗庚一生都信奉和坚持"不为文凭而读书"。

初中毕业后的华罗庚本来是要在上海中华职业学校继续求学的，但是由于家境贫寒，不久后他便中途辍学了。此后3年，华罗庚一直辍学在家，帮助父亲打理街上的一个小棉花店，但是即便再忙再累，华罗庚也从不放弃学习，每天清晨4点，他便坐在店里微弱的灯光下开始读书，此时，对面的豆腐铺才刚刚开始磨豆子。

19岁，华罗庚不幸得了伤寒病，在床上躺了大半年时间，即便在此期间，他依旧坚持自学完了高中和大学一年级的全部数学课程。

20岁时，华罗庚因为发表了一篇质疑大学数学教授苏家驹的论文，而引来了时任清华大学数学系主任熊庆来的欣赏，邀请他来清华大学图书馆当助理。在清华图书馆的5年时间里，华罗庚如饥似渴地学习，把图书馆里的所有跟数学有关的书籍几乎读了个遍，以至于随便询问他哪本书在什么位置，他都能准确地指出。即便夜晚熄灯了，他也要再找个有亮光的地方看一会儿书，然后躺倒在床上，摸黑去推理。

1936年，26岁的华罗庚被清华大学推荐，公费派往剑桥大学留学，在英国的两年之中，他攻克了许多数学难题，他的一篇关于高斯的论文更是为他在世界数学领域里赢得了巨大声誉。

此时，华罗庚的导师希望他趁机攻克剑桥数学博士，导师无比肯定地说："别人获得剑桥数学博士至少要4年时间，但是只要你愿意，则最多只需要两年时间。"然后华罗庚却是这样回答的："我来这里，不是为了获得学历和文凭！"

之后不久，华罗庚毅然决然地离开了剑桥大学，回到了正处于战火中的祖国。

抗战胜利后，华罗庚受邀去了美国普林斯顿大学，被聘为研究员。普林斯顿大学的教务主任同样希望华罗庚能够申请他们学校的博士学位，这样他便能永久地留在普林斯顿大学，而且因此能够获得的报酬会很高，但是华罗庚再次婉言拒绝了，他说："我不能为申请学位而等待，耽误宝贵的时间，文凭和学位又能算什么呢？"

1950年，华罗庚偷偷离开了普林斯顿大学，回到了中国，继续为中国的数学事业而夜以继日地工作着。虽然，此后他有多次提高学历和文凭的绝佳、便捷机会，但是华罗庚从不热衷，他说："我的时间已经不多了，就让我好好为百万人的数学做点儿实事吧！"此后几十年里，华罗庚走访全国26个省，积极推广其"双选法"，完全将学历和文凭抛至脑后。

华罗庚有句名言："我有一笔账，天下人都不会算。"不追求文凭和学历或许也是他这笔外人不会算的账中的一部分吧，原来，孜孜不倦地在数学王国里取得巨大成就便是他最好的学历和文凭证书。

人生有味是清欢

有人问爱因斯坦，你这么伟大的一位科学家，怎么看待死亡？

爱因斯坦无比调侃地摸着额头做惋惜状说："噢，那就意味着再也听不到莫扎特的音乐了！"

爱因斯坦故意宕开一笔，既把死亡豁达地甩在脑后，又把自己谦卑地放在了幕后。爱因斯坦是在说别把死亡太当回事，也是说，别把自己太当回事。

有句话是这样说的："别太在意自己，否则，别人不会在意你。别太看重自己，否则，别人会轻看你。"

这是生命的一种奇怪逻辑，你越想得到的越得不到，你越想往自己脸上贴金子，到头来，却发现是一场幻梦，你所贴上的是一脸脏兮兮的泥巴。

人生中，最难的不是看清远方，而是看清脚下的路；最迷惑的不是看清别人，而是看清你自己。

有记者问电影导演伍迪·艾伦：想象一下，200年以后，电影院里还在放映您的电影，人们还在谈论您的电影。

你知道伍迪·艾伦怎么说吗？伍迪·艾伦做出一个很无所谓的动作说："这跟我有什么关系呢？"

是的，那时候的伍迪·艾伦早已作古多年，何须在乎这些。再说了，如果伍迪·艾伦真在乎这些，还会有伍迪·艾伦今天的成就吗？

显然不会。

东坡先生说，人间有味是清欢。一句话，道明了恬淡人生的全部玄机和奥秘。

心欢喜，能自在。愉悦是一尾鱼，只有心灵清净的人才能把它抓在掌心。有句话是这样说的："心虚则性现，不息心而求见性，如拨波觅月。"这话我信，一个人心灵的底片上冲洗出什么景象，关键是看他生命的镜头瞄准什么、聚焦什么。

一个摄影师再怎么优秀，也不可能拍出震惊世界的个人写真，一个画家再优秀也不会单单靠自画像而闻名于世，他们的作品里聚焦和描摹更多的是别人，多是外界的风景。老是刻画自己就是故步自封，就是自我消解，就是自取灭亡。

人是社会动物，只有和别人打成一片，才能实现自我价值。有时候，唯有忘却自我，才能超越自我。而超越他人，往往都是通过超越自我来实现的。

哲人说："水因善下终归海，山不争高自成峰。"江海放低自己，才能百川归依，山聚集到一起不必争高低，自会有最高峰凸现，人只有放低自己，才能储满人缘和容纳生命的意味。

淡是人生的真味。享受清淡，而不是忍受，这种淡是恬淡，淡而不寡，淡而生香，淡而有趣。

人生百味杂陈，至味无它是清欢。

真人真语吴念真

台湾著名导演、作家吴念真是当今文化界为数不多的"真人"。真人说真话，真话真诱人。

一直以来，都是从影视剧作品上了解到"吴念真"这个名字，他所编的《搭错车》《悲情城市》《恋恋风尘》在海内外华人圈引起了轰动，几乎与此同时，不善于拒绝别人的吴念真开始应一些报刊的邀约，在报纸上写一些专栏。

吴念真也真是位率真的人，有朋友在一家报社履新，邀他在自己负责的报纸上开个专栏，吴念真以工作忙为借口予以拒绝。不料，这位朋友直接在报上登出公告，说吴念真先生即将于某年某月某日在该报开设专栏，连专栏的名字都定好了。一下子，吴念真骑虎难下，只得就范了。

吴念真在做导演和编剧的间隙，出版了不少书。网络刚刚流行那会儿，我一直通过百度下载吴念真的专栏文字，却苦于只是一些零散的篇章，每次都是刚刚进入状态，就要陡然刹车，好不过瘾。

2011年9月，大陆终于可以见到吴念真的单行本作品集了，吴念真给自己的集子定了一个非常朴实和纪实的名字——《这些人，那些事》。书中吴念真从自己的生平写起，描摹了自己艰辛的童年，伤情的母爱，以及矿工父亲的温情。吴念真写亲情，多喜抓住一个温情的细节，母亲为挽救几近夭折的他苦苦对神灵的哀求，晚归的矿工父亲抱起他时的温暖，以及自己故意享受这种温暖的假寐……温情于清晨叶面上的露珠，鲜活流淌于字里行间。

吴念真在《这些人，那些事》里，写得最长篇幅的一篇故事是《遗书》，通过弟弟的离去，用电影的笔法写尽了兄弟情和人间冷暖。从中，我们也可以看到，一个男人的情感也可以如此煽情，如此让人泪喷。

吴念真的故事多描摹社会底层的小人物，商店里打工的小姑娘，在矿山上工作的矿工，生意上落魄的出租车司机，感情受困的小公务员……但，选材是这些，并不代表所写基调是苦情。吴念真总能在结尾宕开一笔，让人从中读出立意的奇崛和人世的温暖来。

这一切，应该源于吴念真的真性情。岔开一句，吴念真原名是吴文钦，吴念真是他的笔名，取此笔名，是因为恋上了一位名叫"阿真"的女孩，后不可得，只有取下吴念真这个名字，意思是提醒自己"勿要再念阿真"。多洒脱的一位男人，竟然把这样一个笔名用到了花甲之年，用到了名满天下还在用。阿真这样一位女子应该是他所用作品里都要顾及的一位恒久的主角了，每一位女性的形象里，似乎都有阿真的影子在。

提及吴念真所写的爱情，多是能让人剜心流泪的那种。《重逢》里那个背弃初恋的男子，一朝生意落败，妻儿离散，沦为出租车司机，结果在机场邂逅了自己多年不见的初恋情人，假装看不见，初恋情人却低着头在他的车上打了3通电话。下车的时候，男子原以为躲过此关，不料初恋情人却敲着他的车窗问他："我已经通过3个电话告诉了你我的现状，你连一句问候的话也没有吗？"男人把车开到一旁，趴在方向盘上哭得泪雨滂沱。

何等出乎意料的故事，转念一想，又是何等的生活。庸常的生活岂不就是这样，总不能避免遗憾。但是，遗憾深处也总有催泪的温暖，正如吴念真所说："即使再忧伤，也就是一笑。"这话像极了吴念真的故事，写出来就是为了博大家会心一笑的。

捏糖人的老人

我曾在一条名叫"白布"的大街街口遇见一位捏糖人的老人，他衣衫上打着补丁，却十分干净。他戴着斗笠，古铜色的皮肤，一副走街串巷的老江湖艺人的造型。他能把糖捏成小兔子、小狗甚至是福娃的形状，在他的糖架上，"站"满了各种卡通人物。

老人说，他的糖人可以吃，都是食用糖和糯米面做的，不光好看，吃起来也十分可口。我从街口经过的时候，一群孩子正围着老人的摊子，我也停下来，这时候老人的生意便很快火爆起来。不知道从哪条胡同里钻出来的孩子，蜂拥而至，转瞬间，老人糖架子上的糖人就被卖掉了"半边天"。

那些手拿糖人的孩子们，先是大口地咽着唾沫观赏，实在忍不住，就下了口，转瞬间，一个美妙的形象就被孩子吃掉了，孩子仍意犹未尽地走向老人的糖摊儿。

我问老人："你从事的生意这么赚钱，为什么还要穿得这么简朴？"

老人答："简朴吗？我觉得这样很好啊！一个跑江湖的手艺人穿那么好干啥呀？再说，我家里还有老婆孩子要养，那些花哨的东西对我来说，没有丝毫的意义。"

我接着问老人："你孩子多大了？"

老人接着答："大女儿29岁了，研究生刚刚毕业，小女儿才15岁，上初中呢。"

"那岂不是负担很重？"我反问。

"可不是嘛。家庭开销大，所以，我才支起了多年不干的糖摊子。"

我转瞬间对老人肃然起敬，原来他是要用自己的漂泊来换取女儿的安定呀。

"你这么供养自己的女儿，真是太伟大了！"我赞叹他说。

"哪呀，都是一个父亲应该做的。老实说，这么多年风里来、雨里闯，度过了许多艰苦的日子，但我的心里始终记得一句话：'我是捏糖人的，糖人是甜的，我心里也要像糖人一样甜。'相反，如果一个人心里是苦的，他捏出的糖人越是用的糖多，就越苦，心里的糖远比糖人里的糖要重要得多。"

我对老人竖起了大拇指。原来他一直都在用自己的糖一样的人生哲理，经营着属于自己的甜蜜事业，老人是在捏糖人，也是在捏制自己的生活，不是吗？

善良永远不荒芜

有这么一个聪明的年轻人，他才华横溢，富有创新精神，但是，他却因得不到领导的赏识，只能埋没于一家普通的公司，当着一名无人重视的职员。更可悲的是老板给他的薪水也少得可怜，于是，他想到了跳槽。老板也很快察觉了他的意图，就拿出他们当初签下的合约，雇用期限一栏里赫然写着：5年！而眼下仅仅才4年。

出于无奈，年轻人只得暂且受雇于刁钻的老板的门下，饱受煎熬和冷落。

一天，年轻人像往常一样为钱发起了愁，他再也无心工作，就忧心忡忡地坐在简陋的办公室里发呆。

也正在这时候，门外突然响起了敲门声，紧接着，一个衣衫褴褛的小女孩走了进来："先生，您需要最新的报纸吗？"正在犯难的年轻人听到是卖报的孩子，更是气不打一处来，头也不抬就随便应了声："没钱，不买！"女孩听到这里只得失望地退了出去。

门没关，听到卖报女孩走了，年轻人慢慢抬起头向门外望去：寒风中，衣衫单薄的女孩正抱着一沓报纸蹒跚而去。看到这里，他的心仿佛被钢针给狠狠刺了一下，于是，他旋即追出门去："哎，孩子，给我一份报纸！"

女孩高兴地跑到了年轻人面前，笑得露出两颗虎牙："先生，一块钱。"年轻人搜遍了自己的口袋，总算没有让女孩失望，他找到了自己仅有的一枚硬币。

这是一份《世纪时报》，年轻人在极不起眼的一个版面下方，发现了这样一条消息：《空气压缩也能驱动机器》。消息里描述了工程师们在蒙塞尼山下开凿一条隧道的情况。工人们在开凿隧道时，由于使用了压缩空气来驱动制动器的方法，大大增加了凿岩机的功率，使得隧道开凿十分顺利。

用压缩空气来驱动机器！看到这里，职业敏感度极高的他脑海中仿佛出现了一道灵光，不禁兴奋地手舞足蹈起来。当时的火车只在车头里装上了一个制动器，车厢里是没有的。因此，火车司机必须用手去扳动制动手轮来刹车，这样做不仅不方便，而且效力不大。所以，在铁轨上，经常会出现由于制动器力量不够，不能迅速停车而引发的车祸。他想：压缩空气的力如此之大，足以在隧道里推动凿岩机，那么，反过来思考，也许可以通过压缩空气来驱动制动器，把这一方法运用在列车上啊，那样不就能使沉重的列车在停车时避免相撞了吗？事实证明，他的想法是正确的。经过反复的实验与尝试，一种新式制动器诞生了。正是他发明的制动器在世界各地的道轨上挽救了千千万万人的生命。

他就是压缩空气制动器的发明人威斯汀豪斯。后来，当有人问及威斯汀豪斯是怎样想出这样一个绝妙的方法时，他只说了这样一句话："我的成功要归于一枚平常的硬币。"

试想，也许当初威斯汀豪斯从来都没有想到过会从那张报纸上得到什么，仅仅因为一颗怜爱的心，让他掏出了自己仅存的一枚硬币——他的所有家当。但是，也正是这样一枚硬币，这样一颗单纯的同情心，彻底改写了他的命运，也因此改变了全世界人的命运。

这就是善良的力量，它让所有的施予者不仅没有落空，反而翻倍来报答。因此，在我们的生活中，当有人需要你付出了，你尽管大胆地站出来。在别人寒冷时，给他们一盆炭火；在别人失足时，给他们一些及时的搀扶；当别人身陷危难时，给他们一份拯救。永远不要忽视了你所付出的这些"小善"，也许正是缘于你这点小小的"爱心"，你不光帮助了别人，同时也成全了自己呀！

因为，真爱永远不会失败，善良永远不会荒芜，永远不会！

穷也兼济天下

在冬季寒冷的西伯利亚冰原上，一头野牛因为没能抵抗住酷寒的侵袭，被冻死在地面上。远处，一只乌鸦正在空中盘旋，它正在寻觅能让自己活下去的食物，它已经找了好几天了，但毫无收获，饥饿正将它团团包裹住，它的双翅无力而机械地扇动着，如果再没有食物，等待它的将是毫无悬念的死亡。

终于，这只乌鸦发现了躺在地上的那头死牛。顿时，兴奋感传遍它的全身。它立即飞到死牛的上空，盘旋了几圈，在确认周围没有其他的危险和暗藏的杀机后，它最终降落在死牛的身上。

之后，这只乌鸦使劲地啄了几口牛肉。味觉告诉它，牛肉是新鲜的，野牛刚死不久。由于这里天寒地冻，温度极低。因此，牛肉极易被长久地保存，靠着眼前的这头死牛，这只乌鸦完全可以度过一个无忧且无比富足的冬天。

但是，出乎意料的是，它仅仅是尝了几小口牛肉，然后就急急地飞走了。周围一切正常，没有打扰者，也没有猎杀者，它的飞走显得莫名其妙——它应该守着死牛饱餐一顿的。

两天后，就在那头死牛的上空，突然间出现了一阵遮天蔽日的黑，一大群乌鸦纷纷降落在死牛的身边，一阵叽叽喳喳声后，它们开始兴奋地分食死牛，或许是多日饥饿的原因，乌鸦们吃得很馋、很凶。不到半天的工夫，地上便只剩下了一副牛的空骨架。肉足肚饱的乌鸦们也一哄而散。

这一现象恰好被正在此地考察的动物学家们撞见，他们好奇不已，难道这群乌鸦是第一个发现死牛的那只乌鸦邀请来的？那只乌鸦居然主动将这么好的美食拱手送出？

为了解开心头的疑惑，科学家们决定做一个实验。一周后，他们弄到了一头死鹿，并将其抛在离野牛骨架不远处的冰原上，然后静静观察。

很快，空中有一只乌鸦发现了死鹿，然后，无比相似的一幕出现了——它先是自己啄了几口，然后迅速飞走。两天后，躺在地上的那头鹿被赶来的一大群乌鸦瓜分殆尽。

真相似乎越来越明了。当第二只死鹿被有意识地放在地上的时候，科学家们悄悄地在鹿的身上放置了一个自动追踪器，等一只乌鸦刚一落到死鹿的身上，追踪器便开始追踪和记录它的行程。很快，追踪器传回来的信息显示，那只乌鸦一直飞呀飞，整整飞了一天，飞过无数个冰冻的高山与河流，累得够呛，最后它找到了一大群同类，然后告诉它们："各位父老乡亲、兄弟姐妹们，有能填肚子的好吃的，赶紧跟我走呀！"然后，在它的带领下，所有的乌鸦都朝死鹿的所在地赶来。

一切水落石出，真相大白，科学家们最后给出的结论是：体积如人拳头般大小的乌鸦，即便是在食物短缺、自身性命难保的情况下，依然会时时想着同类，想着如果有食物一定不能独享，而是邀大家一起来分享，共渡生命里的难关！

作为高等动物的人类，应该向乌鸦敬礼，向它们学习，即使在困难之时也要为他人着想。

贪婪的悲剧

在亚马孙丛林的湖面上生活着一种苍鹭，这种苍鹭身形很大，一天中的很多时间里它都在湖面上进行巡逻式的飞翔，目的是侦察和猎取湖中的鱼类。因为有着极其敏锐的洞察力和超强的反应能力，因此，只要湖中的鱼类稍微露出一点儿身影，苍鹭便能以迅雷不及掩耳之势用长喙将其击穿，然后吞入肚中，美美地享受一番。

然而有个问题是，这种苍鹭相当贪恋湖中的鱼类，有时，它甚至可以从早到晚地在湖面上飞翔觅食，直至一条条鱼将它肚子撑得像个圆球。即便如此，它还是不肯罢手，肚子里盛不下了，它又开始学鱼鹰，改成将鱼积攒到喉咙里，但遗憾的是，虽然它有着鱼鹰一样的长喉咙，却没有鱼鹰特有的呼吸系统。因此，当喉咙里的鱼越放越多时，苍鹭的呼吸也就随之变得越来越困难，以致最终全身血液供流不畅。此时，当苍鹭再发现水中有鱼便俯冲下去时，过重的身体、过快的速度，再加上血液供应不足，冲下来的苍鹭便会像一架缺油的飞机，一下子瘫软在水中，再也飞不起来了。而此时潜伏在同一片水域中的鳄鱼便能不费吹灰之力一口将它毙命，恐怕直到临死时，苍鹭才会明白过来，但一切都晚矣。

与苍鹭的贪婪相比，另一种叫白鹭的鸟类，它的致命要害竟然是不安分和胡乱折腾。每当雨季来临时，南美洲的一条内陆河——奥里多河的河水便会大面积地漫溢出来，将不远处的拉诺斯草原全部淹没。此时，跟着河水一道到达拉诺斯草原的还有一种被喻为"红色死神"的南美红食人鱼，它们来的目的只有一个，那就是等待自己的美食——从天而降的白鹭。

原来，在水面上方树上的鸟巢里住着无数只白鹭雏鸟，这些雏鸟尚且不能飞得很高很远，因此必须要靠着雌白鹭给它们觅食。可当雌白鹭出去觅食时，一些小雏鸟便开始不安于巢中单调的生活，觉得外面的世界很精彩，于是它们开始朝巢外飞去。之后，它们在这树枝上跳跳，到那枝头上蹦蹦，乐不思蜀。可是，由于飞翔能力很差，这些白鹭雏鸟经常会失足，从树上掉下去，跌入水中或高处水面的灌木丛中。

危机很快便出现了，因为水中有数量众多的红食人鱼，此时如果白鹭能静静待在水面上或者灌木丛中，它们完全还有可能等来母亲的救援，可是，它们没有，它们再一次不安分起来，开始拼命地挣扎，不断地扑腾，以为这样自己就能飞起来。而厄运也正是打此开始。本来，藏在水中的红食人鱼视力很差，哪怕就是在眼前的静止物体，它们也很难发现。但是它们对振动却异常敏感，只要白鹭雏鸟一扑腾，它们便能寻着振动所引起的水纹赶过来，然后用自己锋利的牙齿将落水的白鹭雏鸟切割得尸骨无存。

苍鹭的贪婪和白鹭雏鸟的不安分，与某些人的心理和行为是何其的相似呀，而两者的下场也同样是不差毫厘，动物的悲剧往往也正是人类的悲剧。

腾巴"复仇"记

在印度荒芜的山区，生活着成群结队的陆地猴，它们分属不同的猴群，每个猴群都由一个强悍的猴王统治着。猴王同时还有和猴群里的其他母猴繁衍后代的义务，而下一任猴王也在老猴王众多的王子中诞生。

幼猴腾巴便是卡塔那那猴群中的一名王子，它长相出众，反应迅速，身手敏捷。在母亲莎贝娜严厉的教导下，腾巴远远胜过它的那些同父异母的兄弟，如果一切顺利的话，几年后，它必将继承王位。

然而，和人类一样，在王子没有正式成为王之前，一切改变皆有可能。就在腾巴5个月大时，一个外来者突然闯进了卡塔那那猴群中，它是一只叫斯图霸的年富力强的公猴。因为在自己的猴群里争夺王位失利，斯图霸才转战到卡塔那那猴群。这个狡猾的公猴已经在卡塔那那猴群周围潜伏了很久，对腾巴的父亲的弱点了如指掌。

终于，一天中午，斯图霸突然对昏昏欲睡的老猴王发起了进攻，几个回合下来，老猴王便被它攻击得血肉模糊，一败涂地。按照猴群的规矩，失败的一方必须离开卡塔那那猴群，到另外一个地方去自生自灭。颜面尽失的老猴王当着卡塔那那猴群的面，纵身一跃，将自己摔死在山崖下，这一幕被腾巴深深地印在脑海里。

得胜的斯图霸跳上高高的石峰之上，咆哮着，从那一刻起，它将成为新猴王，卡塔那那猴群的所有母猴都将成为它的伴侣，任由它摆布，其中当然也包括腾巴的母亲莎贝娜。

腾巴和其他幼猴的厄运开始了，为了让母猴们能心甘情愿地跟自己繁衍后代，同时也为了防止幼猴以后挑战自己的王位，斯图霸开始实施自己的"斩草除根"计划，疯狂地弄死幼猴，同时还将一部分幼猴驱赶出卡塔那那猴群，而那些幼猴一旦离开母亲的庇护，很快就会在恶劣的环境中一个个地死去。

腾巴小心地躲着斯图霸，它总是在离斯图霸很远的树枝上徘徊。它不愿意离开母亲莎贝娜，可是，这相当危险。

有一次，趁斯图霸外出，腾巴终于有机会重回母亲的身边了，它本以为母亲一定会对它无比亲昵，但结果却是莎贝娜狠狠地将它推开，并驱赶它。试了好几次，母亲都是一样的反应，只是每赶腾巴一次，母亲眼里就多了一汪眼泪。腾巴伤心极了，它知道自己必须要离开了。

腾巴带着4个难兄难弟踏上了逃亡之路，这是一条艰辛、危险的伤感之路，一路上没有充足的食物，没有了父母的庇护。很快，两个幼猴因为压力过大死了，还有两只则因为体力不支，成了其他动物的口中餐，唯有腾巴逃了出来。

之后，腾巴成功地加入了另一个猴群，并且得到了猴王的欣赏。3年后，凭借着优越的自身条件，已然长大的腾巴成了这个猴群的新首领。此时，它想起了跳崖的父亲和含泪驱赶它的母亲，腾巴决定重返卡塔那那猴群——为父亲复仇，救回母亲，它深信，斯图霸不再是它的对手。

在一个阳光很好的日子里，腾巴带着它的"臣子们"，浩浩荡荡地回到了卡塔那那猴群，腾巴斗志昂扬，气壮山河地走了出来，它要在今天让斯图霸和自己当年的父亲一样，自毙于山崖下。

然而，令腾巴万万没有想到的是，眼前的斯图霸居然已老态龙钟，一副潦倒无比的样子，虽然它的身边也不乏许多面露凶光，决心抗战到底的臣子们。

接下来，更让腾巴惊讶的是，斯图霸竟独自慢慢地走到了腾巴的面前，目光温和，一副视死如归、毫不抵抗的样子，这倒让腾巴一下子迷茫了。为了不再迷茫，腾巴开始搜寻母亲莎贝娜——它正在不远处哺育两只刚出生的幼猴。看到腾巴后，母亲眼里竟全无马上就要被解救出来的惊喜和兴奋。

腾巴怔了好一会儿，随后，突然对着天空发出几声高亢而又凄凉的吼叫，然后转头领着臣子们含泪离开。母亲已经淡忘了仇恨，斯图霸也已这般模样了……

让后代永久仇恨下去，还是从现在开始学会慢慢淡忘，直至最后仇恨云消雾散？在这个选择上，人类和动物好像从来都没有过什么不同，就如同我们从腾巴身上所看到的一切，而这也许正是大自然赋予世间万物所共同拥有的神奇力量。

生存的秘诀

每年，当非洲原野的旱季来临时，太阳都会疯狂地炙烤着大地，致使原野上的小河、沟渠迅速干涸，只有一些较深的湖泊里还存有少量的水。每到这个时候，整个原野上的动物，包括羚羊、鬣狗、狒狒等都会集聚到有水的湖泊边，慌慌张张地找水喝。炎热已经让它们干渴难耐，如果不想被活活渴死，动物们就必须试着从湖泊中取水。

然而，湖泊里虽然有足以让动物们喝个够的水，但同样也有足以让它们毙命的危机——一条条狡猾而凶猛的鳄鱼，正潜伏在湖边，它们将整个身体隐藏在水中，一旦有动物走近湖边喝水，鳄鱼就会不失时机地猛地从水中探出头来，一口将毫无防备的它们咬住，然后再将其拖入水中，使之窒息而死。就是这样一个简单而又被反复使用的方法，让无数口渴的羚羊、鬣狗们纷纷丧命，让鳄鱼轻而易举地"守株待兔"。

但是，也有例外，狒狒就从没有丧命在鳄鱼的口中，究其原因，狒狒从不会轻易走近湖边去喝水，即便是渴得快不行了。它们取水的方法很特别——在离湖泊边不远处挖坑，几只狒狒组成一组，轮流着一直不停地挖呀挖，直到挖出来的坑有足够深，湖泊里的水能渗到坑中来，然后，狒狒们再排队轮流着一个个去喝坑里的水。

有时，羚羊等其他动物看到狒狒的土坑里有水，也都想去讨一口水喝，但此时狒狒们会群起而攻之，将它们一一赶走。而一旦被驱赶走后，其他的动物们便懒得再去"低三下四"地讨人嫌。同时，它们又不会学习狒狒，试着去自己挖坑，而是抱着侥幸的心理，干脆冒险去湖边，结果百分之八十以上都丢了性命。眨眼之间，一命呜呼。

天越来越热，湖泊里的水位也越来越低，要想土坑里还能渗出水来，狒狒们就需要不停地将土坑朝下深挖，这是一项艰难而持久的工程。在其他动物们躲在树丛中眯眼避暑时，狒狒们却要顶着烈日，一刻不停地掘土，但是最终狒狒们坚持了下来，当雨季重新来临之时，狒狒成了原野上为数不多的成活率较高的一个种群，而这显然是智慧和勤奋的结果。

面对眼前无水的困境，非洲原野上的许多动物慌不择路，安逸取巧，甚至开始抱着侥幸心理铤而走险，结果往往是灭亡牺牲得更快，不仅是它们，我们人类何尝不也是如此呢？

唯有像狒狒那样，不慌张，不焦急，远离侥幸，勤勤恳恳，实实在在地挖坑蓄水，才有机会等来丰沛的雨季。

自取灭亡的逞强

在水中，河马和鳄鱼几乎是势均力敌的对手，这两个水中霸王往往共同占据着某一条河流，然后各自捕获着自己的食物，谁都不敢对谁轻易发起进攻。但如果是一头离开了父母保护，落了单的小河马，那么它就非常容易受到来自鳄鱼的攻击，反之亦然。

在印度洋畔，有一条叫姆帕塔河的河流，在这条河流里，无数的鳄鱼、河马生活在其中，伴随着危机重重的诡秘猎杀。

刚出生不久的小河马"球球"正在姆帕塔河水中嬉戏玩耍，这个不谙世事的小家伙对水中的一切生物都充满了好奇，都想去一探究竟。可妈妈不允许它去探究，因为看似平静的水域其实处处隐藏着杀机，"球球"为此感到很不开心。

终于，"球球"得到了一个千载难逢的机会，它趁妈妈转身帮它去捕食的空当，一个潜泳，游到了几米之外的另一块水域中去了，因为在那里，有一条又瘦又小，细细长长的"怪物"——小鳄鱼。虽然妈妈曾不止一次地跟"球球"说过，要远离这些浑身都是疙瘩，通体都被硬皮裹着的家伙。它真的那么凶，那么可怕吗？"球球"想亲自去挑战它一下。

刚开始，想到妈妈的告诫，"球球"似乎对小鳄鱼还是有一丝害怕和戒备，可很快，"球球"就发现，眼前的这条小鳄鱼很蠢、很傻、很木讷，根本不像妈妈所形容的那样可怕。"球球"朝它身上喷水，对它展开挑衅，但对方不敢应战，害怕得全身颤抖，然后节节败退。这让"球球"兴奋不已，心想："一定是它看到我的体型比它大很多，害怕了。"更让"球球"高兴的还有，小鳄鱼身边不远处的鳄鱼妈妈也显示出对它的敬畏，不仅不过来保护自己的孩子，也跟着撤退、避让自己。"球球"开始变得更大胆了，它继续紧逼，朝小鳄鱼"逃跑"的水域猛追过去，越追越远。

"球球"几乎是将所有的注意力都集中到自己追赶的那条小鳄鱼的身上，却丝毫没有留意到那条鳄鱼妈妈已经不声不响地尾随在它的身后。水越来越深，"球球"离自己先前活动的水域和妈妈也越来越远，终于，它追到了鳄鱼妈妈认为可以发动进攻的最佳地点了。

"扑"的一声，鳄鱼妈妈以迅雷不及掩耳之势从后面猛地咬住了"球球"的脖子，"球球"本能地使出全身的力气拼命挣扎，可一切都是徒劳的，它根本挣脱不了，血开始汩汩地朝外流，很快就染红了整片水域。"球球"甚至没来得及向妈妈发出呼救，就已经断了气。

更让人伤心的是，直到咽气的那一刻，"球球"也不会明白，其实，它是被鳄鱼算计死的，这本就是一个鳄鱼家族精心导演和设计的杀戮陷阱，已经实施了好长时间了，且屡试不爽。而落入这个陷阱中的小河马们，无一都和"球球"一样，被鳄鱼虚假的"示弱"刺激得忘乎所以，从而自以为是地昂首向前，一步步地越陷越深。殊不知，在充满野性和敌意的大自然中，任何无知的逞强和自以为是都是致命的自取灭亡。

开往春天的地铁

麦雷尔40岁那年失业了。妻子一夜之间也红杏出墙，不知去向，只剩下他和一个患有脑病的儿子相依为命，孤苦地生活在一起。

随着儿子病情的进一步恶化，麦雷尔再也没有钱为儿子看病了，发病时的儿子白天安然无事，晚上却闹腾个不停。伤神的儿子弄得他心力交瘁。他以往对儿子的疼爱逐渐消失了，取而代之的是恼怒和气愤，甚至是恨，恨他为自己的生活雪上加霜。一天，再也忍无可忍的麦雷尔终于横下心来，做出了一个决定。于是，吃过早饭，他就带着儿子向地铁走去——他决定抛弃儿子！

麦雷尔买了远距离的车票，因为他怕儿子被人认出来，又会回到自己的身边，再次成为自己的累赘。终于到了地铁的入口，有好几次，麦雷尔都想把牵着儿子的手松开，但是试了几次，看有警察在场，他还是握紧了儿子的小手。那天的儿子出奇的乖，一点也不闹，也许是长时间闷在家里的他，因为见到了阳光而高兴地顺从了爸爸的意愿。他跟着爸爸的脚步进入车厢，看着模糊的车窗与迎面疾驰而过的另一列车所形成的影子，他发觉车窗上映出的影像虽然模糊，却有着美丽的圆。

儿子看得入了神，而麦雷尔顾不了这些。当地铁穿过一个涵洞时，他立即松开了抓住儿子的手，然后躲得远远的。儿子还以为父亲就在身旁，新的一站抵达了，列车停稳后，儿子跟着一个中年妇女下了车。仍然留在车厢里的麦雷尔心里暗自惊喜，终于把儿子丢掉了，他释然了。儿子还在顺着车站的墙壁，跟着那位中年妇女向前走。墙壁上贴着一张巨幅的公益海报，上面写着："每个人都有一个梦，我们要懂得精心呵护。"儿子是他的梦吗？麦雷尔顾不了想这些，终于列车开启了……

麦雷尔又回到了自己所在的城市，摆脱了儿子，他发现自己转瞬间变得很轻松。走在市中心的广场上，他突然累了，就坐在广场的台阶上歇一歇脚。广场上遍布着鸽群和鲜花，花坛中间摆出了这样几个字："把鲜花献给孩子。"他猛然间才想到今天是儿童节。麦雷尔突然想到了自己的儿子，想到了没人照料的日子他该怎么生活，想到了自己将从此完全失去依靠，过着更加孤苦的生活……麦雷尔的心猛地震了一下，额头上渗出了许多豆大的汗珠。他再也坐不住了，飞速地奔向车站，买了一张和刚才一样的车票，就急忙地踏上了地铁。

当一位有心人帮他找到儿子，并把他领到孩子身边时，麦雷尔发现孩子正孤零零地站在车站的一角发呆。儿子的头向上仰着，向着车站大厅的房顶望去，那由钢铁焊接而成的房顶，正分明地显示出一个穹顶！

这是一个发生在墨西哥的真实故事。我不知道那个孩子的病能不能被医好，也不知道他的父亲怎么给他筹那笔治病的钱，但是有一条我可以坚信，那就是：他的父亲再也不会抛弃他了！哪怕他们的生活无比艰难，有了儿子，他的父亲就总能找到突围的办法！每个人的心灵深处都有一个梦，我们要精心地呵护，别让梦成空；每个人的心灵深处都有这样一列开往春天的地铁，它引领我们驶向觉醒，驶向良知，驶向伟大的亲情和爱！

野性的温良

在非洲的古老森林里，每一只刚出生下来的幼豹，身上都有一块独特的豹纹，好用来区分彼此。比如，在小雌豹迪玛的鼻子右端处有两个圆圆的花斑点，迪玛的母亲能够轻易地将它辨认出来。

从出生的那一天起，幼豹就必须得迅速地掌握如何稳健、自信地攀爬，如何抓住猎食动物的最佳时机，还有就是安全逃离的本领。唯有如此，它们才能够活下来。

在母亲的悉心教导下，迪玛很快就掌握了一些基本的生存和捕猎技巧。等它到了一岁多的时候，便能独立地捕获一些小型肉食动物了，迪玛的自信心越来越强。

一天，有一群狒狒从迪玛的面前路过，初生牛犊不怕虎的迪玛突然释放出身上所有的野性和激情，向一只落了单的母狒扑了过去。这是一次非常危险的冒险！因为此时母亲不在迪玛的身边，而狒狒向来是猎豹的劲敌，如果失败，后果将不堪设想。

但奇迹出现了，还没等狒群发现，迪玛便以迅雷不及掩耳之势解决了那只母狒，迪玛成功了。

可是，问题很快出现了，当迪玛开始撕咬那只母狒时，却惊讶地发现母狒的毛里有一个来回蠕动的小肉团，那是一只刚出生一天的小狒狒。迪玛并没有去咬断小狒狒的喉咙，它不知如何是好。

此时，一条猎狗不失时机地朝迪玛走来。以往迪玛每次遇到猎狗时，都会迅速地爬上树，然而这次，迪玛却没有。这个还不到两岁的小猎豹迪玛莫名其妙地开始有了母性的温良。它先把小狒狒安藏到一个安全的草丛里，然后再转过头，与猎狗对峙，这是一次进攻性的防御，目的是保护小豺豺，而不是保护猎物。

有利的地形，假装出来的威严最终逼退了想来进犯的猎狗。之后，迪玛勇敢地当起了小豺豺的"代妈妈"，小豺豺似乎也乐意跟在迪玛的后面，它们成了彼此相依相偎的亲人。但遗憾的是，夜里，森林里下了倾盆大雨，小豺豺终归没有能抵挡住彻骨的寒冷，在天明之前，死了。

迪玛徘徊在小豺豺的身边，神情忧伤，久久不愿离去。天明时，小豺豺尸体上的特有气味，引来了另一只成年母豹——迪玛的母亲。

显然，母亲对迪玛的表现很满意，它朝女儿走了过去，试图和女儿一起分享那只小豺豺。但出乎意料的是，迪玛挡在了母亲的面前，睁大了一双琥珀色、愤怒的眼睛——它要护卫小豺豺的尸体，不容任何人侵犯，哪怕自己的亲生母亲也不行！

母亲被迪玛的行为惊呆了，它第一次感觉到自己的权威和尊严得到了挑衅，毫不留情地和女儿过起了招。它要教训教训这个不孝女。正在母女俩打得不可开交时，昨天的那个豺豺种群家族浩浩荡荡地赶过来了，它们发现了丢失了一个带着孩子的族员。

小豺豺的尸体静静地躺在那里，一切水落石出。豺豺们把迪玛和母亲围了起来，一场腥风血雨的战斗开始了。由于寡不敌众，很快，迪玛和母亲都遍体鳞伤，好不容易才突围。

因为迪玛的阻挠，不但一餐美味未能享受到，还弄得差点丢了命，脱离了险境的母亲对迪玛露出了尖利的獠牙，仿佛迪玛是它不共戴天的仇人、痛恨至极的对头。迪玛也从母亲的眼神里明白了一切——从今天起，它们的母女关系已经结束，迪玛必须要一个人面对生活了。

离开母亲的庇护，迪玛的生活开始显得有些艰难，有时甚至一连好几天都捕猎不到任何食物，还会遭到异类的攻击。虽然疲于逃命，但迪玛从没有想过要回到母亲身边去，向母亲认一个错。

冬去春来，转眼间，跌跌撞撞的3年过去了。在这3年里，迪玛终于长大了，它成了森林里的又一个王者。

迪玛是在它出生的地方遇见了母亲的。它知道，这次，自己和母亲要做一个了断。但一切却出乎迪玛的意料，3年期间，母亲又有了两个孩子，它正在为两只小豹哺乳。

母亲只是远远地看着迪玛——那个已然长大的孩子，眼睛里没有怨恨只有坦然，迪玛不再是母亲的继承者，不再是母亲最牵挂的孩子……

人类能从猎豹的身上看到梦想中的猎手精神，看到自身潜藏起来的野性，以及野性背后的温良。如果有一天，当猎豹们永远地闭上琥珀色的眼睛，我们也就失去了自己的影子！

我们深信不会有那么一天。人类将与猎豹永远同在，犹如母亲宽容了迪玛的温良。

青春是一首灿烂绚丽的舞曲

母爱总会赢

他很少谈起他的母亲。

有一次，他的一位最亲密的朋友同他谈到了这个话题。他沉默了半晌，看似轻描淡写地讲述了自己与母亲的3个片段。

小时候，母亲对他要求特别严格。有一天，他同本村的二狗子发生了争执，一怒之下用石块把二狗子的头给打破了。二狗子的父母领着受伤的二狗子找上了门，母亲非常生气，打了他两巴掌，然后让他给二狗子道歉。他觉得自尊心受到了伤害，扭头就向外跑。身后传来了母亲愤怒的呼喝："不给二狗子道歉你就别回这个家门！"

他丝毫没有给二狗子道歉的意思，在野外的老楸树底下一待就是半夜。

他对朋友说，这次，是母亲输了——半夜里，她打着手电筒，焦急地喊着他的乳名，找到了老楸树底下，把他领回了家中。

上大一的时候，他在本校谈了个女朋友。两人卿卿我我，整天黏糊在一起。母亲不知道从哪里得到了这个消息，托人给他带来了口信，暗示他不要过于沉溺爱情而耽误了学业。他呢，依然我行我素，沉醉在爱情的天空中。母亲着急了，专程从镇上赶了过来。她说，我不是来看你女朋友长得丑俊的……她劝说儿子，多抽时间学点东西，准备考研。母亲说，到时候如果考不上研究生，不准进家门！

"这次还是我赢了！"他对朋友说，"我没有考研，赌气连着寒假、暑假两个假期都没有回家，最后还不是母亲找到学校来，亲自把我请回了家里？"

大学毕业的时候，他在城里联系好了工作单位。不料，曾经当过母亲班主任的镇中学老校长找到了母亲，说是镇中学缺个英语老师，问母亲能不能动员他回镇中学任教。母亲听从了老校长的建议，多次给他吹风，让他多想想乡下的娃儿，回家乡来支援老家的教育事业。母子之间的较量又一次开始了。母亲快言快语地告诉他，他要是留在了城里，就别再回来看她，就当没有她这个娘。

"这次母亲又输了！"他有点得意地说，"我现在在城里不是混得很好吗？母亲不是说不愿意再看到我吗？可她最终还是主动来到了城里，给我们看孩子、做饭……"

朋友是学哲学的，听完了他的叙述后，望着他得意的面孔，朋友发出了长长的一声叹息。

他不解，问朋友为何会有如此惊心的一叹。

"真的是你赢了吗？"朋友轻轻地摇了摇头，回答说，"不要同母亲较劲，更不要同母亲论输赢。无论结局怎样，母亲都会输掉。因为，儿子是母亲灵魂与身体不可分割的一部分，在针尖对麦芒的较量之中，即使儿子输了，输掉的也是母亲的心肝。"

听了朋友的点拨后，他愣在了那里：自己和母亲，到底是谁赢了呢？

朋友一字一顿地说："赢了的不是你，而是母爱！"

赢了的是母爱！这句话犹如一声惊雷，把他的心绪轰炸得无比纷乱。

他辗转反侧，彻夜无眠，终于想通了：儿子是不应该把母亲视为自己的对手的。因为，母爱能够打败来自自身的所有的对儿子的恨。即使恨有千万钧，在儿子面前，母爱总会赢！

从前门下车的农民工兄弟

那天的公交车很空，一位农民工兄弟走向车厢前部，显然他要从公交车前门下车。

司机板着冷若冰霜的脸说："前门上，后门下，这点规矩都不懂啊？"司机的声音不大，但是依旧传遍了整个车厢。于是，有人起哄："兄弟，快点从后门下，不要耽搁大家的时间。"农民工兄弟窘迫地回头，涨红着脸从后门下了车，像犯了大错的孩子似的。农民工兄弟在阳光里走远，瘦弱的身影里包含着自卑和委屈，像极了10多年前漂泊的我。

10多年前，未满18岁的我来到南国打工。在城市里，我的代步工具除了自己的双脚，就是城市里拥挤的公交车。我曾经在佛山搭乘公交车，全程1块5的车票，而且无人售票。上车后，我才发现没有准备零钱，诚惶诚恐地跟司机师傅商量："请问，我可以收下后面乘客的零钱吗？"司机师傅用看外星人的眼光看着我说："不设找零！没瞧见吗？这里没有找零的规矩，快投币！"或许佛山的公交车真的没有那个规矩，当我走向车厢深处的时候，乘客们纷纷用鄙夷的眼光看着不懂规矩的我，让我差点以为自己真的是外星人。

后来，我又去了东莞打工，还结交了可爱的女友。打工仔打工妹只有一月一天的假期，假期最好的消遣是坐公交车去市里逛公园。从工业区到市区的公交车非常拥挤，相比春运期间的列车有过之而无不及。人们脸庞贴着脸庞，后背贴着后背，没有支撑的手动弹不得，甚至连呼吸都非常困难。偶尔觅得一个座位，和女友甜蜜地分享，然而刚预备双双落座，售票员用尖厉的声音训斥："两个人不要坐一个位置，坐垮了你们赔得起吗？"售票员雷人的规矩像一根刺，深深地刺伤了不懂规矩的我们。最后，狼狈的我和女友都尴尬地"罚站"，没有勇气再坐那脆弱的座位。

从后门上车、从前门下车，随手向窗外抛撒垃圾，上车后没有灭掉手中的香烟……初来这座城市的我们有些不懂规矩，在公交车的车厢里我们另类、突兀或者麻烦，但是那只是我们最初的混沌和青涩，那是我们走向城市、融进城市不可或缺的过程。总有一天，我们也会成为举止得当的你们，我们和你们都将是城市的主人，所以请宽容我们偶尔的不懂规矩，请允许我们必要的成长的过程。

那时，我们这些从前门下车的农民工兄弟，不至于在阳光中积郁太多的伤感，反而会勇敢地走到城市文明的彩虹下，成为城市一抹美丽的风景。

没有迷惘的青春是荒凉的

常常接到读者的留言，谈到最多的情绪或者心态，可以用两个字来概括：

迷惘。

比如这位，很写实：我现在读大一，父母、姐姐让我考研，我不怎么想，我一直想创业；但感觉现在的我什么都没有，没有足够的资金和社会阅历，对未来很迷惘。我该怎么做？

再比如这位，很文艺：我就像一只趴在玻璃上的苍蝇，前途一片光明，但又找不到出路；无论此时是如何的彷徨迷茫，最终，我都要过上自己想要的生活……

问题集中在22岁左右的年轻人身上，面临大学毕业，真正要单飞了。轻狂、迷惘、忐忑、挣扎、冲动……做强没钱，做大太嫩，竞争乏力，独辟蹊径又觉得孤单……似乎问题一箩筐，而箩筐是金枝编织的，青春的问题也是金贵的。

青春特有的迷惘，说明你有强大的生命力与不安分的心；像心电图，有起伏，忐忑，才正常，若一帆风顺成直线，就证明你"挂"了。难过的时候，原谅自己，你只不过是一个人而已，没必要把自己看得坚不可摧。

大雨过后，有两种人，一种是抬头看天，看到蔚蓝与辽阔；一种是低头看地下的淤泥，看到的是杂乱与麻烦。或疯狂或迷惘，青春的色谱绚烂而丰富，可以单纯但是不要单薄。没有迷惘的青春，要么很假，要么很荒凉。

在青春年少时，在竞争激烈的年代，我们常常无法豪迈地说"我是什么"，而只能说一句"我不是什么"，这有些悲哀、无奈，不过，青春不轻易服输，因为有时间的资本和理想的资本。

柏拉图告诉弟子自己能够移山，弟子们于是纷纷请教方法。柏拉图笑道："很简单，山若不过来，我就过去。"哲圣也这么玩，挺可爱的。

所以，迷惘归迷惘，别忘记更重要的事情：行动，先行动，抓住机会，特别是青春的这次机会，最好的年华不爱、不做，那是最荒凉的，也是最大的辜负，是暴殄天物。

踮起脚尖，你会闻到阳光的味道。

你遇见我的人生

那一年，我18岁，怀揣着流浪的梦想去远方，在一间小小的私人印刷厂打工。少年不识愁滋味，打工的日子每天都无忧无虑，就算加完通宵班也会去晨练，和天南地北的工友打成一片。由于薪水很低，我不能像其他工友一样不断汇钱回家，甚至也买不起一部傻瓜相机拍摄自己的生活。于是，我在工厂附近的照相馆留影，本来想将照片寄给老家的父母，有工友说："你比初来时消瘦了许多，倘若把照片寄回去，只会让家人平添一份担忧。"

几年后，我才从远方回到老家，比起照片里的自己壮实了许多，当父母看到一度消瘦的我，依旧忍不住连连抹泪。我顿时明白，善良的工友遇见了我一段艰涩的青春年华，在彼时彼刻，他甚至比父母更加接近我、体贴我。人生就是这样，多数时间里，陪伴左右的是我们的亲人、爱人或朋友，但是总会有那么一刹那、一瞬间，一些并不熟稔甚至陌生的人遇见我们的人生。

依旧在远方，我一度失去了工作，每天在不同的工业区奔走，只为寻找一份可以糊口的工作。一日，求职未果的我准备搭乘末班车回租住地，上了小巴才发现身上的零钱根本不够付车费。那一刻，我窘迫得不知道该上车还是该下车，时间跟我的思绪几乎同时凝固。一脸憨厚的司机做出上车的手势，让没有投币的我搭上了回去的末班车。当暖意在我心底绽放时，我知道，陌生的司机遇见了我的人生，我那一刻的窘迫、无助和绝望遇见了善意。

前些年的一个晚上，相恋多年的女友变了心，我再次来到江边熟悉的酒吧。从酒吧出来，已是清晨三四点的光景，江水和夜色一样安静，偶尔掠过的是水流声还是风声，我已经分得不太清楚了。男儿有泪不轻弹，只是未到伤心处，在江边、在夜风中，我的泪水止不住地流淌。一位早起的环卫工拍拍我的肩膀，安安静静地坐在我的身边，一直到城市的天空开始泛白，一直到我的泪水和酒气散尽。善良的环卫工遇见了我失落的爱情，我遇见了他一颗好人的真心。

"我遇见谁，会有怎样的对白"，这句话出自孙燕姿的一首歌，名曰《遇见》。比起那些陪伴我们人生的亲人、爱人或朋友，有些人只是和我们在某时某刻偶然相逢，但是那种遇见依旧是人生旖旎的风景，能够给予我们莫大的力量，让我们的人生变得充盈和坚实。

卖鞋前，演好最后一部戏

娱乐圈多姿多彩，很多年轻人削尖了脑袋，也要挤进来。可是，立足娱乐圈不易，有些人就算挤了进来，也会面临要离开的尴尬。

小时候，别的小孩参加钢琴或美术培训班，他却是附近游泳馆的常客。很快，他在游泳上表现出来的潜质被发掘，成了一名地地道道的游泳选手，甚至在高中时便获得了台中市铁人两项冠军。后来，他不知不觉喜欢上了看飞机的起降，还默默在心底写下了"飞行员"的理想。通过不懈的努力，他顺利地通过了相关的考试，成为飞行员的理想唾手可得。

2002年，他陪一个要好的朋友去娱乐公司试镜。朋友不幸落选了，长相俊朗的他阴差阳错被选为戴佩妮MV的男主角。美丽的舞台、神秘的镜头和频频闪亮的闪光灯，这些绚烂无比的细节，让他心底萌发了一个新的理想，那便是成为一名人见人爱的演员。随后，他的理想一点点实现，他不仅和公司另外两位人气男模一起被称为"凯渥三剑客"，还参演了多部收视率极高的青春偶像剧。

可惜，虽然他在剧中不是跑龙套的角色，但是戏份不足让他遭遇了戏红人不红的尴尬。很多回，已经进入娱乐圈的他还体会到"月光族"的滋味，信用卡一次又一次被他刷爆。无奈之下，他常常向做鞋子生意的老爸伸手，来解决自己面对的经济上的困窘。老爸会关切地说："如果实在撑不下去了，回来和我一起卖鞋子，一样能赚钱，一样能过上好日子。"他的心底涩涩的又暖暖的，好想就这样告别娱乐圈，远离镁光灯，过一个平凡人的生活。

或许是心底的梦想还在沸腾，他对老爸说："让我再坚持一下，累了，倦了，我回来陪你卖鞋。"接着，他终于等来自己做男主角的机会，和他搭戏的是"偶像剧女王"陈乔恩。不过，他在进剧组拍摄第一天就宣布："这是我的最后一部电视剧，之后我会帮老爸打理鞋子生意。"他言语的认真在剧组引起不小的骚动，不仅其他演员担心他不会好好演出，连导演陈铭章都开始觉得选错了人。

"卖鞋前，演好最后一部戏！"他把这样的话放在自己的博客上，算是对自己的监督和鞭策。而大家担心的事情并没有发生，他依旧全身心地投入拍摄之中，甚至比之前任何一部戏还要紧张。拍完了这部偶像剧，他一一和导演、演员及其他剧组人员拥抱，那是一种恋恋不舍的告别。不仅是他，许许多多的人都流下了泪水，一时间整个剧组成了泪水的海洋。

意想不到的是，此剧以单集平均收视率10.91，打破之前由《王子变青蛙》保持的偶像剧平均收视纪录6.99，成为台湾电视史上收视率最高的偶像剧，接下来不仅获得大大小小的奖项，还让"粉丝"们记住并喜欢上之前默默无名的他。功成名就的他不再选择离开，只能对做鞋子生意的老爸说："对不起，我选择留在娱乐圈。"

没错，他就是众多"粉丝"喜爱的"小天"——台湾偶像明星阮经天，之后他还接拍了反映20世纪80年代台湾黑道生活的电影《艋舺》，并荣获第47届台湾电影金马奖最佳男主角奖。

成功或许真是可遇而不可求，但是选择离开之前的不松懈，会是一道最美丽的人性光辉。哪怕我们转身之后没有华丽的篇章，但是最后的认真却优雅而从容，足以让我们留给岁月美好的记忆。如果眷顾你的好运适时来临，或许你也可以和阮经天一样，迎来梦寐以求的人生转机。

超越杉内雅男

20世纪五六十年代，整个中国围棋界萎靡不振，甚至患上了可怕的"恐日症"。1961年，一个叫伊藤的五段棋手——一位日本老太太来到中国，和她过招的中国棋手纷纷败下阵来，这还包括当时中国的全国冠军棋手。伊藤赢棋后，丝毫没有获胜的喜悦和兴奋，眼里反而是满满的不屑，这让中国围棋界很是难堪。

就在这一年，17岁的陈祖德加入全国围棋集训队。年轻的陈祖德口出"狂言"："不出3年，我就要战胜五段的伊藤，还要战胜日本的九段棋手。"当时，棋手输给五段的伊藤或许有些不服气，但是想赢日本的九段棋手绝对是天方夜谭。集训队的老棋手没把陈祖德的"狂言"放在心里，而且看在陈祖德才17岁尚年少的分儿上，也没有嘲笑他是个说大话的棋手。

"战胜五段的伊藤，战胜日本的九段棋手"，成为激励陈祖德学棋、练棋的动力。在集训队，陈祖德每天都是第一个到，然后最后一个才离开。哪怕是别的棋手在休息，他依旧在研究世界经典棋谱，或者找老棋手请教问题，缠上人家再下一盘棋。陈祖德在集训队成长得很快，但是他丝毫没有沾沾自喜，因为他还有未完成的心愿。

1963年9月27日，全国围棋集训队迎来中日围棋友谊赛，19岁的陈祖德获得率先出场的机会，他面对的是日本的九段棋手杉内雅男。当时，杉内雅男在日本围棋界声名鹊起，甚至号称自己是"围棋之神"。集训队观战的棋手都认为，这是陈祖德向杉内雅男学习的机会，要想战胜对手那是不可能的事情。可是，取胜的欲望在陈祖德心底沸腾，他告诉自己"机会来了"。

年纪不大的陈祖德很沉着，依旧保持着自己"稳、准、狠"的棋风，以咄咄逼人的姿态面对杉内雅男。日本围棋界是抱着传授经验的目的来华的，而杉内雅男并没把面前19岁的小青年放在眼里。结果，杉内雅男不仅没有速胜陈祖德，还在耗时长达9个小时后，让陈祖德以半个子的优势取胜。半个子，对于杉内雅男来说或许微不足道，但对于整个中国围棋界却重逾千斤，这是中国棋手第一次战胜日本九段棋手，同时打破了"日本九段棋手不可战胜"的神话。更重要的是，陈祖德战胜杉内雅男后，中国围棋界的"恐日症"痊愈了，走向了逐步复苏的春天。

19岁的陈祖德战胜杉内雅男，其实更是陈祖德的一次超越。当有记者问陈祖德超越杉内雅男的感受时，陈祖德却说："作为一个棋手，要不断提高，不断突破，必须超越自我。"后来，陈祖德还撰写了个人自传《超越自己》，他超越自己的精神激励了众多棋迷和读者。显然，人生最华丽的超越，不是超越巨人、偶像或神话，而是超越那个不断成长却又不够完美的自己。

我曾骑在单车上

我做事的地方与居住地距离很远，每次一大早赶着时间，在公交车站定点上下，还必须步行两千米，慢腾腾穿越一条车流量极大的路口，心惊胆战地抵达目的地。路上行人来来往往，显然这个时候，单车就发挥着优势，可以灵活、迅速地穿过。

我是10或11岁时学骑单车的。我记得很清楚，那次骑上车才不久，我就撞到一根电线杆子，面对面最亲密地接触，一阵昏黑迷糊后，额头那股子轰隆的疼痛，水一样大面积泼下来，刻骨又铭心。从此我再不碰单车。

进到"中国人"网站的同学录里面，遇到了旧日的同学，她还曾是我的邻居。从前我们时常一起玩耍，交情不错。我将她加为聊天的对象。久别后重新连上线，大大小小的芝麻绿豆都回忆起来。我感叹又抱怨，到现在还不会骑单车，没公交车就只好虐待自己的两个人肉轮子。那边发来一个惊讶的表情符号：不是吧，我明明记得你很会骑单车的啊！她说她记得很清楚，那天，我骑得还真不赖，又快又稳，连她叫了我的名字，我都没察觉，风一样掠过。

我简直怀疑她在编故事。我说：不是吧，你记错了吧！她道：怎么可能，当时还有另外一个班上的女生跟我一起逛街呢，我还记得我跟旁边的人说，人瘦得猴子似的，骑车这么快，真滑稽。哈，不好意思，当时就是这样想的。

我记得我不行，不会骑单车，怎么就不记得自己还骑得很不错？努力回忆，好像有那么一点印象。记忆怎么出现这样大的错误？成年后多次想重新学，心里那个念头盘踞着：我就是不会，骑不好的，算了。那次恶狠狠撞到的地方现在还隐约生疼。结果到现在，我不得不常常虐待自己的两个人肉轮子。

忍不住翻看了心理方面的解释，我找到了答案。比如一个投资，可能赚10万，也可能赔10万，你是投，还是不投？我们更害怕亏的痛苦，所以勇敢投资的人总是少数。很多事情根本不是没那个能力，而是选择性记取了失败的痛苦，时间一长，记忆淡化，就更加否定了自己。

如果是这样，那么，当我告诉自己不行的时候，我真的是从来就不行吗？其实不是的。不要再被不可靠的记忆给唬住，克服掉你的这个心理障碍，就能找回信心。

微笑也是一种能力

那时候，他身上还没有明星的光芒，更不会有千千万万的"粉丝"围绕在身边。他只是一个普普通通的15岁男孩，性格孤僻的他很少绽放灿烂的笑容，甚至微笑也很少掠过他年少的脸庞。

他的父亲有着庞大的生意，但是深谋远虑的父亲却要求他提前独立，自己赚取生活费和学费。不爱笑的他甚至都没有反抗，就冷冷地离开了温暖的家，冷冷地面对接下来的独立生活。

那时候的他青涩中也透着帅气，但是他冷若冰霜的脸仿佛一道墙，让那些招聘员工的公司对他敬而远之。他最初的工作只不过是帮园丁锄草，委身小餐厅洗碗甚至洗厕所，最体面的工作也不过是调配珍珠奶茶。时薪制的工作让他收入微薄，而且每天都累到精疲力竭，他的愿望是赚更多的钱。

于是，他开始挨家挨户推销菜刀，希望销路打开后能赚到更多钱。一扇又一扇陌生的门打开，等待主人的是明晃晃的菜刀外加一张冰冷的脸，可想而知，他的菜刀一度很滞销。后来，一位推销菜刀的前辈跟他说："小伙子，微笑也是一种能力，如果你拥有这样的能力，或许你能得到意想不到的效果。"

于是，每天出门前，他开始对着镜子微笑，微笑上百遍，甚至脸部肌肉都开始僵硬。最初，连他都认为自己的微笑很做作，很容易被顾客识破。功夫不负有心人，他终于练就了"一开门就能立马拥有灿烂笑容"的本事。而面对英俊少年的微笑，菜刀潜在的顾客群——广大的家庭主妇，心底难免泛起一丝母性的光辉，掏钱也就没那么犹豫了。他一直卖菜刀到考上大学，他是开着一辆用卖菜刀赚来的钱买的二手车，去加拿大安大略艺术设计学院报到的。

后来，他以模特儿的身份拍摄广告成名，并在唱片界引起了一定的关注。不过，最终让他被"粉丝"们熟知的，是海岩电视剧《玉观音》中的毛杰一角，从此他的演艺事业也驶入了快车道。和他一起参演《玉观音》的孙俪说："别看他在电视剧中酷酷的，不爱笑。其实，拍戏之余他总是一脸友善的微笑，还常常飙冷笑话逗乐我们。"或许正是因为他把微笑当作了一种能力，他在娱乐圈拥有良好的口碑和人缘，得以一步步从寂寂无闻走向巨星的位置。

更让人觉得不可思议的是，他的微笑不仅可以打动娱乐圈的同行，还能打动他在《三国》中的戏中搭档——赤兔马。对马术很不精通的他常常在拍戏之余，跟赤兔马聊天、搭讪或讲冷笑话，还耐心喂红富士苹果给它吃。他"拍马屁"的努力没有白费，赤兔马从来没有为难过他，让他的拍摄进行得非常顺利。

写到这里，相信聪明的你已经知道，他就是星光四射的巨星何润东。在诸多影视剧或广告片中，除了高大英俊的形象，他友善的微笑必定也让你难以忘怀吧。

不敢说，微笑是何润东成功的唯一秘诀，但是将微笑当作一种能力，无疑成了他成功的助推器。当你还在为难以获得梦寐以求的成功而烦恼，并一直臭着一张脸的时候，何不像何润东一样，先掌握微笑这一美丽的人生能力呢？

冬瓜也要面子

在他的印象当中，妈妈对他们兄妹俩一直是十分宽容的。

记得小时候，有一天，他和妹妹在屋子里玩耍。不经意间，他拉开了抽屉，发现有5角钱静静地躺在里面。那时，他看中了一本连环画，正愁没钱买。这下，机会来了！他趁妹妹没注意，把5角钱揣到了兜里。

后来，爸爸拉开抽屉，发现少了5角钱，很恼火，要兄妹两人主动把5角钱交出来。

这时，妈妈站了出来，委婉地对爸爸说道："这5角钱，不一定是孩子拿的，也许是我和你放错了地方呢。"接下来，妈妈和爸爸带着兄妹俩，来到了屋子外面。妈妈说："现在，全家人轮流到屋子里走一次，每个人在屋子里待上5分钟，如果那5角钱在自己手里，就把它放回抽屉里去。"

说完，妈妈第一个走到屋子里。5分钟后，妈妈出来，爸爸又进去了。轮到他进屋子时，他马上从兜里掏出那5角钱，拉开抽屉，放了进去。做完这些，他如释重负，长长地吁了一口气。

事情完全按照妈妈预想的方向发展。妈妈很开心，要做排骨冬瓜汤给他们喝。那是一个有两巴掌大小的冬瓜。妈妈握紧了冬瓜带蒂的一端，另一只手拿着刮刀，开始给冬瓜去皮。在刮刀刮到冬瓜蒂部，还剩一小圈冬瓜皮的时候，妈妈停了下来。他看见了，就随口问妈妈，为什么要留下一小圈冬瓜皮？

妈妈笑着说："人要脸，树要皮。冬瓜也要面子。只有给它留点面子，它才会听你指挥。"他不信，从妈妈手中接过刮刀，想把剩下的那圈冬瓜皮去掉。结果，真如妈妈所言，去了皮的冬瓜滑溜溜的，手掌很难握得住。他费了好大的劲，刮刀把一只手掌划了一道血口子，最后才把剩下的那圈冬瓜皮刮掉。

望着他的狼狈样，妈妈把他揽到怀里，心疼地说："看见了吧，浪费了时间和体力，还弄伤了自己，这就是把冬瓜弄得光溜溜，一点面子都不给它留的代价！"

冬瓜也要面子！他终于理解了妈妈的苦心！那5分钟的宽容，虽然发生在短暂的时间内，却一辈子刻在他的脑海里。

很难想象，那天，如果妈妈一点面子也不给他留，让他当着家人的面掏出那5角钱，会给他的心理造成什么影响。那样，他所犯的错误，将再也得不到改正的机会。或许，他还会像那个被刮光了皮的冬瓜一样，因为逆反而变成一个无所顾忌、任谁也管教不了的坏男孩。

所幸，这些令人沮丧的事情并没有发生，妈妈替他守住了面子的"底线"，给他留下了回头的余地。

直到今天，他还记着小时候的那一幕，还记着母子间那浓浓的亲情。"冬瓜也要面子"，这句话仿佛一把永不熄灭的火炬，照亮了他的人生旅程，使他的心地更善良，待人也更宽容。

卑微是最好的起点

他的童年，是酸楚的。

爷爷是捡破烂的。父亲是普通的工薪阶层。为了解决一家七口的吃饭问题，他和妈妈常常去菜市场捡烂菜叶子。有一回，一个满脸市侩气的汉子，很鄙夷地把一篮子的烂菜叶子抛过来，撒了他和母亲满脸满身。回到家里，他躲在房间里，委屈的泪水冰凉地爬过面颊。母亲立在灰暗的小厨房里，也暗暗垂泪。即便这样，到了月末，家里还是常常没了买米的钱。母亲只好到邻居家借。每次借钱回来，母亲总是一脸的疲惫，显示着与年龄不相符的苍老。而父亲，总是黯然无语。虽然借的钱下个月就还上了，但是邻居们还是慢慢都开始躲着他们。

这一切，都深深地刺痛着他的心灵。多年后，回忆起来，他仍然伤怀地说，那是一段穷得没有尊严的日子。

为了找回尊严，16岁的他开始为一家人的生计奋斗。那时霹雳舞刚刚传入中国，在各地流行。霹雳舞演员都有不菲的收入。于是，每天晚上，他都偷偷地去青少年宫练霹雳舞。他练得极为认真，不要命地练，汗水浸透了衣服，就像刚从水里捞出来。几个月后，学校老师找到了他的父亲，说他几个月没上晚自习了。当父亲在青少年宫把他揪出来时，父亲两眼圆睁，愤怒得像头受伤的野兽，高高地举起了巴掌。他泪水满面，大声哭喊着："我穷怕了，我要挣钱……"父亲愣住了，那个巴掌再也落不下去。

父亲抽了一夜的烟，第二天早上，父亲告诉他，你去参加比赛吧，获奖了，就继续跳，获不了奖，就给我回校读书。有了父亲这句话，他开始更加刻苦地训练，借了同学家的喇叭录音机，夜以继日地练习迈克尔·杰克逊的霹雳舞。1987年，他参加黑龙江省霹雳舞大赛获得了一等奖。1988年，在重庆举行的全国第二届霹雳舞大赛上，他获得了二等奖。

他开始在各地表演霹雳舞，演一场100元，一个月演三四十场。而当时，大学教授的月薪不过500元。他终于从丑小鸭变成了白天鹅。这一年，他18岁。

然而，富足的生活并没有让他停下奋斗的脚步。1995年，他只身一人来到北京，报考了中央戏剧学院音乐剧班。为了体重达标，他在一个月内把体重从178斤减到了142斤。医生说，如果不是凭借坚定的信念和顽强的意志，如此高强度的减肥会要了他的命。功夫不负有心人，终于，在700名的补招生中，他成了唯一一位跨入中戏大门的幸运儿。

他叫孙红雷。2009年，凭借在《潜伏》一剧中的精彩表现，他获得了第27届飞天奖优秀男演员奖，并被张艺谋导演相中，担任其新片《三枪拍案惊奇》的男主角。怪不得有人说，2009年娱乐圈最红的男演员就是孙红雷，红得就像西红柿一样。

因为卑微，所以奋发；因为奋发，所以杰出！英雄出自草莽，说的就是这个道理。

当听到有人慨叹出身卑微时，我却要在内心祝福他们：你们有福了，因为，卑微是最好的起点。

对羞辱你的人说谢谢

在班里，周华简直是我的冤家，经常给我制造麻烦，甚至搞小动作让我难堪。

我已经忍他很久了，暗暗发誓，他要再有什么不恭的言行，我一定要还以颜色！

星期一早上，轮到我做值日生。我一阵忙活，刚将教室走廊从窗台到墙壁再到地面认真清理了一遍，周华出现了。他一边撕扯着手中的餐巾纸，一边轻佻地问我："喂，小子，昨天你是不是跟一个女生滑旱冰去了？我喊你都不答应，太重色轻友了吧？"

旁边路过的几个女生哧哧地抿嘴笑了起来。

"无聊！我昨天明明在家待了一天！"我又气又急，准备上前去好好教训一下他，他却像条泥鳅一样转身就溜，还顺手将满把纸屑抛向我。

餐巾纸碎片薄而轻，纷纷扬扬地撒了一地。眼瞅着刚刚收拾过的走廊卫生被他粗暴地破坏了，我怒火中烧，恨不得把他从教室里揪出来，给他两拳！但眼瞅着就要上课了，我只得折回头来快速清理。窗台上、犄角里，我逐一把这些碎纸屑捡进纸篓。

我羞愤难当，发誓一定要让他知道错把老虎当病猫的下场！

当我把最后一片纸屑捏在手中时，抬起头，忽然看见班主任正和蔼地看着我，目光里满是赞许。显然，她看到了刚才的一幕。示意我坐到位子上后，她对全班同学说："今天我要特别表扬曹强同学，他清理卫生十分认真，不放过犄角旮旯里的一片纸屑……"

那天是我第一次获得班主任的公开表扬，心里感觉特别温暖。

下课后，我径直走到周华的座位前，一言不发地瞅着他。他被我瞅得心里发毛，赶忙辩解说："我，我不是故意的……"

我本来想好好糅糅他，对他说几句狠话甚至用拳头说话的，但看他这个样子，话到嘴边却变成了："我得好好感谢你呢，要不是你刚才的行为，我哪能获得老师那么慷慨的表扬。"

他先是一愣，然后尴尬地笑了。从那以后，周华对我尊重了许多，再也没有出现过故意制造麻烦或当众羞辱我的情况。

也许，改变这个局面的，是我那句无比慷慨又出乎意料的"谢谢"。

如果别人羞辱了你，你用恶劣的情绪去还击，那只能证明他的羞辱达到了预期效果。换一种说法又如何？一句淡淡的"谢谢"，也许会让你在遭受羞辱过后，找到的是自尊，赢得的是尊重。

一张"私奔"的扑克牌

那年我正读初二。不知从哪天开始，每次看到电视里情侣的一个吻，画刊上一个多情的姿态，甚至公园里情人一个亲昵的动作，我都会想入非非。与此同时，我对异性同学产生了一种莫名的好感甚至思慕。也就是在那时，在一次放学路上，我没按捺住对异性的好奇，从一个长发青年手中花高价买了一副扑克牌。那不是一副普通的扑克牌，不普通之处在于那撩人心魄、让人脸红心跳的画面。

晚上睡觉前，我偷偷地把那副扑克牌塞在枕下，然后抽出来一张张仔细观摩。扑克牌上那靓丽多情的美女，让我浮想联翩……那一晚我害怕极了，自责极了。我有种不安，躺在床上翻来覆去睡不着，脑海中放电影似的一张张映现出那副扑克牌……

此后的日子，我把它们从家里带到学校，再从学校带回家里，那副扑克牌几乎成了我精神的全部。我一遍一遍地偷看，一次又一次地幻想……它们就像一场甘霖狂急地洒落在我干渴的心田上。慢慢地，我变了。同学们弄不懂我为什么变得孤僻了，喜欢一个人待在角落里；父母搞不清我为什么寡言少语了，一吃过饭就扎进屋里；老师说不准我为什么上课老是开小差，很少积极主动回答问题……这一切，只有我自己最清楚：全都是因为那副扑克牌。

若不是那次意外，也许我命运的河流从此会在14岁那年改变方向，流向一个不知名的地方——那天上完体育课后，我突然发现放在桌洞里的那副扑克牌少了一张！汗水一下子从我脑门上沁了出来。那时同学都很单纯，学校也再三强调，要杜绝不健康的东西。如果同学或老师知道我沉迷于这种见不得人的东西的话，那他们一定会把我当作一个流氓看待的，至少我在他们眼中会是一个坏孩子！

那是一张红桃K，我记得很清楚。我怕运动时那副扑克牌掉出来，所以上体育课前我特意把它们从兜里掏出来放进桌洞里。我一遍又一遍地反复地数着那副扑克牌，一点没错，53张；我一次又一次地仔细排查着它所有可能出现的地方，但杳无踪影。只要一天得不到那张扑克牌的下落，我心里的那块石头就一天也放不下。

接下来的几天里，我被那张"私奔"的扑克牌折腾得心神不宁。恐惧、焦虑、悔恨像蛇一样缠绕着我的心灵，我觉得自己很坏，很肮脏，甚至三五个同学在一起小声说笑也都让我紧张不已：他们莫非是在说我？

那剩下的53张扑克牌从此像烫手山芋一样，让我不知如何是好。我想把它们藏起来，但放进橱子里没过5分钟便又拿了出来，唯恐不小心被人翻出来；想将其烧掉或扔掉，却心有不舍，无法说服自己。最后我只得把那副扑克牌放进裤兜里，不敢看，也不舍得扔。我这才知道，当初买下它们是大错特错，从拥有它们的那一天起，我的内心就一刻没有平静过。现在，那张不翼而飞的扑克牌以及这剩下的53张正让我背负着沉重的心理压力。

眼看就要进行期末考试了，同学们都在专心致志地复习，而我却无论如何也调节不好情绪。青春期的躁动与自责让我心灵的天空一片晦暗。

一天下午放学，班主任老师突然叫住了我："你到我办公室来一下。"我心里忐忑不安，一定是平素严厉刻板的班主任发现我这段时间不对头，要"修理"我了！

"眼看就要考试了，同学们都在努力复习，唯独你的成绩一直在下降，怎么回事？"

"没，没什么，老师，我也在努力……"我声音颤抖，语无伦次。

"你是个爱学习、肯用功的孩子，这一点老师看得一清二楚。"班主任老师顿了顿，轻轻地拍了拍我的肩，意味深长地说，"我的儿子也跟你一般大，我明白发生在你们这个年龄段的孩子心理以及身体上的变化，这都是正常的，但一定要处理好，要树立起正确的价值观，不利于身心健康的东西要坚决抵制！"

我的心倏地跌进了万丈深渊。完了，这下我完蛋了。我心灰意懒，等待她继续批评。然而她话锋一转："你最近成绩下降得很厉害，不过你基础打得牢，只要好好用功一定能赶上。我这里有一本辅导书，上午我给儿子买时顺便给你买了一本，你拿去看吧。老师希望看到的是一个懂得如何善待青春、战胜自己的孩子，而不是一个误入歧途不能自拔的学生。记住，青春期的迷惑与压抑每个人都会经历，关键是要给它们找个合理的出口……"

我不知道是如何捧着老师给的那本书走回教室的。回到座位上，我轻轻打开那本散发着油墨香的书，一张刺眼的扑克牌映入眼帘，正是我丢失后遍寻不着的那张！

原来，那天我匆匆把它们塞进桌洞去上体育课时，这张却不小心滑了出来，被前来检查教室的班主任老师发现并收了起来。班主任老师为了保护一个14岁正值青春期的男孩的自尊不被伤害，故意将这张件事压了下来。她没有严厉批评、指责我什么，却让我有了从此与不健康事物决裂的决心。

当天黄昏，我把那54张扑克牌同一枚石子一起缠进报纸里，狠狠地投进了浊浪滔天的松花江里。我想，随滚滚江水一起流逝的，不仅仅是一副扑克牌，还是一段有些晦涩的青春往事，以及内心深处的那份恐惧与迷茫。

我步履轻松地走在回家的路上，感觉自己长大了许多……

改变命运的一双袜子

初夏的驼峰山风光旖旎，游人如织。蜿蜒的盘山道上，一个男孩神情黯然、步履沉重地拾级而上。

"咯咯咯……"一串十分爽朗而且显得冒失的笑声在男孩身后突然响起。男孩吓了一跳，回头一看，只见一个年龄相仿的女孩正弯腰捂嘴地冲着他笑。

"神经病，笑得这么放肆！"男孩心生反感，气呼呼地继续登山。可男孩刚转过头，女孩便又咯咯笑了起来。男孩性格自闭，在班里几乎不跟女生说话，更不用说在外面同陌生女孩交流了，索性不再理她。女孩再也憋不住了，开口笑道："帅哥，你穿错了袜子，太搞笑了，哈哈！"

男孩下意识地低头一看，果不其然，自己竟然左脚一只黑袜子，右脚一只白袜子，十分滑稽！男孩这才明白女孩笑自己的原因，便红着脸，冲女孩笑了笑，以对她的提醒表示感谢。

女孩长着一张娃娃脸，水汪汪的眸子里流淌着稚气和天真："你这男生，真是粗心大意，连穿袜子都能黑白混淆，我服了你！"

"我……没太注意。"男孩挠着头，有些难为情。

"哈哈，你是哪个学校的，今年读初几？"女孩的话匣子一打开，竟没有关闭的意思。

"黑水中学，初二。"男孩惜言如金。

女孩又兴奋地拍起手来："黑水中学哦！我姥姥家就在那旁边，你们学校附近有个'世纪网城'，我还偶尔跑到那里上网呢！"

"你也爱上网？那家网吧可是我的'根据地'……"谈到上网，一向寡言少语、不愿与人交往的男孩可就有了"发言权"。

两人边登山，边聊天，男孩刚刚还被阴霾笼罩的心在这个阳光女孩的面前，渐渐地明朗起来。在这座秀美的山上，邂逅这么一个阳光灿烂的女孩，男孩突然多了一份与人交流的快乐和自信。

不知不觉间，两人登上了望月顶。顶上游人很多，女孩的注意力转向了人群，开始左顾右盼。

"你是在找人吗？"男孩问。

"是的，找一个朋友，我们约好了在这里见面的。"即使是在答话，女孩搜寻的目光也没有从人群里移过来，生怕错过一次难得的相逢。

人太多，女孩目不暇接，索性钻到人流里继续搜寻。男孩被晾在一旁，孤独和愁苦再次涌聚心头。男孩不由自主地向摩天崖走去，那里，正是他此行的目的地。

摩天崖两旁竹林青翠，下面是万丈深渊……男孩神情恍惚地一步步靠近。忽然，目光迷离的男孩踩到了一个男子从一旁侧伸出来的的脚上。男子其实被踩得并不重，但他仍然抱着脚，夸张地跳了起来："小兔崽子，没长眼呀！只顾往前走，是不是找死去呢！"

"对不起……"男孩缓过神来，嗫嚅道。

男子30来岁，戴着墨镜，衣着光鲜，冲男孩咆哮起来："'对不起'能行吗？你看我这皮鞋，今天新穿的，得赔钱！"

"不就踩了你一脚吗，想讹人是不是？"这时，女孩不知从哪冒了出来，为男孩"伸张正义"，"大不了把鞋给你擦一擦，别以为我们中学生是好欺负的！"

男子自知理亏，感觉在伶牙俐齿的女孩面前占不到便宜，便愤愤道："死丫头，老子还有正事，不跟你们扯！快滚吧，下次长点眼睛哦！"男人边说边摘下墨镜，故作优雅地擦拭着镜面的浮灰。

女孩看着男人，突然惊呆了，眼里闪着复杂的光。

"我们下山吧。"看女孩还在发呆，男孩催促着女孩快走。

出现了这么一个插曲后，女孩的心情变得糟糕透顶，全没了刚才的兴致，便拉着男孩气呼呼地下了山。来到山下，女孩的心情好了一些。临分别时，女孩给男孩留下了自己的QQ号，并无恶意地讽刺男孩道："以后起床可要细心点，别再穿错了袜子哟！"

男孩羞赧地笑了，冲着女孩远的身影挥了挥手。

一个月后，好久没再上网的女孩终于忍不住打开了QQ，意外地看到了男孩给她的留言：

那天碰到你，也许是天意。你知道吗？如果那天没有你的出现，你不可能看到今天我给你的留言。

我是一个性格自闭的中学生。为了排遣孤独，我迷恋上了网络游戏，由此把自己完全封闭起来。在学校里，我没有一个朋友；在家里，父母整天责备我。我感觉压抑极了，便自暴自弃，经常逃学上网，彻夜不归……我的内心十分空虚，每次醒来都感觉自己就是一个废物，于是，我想到了自杀。

那天我连续在网吧里泡了两天，然后带着穷途末路的绝望心情来到驼峰山开始我的死亡之旅。没承想，由于过度颓废和消沉，那天我竟然穿错了袜子，并且又遇到了你……

你开朗活泼的性格感染了我，让我品尝到了与人交流的快乐，让我感受到了人世间的美好，也阻挡了我与死神赴约的脚步。真的应该感谢你，是你改变了我的命运。我决定以后再也不玩网络游戏了，要活出个样儿来！

对了，还记得那天我们在望月顶上碰到的那个被我踩到脚的男人吗？别看他风度翩翩，其实是个衣冠禽兽！他经常通过网络聊天的方式骗取女中学生的信任，然后约她们在驼峰山见面，再然后对她们实施强暴，受害的女中学生已经有六名了。今天他被公安机关给抓获了，后面是关于这则新闻的链接……

看着男孩的留言，女孩的心里波澜起伏，太多的意外让她对着电脑屏幕呆怔起来。她没有想到，自己主动且善意的一个提醒，竟然引发了那么多的故事！

打开男孩复制给她的那个网页，女孩惊诧了许久，然后边流着泪边给男孩留言：

应该表示感激的，是我！你知道吗？在你认为我改变你命运的同时，你也改变了我的命运！

那天，我一个人上山是去会见一个网友的。我们在网上聊得很开心，后来他约我到驼峰山望月顶会面，为便于接洽，他还把照片发给了我。而这个人，就是今天被逮捕的那个犯罪嫌疑人！

要不是那天那么幸运地遇上了你，要不是你那么"凑巧"地踩了他的脚，要不是他那蛮横无理的品行一览无余地展现在我面前，也许我就会跟他会面了。只是，起先我并没有认出他，可当他摘下墨镜的时候，我突然发现跟他发给我的照片对上了号，失望、愤怒、犹疑和无助当时袭上了我的心头，我不知所措时你催促着把我拉走了。

真幸运，我没有跟他单独会面，否则，我肯定难逃魔掌，第七个受害者就是我啊！

所以，我发自肺腑地感谢你！以后我再也不在网上放纵自己了！我要擦亮眼睛，正确地进行网络交往，也请你监督我，希望我们能够成为朋友。

对了，需要感谢的，还应该有那双穿错了的袜子啊，否则，哪有后来的这么多故事？

励志人生从保安开始

2011年的夏天，大学毕业的河南小伙子段小磊，冒着漫天的暑气从洛阳来到北京。虽然很多年轻人选择逃离"北上广"，段小磊依旧希望北京是他"梦开始的地方"。

然而，迎接段小磊的除了北京的繁华、夏天的酷热，还有一次次面试吃闭门羹的经历。朝气蓬勃的23岁、洛阳师范学院毕业、计算机和工商管理双学位，段小磊所拥有的一切，都无法给他一份相宜的工作。

夜深了，躺在廉价旅馆的硬木板床上，段小磊的心情有一点点失落。这时，晚报上乔布斯的一句名言打动了段小磊："成就一番伟业的唯一途径就是热爱自己的事业，如果你还没能找到让自己热爱的事业，继续寻找，不要放弃，跟随自己的心，总有一天你会找到的。"

乔布斯是段小磊心中的偶像，段小磊希望成为乔布斯那样的终极产品经理。不过乔布斯的名言让段小磊有了新的选择："找不到计算机和工商管理相关的工作，我还是先找一个能够糊口的职位再说，总不至于回家'啃老'吧。"

想到自己接近1米8的身高，还有健硕的6块腹肌，段小磊希望能去谋一份保安的工作。刚好，腾讯北京公司在招聘保安，段小磊兴冲冲去面试。这一次，段小磊没有被拒绝，他得到了一份保安的工作合同，担任腾讯北京公司20层前台保安。

起初，看到同一楼层和自己一样年轻的计算机工程师每天干着非常有趣、让人非常开心的工作，段小磊心中有说不出的羡慕。"含泪播种的人一定能含笑收获"，这是段小磊在腾讯微博上看到的一个励志的句子，让他不安定的心开始变得安定起来。

段小磊是一个很有心的人，他悄悄记下了腾讯北京公司20层每一个员工的名字，还时不时给这些员工一些温暖的关怀："明天会变天，注意加衣服。""今天加班这么晚，回去好好休息。"渐渐地，段小磊不仅是20层的前台保安，也是一个讨大家喜欢的同事。

当然，段小磊并没有放弃自己的专业，和20层的那些计算机工程师一样，段小磊工作的前台摆满了他爱看的计算机书籍。20层有一个爱看计算机书籍的保安，他还梦想有朝一日成为乔布斯那样的人物，这成了整个楼层最大的"新闻话题"。

后面的事情就很简单了，腾讯研究院需要一名外包工程师，熟悉和了解段小磊的负责人，给了段小磊一个直接面试的机会。"机会总是眷顾有准备的人"，何况段小磊不仅时刻准备着，还时刻努力着，他最终能够走上新的岗位，也就是水到渠成的事了。

当段小磊的事迹经一条微博曝光，并得到腾讯CEO马化腾第一时间转发和评价"很励志"后，段小磊顿时有了"腾讯励志哥"的称号，并得到了广大网友的关注。显然，段小磊被封为"腾讯励志哥"，不仅仅因为他喜爱励志的句子，更因为他从保安到外包工程师的飞跃。

当然，也有网友说，段小磊的能力和学历，本来就够得上外包工程师的职位，只是招聘单位缺少发现人才的眼光。但是，人才被埋没并不是什么新闻，能积极向上、不被打倒、坚持到被认可，这本身就是励志的精髓。

悲怆的舞者

那时我上小学三年级，公社在每年六一儿童节都要集中各小学举行文艺会演。

当时我们学校表演的节目是给解放军叔叔送军粮。送军粮可是体力活，得挑选个大的学生，老师一眼就看中了坐在教室后排的我。我果然不负老师厚望，在同伴拙手笨脚的动作中，我独领风骚，把手中的一小袋军粮舞得跟风车似的转。表演前一天，老师叫我们回家，让母亲把米炒成炒米，上午在台上送，中午就当午餐吃。

直到那庄重时刻的来临，我还在老师的赞扬声中得意忘形。别的同学都在反复琢磨动作的要领，我却轻松地到公社大门口的书摊上看小人书。舞台就搭在离公社不远的一所初中的操场上，我把军粮放在教室的一个角落，就出了门。渐渐听不见锣鼓响，我正看得入迷，眼看着雁翎队就要把鬼子消灭在芦苇荡，我的一位同伴上气不接下气地跑过来，一把抓住了我，说你还在这儿看，老师说要用栗子打你一头青包了。

一路狂奔，一阵比一阵急切的锣鼓，教室里一片混乱，老师一脸怒气，这一切都像电影里蒙太奇的镜头一一闪过。唯独在看军粮时，那只瘪瘪的口袋成了定格。

军粮被人偷吃了！我吓得差一点魂都飞了。我不敢告诉老师，就头重脚轻提着口袋上了舞台。舞台上，车轮滚滚，翻山越岭，匍匐着躲过敌人的封锁线，眼见着就要见到解放军了。拿什么奉献给你？我的解放军叔叔。

我心里一团乱麻，充满了内疚和自责。这时，大家右脚在台上猛一蹬，弓身弹腿，向右一转身，托起军粮豪情万丈百感交集地往太阳升起的地方送。在期待的目光中，我把一只手捏着的口袋举起来，瘪瘪的口袋不争气地垂下去，像一块抹布，被风吹来吹去。台下哄地一阵笑……

后来，我记不清舞蹈是何时结束，我是怎样走下台来的，也记不清下台后老师跟我说了什么话，后来是怎样回到家里的，整个人在一种虚幻的状态中飘来飘去。

一直到现在，我都很纳闷，到底是谁偷吃了我的那一袋军粮？当时同学们把它当作一件大事，不敢承认。现在，到了对所有的往事能付之一笑的年龄，昔日的舞者为生活漂泊，而今早已失去了联系。也许，正是不知谜底的情节，才保持着探寻的魅力。

至于第一次登上舞台的缺憾，至今回想起来，我还在想弥补的方法。比如，在那一只空口袋里装上沙土或者草叶什么的，不也可以完成整个过程吗？但是等我把一切准备好，舞台上可能就已经谢幕了。

在任何舞台上，如果一个舞者想尽善尽美，找不出瑕疵再上台，那么自始至终，他就没有一个恰当的时刻。回望那一次舞蹈，如果舞者注定是悲怆的，所能把握的也只能是认真地完成每一个动作而已。

一棵树三堂课

儿时家门前有棵桃树，我最初对事物的认识是从那里开始的。

桃树每年开花结果，诱惑就悬挂在我头顶，很长一段时间，我垂涎三尺地抬头望，可是一直不敢爬上去。我家的门前住着一个瘸子，我父亲就拿他来恐吓我，说瘸子就是儿时爬桃树摔的。直到某一天，一种突如其来的力量结束了我在树下观望的窘况，我爬了上去。作为回报，我尝到了自己亲手摘到的桃子，而且此后没有一次空手而返。

这时，我才明白，在成功之前，失败是事物的全部可能，而在成功之后，失败已没有可能。桃树并不难爬，难的是对未知的恐惧、心理权衡时产生的矛盾和别人施加的影响。

在桃子成熟的季节，父亲让我看管桃树，这是我的口福和我们全家的部分口粮。看桃的日子，总让我无端地心惊肉跳，天空中向这边飞来一只鸟，路边行人的脚步声，夜晚毫无先兆的一场暴风雨，只要有点儿蛛丝马迹，我的心都会为桃树牵挂，为此常常从梦中惊醒。当有一日，桃树只剩下空空的枝头，我的心充盈而且踏实，不但是我，一家人都感觉轻松又坦荡，夜晚睡觉，一家四口的鼾声，像交响乐中四个声部的重奏。

财富是诱人的，我家门前那一棵桃树的果实，只要它们还挂在枝上，只要它们不定期地对他人存在着诱惑，总会让看管它们的人担惊受怕。而简单质朴的生活，让人感到轻松、踏实。

我曾经尝过那种毛茸茸的青果。那是一种青涩的滋味，父亲说，等它们长成了，就跟蜜一样甜。于是，我只好等待。等着青色一点点褪去，慢慢变成深红。但是，不经意的某一天，忽然间一夜醒来，一树的桃子不翼而飞。成熟的果实已被父亲偷偷摘下，连夜挑到镇上，换回了口粮。我对着桃树哭喊，但已经无济于事了。

未成熟的果子是青涩的，可是在等待之中，煮熟的鸭子往往也会飞。在生活中，需要恰当地把握时机，否则，可能人生一头是青涩，另一头是空虚。

不流进大海，就流进杯子

他曾是一个顽劣的孩子：用文具盒夹住前排女生的头发，在老师粉笔盒里放一只青蛙，让课桌抽屉里雏鸟的叫声响彻整个教室。

父亲吊起他的双手，用粗粗的皮带抽打他。重重的体罚只会加重他的叛逆。

最后一次，他打碎了全教室的玻璃。

他被叫到老师的办公室。走在去办公室的路上，他做好了种种应付老师的心理准备。他想，老师这次一定不会轻易饶过他的。

老师安详地坐着，手中的茶杯冒着热气。意外地，老师和颜悦色地叫他坐下。这让他猝不及防。他有些惶恐，也有些不明就里。老师说话了："你说这杯子里的水像什么？"他感到意外，想了想，说："像杯子。"

老师点点头："对！你再看看面盆里的水像什么？"他说："像面盆。""再看看塑料桶里。"他迷茫了："像塑料桶吧？"他弄不明白，到底水像什么呢？

跟着老师，他走到了学校不远处的一小块烂泥塘边。烂泥塘水面漂浮着各种垃圾，散发出熏人的恶臭。老师指着塘里的水说："这里也是水，你愿意做这里的水吗？人有不同的状态，进入了不同的状态，就如同水进了杯子、面盆、塑料桶和烂泥塘。"

那个冬日，走在回校的路上，这个孩子的心里第一次产生了自责。老师亲切地抚摸着他的头，指着远方跟他说："一路同学，你很聪明，我希望你将来能流进大海！"这个孩子就是我。

流进大海，人生的形状就像大海，人就成了大海，获得了大海的丰富和博大。几十年过去了，我没有流进浩渺无垠的大海。可是，想起老师的话，我常常从梦中惊醒。不能流进烂泥塘而万劫不复，我一直这样劝导自己和身边的人们。

如果人生像水一样注定要流进一个容器，我愿意流进杯子、面盆，哪怕是塑料桶。即便没有大海的宽阔和深沉，即便平庸，但是活得简单、干净、透明、实用。

乞讨的天使

16岁，刚上高一的我疯狂地迷恋上了年轻英俊的物理教师罗天，像所有初恋的女孩子一样，我悄悄地把所有的心事隐藏起来，只在没人注意的时候一次次地在纸上写下罗天的名字，那两个字带给了我无数幸福的遐想。

一天课间，正和几个女同学在教学楼的走廊上玩石头、剪子、布的游戏，玩着玩着我突然想起了什么，匆忙跑回教室，可是已经晚了，那个爱搞恶作剧的男生张也早把我压在数学作业本下边的那张写满了思念的纸片贴到了黑板上，几个男生正围着看。见我进来，大家开始起哄，大声喊着："罗天，罗天！"我气急败坏地跑过去一把撕下了那张纸，哭着跑出了教室。

不知道跑了多久，也不知道自己跑了多远，我拼命地沿着学校外面的那条京杭大运河的岸边向前跑着，最后跑到市郊的一片菜地旁边，靠在一棵树上伤心地哭了起来。

哭了许久，哭累了，我靠在树身上望着河水发呆，感觉自己再也没脸见人了，那一刻，我忽然想到了死。

一步步地走向岸边，趴在冰冷的护栏上，望着下面暗流滚滚的运河水，我再一次落下泪来。

忽然，我隐约感觉身后好像有人拉了一把，回头看时，竟然是一个蓬头垢面的老太太。

"姑娘，行行好吧！"老太太伸出了她那脏兮兮的手，看上去很可怜。

摸遍了口袋儿，竟然一分钱也没找到，我感觉很抱歉，于是摘下脖子上的那串舅舅从香港带回来的铂金项链放在了老太太的手里。我想，反正自己也用不着了，只当是生命里做的最后一件善事吧。

老太太接过项链看了看，又塞回我手里，喃喃地说："姑娘，你一个人站在河边哭，还把这么贵重的东西给了我，我猜你肯定是不想活了。我不知道你到底为什么伤心，可我知道，世上没有过不去的火焰山。有时候人都爱给自己找罪受，人活一世只有短短的几十年，可是许多人却喜欢浪费很多不可能再补回来的时间，去愁一些一年之内就会被所有人忘了的小事……"

听了老太太的话，我使劲点了点头，若有所悟。

接下来，我把之前发生的事一五一十地告诉了老太太。

老太太一边听一边笑着说："这叫点什么事儿呢，还至于想不开寻死觅活的呀。你回家去问问你妈妈，她年轻的时候肯定也这么做过。"

紧接着，老太太把自己年轻时的事说给我听，当说到新婚之夜两个新人因背诵毛主席语录差点打起架来时，我笑得前仰后合，完全忘记了之前所发生的一切。

傍晚时分，妈妈来了，是班主任给她打的电话，妈妈像疯了似的沿着运河一路寻找过来。

看到我好好的，妈妈惊恐地抱住我失声痛哭。

我刚想把老太太介绍给妈妈，却发现她已经走了。

"唉，光顾着瞅你了，竟忘了给那要饭的老太太几块钱了！"妈妈不无遗憾地说。

"不，妈妈，"我瞅着妈妈，一字一句地说，"其实你所欠缺的，不是给那老奶奶几块钱，而是一声'谢谢'！那不是个乞讨的老人，而是一个拯救了我生命的天使……"

我相信那老人是个天使，因为她不但救了我的命，而且让我明白了一个将影响我一生的人生道理，那就是人生苦短，切不可浪费很多不可能再补回来的时间去愁一些一年之内就会被所有人忘了的小事……

给 我 一 刀

海叔50多岁，现在是中学校长。我向他问起当年高考的情形，他撩起裤腿，指着小腿上的伤疤说，看见没，柴刀砍的。这是海叔的秘密。细细的刀疤，蜿蜒缠绕，像一条丑陋的怪蛇，很长，一直延伸到30年前。

那时，海叔还是个毛头小伙，初中刚毕业，就被下放到垦殖场。这里地处鄱阳湖边，血吸虫肆虐，知青们在此围湖垦荒，战天斗地。几年下来，当初的万丈豪情，已渐渐被残酷的现实侵蚀殆尽，想到前途渺茫、回城无望，海叔和许多知青一样，苦闷彷徨，却找不到出路。

1977年10月20日，广播里突然播了一则消息：国家决定取消推荐上大学，全国恢复高考。仿佛一声炸雷，场里全都沸腾了，紧闭的命运之门忽然打开，知青们欣喜若狂，奔走相告。海叔心里只有一个念头：考大学，回城，死了也要考！

他立即给家里打了电报，请家人帮忙搜集复习资料，以前学的那点知识，大半都已还给了老师。而此时，距离12月中旬的高考，只剩下短短50多天，时间紧迫，每一秒钟都像金子般珍贵。他白天照常出去劳动，每天从天亮干到天黑，只有晚上才有时间复习功课。时间少得可怜，高考一天天逼近，海叔心急如焚，却又无可奈何。以当时的氛围，要想请假复习功课，那是痴心妄想。

那天，海叔在湖边砍芦苇。他身在曹营心在汉，手上拿着柴刀，心里却惦记着考试，于是对身旁的华子说："如果我能大病一场，就有好几天的复习时间了，工伤也不错，谁能砍我一刀就好了。"华子是当地老表，两人年龄相仿，关系要好，他马上回话："这还不容易，我砍你一刀，你敢不敢？"两人本来都是开玩笑，可是海叔听了这句话，脸上的笑容顿时凝固了。他再没言语，整整一天，心里都在反复斟酌华子的话。

第二天刚上工，海叔就把华子拉到旁边，压低了嗓音说："等会儿，趁我不注意的时候，你就照我腿上砍一刀，下手要狠一点。"华子立时瞪直了双眼，仔细打量他脸上的表情，不像开玩笑，随即把头摇得像拨浪鼓："你疯了！这一刀下去不知轻重，万一残废了怎么办？""管不了那么多，是好兄弟你就给我一刀。"海叔似乎吃了秤砣，已经铁了心。华子拗不过，只好勉强点头答应。

两人各怀心事，心不在焉地干活。海叔心里咚咚直跳，可是快到晌午，也不见动静，他既失望又庆幸，失望的是计划落空，庆幸的是这一刀多半是躲过去了。就在他心情矛盾、胡思乱想之际，突然感到腿上传来钻心的剧痛，"哎哟"大叫一声，栽倒在地，左腿肚子上拉开一道血槽，足有半尺长，血流如注。华子手握柴刀站在旁边，表情木然，两眼通红。海叔疼得脸都变了形，脸色苍白如纸，因为流血过多，随即昏迷过去。

众人慌忙把他抬到了场部医院，伤口缝了17针。等他醒来时，医生摇头叹息说："年轻人，以后干活千万小心，这下没有半个月恐怕下不了地。"等的就是这句话，海叔疼得龇牙咧嘴，心里却暗自窃喜。幸好华子刀法娴熟，力量恰到好处，虽然伤得不轻，却未伤筋动骨。这次"意外工伤"，终于让海叔如愿以偿，领导批准他休假15天。

时间得来不易，他一头扎进了书本，日夜用功，每天只睡四五个小时，早把伤痛忘到了脑后。

高考结束，海叔心情忐忑地等待消息。那天傍晚，他带着满身泥泞刚从田里回来，忽然看到邮电所的老王来了。他一下子预感到了什么，顿时紧张起来，想问又不敢开口，一颗心快要跳出胸膛。僵持片刻，老王笑着说："这是你的录取通知书，祝贺你！"海叔像发了疯的公牛，迅速扒光上衣，扔出老远，光着膀子，对天大吼了三声。滚烫的泪水奔涌而下，他终于确信，从这一刻起，命运已牢牢攥在自己手中。

30年前的往事，当初的每个细节，海叔至今记忆犹新，说起来轻松自如。我却听得有点心惊肉跳，问他："明知道有人要砍你一刀，你不害怕？"他笑："怕！怕得要命，当时我两腿都在打哆嗦，也不知那小子看中了我哪条腿，差点吓得尿裤子——可是我没有退路啊！"

我忽然明白，那一刀砍下去，其实是在向命运宣战。人生中所有的苦难挫折，都是为了使我们变得更强大。

幸运青睐这样的人

20岁，是一个怎样的年纪？现如今，许多20岁的年轻人还未脱离父母的娇惯，而就在刚满20岁的时候，蔡尚思已经在心里默默埋下了一粒"求却此生无数师"的梦想，写下了"人生无处不青山，死到沙场是善终"的惊人之句，然后只身赶往北平。

1925年的北平，是学术大家和新思潮的积聚地，这里云集着全国最著名的学者名流，蔡尚思最想拜见的还是梁启超。深秋，他迈着勇敢的步伐走进了清华园，遇见国学研究院办公室的领导，他开口就说要见梁启超。

当时，任国学研究院办公室主任的吴宓接待了他，说："梁先生这时还没有来，如果你想找大学问家，我先引荐你去见另一个人。"

蔡尚思一惊，忙问："谁？"

"王国维你听说过没有？"

"当然听说过，可是……"蔡尚思有些胆怯。

吴宓说："别害怕，我带你去。"

蔡尚思高兴极了，从未想到过还未见梁启超，先见到了王国维，于是壮着胆子，诚惶诚恐地到了王国维的办公室。王国维丝毫没有架子，听说有这样一位热血青年，很和蔼地和他谈天，两人一直谈到很久，蔡尚思要拜王国维为师，王国维欣然应允。蔡尚思很受感动和鼓舞。

梁启超到达清华以后，经吴宓引荐，蔡尚思很快就有机会拜会他，可是，蔡尚思却犹豫了，他害怕见到梁启超后会因激动而语无伦次，于是事先写好了一封书信给他。哪知道梁启超见到蔡尚思的书信后，惊呼："具见深思，更加罩究，当可成一家之言。"

要知道，在当时的中国，人若有机会拜两位大师当中的一位为师已经是够幸运的了，蔡尚思两人皆拜后并没有就此沾沾自喜，后来，他还到天津等地拜著名唯识学家梅光羲，教育学家蔡元培，历史学家陈垣、柳诒徵等人为师，可谓拜师不倦，收获不止。

蔡尚思总结说："王国维教我治经学与勉励我不自馁、自限；梁启超鼓励我成一家之言与研究思想史；陈垣教我言必有据，戒用浮词；梅光羲最鼓励我治佛学；蔡元培在教育行政上做出最好榜样与常介绍我教大学。"得到这些名师的教诲，后来的蔡尚思终成一代大家——著名历史学家、中国思想史研究专家，历任上海大夏大学讲师，复旦、沪江、光华、东吴大学和武昌华中大学、无锡国专教授，沪江大学副校长、代校长，复旦大学历史系主任、副校长、顾问……

蔡尚思是勇敢的，初生牛犊不怕虎，20岁始，先后拜到王国维和梁启超两位大师门下，"厚土养苗"；蔡尚思也是"不满"的，他并没有找到一位大师，就"背靠大树好乘凉"去了，而是痴痴以求，唯进步不止步；蔡尚思当然是幸运的，几乎所有他拜会到的人都欣然收他为徒并毫无保留地传授他知识。或许我们可以这样说，勇敢加上"不满"，幸运之神就会紧紧把你追赶。

没有哪一座山无法逾越

那年9月，我们怀着兴奋的心情来到了县里唯一的那所重点高中。我们上第一堂课时，彭老师的话让每个人受益匪浅、终生难忘。

彭老师有50来岁，慈眉善目的。上第一堂课，他走上讲台在黑板上用粉笔画了一座高山，山下面是一群小人。同学们在下面叽叽喳喳议论着，感到十分好奇。彭老师画完后，转过身来，笑着说："如果这座山象征着各种人生中的艰难险阻，而这个小人是你，你该如何走到山的另一边呢？"

"那很容易，我可以顺着山顶攀过去。"第一位同学踌躇满志地说。

"可山太高了，路途又太艰险了啊。"彭老师仍然笑着说。

另一位同学站起来说："我可以沿着山脚走过去。"

可那太远了，做起来也绝非易事。

我想了一下，便说："那就像穿山甲一样，打个洞钻过去。"

课堂里爆出了一阵笑声。彭老师也笑着说："可是山太深了，非一朝一夕就能穿透的啊。"

同学们你一言，我一语，有说变成小鸟飞过去的，有说发扬愚公移山精神将山开出一条路来的，也有的说弄一只风筝滑翔过去的，答案丰富多彩，甚至异想天开，但每个人都在竭力开动脑筋，冥思苦想逾越大山的办法。

彭老师笑着对大家说："其实大家说的都对，翻越大山的办法有许多种，但没有一种是无须努力就可以抵达山那边的捷径。而你们的办法无论天真也好，现实也罢，但你们刚才的思考正说明了一个道理，就是没有哪一座山无法逾越，世上再大的困难，只要你勇敢地去面对，总能找到解决的办法。但你要记住，要让自己的思维、心灵以及精神不断地成长、扩大，这样才能超越那些困难。人生如此，学习也是如此！"

教室里霎时滚过一片热烈的掌声。高中3年，彭老师的话每时每刻都回荡在我们的心灵深处，尤其是在每个人遇到困难停滞不前时，这些话更是振聋发聩，催人奋进。

3年后，班里的每位同学几乎都能考上自己满意的大学，更值得骄傲的是，全市的文科"状元"就出在我们班。我们班因此成了众人街谈巷议的焦点。每当有人问及我们的成功秘诀，同学们总会回忆起彭老师给我们上的那一堂课。彭老师不仅告诉了我们世界上没有一座无法逾越的高山，更重要的是，他在每个人的心灵深处植入了一份战胜困难的信心和勇气。

穿越黑暗抓住那缕光

1971年10月，他出生于重庆一个普通的市民家庭。高考落榜后，他当过搬运工人。1991年12月，在一家印刷厂，他成了一名印刷小工，有着瘦瘦的身子，黑黑的面庞。

他每周二早上8点钟上班，一直到周四晚上下班，连续三昼两夜，平均每分钟要从机器上取下1112张报纸。每过10个小时，他才能休息一次，时间仅为1个小时。工作紧张得就跟打仗一样，只要手脚稍微慢一点，就会影响下一个环节，就会遭到一顿臭骂。

一个月忙下来，他仅拿到了23元的工资。他在日记本中悲伤地写道："我不能一辈子待在这个地方，这是一个黑暗的地方。要想换个好工作，就得有知识。从头做起，一切都不太晚！"

他报名参加了函授，一边打工一边上课，生活节奏猛然加快，休息时间少得可怜。他尽量压缩睡觉的时间，一有空就看书，实在熬不住了，就把头浸在冷水里泡一泡。仅仅两个月，原本就瘦的他，体重减轻了8千克！

1994年7月，他终于拿到了南京师范大学中文系专科文凭，这时，江苏电视台在招临时工。很多人不愿去，他去了。他说："起点低，不怕！"

他每天都透支体力拼命赶做节目，通宵熬夜更是常事。所有的片子，都是自己剪辑、自己写稿，甚至于自己配音。但他不怕累，每当看着做好的片子，他的心情就像秋日的蓝天一样，明朗极了！

由于长期劳累，1998年春节后，他的头发开始大把大把地往下掉，有时候拔一下，就可以掉下一小撮。所有的人都说这是一场灾难。无奈之下，他索性剃成了光头。

但是，他依然微笑。没想到，这光头配着他的笑脸，显得既聪明又精神。

这种新颖别致的造型，一下就吸引了电视台领导的注意，他被选为新节目《南京零距离》的主持人。在他的努力下，《南京零距离》收视率一路飙升，最高达到17.7%，超过了同时播放的《新闻联播》。2002年，《南京零距离》的广告收入竟然高达5000万元。

他的名字叫孟非，江苏电视台最红的节目主持人。

2003年，孟非获得第六届百优电视节目主持人奖。这足以证明，孟非，这个打工出身的主持人，已不输于主持行业的任何人！

孟非主持的情感类交友节目《非诚勿扰》，迅速在全国蹿红，全国收视率达到3%，创下了前所未有的收视奇迹，就连《人民日报》也曾辟出专栏对此进行特别报道。

人的一生当中，总会有一些黑暗的经历；而知识，就是黑暗中唯一的一缕光明。我们要做的，就是在黑暗中积蓄力量，抓住"知识"这缕光明，让人生走向辉煌。

敬 畏 之 心

刘海粟曾下放到安徽凤阳，寄居在一位陈姓老汉家中。

陈老汉有两个儿子，陈老大与陈老二。这两兄弟相差一岁，都长得高高大大，但是性格迥异。陈老大豪爽干练，做事风风火火，口头禅是"我怕啥"。陈老二却天生胆小，连杀鸡都不敢，而且极为迷信，一天到晚口中念叨着什么"举头三尺有神明"。

那时候生活困难，有一天家里断粮了。陈老二跟着村里一帮年轻人去邻村偷南瓜。大家摸着黑，蹑手蹑脚地奔进南瓜地，抱起南瓜就跑。跑回村一看，陈老二不见了。陈老汉急了，这孩子莫不是被人家逮住了。那年头，偷人家粮食可不是小事。被抓住了，打个半死还算轻的，搞出人命来也常有。

一想到这儿，陈老汉眼泪就下来了。陈老汉哭哭啼啼一路找回去，奔到南瓜地边一看，陈老二好生生地，正一个人跪在地上，朝着南瓜磕头呢。陈老汉火了，一脚把陈老二踹在地上，轻声喝道："你在搞什么名堂？"陈老二爬起来，拍拍身上的泥土，期期艾艾地说："举头三尺有神明！我们偷人家的南瓜总不对吧……但是我又确实饿得受不了，所以我给菩萨磕头，请菩萨原谅。我正在'问诰'呢……"

这"问诰"是当时农村的一种迷信活动：心中要是有什么事要请求菩萨，就用两块竹片往空中一抛。竹片落下来后，如果一个正面一个反而，就代表菩萨同意了。若是两个都是正面，或两个都是反面，就代表菩萨不同意。

那天说也奇怪，陈老二反复掷了10多次竹片，就是没出现一个正面一个反面。于是，他就跪在南瓜地里不停地磕头，乞求菩萨发慈悲。

那天，陈老汉是揪着陈老二的耳朵，把他拽回家的。第二天，陈老汉气得躺在床上睡了一整天。气完了，陈老汉就在心里叹气：老二这孩子，老实得过了头，看来是废了！

陈老大呢，跟他弟弟恰恰相反。有一回，家里又断粮了。大半夜里，陈老大一个人跑到十几里外，把人家地里的红薯种偷了一大袋子回来。其间，还与两个看地的小伙子发生了冲突。陈老大一拳就打倒了一个，然后旋风一样跑走了。

有了这一袋子红薯，陈老汉一家总算渡过了难关。每次吃红薯的时候，陈老汉都要数落一下陈老二："要是指望你，这一家人就得饿死。你瞧你哥，多能干。"每当此时，陈老二就低着头，涨红着脸，一句话也不敢说。陈老大就劝父亲："弟弟其实也很好，就是胆子小点儿。您老消消气，不是有我嘛。只要有我在，这一家人就不会饿着！"说到最后一句，陈老大总是骄傲地一扬头。

陈老汉喜欢陈老大，村里人也都喜欢陈老大。陈老大走到哪儿，都会聚过来一大帮大姑娘小伙子，有说有笑。陈老二呢，挤在人群中，努力地挤出几分笑容，却没人搭理。

但是，刘海粟却并不这么看。他觉得陈老二这孩子勤劳、本分又善良，是个好孩子。陈老大呢，虽然能干，却行为张扬狂放，若是不加以约束，只怕会惹出事来。

后来刘海粟也跟陈老汉说过，仍陈老汉不以为然："先生，您是文化人，我一直觉得您懂的道理多。但是这次，您只怕看走眼了。老二跟老大，根本没法比！"

后来刘海粟回到了北京，仍不断有陈老大与陈老二的消息传来：陈老大承包了村里的鱼塘，赚钱了；陈老大在镇上开了一家饭店，生意很红火……陈老二呢，精心侍弄着家里的几亩薄田，日子嘛，也还过得去。

但是，到了1988年，事情发生了巨大的变化。陈老二用辛苦攒下的钱买了一辆货车跑运输。由于大家都知道他天生胆小谨慎，所以都放心用他的车，他的生意十分兴隆。而陈老大却因为偷猎国家二级保护动物，被判了10年刑。

自己竟然一语成谶！听到这些消息，刘海粟轻叹了一口气。

人的内心，总得敬畏点什么。可以是法律、道德，也可以是行业权威、宗族礼法，甚至可以是宗教信仰。只要有一件是他所敬畏的，就能对他的行为起到约束作用。若是无所敬畏，那迟早是要出问题的。

为什么要浪费你的天分

斯蒂芬·金在单亲家庭长大，从小就显得行为古怪。在他两岁时，父亲只说了声"出去买包烟"就再没回来，从此杳无音讯。母亲在洗衣店做事，靠着微薄的收入独自抚养两个孩子，为了谋生，经常要举家迁徙。斯蒂芬跟随母亲过着颠沛流离的生活，或许是过早经历了人生的不幸，他的兴趣爱好与同龄的孩子格格不入。当别的小孩都在捧着安徒生童话读得津津有味时，他却对那些充斥血腥暴力的恐怖故事无比痴迷，满脑子都是吸血鬼、僵尸、变态杀人狂……

7岁那年，他患上了严重的咽喉炎，不得不休学治疗。在家里养病的大半年时间，他整天躺在床上看恐怖漫画书，脑子里渐渐冒出一些奇思妙想。有一天，他写了4个魔法动物的故事，用铅笔工整地誊写在作业本上，然后拿给母亲看。母亲大感惊讶，一口气把故事读完，兴高采烈地说，这个故事都可以写进书里了，还当场奖励了他一块钱。得到母亲的夸奖，他无比自豪。母亲整天奔波忙碌，被生活压得喘不过气来，根本无暇顾及儿子的内心世界，只有放任他自由成长。也许她从未认真思考过，那些"少儿不宜"的低俗读物，对孩子的未来到底会产生多大的影响。

斯蒂芬读到八年级时，已是超级"恐怖迷"，所有与恐怖有关的书籍和电影，都成了他追逐的对象。有一天，他跟同学去看了一场恐怖电影，在搭车回家的路上，他突发奇想："我可以把它写成小说，印成书拿到学校去卖，说不定能赚一笔。"这个念头刚冒出来，就再也摁不住了。他马上付诸行动，先花了两天时间把电影改写成了小说，然后用蜡纸印刷成书。为了节省成本，他尽量把行距缩到最小，正反两面印刷。为了增加恐怖效果，他还精心绘制了带有鲜血图案的封面，最终做成了8页厚的书，印了40册，每册定价25美分。

第二天早晨上学时，他将那些书装在书包里，带到学校去推销。他的恐怖小说居然大受欢迎，销量好得出奇，到中午就卖出了36本，同学们都聚在教室里激烈地讨论书里的情节。看着书包里沉甸甸的9美元"巨款"，他第一次体验到了"一夜暴富"的感觉，仿佛身在梦中。

哪知好景不长，美梦很快就破灭了。下午两点，他被叫到了校长办公室，校长脸色铁青，把他的小说卷起来拿在手里挥舞，痛心疾首道："斯蒂芬，我真搞不懂，你为什么老爱写这种垃圾东西？为什么要浪费时间？为什么要浪费你的天分？"面对这一连串"为什么"，这个14岁的少年根本无法回答，更不敢争辩，只有满脸惶恐。他羞愧得无地自容，遵照校长的命令，把卖书款全部退给了同学。这是他的第一部"畅销书"，虽然血本无归，却让他收获了信心。那年暑假，他又写了一个新的恐怖故事，如法炮制，印了48册，很快销售一空，把上次的亏损都弥补回来了。

当他第二次被叫到校长办公室时，心情忐忑，不知又将面临什么样的情况。出乎意料的是，校长这次非但没有训斥他，还鼓励他发挥特长，为一家体育杂志撰写新闻稿，将来朝体育记者的方向发展。他对体育没有多大兴趣，却不敢违抗校长的"建议"，很不情愿地接受了这份"很有前途"的工作。校长显然非常认可他的写作天赋，为了帮助这个"误入歧途"的少年，引导他走上"健康发展"的"正确"道路，爱才心切的校长不遗余力，不光找了心理辅导员研究对策，还帮他联系了杂志社编辑，专门指导他写作体育新闻。值得"庆幸"的是，校长的所有努力都失败了！

他在"恐怖"的道路上越走越远，从27岁出版第一部小说起，到32岁时，便已跻身全球最富有的作家行列。他的每一部作品，都是好莱坞制片商的抢手货，《肖申克的救赎》《闪灵》等经典电影，均改编自他的小说。他的作品被改编成影视剧的数量，仅次于莎士比亚！"每个美国家庭都拥有两本书——一本是《圣经》，另一本可能是斯蒂芬·金的小说。"他没有浪费自己的天分，而是把这种天分发挥到了极致，至今依然是世界上读者最多、声名最大的"恐怖大师"。

斯蒂芬·金的成长经历，本身就像一个恐怖故事。他所面临的最大危险，并非来自童年的家庭不幸，而是那个"好心"的校长，以及所有想改造他的"聪明"人。幸好，母亲从不干涉他的兴趣，不光给了他第一块钱的"稿费"，而且永远是他最忠实的读者。当斯蒂芬·金还在油印"出书"时，总是想到"母亲一定是第一个愿意花钱买我书的人"，这对一个孩子而言，无疑是最大的鼓励。校长的话其实没有错，只是在行动上走到了反面——为什么要浪费孩子的天分？

凤凰的承诺

去年，我们一群业余摄影师相约来到了湖南凤凰古城。南长城的风貌承载着历史的重量，土家族的风情更是让我们痴迷不已。久居城市的我们，仿佛每一个神经都透着轻松和自在。手中相机的快门也在一次次惊叹后，被欢快地摁下。

为了捕捉土家族的风情，我们拍了许多房屋建筑和山山水水的照片。但是，要充分记录和展示风俗，人物的拍摄便显得格外重要。在河边，我们遇到了一个漂亮的土家族姑娘，十五六岁的样子。小姑娘身上的土家族衣服非常美丽，淳朴的眼睛里透着拘谨和羞涩，也让生活在尘嚣中的我们有了沁人心脾的快乐。我们都提出给她拍照的要求，还承诺回到城里给她寄冲洗好的照片。小姑娘答应了，有兴奋的摄影师还承诺会给她送一份城里的礼物。照片顺利地拍好了，小姑娘给我们每个人留下了她的地址。后来，我们也回到了自己的城市。

因为忙碌，我缓了一段时间才冲洗好自己拍的照片。当我沉醉在湘西美景中时，土家族姑娘可爱的脸冒了出来，我也想到了当时自己的承诺。写好信封的时候，我想去提醒一下我的摄影师朋友们。谁知道，大家都忘了这档子事。当我提议给小姑娘寄照片时，他们纷纷责怪我多此一举没事找事，还说小姑娘是不会当真的。

我为我的朋友们而悲哀，毕竟那是我们一群大人对一个孩子的承诺。一诺千金的道理小姑娘或许不懂，但是诚实和真诚是不可磨灭的。我来到街上，给小姑娘买了一对风铃，还有一条城市女孩钟爱的丝巾。我来到邮局，将小姑娘的照片和礼物一块寄出。我的心也在那刻释放，原来履行承诺也是一种快乐。

慢慢地，我也忘了这件事，开始为工作不断地忙碌。后来有一天，我突然收到来自湘西的包裹。土家族姑娘寄来了一对颇具民族特色的小银饰，还有一封信。信里小姑娘说，她很多次成为游客的"风景"，却是第一次收到自己的照片，她非常开心。

凤凰依旧是美丽的，远处城里也有着它的精彩，却非常非常遥远。但愿我小小的践诺，能够让小姑娘一尘不染的心灵，还能保持着信任和快乐……

刹那间的良知

2012年夏末，一个北方的男孩儿带着他的行李来到珠海，他原以为在这片经济发达的地区到处都是机遇，找个工作很容易。然而来到这里之后他才发现，都市繁华的背后隐藏着巨大的竞争压力，在这里抱着一摞证书到处找工作的大学生比比皆是，第一次去参加人才招聘会，他甚至没敢往外掏自己仅有的那张大专毕业证。

带来的钱很快花光了，无奈之下，男孩儿只得决定先找个工作解决了吃住的问题再说。

珠海发达的旅游业带动了第三产业的兴旺，男孩儿学的是餐饮管理专业，由于目标定得低，很快他便在一家酒店的餐厅里找到了一份服务生的工作。

真正做上了这份工作男孩儿才发现，自己所学的东西在实际工作中竟然没有多少可用之处，而一些真正实用的东西书本上却又没有，自己不得不重新开始学习。男孩儿很看重这次实践的机会，他努力工作，希望能从中掌握一些实际的工作经验，然而正当他踌躇满志地想做个在渊的潜龙时，一件意想不到的事情发生了。

一天晚上，男孩儿当班，在给14号桌上菜时他亲眼看到12号桌的男人将一包东西倒进了对面女孩儿的杯子里。那男人见男孩儿正瞅着自己，狠狠地瞪了他一眼。男人看样子有三十五六岁了，虽然保养得好，但额头上的皱纹却清晰可见，女孩儿也就20岁出头儿，看模样很像个刚毕业的大学生，那一刻，男孩儿预感到了什么。

他放下餐盘，佯装去厕所，在卫生间门口截住刚出来的女孩儿，告诉了她刚才发生的一切，让她小心些。女孩子感激地看了他一眼，说了声谢谢。

回到餐桌前，女孩儿推说自己有事，拿起背包离开了。女孩儿走后，气急败坏的男人给了男孩儿当胸一拳，紧接着便是一顿拳打脚踢，男孩儿招架着，但终究不是男人的对手。经理闻讯赶过来，给男人说了一大堆的好话，并答应开除男孩儿，男人才骂骂咧咧地离去。

经理亲自给男孩儿包扎着伤口，埋怨他不该多管闲事。

虽然男孩儿没有错，但最终还是被开除了，那男人是当地一霸，经理惹不起。

送男孩儿出门时，经理问男孩儿为什么要这样做，男孩儿笑了笑，说他也不知道，或许那只是一种刹那间的良知吧。

离开这家酒店后，男孩儿并没有失业，第三天他便在一家更大的酒楼做了大堂经理。工作是原来的经理介绍的。当男孩儿问新老板为什么放着那么多学历比自己高的人不用偏偏要用自己时，老板说："那些人也许比你更有才，但你却拥有更为可贵的、在许多人身上已经退化了的东西，那就是刹那间的良知。我相信道德能弥补智慧的缺陷，而智慧却永远填补不了道德的空白。"

这个男孩儿的名字叫赵峰，是我爱人的表弟。五一去珠海旅游时，我在酒店中听到了他的故事，我告诉他，"道德常常能弥补智慧的缺陷，而智慧却永远填补不了道德的空白"这句话源于《神曲》的作者、伟大的意大利诗人但丁。那一刻，我相信表弟遇到的这两位老板也一定都是非常有智慧、非常善良的人，因为只有这样的人才知道，人性中那刹那间的良知是多么的宝贵。

不管一切如何

金融危机席卷而来，许多人都无法置身事外。当收入缩水甚至面临失业时，我们如何应对危机？心理专家说，信心比黄金贵；职业规划师建议与公司共渡难关，风雨过后是彩虹；理财专家则提醒开源节流，因为节省一块钱远比挣一块钱容易得多。

对策很多，见仁见智。不过，最让我受启发的，并非以上专家，而是一个普通的高中女生，她叫欧阳晨晨。早在好几年前，晨晨就陷入了经济危机，她生活在一个低保家庭，母亲身体不好，没有工作，父亲给别人开车，微薄的收入仅够全家勉强度日，就连晨晨的学费都成问题。晨晨是个心地善良的女孩，即使生活条件艰难，她依然乐观向上，对未来充满信心。

那是一个再平常不过的下午，学校放学后，晨晨坐上了公交车。上车的乘客越来越多，狭小的车厢内渐渐拥挤不堪，当公交车中途靠站时，一位头发花白的老人吃力地挤上了车，此时别说找座位，要想站稳都很困难。晨晨看到这一幕，想也没多想，很自然地从自己的座位上站起来，热情地招呼老人，并小心地搀扶他坐下。看到有人让座，老人如释重负，高高兴兴地坐下了，再三向晨晨道谢。

自然而然地，这一老一少在车上拉起了家常。老人问她读哪所学校，学习如何，家住哪里，父母做什么工作，晨晨一一如实回答。聊到后来，老人若有所思，又问她要电话号码，晨晨依然毫无戒心，把家里的电话号码告诉了老人。虽然是萍水相逢，而且年龄悬殊，他们却聊得十分投机，40多分钟的车程，几乎一晃而过。车子到站，两人又互道再见，愉快地分手。下车之后，晨晨就把这事忘到了脑后，因为她无论如何也想不到，让座这个很平常的举动，竟让自己遇到了一位贵人！

老人姓聂，66岁，是个退休工程师。第二天，聂老就给晨晨家打电话，刚好被晨晨的母亲接到，在电话交谈中，证实了晨晨说的都是实话。然后，他又找到了晨晨所在的学校，完全了解了她的家庭状况。聂老决定资助晨晨的学费，从高一开始，每个月资助她660元，直到大学毕业。对于这个经济困难的家庭来说，无疑是喜从天降。

晨晨的确是幸运的，在公交车上给人让座，一个很平常的善举，仅仅一面之缘，竟获得了7年的学费资助。也许，她的一生都将因此而改变，不仅是物质上的丰富，更有心灵上的洗礼。而聂老同样深有感触："决定帮助晨晨，除了她心地善良之外，其实还有另一个重要原因。当我问她的姓名和电话时，她丝毫不怀疑我这个陌生人，全都坦诚相告，她面对生活的平静和乐观，深深地感染了我。"一个人心底的阳光，原来可以照亮周围的世界。

好人一定会有好报。当然，不是说为了追求物质回报，我们才去做好事。晨晨的故事，就像一个美丽的童话，也许很难复制。但在任何时候，只要你愿意帮助别人，最起码能收获一份好心情，没有什么比这更重要。生活就是这样，不管一切如何，总要抬起头来面对。不管一切如何，你仍然要平静和愉快，因为，幸运女神往往就藏在那宁静的笑容背后。

一串红璎珞

那年我15岁。在一个赤日炎炎的午后，外祖母急于要去帮外祖父铡草，便把她脖颈上戴着的那串红璎珞摘下，放在堂屋里高高的木桌上，风风火火地出去了。红璎珞是外祖母当年的陪嫁物，是她唯一的首饰。外祖母俨然把它看成了生命里的一部分，总是形影不离地戴在身上。只是后来有几次做农活时这串红璎珞险遭遗失，此后，每做重活外祖母便会小心翼翼地把它从脖颈上取下来，放在同一个地方。

红璎珞共由5枚殷红如血的玉石串成，颗颗光洁圆润、玲珑剔透。对这串红璎珞，我觊觎已久。此时，它正无比真实地躺在那张紫檀木桌上，闪熠着摄人心魄的光芒。我年轻的心灵躁动起来。于是，我毫不犹豫地用小刀将那根纤纤细线划断，取下那串红璎珞上的两枚。然后一个人跑到村口那棵大榕树下，把那两枚玉米粒儿似的红璎珞当作玻璃球弹来弹去。

整个下午是快乐而兴奋的。直到太阳落山，我才意犹未尽地从地上爬起，捏着那两粒已滚成泥球的红璎珞回家。

回到家里，外祖父和外祖母正一脸严肃地在那张方桌旁分坐左右。尤其是外祖母，脸上泪痕犹存，仿佛刚刚哭过。他们严肃的表情告诉我，我闯祸了。我下意识地将握红璎珞的手攥紧，背向身后。

"你有没有动过桌上的那串红璎珞？"尽管外祖父在竭力克制，但话语里仍是盛怒未息。

我内心一阵惶恐，使劲咽了口唾沫，轻声说："没……我没拿。"

"孩子，你要是拿了也不要紧，"外祖母的语调有些低沉，显得很疲惫，"但你一定要说实话，谁也不会喜欢说谎的孩子。"

我不敢正视她如炬的目光，忙垂下头："我真的没动过它。"

外祖父勃然大怒，外祖母却制止了他。她深深地叹了口气说："好了，孩子，回去睡觉吧，要记住外婆的话，一定要做个诚实的孩子，说谎的人是要被人瞧不起的……"

外祖母的话一直在我脑际里盘旋。接下来的几天里我寝食难安，心怀忐忑。我后悔自己当时没有勇敢地承认错误，以致每当在口袋里触碰到那两枚红璎珞时，心便隐隐作痛；我想告诉她是我偷了红璎珞，但又怕招致训斥；我试图将这些统统忘掉，可努力了许久，才发现其实我根本做不到；最后，我干脆把它们埋进了屋后的土坑里，以换取内心的平静，但它们依然顽强地在我脑海里挥之不去……

我从此成了一个心事重重、郁郁寡欢的孩子。这些当然躲不过外祖母的眼睛。同样是在一个午后，外祖母出人意料地将那串残缺不全的红璎珞从脖颈上摘下来，笑吟吟地说："外婆要去做活，你先替外婆保存一会儿，好吗？"我脑海里一片空白，惶然无措地将它捧在手里。

等外祖母轻轻抚过我的头，在我视野里消失时，一个念头迅速闪过脑海。我拿起小铲，没命地跑向屋后将埋进土里的那两枚红璎珞挖了出来，然后放在水里濯洗干净，将它们和它们的伙伴重新穿到一起。红璎珞重又焕发出灿烂光芒。等我如释重负地将那串红璎珞放回紫檀木桌上时，我感觉悬在心头的一块石头终于落了地。

外祖母回来后，仔细端详了桌上的那串红璎珞，眼睛笑得眯成了一条缝儿。她只说了一句话，却让我终生难忘："一个诚实的人其实是需要勇气的，孩子，谢谢你替我保存了它。"

我终于从那团因谎言而惶惑不安的阴影里走了出来，重新找回了快乐。一句谎言竟会让心灵背负起如此重大的压力，这是我始料未及的。

直到好多年后，我才想起，外祖母当年交给我那串红璎珞其实是冒了一定风险而且是用心良苦的，而我终究没有让她失望。如今，外祖母早已作古，那串陪她度过了一生风雨的红璎珞也已经随她的骨灰一起入葬。站在她的坟前，我总是情不自禁地泪雨滂沱。因为那个夏日，外祖母已经赐给了我一串价值连城又让我受益终身的红璎珞：要想获得心灵上的平静，就一定要做一个诚实正直的人。

诚实是每个人颈项上的红璎珞，它不一定能让你的人生辉煌，却可以让你的人格永远光彩照人。

为什么不再试一次呢

1898年夏季，暴风雨席卷了美国密苏里平原，致使河水泛滥，肆虐的洪水冲毁了公路、庄稼和农舍，许多人无家可归。

一个瘦弱的小男孩儿穿着布满补丁的破烂衣服，站在农舍外围的高坡上，眼睁睁地看着棕色的河水汹涌而来，漫过河堤，席卷了农地。

洪水卷走了一家人所有的希望，垂头丧气的父亲到当地玛丽维尔的银行家那里去请求延期偿还贷款，狠心的银行家却以没收他的全部财产相要挟拒绝了他的请求。沮丧的父亲赶着四轮马车往家走，途经河桥时，他停下来，扶着栏杆俯身呆望着桥下滚滚的河水。

"爸爸，您还要等谁呢？"小男孩儿疑惑地望着父亲。

父亲没有说话，眼泪簌簌地淌了下来。

小男孩儿一下子明白了，他紧紧地抱住父亲的大腿号啕大哭。

不久后的一天，一位演说者到瓦伦斯堡的集会上演讲，演说者雄辩的技巧、扣人心弦的故事深深地影响了男孩儿。

"一个农村男孩儿，无视贫穷，他甚至不顾眼前的一切而努力奋斗，他一定会成功的！"演说者说完便问听众，"谁将是那个男孩儿呢？"

接着他又自问自答道："各位女士各位先生，你们正看着他呢！"说完演说者的手随便指了一个方向，虽然他只是随便一指，但那男孩儿分明觉得他正指向了自己。从那一刻起，他发誓要当一名演说家。

然而，笨拙的外表、破烂的衣服和少了一根食指的左手却让他在以后相当长的一段时间里都感觉非常自卑。

有一次，已经是一名师范院校学生的他穿着那件破夹克刚走到台上，有人喊了一嗓子："我爱你，瑞德·杰克！"紧接着，大家笑成了一团，原来在英语里瑞德·杰克与破夹克是谐音词。

还有一次，他讲着讲着竟然忘了词儿，在人们的口哨声中，他汗流满面地站在那里，尴尬至极。

连续12次的演讲失败让他心灰意懒，他甚至对自己的能力产生了怀疑。又一次的比赛结束后，他拖着疲惫的身子往家走，路过河畔时，站在桥上，他久久地彷徨着。

"孩子，为什么不再试一次呢？"

不知何时，父亲已经站到了他的身后，正微笑着瞅着他，双眼里充溢着信任与鼓励。像12年前的那个午后一样，站在桥上的父子俩又一次紧紧地拥抱在一起。

接下来的两年里，瓦伦斯堡的人们几乎每天都可以看到一个身材颀长清瘦、衣衫破旧的年轻人，一边在河畔踱步，一边背诵着林肯及戴维斯的名言。他是那么全神贯注，以至于达到了忘我的地步。有一次，当他正在练习自己的一篇演说稿，神情专注还不时夹杂着手势时，附近的一个农民看到他，以为出现了一个疯子，立即报告了警察，警察气喘吁吁地跑来，经过询问，大家才恍然大悟，原来一切都是一场误会。

果然功夫不负有心人，1906年，年轻人以"童年的记忆"为题发表演说，获得了勒伯第青年演说家奖，那一天，他第一次尝到了成功的快乐。

30年后，他成了美国历史上最著名的心灵导师和人际关系学大师，他的《成功之路》系列丛书创下了世界图书销售之最，在他过世后的许多年里，在世界的各个角落，人们仍在以不同的方式不断地提起他的名字。他便是被誉为"20世纪最伟大的人生导师和成人教育大师"的戴尔·卡耐基。今天，几乎所有的美国人都喜欢用这句"为什么不再试一次呢？"去鼓励自己的孩子们。

戴尔·卡耐基用自己的行动践行了伟大的思想家艾丽丝·亚当斯的那句话："世上没有所谓的失败，除非你不再尝试。"他富于传奇色彩的一生在带给世人感慨的同时，也带给了我们深深的思考，许多时候，面对挫折与失败，或许我们也该对自己说这样的一句话："为什么不再试一次呢？"

一句话，一辈子

小时候的我，是个性格内向、木讷怯懦的孩子，我的学习不是很好但也并不很坏，我不爱参加班上的活动但也不给班干部拆台，以至于好学生中找不到我，坏学生中也没有我的名字。

我没有朋友，也不喜欢和大家玩儿，更多的时候我要么是看小说要么是瞅着窗户上的玻璃发呆，在老师和同学们的世界里，我是个可有可无的人，我用表面的冷漠掩饰着内心的自卑。

初二第一学期，班上新来了个姓谢的语文老师，长得很丑，戴着个酒瓶底儿似的眼镜儿，说话声音很大，一点儿也不招人喜欢。

两个月后的一次作文课上，当她几乎用尽了华丽的词语表扬完一篇作文后，突然大声喊着我的名字，让我到讲台上去拿我的作文给同学们读。当时一个学生的作文能被老师当作范文绝对是一件无上光荣的事，在同学们惊羡的目光中，我的脸涨得像一块刚刚浸染过的红布，大脑里一片空白，我不知道后来发生了些什么，只记得那一次我听到了人生14年来第一次属于自己的掌声，并且那个偶然得到的荣誉成了我生命中最原始的动力。

16年后，我已经成了当地一名小有名气的撰稿人，五一回老家探望父亲，在家乡的小县城中碰巧遇到了谢老师，她已经退休，我站在她面前喊了好几声谢老师，告诉她我是她教过的县二中初二（4）班的学生，她只是摇头，显然她已经不记得我了。

我把她拉进旁边的咖啡馆，告诉她16年前是她的那句"朱砂，来拿你的作文给同学们读"改变了我的一生，我还告诉她，那篇文章是我在看了一晚上《射雕英雄传》后，于凌晨两点找了几本书凑起来的。

"噢，想起来了，是那篇写故乡的文章吧？如果我没记错的话，第一段抄的是黎巴嫩诗人纪伯伦的《亚利马太人约瑟》中的句子：我爱我的故乡，爱他的歌声之春，他的酣喜之夏，他的激情之秋……"

　　我愕然，原来谢老师从一开始就知道我的文章是抄袭的，她不但没有揭发我，反而给了我在当时来说最无比骄傲的荣誉，而那时如果她给我的不是鼓励而是挖苦的话，我想我的今天肯定又将是另一番人生。

　　"作文的初级阶段就是模仿，你知道到哪儿去抄，而且知道抄哪一段更合乎你所要表达的中心思想，这在你的同龄人中已经是个很了不起的成就了。我一直认为，一个好老师其实就是一个好农夫，他所要做的便是相信每一粒种子都能长成参天大树，并努力为它们寻找最适合它们成长的土壤……"

　　"相信每一粒种子都能长成参天大树，并努力为它们寻找最适合它们成长的土壤……"我咀嚼着这句话，那一刻，我忽然非常希望所有的人特别是所有的老师们都能听到这句话。

成 功 背 后

　　4岁时，妈妈带他去学钢琴，老师弹了一曲，他听了一遍就能复弹出来。老师誉之为天才。从4岁到9岁，他一直在学钢琴，老师极严厉，他每弹错一个音，"啪"的一声，一棍子已打在他的手背上。5年里，他的手背每天都是青的。回家后，还要练琴到深夜，母亲手拿一根小棍子就站在他的身后。等到睡觉时，10个手指肿得老大，钻心地痛，连掀被子这么一个简单的动作，他都要忍着巨大的疼痛才能完成。他的童年是在汗水与泪水中度过的，少了许多童趣。我真不敢想象，那么小的一个孩子，是如何挺过来的。

　　10岁时，他开始学习大提琴。爸爸有了外遇，他被送到了奶奶家。那是一个寂寞的乡村，除了清冷的晚风与空旷的原野，就只有如泣似诉的大提琴陪伴着他，他变得更加内向而忧郁。

　　14岁，父母离婚了。16岁，由于家庭的变故、对音乐的过于投入，他中考时总分才考了100多分。面对着母亲的泪水，他也茫然地落泪。

　　他开始卖报，用大提琴招揽顾客。几个月后，一个老师路过，惊诧于他琴技的精湛，介绍他进了一所高中的音乐班。18岁，19岁，两次高考落榜。又由于长期练琴，他得了僵直性脊柱炎，现代医学无法根治，从此他常常因为疼痛而冷汗直流。

病痛缓解后，他在一家餐厅当了服务生，几个月后，成了餐厅的钢琴手。后来，在朋友们的鼓励下，他报名参加了台北星光电视台《超级新人王》大型选秀活动。他自己填词，自己谱曲，创作了一首新歌《梦有翅膀》。比赛那天，他钢琴伴奏，另一个年轻人主唱，没想到配合失败，台下倒彩声一片。他泪流满面，不肯下台，对别人而言，这不过是一个游戏的结束，但是对他而言却是梦想的破灭。对于一个打工仔而言，这样的机会，一生能有几回。想到伤心处，他放声大哭。主持人上来了，看看他的曲谱安慰他说，小伙子，曲子谱得不错，很有潜力，明天来我的公司上班吧。这位主持人，就是台湾的顶级娱乐人——吴宗宪，阿尔发音乐公司的老板。

进入阿尔发公司后，底薪400元，专门为歌手写歌，曲子被采用后，另有薪酬。大半年后，没有一个歌手愿意用他的歌。在竞争激烈的娱乐界，用一个新人的作品是要担风险的，没人愿意。

他决定背水一战，他要唱自己写的歌。他冲进吴宗宪的办公室，请求给他一次机会。吴宗宪被这个年轻人的执着感动了，决定给他一次机会，不过有个条件，就是让他在10天内写出50首新歌。

10天里，他不眠不休，终于写出了50首新歌。吴宗宪从中精选了10首，发行了他的首张专辑。专辑上市后，大受欢迎，销售一空。从此他成了年青一代的偶像。

他的名字叫周杰伦。

其实第一次听周杰伦的歌，我很是没有好感，我想，这大概是个富家子弟，是家族用大把的钱把他包装捧红的吧。而当我了解了他的成长经历，懂了他光鲜照人的成功背后，那一串串感人至深的人生足迹后，再看荧屏上那个活泼玩酷的他时，心中涌起了深深的感动与钦佩。他让我明白成功非侥幸，所有成功的背后，都有一个满是辛酸挣扎和拼搏的故事。

当你对别人的成功充满艳羡或故作不屑时，我想问你，那汗水纷飞血泪交织的奋斗历程，你有吗?

真正的朋友

虽然房价一涨再涨，但是对于我们这样没有房子的人来说，房子还是要买的，总不能租房过一辈子吧。算算存款，勉强也够付首付了。于是，我和妻子从城东跑到城西，看了20多个楼盘，终于相中了一套90平方米的三居室，背山面湖，阳光明媚，妻子乐得不得了。

房子很快就买好了。看着售楼小姐温暖得体的微笑，我又高兴又沮丧，也难怪，我跟妻子两个人十几年的积蓄，就这么没了。

接下来是装潢，没个10万，是拿不下来的。我拍着空空的口袋，苦笑着对妻子说："没钱了，还装什么潢呢？"妻子心情挺好，乐呵呵地说："出去借吧，你5万，我5万。"

借就借吧，我平时也算交友广阔，借这点钱应该不成问题吧。第二天一早，我就给办公室里一个平时最铁的哥们打电话。没想到哥们在电话里支支吾吾："不好意思啊，套股市里了……我妈也病了……"我又兴冲冲地给第二个哥们打电话，第二个哥们说他家他做不了主，得请示他老婆……

三四个电话打下来，我的心慢慢凉了。这借钱可真不容易啊，没借过钱的绝对不知道其中的艰难。这些朋友平时胸脯拍得"砰砰"响，一说借钱咋就这么难呢？

晚上回家一看，老婆也是一脸的沮丧，她单位里的那帮姐妹一个也不肯借。

那天晚上，我和老婆合计了半宿，也没想出向谁可以借到钱。那么多关系铁的都借不到，关系一般的我们都不敢开口了。

没钱就没法装潢，房子就搁在那儿了。

前阵子，我回了趟老家。在村口遇上了王大山，自小一块长大的，小学到初中都是同学，这些年来一直不咸不淡地联系着。他一见我就特热乎，非拉着我上他家吃饭。闲聊中，我无意中提到装潢缺钱，王大山一听就爽朗地说：

"我存着几万块钱，你要是急，就先用着。"

第二天，王大山就提着4万块钱送到了我家。

那天，我和妻子热情地招待了王大山。酒到半酣，我拉着王大山的手，感动得有点想流泪："谢谢你，大山。"

"呀，这多大的事啊？"王大山一脸轻松，"不准说谢，陪我再干一杯就好。"

那天晚上，我和老婆感慨了许久。最后，我说："记不清哪位作家说过，真正靠得住的朋友，都是18岁前就认识了。看来，他真说对了。""是啊，这位作家真正看透了人性。"老婆心悦诚服地应和着。

过了一阵子，我的一位小学同学又借了我3万，妻子的一位表姐也借了我们3万，终天凑齐了装潢的钱。

如果一个人，你18岁之前就认识了，到三四十岁时，你们之间还有交往，在漫长的岁月长河中，一直不温不火不离不弃，那么这个人一定是你最靠得住的朋友之一。因为，18岁之前建立的情谊最为纯真，它没有一丝一毫的功利。而成年之后的交往，往往掺杂了一些其他的东西，比如金钱，比如地位……

平安夜里吻过你

高考前的最后一个圣诞节，按照惯例，戏剧节目预先开始选人，大约有15天排练时间。在挑选主角时，大家玩了一个神秘的游戏。每个人在纸条上写下自己觉得最适合的主角名字。如果你是女生，就写一个男生，男生相反。当然还要签下你自己的名字。

也许有女生很看好帅气的男生，但是，那个男生的纸条上却写着别人的名字。只有苏江的纸条上写着邱橡。邱橡的纸条上写着苏江。主持人走到他们的身边说，现在我宣布，主角是邱橡和苏江，果然是一对。

冬天的雪开始下了，今年是提前下的。苏江的脸红红的，回到家，苏江没有像往常一样，陪着妈妈看一会儿电视，而是躺在自己的卧室里，直到妈妈主动敲门进来。苏江才说："妈妈，我要出演学校的节目。"

妈妈说："好啊，很好的事情。是什么样的剧目？到时候妈妈也去看。"苏江说："不了，不了，妈妈你那么忙，不要辛苦跑一趟。我们是利用放学后晚上的时间排练的。"

连续排练了4天，欢乐而热闹。

第五天的彩排室里，邱橡闭上眼睛，却没有吻下去。他们只是虚拟地稚气地模仿，向上然后向下，呼吸交错……还有身体紧密地贴近，仿佛要把最后一点空隙赶跑。在戏剧里，他们是一对情侣。

这个时候苏江似乎想起一些什么，突兀地问道："我们会一直在一起吗？"邱橡停了下来，睁开眼睛："你是说，在大学里相见吗？"苏江点点头。

"那看你是不是跟我去一所大学。"

苏江推开了邱橡，站立半晌，说："我要回家了。"

苏江看到妈妈仍然躺在沙发里看着电视。妈妈说，饭菜在厨房热着，端出来就可以吃了。苏江就慢慢吃了起来，喝汤，夹菜。妈妈似乎有点焦虑，电视的画面不断更换，频道一个一个地轮转。苏江端饭的时候她躺在沙发的左边，吃完时换到右边，收拾好碗筷出来，又换到了左边。跟苏江说晚安的时候，她的眼光凝视了好几分钟，似乎担心着什么，却又藏着一点喜悦，却始终什么话都没有说。

第八天，妈妈对打算出门的苏江说："今天晚上你陪我坐一下吧。"苏江愣了一下。妈妈问："好吗？"妈妈曾经看不起另外的一些妈妈，她甚至发过誓绝不做那种妈妈。可是现在，她想把女儿挽留下来，不要参加任何演出，也不要课后去和同学见面。电话响了，妈妈去接。苏江在一边说："妈妈，一定是邱橡，你和他说今晚我休息一次，不去了。"

那个男生讲话的声音斯文温和而且礼貌，她不止一次在电话里听见。作为妈妈的她，忽然改变主意了，说："苏江你去吧，不过要早点回来，路上一定要小心。"

她看着苏江脸上绽开笑容走出去。她知道，苏江记挂着自己一起排练的朋友们，苏江更愿意跟邱橡在一起，而不是和她闷闷地看8点档的肥皂剧。苏江的笑容使她喜悦，而喜悦之后，沉沉的失落涌来，她其实想做一个不讲理的妈妈，有1000个理由留下苏江，但她一个也没用。她靠在沙发上，睡着了。

彩排的第十天，其他同学问："你们还不回去？太晚了，我们走了。"邱橡站在门口说："你们去吧，我们多练习一下，晚点儿就回去。"人走空了。排练教室安静下来，门也关上了。暖气从角落更加旺盛地弥漫出来。

两个人各自舞蹈起来，旋转，然后接近，又分开，最后拥抱在一起。外面冰雪寒冷，而窗帘拉下的房间里空气是热乎乎的，苏江的眼神是热的，邱橡的眼神也是热的。

9点钟，整个学校灯光渐渐暗下去。噼啪的声音响起，两个人瞬间分开。苏江跑到窗户边，拉开窗帘，她看见几米远的地方，彩色的焰火冲上半空。是谁提前在放烟火啊？苏江忽然想起她和妈妈约定的时间，回头说："我该回去了。"邱橡的眼睛里，有难以觉察的东西，最后他说："我送你回去吧。"

终于到了平安夜，剧目是《罗密欧与朱丽叶》。剧情里罗密欧与朱丽叶有一个吻，很轻很柔和的一个吻。演出是一定要吻下去的，他的吻细致而迅速，温热里带一点儿凉。然后大礼堂响起笑和鼓掌的声音，演出时雪又下起来了。

散场的时候，第一次，邱橡没有送苏江到路口。他把伞递给了苏江，挥着手说："我走了。"

苏江一向是温顺听话的好孩子，一直都是，她不可能违背妈妈的话去选择大学。而妈妈是世界上最好的妈妈。当她听到邱橡说出的大学的名字和她心里的不同，苏江知道，自己的初恋已经完结。苏江就冒出这样一个念头来。

苏江把伞收起来夹在胳膊下，雪落在头发上，她站在路口许久。她是愿意的，如果不是被那场意外的烟火惊醒了。现在所有人都知道，那个吻，是苏江愿意给邱橡的。苏江觉得自己一点儿也没有遗憾，那么容易就结束的爱，以一个亲吻结束，一个就足够。

妈妈这一次坐在饭桌前等着，没有看电视。她什么都没说，她知晓一切，小小的女儿已经长大了。苏江对妈妈说："很成功，我们演出的《王子复仇记》好极了。"妈妈只是将苏江揽到怀里，拍去苏江头上的一点雪花，抚摸着苏江的头发，吻了吻苏江的额头。在妈妈的后脑勺，也有一点雪花渐渐融化，消散于无形。

从苏江还是那个小小的婴儿开始，妈妈就知道，总有一天苏江要长大，要去学会如何爱自己所爱的人。而她自己也要学会的，是如何爱苏江。